蒋子龙文集

庞志亚 题

第 4 卷

空洞

人民文学出版社

前　言

　　写完《空洞》在跟编辑交谈时，忽然意识到这是我第二部关于医生题材的长篇小说。再加上《蛇神》里的男主人公也有从医的背景，可算是不经意间完成了"医生三部曲"。

　　那么在长篇创作中，我为什么会对医生题材情有独钟呢？

　　这或许跟我童年的经历有关。历来人们将少小丧母视为人生最大的悲哀，我的童年记忆里最为紧张害怕的就是母亲犯病。我拿着医生开的药方，不论早晚都要到七里地之外的姜庄抓药，中途还必须要经过一个阴森可怕的大坟圈子。

　　听人说在旧历大年三十晚上正半夜的时候，神鬼下界，敢到村外爬一百个菜畦，就能治好母亲的病。我也试过了，却没有留住母亲。

　　可一直到最后母亲走了，也没有谁能告诉我，母亲到底得的是什么病？因为什么而舍下我走了？人生最大的玄秘就是生死，而医生是离这个玄秘最近，也是最有可能破解生死大关的人。

　　当时我家的旧书大体分三类，一类就是医书，我学会查字典以后还读过《汤头歌》。另外的两类是神秘难解的书籍（如《奇门遁甲》）和小说、演义等好读的书籍。

　　《空洞》里的每一章前面都有一篇《尚德堂随笔》，"尚德堂"就是我们家的字号。在我们家装粮食的麻袋和帆布大口袋上、大车和一些重要农具上，都印有"尚德堂"三个大字。在我刚认字的时候，父亲曾仔细为我讲解过这三个字的含义。

　　我在小说中加随笔是想扩大小说容量，突破小说模式对我的束缚,调整故事进展节奏。

中国的传统医学富有神奇色彩,神农氏尝百草,李时珍以身试药,华佗神乎其术,孙思邈成"药王"……好医生很容易被冠以"神医"。

我对医生一直充满好奇和敬重,这恐怕是我对医生题材感兴趣的主要原因。

写《空洞》时最下力气的是人物和故事的质地,以及叙述口气和氛围。肺结核是传染病,我的小说却不能让人感到脏,照样要给人一种洁净的美感。让那些曾医治人们灵魂和肺部空洞的人亲切可爱。

现在心灵和肺部有空洞的人太多了,这也给了我写作的动力。

蒋子龙

2012 年 3 月 3 日

目　录

前言 1

姑娘被活活烧死 1

　1. 生死之间 3

　2. 黑户 15

　3. 菜棚子里的秘密 37

恐怖的地球 54

　4. 鼻孔生毛的男人 56

　5. 乐极生悲 75

　6. 不速之客 99

结核是富贵病还是穷病? 111

　7. 男人的跪 113

　8. 热茶泡馍 128

麝　香 148

　9. 山道上扒车 150

　10. 引狼入室 167

中条山的奇迹 189

　11. 山不转水转 191

　12. 城里的病人 209

　13. 自行车上的风景 225

膏　药 242

　14. 笑奶奶保婚 246

　15. 在切切的盼望中 264

16．"年"就是"关" …………………………………… 277

钱对药的验证 …………………………………………… 290

17．告别中条山 …………………………………………… 292

18．萧墙埋祸 ……………………………………………… 305

19．爱的自然本性 ………………………………………… 322

《子宫在哪里?》 ………………………………………… 344

20．阴阳界 ………………………………………………… 346

21．生命的完全燃烧是死 ………………………………… 361

22．痛苦的女人才外出 …………………………………… 375

23．漆黑宁静的夜间 ……………………………………… 389

后记 ……………………………………………………… 393

姑娘被活活烧死

——尚德堂随笔之一

一九九八年八月二日——请看清,这可是距离进入二十一世纪还有一年多的一九九八年的八月二日,不是一八九八年,也不是一九八九年。

这一天的清晨,天空清湛,阳光炫目。贵州省有名的贫困地区普定县西北面的大山里,有个小村子叫朱家寨,在村外一块草坎上架起了一堆柴火,四周一片死寂。满坡满田围站着附近村子里的男男女女、大人孩子,他们的神情却不像是在庆祝什么节日,而是屏气敛容,有一种莫名的惊恐和凝重,显然是等待着要发生什么不同寻常的事情。

不一会儿,本村的农民朱昌盛,他的连襟刘山,还有本村专会掐尸入殓、操办丧事的贾振华,神色鬼祟又有几分恓惶地用滑竿抬着朱昌盛十七岁的女儿朱艳艳来到草坎中央——这个姑娘两年前得了肺结核,当地人叫"干痨",一下子全村人都躲着他们一家人,走到哪里背后都有人在指指戳戳。朱昌盛把家里仅有的一头牛和两头猪卖掉,带女儿到县里治病,钱花光了,艳艳的病却没有治好。他认为女儿是来讨债的,干痨治不好,日久天长若再传染给小女儿二艳就更惨了。朱昌盛便跟妻子商量,不如一把火将艳艳烧了干净!

他妻子居然也就同意了,还哄骗女儿是去姨家里待几天,于是就有了今天这样的场面。

一到烧人现场,看见阵势不对,艳艳本能地感到了危险。但她骨瘦如柴,显得单薄而透明,已经没有逃跑或反抗的力气了,只是挣扎着

1

滚下滑竿，问她的亲姨夫："姨爹，你们要做哪样？"

刘山再浑蛋，这时候也哭了："送你归天呢，儿！"

朱艳艳一阵惊恐，立时吓瘫了，向着站在几步外的亲爹号啕起来："爹，饶了我吧，我不想死！饶了我吧，爹！"

此时的朱昌盛，难受归难受，心疼归心疼，竟面目可怖地向刘山和贾振华下令动手。他们将挣扎着的姑娘强行抬放到柴火堆上，点着了大火……谁能想得到，都这个年月了，竟然还会发生这种大烧活人的惨剧！

众口铄金，这样的事怎么能瞒得住？有人给捅到了公安局，第二天警车开来，把三个火烧活人的家伙给铐走了。朱昌盛的妻子又急又怕，当场一口气没上来竟活活送了命——也许是自悔自责，因悲痛过度而亡。

后来，朱昌盛被判了十二年徒刑，另外两个人各被判刑十一年。

一个完整的家庭就这样被烧没了，只剩下十五岁的小姑娘朱二艳。

姐姐被烧死后，她的境况不仅没有得到改善，反而更糟了，村人们依然像逃避魔障瘟疫般地躲她议论她拒绝她。她也确实已经感染了结核病菌，手心潮腻，身淌虚汗，四肢无力，并伴有阵发性咳嗽……但她不能向别人说，每天躲在自家的房子里不敢出门。

等待着她的又能是什么结果呢？

——唯愿她得的不是耐药性结核病，也给还没有完全丧失同情心的人们一定的时间找到她。

1. 生死之间

　　山西平陆的焦家盼一个男孩儿,就真的来了个带把儿的小子。

　　然而这个早就被取名叫焦安国的男孩儿的降生,却把他的母亲推向了死亡……

　　屋里所有能堵血的东西都用上了:一沓沓的草纸、一条条接生用的干布,都被浸红了,褥子、被子也被血泡湿了……血却还在向外渗!这样一个瘦小枯弱的躯体内怎么会有这么多血? 这个病恹恹命如游丝的女人突然变得让人感到恐怖了,殷红的血现出一种狞恶,令人望之眼晕。

　　接生婆拍手打炕地嚷嚷着快去请村里正式的郎中,她那尖厉惶遽的声音如夜枭的怪叫。刚才还欢天喜地的焦家,转瞬陷入一片慌乱之中。就在这一片慌乱和喊叫声中,焦安国却被迎进了一个新天地。他也大哭不止,仿佛对这个世界充满恐惧,还想再回到母亲的身子里去。

　　产妇武桂兰面如白纸,刚才用力过猛,现在则一丝力气也没有了,她感到自己身上还能动的东西就只有血液了……渐渐地,她觉着连血液也没有力量在自己的身体里流动了,它也太沉重了,仿佛滞留在心脏和血管里。

　　是心脏太累送不动血了,还是她的身上根本就无血可送了? 她想睁开眼看看自己的儿子,特别想知道他的肺有没有毛病。她从很小就为自己的肺担心,生怕遗传给儿子。她用了力气,眼前却是亮晃晃、白花花,转而化为银光银雾。在一片白雾中,她的眼睛也花了雾了黯淡了,没有看到刚出生的儿子,却看到了自己小时候的样子……

梳着两条细黄的辫子,穿一件她最喜欢的红地白格的褂子,站在村东头的井台上。她很想探下身子借着井水照照自己的样子,可她不敢,知道自己的脸太吓人,都瘦得走形了。人家都说连鬼在二十郎当岁的时候都是美的,她还不如鬼。肺里的那个空洞,把她身上的每一个毛细血管的营养都吸走了,还吸走了她的青春、她的美貌。没有人说得清为什么偏偏是她得了这种病,家里人往上数三辈子也没有得这种病的,她在家里又最被娇惯,有重活不让她碰,有好吃的先尽着她,病怎么就这样不长眼地找上了她呢?她的病又成了家里的空洞,这是个多少钱也填不满的洞,快把一个家抽吸光了。家里的饭食越来越差,爸爸、妈妈越来越愁,全家人天天就为她的病忙乎,到处求医抓药,把本来就不厚实的家底真正抖搂净了。她的病非但不见起色,似乎倒越来越重。

她多次想到过死,这天上午又咯了大半碗血以后,决定要付诸行动了。可供她选择的只有两种办法:一是上吊,一是投井。上吊太难看,舌头伸老长,眼睛瞪老大,会吓坏妈妈。投井最好,干干净净,水水灵灵,如果临死前喝一肚子井水,还会显得胖一点。

等到后半晌,村民们都下地了,她听到村子里安静下来,就把自己收拾干净,悄悄来到井边。她心里是紧张的,从一出家门眼泪就没有断,站到井台上闭住眼,知道自己真正到了生死的临界点,身子往下一扑就过去了。她在心里最后一次跟爸爸妈妈告别,还准备说一些对不起以及拖累了全家的话……身后却猛然响起了山杠爷的声音:"孩儿啊,命是你自己的,你不想要了别人要拦也拦不住;可你不能打这口井的主意,全村人都靠这口井活着,你占了它,让村上人怎么办?"

她还真没想到这一层,自己的病是会传染的,难道让全村人今后都染上肺痨?她睁开眼,旁边还站着个年轻人,一身城里人的打扮,热情、硬朗、阳光灿烂,有一股发烫的强盛的生命气息向她扑过来。看样子,她就是不顾一切地想死在这个井里,现在也跳不下去了。

山杠爷把她拉下了井台,城里人也从井台上跟下来,嘴里说:"让我看看得的是什么病啊,就值得寻死觅活的。"他不由分说地就抓起她的胳膊为她号脉，摸完了这只摸那只，然后说："是肺病啊，不值当的！我是从中条山大矿下放回乡的大夫，给你开几服药吃吃怎么样？"

也是该当她命不该绝，这个到邻村出诊，路过井台想寻点水喝的年轻人就是焦起周，一来二去地，就真把武桂兰的多年沉疴给治好了。起死回生的病人爱上救命的医生，或医生喜欢上自己的病人，都是很自然的事情。何况一个是嫁不出去的病姑娘，一个是因为回到农村正处于人生低潮的光棍汉，可算是门当户对、同病相怜，两人高高兴兴地结了婚。

他们结婚不多久，国家度荒度出了眉目，大矿上又招人，焦起周回去重新当了医生。好像他被下放回家就为了救活武桂兰并娶过来给自己当媳妇——天下的事要多巧有多巧，想不承认缘分都不行。焦家唯一担心的是武桂兰这样的身板还能不能生儿育女。两年前她生大女儿焦最婵的时候，焦起周亲自在身边护理，什么事都没有发生。这次算是老月子了，谁都没有在意，却偏偏出了事！

村里唯一的老郎中被找来了，一脸权威般的凝重和沉着，用摇头叹气代替了对接生婆的不满，有条不紊地为产妇量血压、测脉搏、做通身检查，最后诊断为产后大出血，很可能还会引发肺结核和肝炎等老病。老郎中给病人喂了救急的药，打了救急的针，嘱咐满屋子的焦家人赶快送县医院，再晚了人就有可能保不住了！

焦家近房远房的叔伯兄弟很多，这时候却没了主意。有人说离县上这么远，送去还能赶趟吗？有人说县里正在搞武斗，乱哄哄地到处打仗，医院里还有人看病吗？倒是焦起周的老娘还没有乱阵脚，自从丈夫去世后她就是一家之主，甚至越是愁苦的时候，越要在脸上挤出笑。老人坐到儿媳妇身边大声问："桂兰，你平时也看了不少医书，自己心里有个主意吗？"

沉了好一会儿，武桂兰才断断续续地像吹气一样轻轻地吐出几个字："让起周给我治……"她信任丈夫，抑或是想到即便死也要再见丈夫一面，死在丈夫的身边。

婆婆不放心，却知道只有这一条路了："去中条山大矿的道儿很远,路又不好走,你可得挺住了!"

对,只要把桂兰送到起周那儿就好办了,别的大夫都是医不治己,唯他治自己媳妇的病是一绝——这就叫什么人有什么命。更重要的这是武桂兰自己的主意,把她送到她丈夫身边,再出了什么事家里也不担责任了。

担架很快就绑好了,由焦起周的弟弟焦斌丹打头,他虽然刚中学毕业,却一向安稳可靠。又由他选了四个精壮的小伙子,带上干粮就匆匆上了路。

日色已近黄昏,西天一片惨红。村烟依依,浮云夹裹着阴气。成帮结伙的老鸹在头顶上嘎嘎叫个没完。

真是晦气!

——但谁也没有说破。小伙子们心急脚快,转眼就进了山,光线立刻黯淡下来。野气弥漫,乱藤绊腿,山道越走越陡,路狭石峭,羊肠盘桓。武桂兰命悬一发,紧闭双眼,面容惨白得吓人。抬担架的人生怕她就这么走了,不停地呼喊着:"嫂子,你可坚持住啊,一会儿就能见到我哥了!"

他们还得不停地给自己打气:"见到我哥就好啦!"

前面的大山如波涛汹涌,迎面裂开漆黑的大口子……

在中条山的腹地,有一座矿业公司,放炮崩山,采石采矿,就地冶炼。于是,中条山裂开了,山林开始大片大片地脱落,露出了灰白色的伤口。在这大山的伤口上建起了厂房、宿舍,修出了一条条道路。人,也就越聚越多。在当时社会上,他们被认为是最幸运的一群,属于一种最优越的阶层,享受着令人羡慕的工资和各种福利待遇。更重要的是持有工业户口,也就是城市户口。在长达几十年的时间里,你是什么户口,就注定了你有什么命运。

焦起周就是这优越阶层中的一员。矿上正时兴"造反","造反派"临时拉起的山头比中条山的峰峦还要多,闹嚷嚷成天打派仗,生产已处于半停顿状态。别看不干活,每个人月月的工资却照发不误,这就是工业户口的优越性。外面还黑蒙蒙的，焦起周就被矿上高音喇叭播放的歌曲和呼喊声吵醒了，起来先把昨天晚上写好的信送到矿区大门口的信箱里。不知这回桂兰是生男还是生女，说不担心是假的，即使不担心，也会想啊……按理说，趁着矿上没有正事干应该回家看看，但他心里这样想嘴上却不敢这样说。按矿上"造反总部"的说法，眼下正是革命派生死存亡的紧要关头，紧要关头谁敢当逃兵？矿医院里每天一上班先点名，然后是雷打不动的"天天读"，他怎敢请假找着挨雷打？

在单身宿舍前面立着一个用铁管焊成的双杠，旁边放着一个用石头做的杠铃，焦起周送信回来就在双杠和杠铃上发泄胸中的郁闷和多余的精力，或拔或悠或举……他喜欢运动，愿意自己的身上有点隆起的肌肉，看上去更具男人气概。因为妻子身体单薄，老念叨男人身体好女人才有福享，希望他能身躯强健。

太阳已爬上中条山的脊背，光线被矿场上空的烟尘遮挡，整个矿区还是灰蒙蒙的。焦起周折腾出了一身大汗，捡起刚才脱掉的毛衣正要回屋子，矿医院的内科大夫，也是焦起周在太原医专上学时的老同学黄鹿野，用手捂着左半边脸跑过来，老远就喊上了："起周，你宿舍里有药箱子吧？给我上点药。"焦起周拿开他的手，见黄鹿野鼻青脸肿，左脸上有几道像是被指甲挖出的血痕，惊问道："你去参加武斗了？"

黄鹿野苦笑："也算是武斗吧，叫我家里那个醋坛子给抓的。"

焦起周嘬嘬牙花子："昨天晚上趁着乱乎儿，你是不是又跑到外边去打野食了？"

黄鹿野起誓发愿："老同学，怎么连你也把我当成寻花问柳的淫贼？天地良心，我是在玉香的家里打扑克！"

焦起周领他进了自己的宿舍，从床下掏出药箱子，用酒精在伤口上消毒。也只能消消毒，倘若涂上红药水、紫药水之类的就太难看了，如果缠上绷带就更招眼了，人家还以为他是"保皇派"，叫"造反派"给打的呢！

焦起周同宿舍的另外三个人也起来了，大家都很熟，一块儿拿黄鹿野的花花脸开心。黄鹿野赶紧转移话题："起周啊，你是专攻疑难杂症的,女人太爱妒忌了也是一种病,你有没有办法治?"

焦起周没打奔儿就说:"有啊,当你老婆来月经的时候,用她的月经纸包一只蛤蟆,在你们常去的厕所前面一尺远的地方埋了,保证以后她不会再因妒忌跟你闹了。"

"是吗?"同宿舍的人也都很感兴趣地叮问,看来家里有醋坛子的还不少。

黄鹿野瞪大眼睛,将信将疑:"真的假的?"焦起周是个严肃古板的人,脸上没有一点开玩笑的意思:"你也是大夫,医生治病能打岔吗?"黄鹿野的脑子反应极快,问道:"若是大城市里的人,都住在钢筋混凝土的楼房里,那月经纸包蛤蟆往哪儿埋?"焦起周一愣,随口说:"城里人的妒忌是没法儿治的。"黄鹿野咂咂嘴:"行,我还真得试一试,不灵了再找你算账。"他解嘲似的也劝其他三个人都回去试一试。

宿舍的门是敞着的,他们听到有杂杂沓沓的脚步声由远而近,紧接着就有人大声吆喝起来:"焦起周,你的家属出事啦! 焦大夫……"

他们冲出屋子,看见一群本矿的职工引导着一副担架从山下快步走过来,焦起周迎着跑过去。

五个小伙子跌跌撞撞地奔上山来,衣服被山路边的荆棘剐破了,腿上有一道道的刺伤,脸上有一条条的血檩子。从昨天下午由平陆出发,经运城到原田,碰上好心人就搭一段车,搭不上车就靠两条腿跑,整整狂奔了一夜。焦斌丹手指间布满一圈圈汗碱,皮肤裂开了口子,有血从裂口渗出来……

他们一边走一边不停地呼喊着嫂子,生怕一不喊叫了武桂兰就会真的撒手西去。

可任他们怎么喊叫,武桂兰不吭声也不睁眼。

其实,他们的心里早就慌了。一见焦起周,焦斌丹就放声大哭,捶胸顿足:"二哥,二嫂子可能不行啦!"

焦起周不愧是医生,他先检查妻子的瞳孔,再摸她的脉,然后呵斥自己的弟弟:"先别哭,人还没有死哪,只是昏过去了,你这么一嚎,不是招损吗? 快抬着跟我去矿医院!"

　　黄鹿野在旁边提醒他："不能去咱们的矿医院，好药都叫'造反派'拿光了，谁还有心思看病？"焦起周一想这倒也是，可不去医院又去哪里呢？黄鹿野说："得赶紧往县医院送，那儿的院长我认识。"他说着就往大门口跑，半路拦住了一辆车帮上贴满大标语的卡车，不知他跟司机说了些什么，那卡车掉头就开到了担架旁边。焦起周如梦方醒，感激地看一眼老同学，赶紧指挥几个弟弟把担架抬上卡车。黄鹿野也陪着焦起周一块儿跳上车，焦斌丹让另外四个叔伯弟弟留在焦起周的宿舍里等信儿，他随后也跟着上了车。

　　在车上他简单地讲了二嫂发病的过程，黄鹿野听完用拳头捅了焦起周一下："祝贺你呀，得了个大儿子！我已经有三个千斤（金）了，加起来就是一吨半，但愿这个第四胎能给我招来个小子！"

　　"怎么，弟妹又有啦？"焦起周苦笑着摇摇脑袋。

　　黄鹿野忽然提高了嗓门："嘿，我还没愁呢，你摇什么脑袋犯的哪门子愁啊？一个羊是放，一群羊也是赶。"

　　在这种时候黄鹿野仍然能够逗笑，看得出他性情爽直，口无遮拦，惹得焦斌丹又钦佩又好奇。他看着哥哥，希望能给他介绍一下这个人是谁。焦起周抓着武桂兰的手，全部注意力都在自己的妻子身上，根本没有注意到弟弟的好奇心。倒是黄鹿野明白了斌丹的意思，便主动向他伸出手："叫我黄大夫，是你哥哥的老同学。但我跟你哥哥大不一样，你哥哥是正人君子，我却把'酒色财气'四个字都占全了，也正是因为有了这一条才混出个傻人缘儿。就说眼下吧，讲阶级，论成分，人人自危，人人设防，可我仍然能够交友三千。跟你吹句大话，在原田的地面上，我不认识的或不认识我的人还真不多。"

　　焦斌丹憨憨地笑着，心里想交朋友还是要交这种人，真有了急事他真能帮上忙，今天不就全靠他的关系网了……

　　转眼就是二十多天。病房外忽然间就进入了肃杀凄迷的秋境，树叶发黄，零零落落。病房内也相当清冷，凉风借着门窗的缝隙直往里灌。其余的病床都空着，只有武桂兰因高烧发着谵语和跟死亡搏斗的呻吟。她整个人在病床上缩成窄窄的一条,只剩下一层很薄的肉皮包裹着骨头,给人以非常强烈的骨感。她嘴唇干裂,显得极度痛楚,又有一种静静地对待绝望的沉郁。焦起周坐在床头,握着她滚烫而干硬的手,像有一团火在他手里燃烧。

黄鹿野手里拿着几张化验单,和原田县医院的院长洪泉一块儿走进病房,他们满脸沮丧,已经不言而喻地向病人及家属通报了化验的结果。黄鹿野将化验单递给焦起周,焦起周接过只粗粗地扫了一眼,他对妻子的情况心知肚明,还用得着再细看那一堆冰冷的数字吗?他既无奈,又不甘,自己曾救治过那么多人,难道就眼睁睁救不了自己的老婆?

一向总是热情高涨、劲头十足,且随时都能嘻嘻哈哈的黄鹿野,也显出少有的困惑,小声对焦起周说:"洪院长想叫嫂夫人转院……"焦起周一惊,在原田这儿,县医院就算是最大的医院了,还能往哪儿转呢?洪泉一副冰冷的官腔:"焦起周同志,你自己也是大夫,整个治疗过程你都亲眼看着,我们把能用的药都用过了,你爱人的肺结核不仅没有控制住,反而更重了,你说怪不怪?现在已经不能再用药,再用药病人顶不住就会出大事,实际上现在能想到的治疗肺结核的药物对你的家属都不再起作用。可是,不用药就这么活活地耗着,待在我们这儿就没有意义了。所以医院里研究了一下,建议你们转到太原去治,省城的大医院里也许会有办法。"

焦起周知道,这是医院给桂兰判了死刑。洪泉看出来她耗不了几天了,趁着还有口气的时候赶快推出去。

一时间他不知该怎么办,就想求洪泉让桂兰在医院多留几天:"这里到太原千八百里,你看她这个样子,怕是折腾不起了。再说目前国际上医治肺结核也都是这两下子,即便到了省城的大医院,又能有什么新招儿呢?听说省城里正乱,不知医院里的秩序如何,如果赶到了太原又住不上医院怎么办呢……"洪泉却毫不客气地摆摆手,打断了焦起周的话,口气也更加生硬:"焦大夫,咱们医院也开始乱了,人心惶惶,药品不足,你家属在这里多待一分钟就多一分钟的危险。现在我可是正式通知你出院,再出了什么事我可管不了啦!"

洪泉不再给焦起周说话的机会,冲着黄鹿野点点头就自管推门走了。

黄鹿野就像是自己对不住朋友,神情苦涩:"起周,怎么办哪? 如果连他都没有主意了,那差不多真的濒临绝境了。"

焦起周坐回床沿上,弓下身子,双手抱住脑袋一声不吭。黄鹿野耐不住这陷于无望的沉闷,继续出着主意:"起周,咱不能就这么等着让人家来赶,要不我去买到太原的卧铺票? 只要还有一线希望就得争取,不能眼巴巴地看着嫂子等……"那个"死"字,到了他嘴边,又生生地被咽了回去。

焦起周感到自己的身后有动静,他转过脸,看见桂兰睁开了眼,右手在拼力向前伸,显然是想抓到他。他赶忙弯下身子,用双手握住妻子的手。桂兰的眼睛如孩子般迷茫无助,脸上现出石头一样的苍白。她翕动嘴唇想说话,但声音像窗外的雾一样轻柔,一吐出嘴就碎了。但焦起周还是听懂了她的意思——她哪儿都不去,更不想死到太原去,她要丈夫接她回家,要死也死在丈夫和孩子们的跟前。朴茂健硕的焦起周,眼眶一热,两大泡泪水禁不住滚滚滔滔地流了下来。

生命已经漂流到下游的武桂兰,眼睛里流露出无限爱怜,仿佛该安慰的是丈夫而不是她,这使她的脸上有了一种贞怡恬淡的生气。她脆弱到随时都可以死,眼下所能凭恃的就只有胸中这点气息,但哀怨到极点便神情笃定了! 焦起周读懂了妻子的心,他恢复了做男人的持重和端肃:"桂兰,那就再让我给你治一次,我不相信你会这么快就抛下我和孩子!"他转身又小声和黄鹿野商量,"她出了院可住在哪儿呢?"

黄鹿野也犯难:"要不先到我家里挤一挤?"

焦起周断然拒绝:"那可不行,你的家里一间屋子半间炕,怎么能再挤得下一个病人!"黄鹿野有几分不好意思,好像武桂兰没有地方住是他的责任。焦起周犹犹豫豫地征求他的意见:"我倒想起一个地方,咱们医院的后面有间菜棚子,闲了一两年没有用了,你说让桂兰住在那儿行吗?"

"哎哟,那间破棚子还能住人吗?"

"我们眼下还有资格挑肥拣瘦吗?只要能有个地方先存身就不错啦!客气话我不多讲,再求你帮个大忙,找几个人把那间菜棚子给收拾一下,把我的床和被褥,还有所有乱七八糟的东西都搬过去。我办完出院手续,就把桂兰拉回来。"

黄鹿野立刻又来了精神:"我说你这家伙,看来是早有准备。"焦起周苦笑,心里泛起酸意:"你的老婆孩子都是城市户口,天天团圆,哪知道我们两地分居的难处?哪还敢奢望住上好房子!"

黄鹿野咂着嘴说:"你向来是个主意很正的人,行啦,收拾房子的事就交给我吧,别的不敢说,保证能让你们住得干净暖和。"他大包大揽地打完包票就先走了。

那还是个"听诊器、方向盘"的时代——医生和汽车司机是社会上最吃香的两种人。常被人求,自然也就常被人高看一眼;总能被人高看一眼,也就能得到许多别人得不到的好处。工人要求着医生的地方可多了,生病出工伤还不算,就是想偷懒泡病号,没有医生给开的假条也不行。以黄鹿野在矿上的人缘,动员十几个工人来给干点私活那是太简单不过了。别看矿上正事没有人干,要说给朋友帮忙,谁都愿意伸把手。眨眼的工夫,木匠和泥瓦工都来了。矿区又是一个要什么有什么的地方,砖瓦灰沙石,金木水火土,别说是整修一间小屋子,就是重新另搭起一间房子也是手到擒来。等到下午,焦起周用排子车把妻子拉到矿上的时候,那间破菜棚子差不多变成了一间新房,换上了新的门窗,里面重新套了灰,顶子铺了新油毡,床铺支好了,炉子砌好了,工人们还拉来两车大煤块儿堆在门口,敞开地烧也够烧一冬天的。工人们想得很实在——反正都是国家的,不烧白不烧,别处糟蹋得多了,谁还在乎这一点?何况焦大夫这个人又不错,家里出了这么倒霉的事,大家帮他一下,心里还能获得一种积德行善的快感。

焦起周没有想到会有这样的效果,急剧消瘦晦暗的脸上泛出光泽,眼睛里有了神采。这很像个家了,房子就是家。他多年跟几个同性不同姓的男人住在一间单身宿舍里,那只叫宿舍,不是家。他的家属是农村户口,在矿上就叫没有户口,老百姓管这样的人家叫"黑户"。按理说,"黑户"是不可能有一间属于自己的房子的,可他们居然有了自己的窝! 先别管它合法不合法,天大地大有一间房子才能安家,爹亲娘亲没有房子不算一家人。他单身多年,无时不在盘算着怎么才能把老婆接来,想不到还是沾了老婆病危的光,突然就有了安身之处,不知是该喜还是该悲。他为人方正,但不是个死板悭吝的人,知道自己没有能力请干活的工人们吃一顿,就在县医院门口买了一条中档的绿叶香烟,给修房子的工人们分了,也让黄鹿野脸上好看。

送走工人后黄鹿野也要告辞,焦起周留住他,随手在一张纸上开出几味药,请他帮忙去抓,如果矿医院没有就得到县药铺里去买。虽是老同学,焦起周还是说了许多感激的话。黄鹿野则最怕焦起周这样正经八百地表示感谢,一边摆手,一边后退,嘴里哼哼唧唧地落荒而逃。

小屋里只剩下夫妻俩,他们渴盼团聚的这一刻有许久了。焦起周的情感仿佛已经被对妻子的挂虑掏空了,武桂兰也被对丈夫的思念吃光了,眼下竟没有一点心思缠绵或说点体己的话。她在被死神追赶着,压力却全在焦起周一个人身上。武桂兰倒显出一种欣慰和安详,脸颊甚至浮起薄醉的光晕,这是肺结核重病人的典型征兆。焦起周探身趴在妻子的脸前说:"桂兰,你听着,现在只有靠我们来救自己了,你的结核有了抗药性,现有的治疗手段对你全不起作用,只有动用老祖宗留下的秘方了。但是,管用不管用,要承受多大风险,我心里一点底也没有。我要试着来,你也要格外警醒,不论是什么感觉,只要有一点反应立刻就告诉我。"

武桂兰轻轻动了动下颏,眼神里有无限的温暖和信任。

焦起周从内衣口袋里掏出那张包裹着白色塑料布的秘方,因为单身宿舍里不保险,他随时都把方子带在身上。这个方子并不是他的祖上留下来的,而是武桂兰的爷爷亲笔所写,只不知是爷爷自己所创,还是他收集的。

　　当初这位老爷子是名震一方的"三先生"——不管什么病,喝上他的三服药准好。据传"三先生"早年出过家,性情古怪,行踪飘忽不定,也有人背后称他"大佛爷"。他到五十多岁才结婚生子,尚未把平生本事传给儿子就撒手人寰,只给后人留下一大箱子医书。正是由于这层原因,桂兰的父亲格外高兴能把女儿嫁给焦起周,就把"三先生"留下的那一箱子医书当了陪嫁。

　　焦起周打开塑料布,这只是"三先生"许多稀奇古怪的药方中的一个,是专治肺结核的,前面还有一行小字:"治痨奇方,切勿外传,只传媳妇,不传女儿。"下面是一味味的药名和分量。其实用不着再看,焦起周已经烂熟于心了。他重新把药方叠起来包好,掖到桂兰的枕头底下——这就是有家的好处,珍贵的东西可以放在家里,而不必时时刻刻都带在身上。

　　他给妻子喝了水,把被褥搞舒坦,说:"这个方子上有几味药我估计抓不到,趁着天还早我去山上采,一会儿就回来。"桂兰眼睛里闪过一丝不安,这间小屋孤零零地远离矿上的家属宿舍区,丈夫一离开她就感到孤单和害怕,何况她还是个濒死的人。但她轻轻吐出来的话却是对丈夫的嘱咐:"要小心……"

　　"没关系,哪儿有什么药我早就看好了,上山采了就回来。你别看这架山不起眼,今后治你的病可就全指望它了。"焦起周安慰着妻子,表现出男人应有的乐观和自信,他需要给妻子打气,也需要给自己打气。

　　是危险使他紧张,而紧张又使他感到了自己的生命力。在这个时候,只有这样的生命力才能安慰女人。他背起一个筐就走了。

2．黑　户

中条山西邻华山，东接太行，它正居其中，且狭而长，故得此名。其势如灵蟒，蜿蜒曲折，层峦叠嶂。焦起周平时闲着没事常到山上来找药，对这一带很熟悉，而今甩开大步叉子翻过矿区，直向后山林深草密的高处攀援。

西天一片血红，山峰对落日，正是欲吞不吞欲吐不吐，使群山变成一座红彤彤的熔炉，紫烟弥弥，晚晖霏霏。焦起周心急火燎，哪有心思看景，只盯着脚下的药草，拔了就丢进背后的筐里……

前面就是峰顶了，在一块平整光洁的巨石上坐着一个人，背靠着一株粗壮的矮脚松，左手里也拿着一把药草，眼睛一直跟着焦起周。见他已来到自己的脚前，竟还低着头寻寻觅觅，全不知头顶上坐着个大活人。于是喊了一嗓子："嘿！你是给谁采药啊？"

这冷不丁一声，吓了焦起周一大跳，他万没想到这个时候在这种地方还会有人，遂仰起脸，看见大青石上站起一个人，身躯高大，身影遮住了夕阳，背后一片红光，前面却看不太清楚。焦起周非常紧张，一时辨不清是人是神是鬼是怪，口齿就有些结巴："你……是谁？"

头顶上的人呵呵一笑："别害怕，我不是鬼也不是神，更不是来抓你偷采药草的'造反派'。我看你从打一上山就紧忙乎，药也采得不少了，上来坐一会儿吧。"

焦起周不敢拒绝，只好绕到后面登上巨石，这才看清石上人的面容：清癯，谦和，蔼然有脱尘绝俗之气，年纪却四十岁上下。可能是为了打消他的顾虑，人家先做了一点自我介绍："我是国家药材管理局的,下来考察中药材基地,从四川、陕西过来,一路没碰到一个还有心思登山采药的,想不到在中条山终于看见了一位知道山上有药的人。不知你是游方郎中,还是制药厂的技术人员?"

焦起周摇摇头。

那人又问:"护林员或者是看山的?"

焦起周又摇摇头,随后说了实话:"我是下面矿里的医生,采药是为了给爱人治病。"

"你爱人得了什么病?"

"肺结核,县医院已经治不了啦。"

哦!那人轻叹一声,眼睛却转过去看着渐渐下沉的夕阳,自语般地说起来:"历来治肺结核的老套子是养阴益气以清热,固金保肺以补虚,杀虫除蒸以祛邪。但怎样做到补而不腻,涩而不滞,又活血又养血,又和中又运脾,可就难了!"

焦起周一听就知道遇上了高人,很想请对方下山看看桂兰的病,可连人家的姓名都不知道又怕显得太唐突,就先套套近乎:"哎呀,你是大夫,贵姓?"

"眼下可不兴用这个'贵'字,我叫尚德堂。你呢?"

"焦起周。我能冒昧地请您给我爱人看看病吗?"

"起周……意气自雄,好大气的名字。"尚德堂转过脸认真打量焦起周,口气也变得异常沉缓:"恐怕不行了,你看咱们脚下这个山坡上,是不是还站着两个人……"焦起周顺着尚德堂的手指,果然看见两个正向这边张望的人。尚德堂继续说:"那是等我的,我今天晚上必须跟他们乘火车赶回北京。如果我去给你爱人看病,能不能看好且不说,还会给你惹麻烦。但我对你有信心,医院治不了的,你能自己采药自己治,这股精神、这份胆识可喜可嘉。你求助于中条山算是找对路了,这座山可是个药材宝库!"

尚德堂又把目光转向远处:"当年扁鹊出邯郸,走洛阳,入秦治病,就在这中条山采药。他治好了秦武王的病,却引起了秦国太医令李醯的妒忌,扁鹊辞秦返回河北路经现在的永济市清华村,就被李醯派人杀害了。《史记》上说扁鹊饮了上池水，能看得清人的五脏。在 X 光未发明前用肉眼能透视五脏，是说他断病如神，如同亲眼看得见五脏一样，知道毛病出在什么地方。到解放后清华村上还留有'神医扁鹊庙'，我这次原打算也去看一看，现在去不成了。不知扁鹊庙能不能躲过这次'横扫一切'的棍棒？"

尚德堂突然显得很伤感。焦起周猜到眼前这位高人八成是当权派一类的角色，不知是该回答他的问题，还是该劝他几句。想答他却没有答案，想劝他又感到自己力不从心，不知从哪儿插嘴。

尚德堂似乎不需要焦起周应答，他只需要一个听他说话的人。沉了一阵，他情绪一转，改变了话题，指着莽莽苍苍、千峰叠翠的中条山说："你看，运城这一带完全得益于这座中条山，它俯瞰龙潭，把玩黄河，而后揽腰一抱，形成晋南平原的屏障。在中条山的怀抱里有舜王耕过的地，老百姓称那块地方为舜王坪，方圆不过几十亩，却有多少人就打多少粮食，来多少人都足够吃饱的……你知道舜王的故事吧？"

焦起周就在这山里工作，怎么可能不知道有关舜王的传说？但他看出尚德堂谈兴正浓，就不愿意说出自己所知道的，想让这个神秘的北京医生多讲一点，也许他回到北京就没有机会这样自由自在地讲话了。

尚德堂似乎忘记了自己还要赶火车，居然很有兴致地讲起了在当地流传极广的传说："上古时代有一老汉，生了两个女儿，长大后想嫁个好人，老汉便带上盘缠，外出去寻找他心目中的乘龙快婿。走了许多地方，转悠了一年多，也没有碰上一个让他满意的好人。有一天来到中条山下，看见有个年轻人在耕地，拉犁的是一黑一黄两条壮牛，小伙子吆喝牛的声音十分响亮，手里晃悠着柳条棍儿，但从不往牛背上打，只敲打挂在犁把上的一只簸箕。老汉感到奇怪，就上前询问，小伙子，你赶牛不打牛，为什么要敲簸箕？小伙子说，打牛牛会疼，打黑牛黑牛不高兴，打黄牛黄牛不高兴，我一打簸箕两头牛都会用力拉套。老汉听了大喜，这就是好人，便把两个女儿都许配给了小伙子——他就是舜王……"

　　焦起周禁不住也笑了。他知道这个故事到此并没有完,老汉的两个女儿都想当大老婆,举行了两场比赛——熬小豆粥和纳鞋底。结果是小女儿获胜当了大老婆,做姐姐的反而成了小老婆……不知为什么尚德堂没有讲出这个结尾,思维却又跑到别处去了:"在新生代时期,受地壳变化的作用,中条山发生垂直升降运动,北麓断裂,形成狭长的陷落地带,这便是运城的千亩盐池。你们当地人更喜欢说是由于黄帝诛蚩尤,用蚩尤之血积成盐湖。但至少可以断定,盐池从黄帝时期就开始出盐了,开采至今,取之不尽,用之不竭,不停地向外运盐、运芒硝。运、运、运——运城大概就因此得名。这实在是一块好地方!"

　　焦起周用力点着头,他心里惦记着妻子,既然请不动尚德堂去给妻子看病,就想找个机会辞别下山。可尚德堂根本不看他,对他的焦急也全然不顾,只顾径自说下去:"在你们这块土地上还产生了春秋时期的越国大夫范蠡,'允文允武,乃圣乃神'的关羽,唐初四杰之首的王勃,古文八大家之一的柳宗元,诗人卢纶、王维,诗论家司空图,宋代主持编修《资治通鉴》的司马光,元代的戏剧家关汉卿……难怪人们把这块地方叫做'运城',真是一块走运的土地,几乎在历史上的每一个重要时期,运城都出现过重要的人物。"

　　天色渐渐黑下来了,站在山坡上的那两个人焦急地向这边打着手势,大声催促尚德堂赶快下山。尚德堂不为所动,仍旧慢条斯理地说:"焦大夫,你们的矿场真是大杀了中条山的风景,把好端端的一座山林毁得乱七八糟,像一贴烂膏药贴在中条山的腰眼上。这是没有办法的事,谁叫它肚子里还埋着这么多值钱的矿石呢!"

　　焦起周不能不告辞了,正不知该怎样称呼尚德堂……尚德堂却一转脸向他伸出了手:"天地英雄气,千秋尚凛然。我真是积习难改,看到寂寞秋草,悲风夕阳,很容易就引发思古之幽情,这是该好好批判的。好啦,今天我们能邂逅一叙也是件快事。只是耽误了你采药,感谢你耐着性子听我说了这么多废话,到此为止。唯愿你的苦心得偿,祝福你的爱人早日康复。"

　　真要告别了,焦起周心里又生出一种惋惜抑或是依依不舍之情。

尚德堂的谈吐和风采是他从来没有见到过的,这显然不是个一般的人,他拥有另一种精神世界。只是此一番回京,不知他吉凶如何,从他的神态来看似乎是大不妙。

焦起周甚至怀疑,若不是有人紧盯着,尚德堂也许会永远待在这中条山上……

一个多月来,武桂兰只有昏迷,没有真正的睡眠。"三先生"的治瘵秘方果有奇效,服下第三服药后,她像一个劳累过度的正常人一样沉沉大睡了一觉,醒来后浑身的木钝昏沉一扫净尽,她立即便知道自己又闯过来了。

她的身体只稍微动了一下,睡在旁边的焦起周便激灵一下欠起身子,轻轻将手指搭在她的腕子上。她没有睁眼,装睡般地继续躺着,她有一种重新获得生命的欣喜,也就格外喜欢这清晨的安静。她要静静神,积压了太多的事情需要想了。

她的身体真是一个奇迹,几次玩儿悬要香消玉殒,几次又都活了过来。而且她觉得大病每把她碾碎一次,挺过来之后就更有活力,生命也更有滋有味……

焦起周把完脉,长舒一口气。别看桂兰是病秧子,身上却有一种难以定义的东西,她潜力无穷,对中药极端敏感,简直是指到哪儿就能打到哪儿……他越来越喜欢她骨子里这种隐蔽而顽强的生命力了。

他满心畅快地盘算着"三先生"的药方要不要做适当的调整,至少在剂量上要根据桂兰病情的变化而有所变化……想着想着就躺不住了。他每天一睁开眼,要干的事可太多了:为了给桂兰补身子,他买不起也无处去买牛奶,便买了一只大奶羊,每天挤羊奶给桂兰喝,因此他早晨第一件事就是到山洼背风的地方去寻找鲜嫩的青草,顺便再割些干草回来预备做冬天的羊饲料;喂上羊,再去锅炉房打热水,就便到食堂把早饭买回来;然后点炉子,把药熬上,利用熬药的空儿伺候桂兰洗漱、吃饭;药熬好后倒出来,自己也会抓空把桂兰不吃的东西风卷残云般都划拉到嘴里;到了钟点,看着桂兰喝完药,嘱咐完该嘱咐的事情就要跑步去医院,得准时参加点名和"天天读";上班时间倒有比较大的自由,还要灵活机动地抽空上山采药……

一想到这一大堆事,他哪里还躺得住! 急忙起身,一只手却被桂兰抓住了。她的手上已经有了些力气,声音也变得清晰而有磁性:"天还没亮,再躺一会儿。"

"刚才我好像听见羊叫,一定是它没有吃饱,昨天打的青草少了。"焦起周嘴里嘟囔着,身子却又溜回了被窝。桂兰的身体向他靠上来,娇软,温热。他张开双臂,几乎把她整个人都裹在自己的怀抱里,轻盈,柔弱,像个孩子。这份娇小正是让身材健硕的焦起周最喜欢的,当初在井台上第一次见到她的时候,就觉得活脱脱一个林妹妹。他曾多次反问过自己,是不是因为自己是个医生的缘故,才对病恹恹的弱小女子格外有好感? 他病态般地恋着桂兰的身子,此时却不敢揉搓,不敢再逗弄自己压抑太久的饥渴。桂兰的脸埋在他的胸口上,气息呵得他痒痒的,通体舒泰,神魂荡漾。

桂兰喃喃而语:"你有什么打算?"

"一个男人在被窝里抱着自己的老婆,还能有什么打算?"

"我是问你今后有什么打算?"

焦起周仍旧没明白妻子的意思,随口就答:"你爷爷的治痨秘方分两种,一种是口服的,你已经喝过了,事实证明它的确有神效。还有一种是制成膏药外敷的,为了让你好得更快,我也想试试,不知你敢不敢往身上贴?"

桂兰从他胸口上仰起脸,目光灼灼:"我的命是你的,你敢我就敢! 我是问你,把我治好了你打算怎么办? 还要把我再送回老家吗?"

焦起周激灵一下,这个问题他还没顾得想呢。其实他并不真正了解自己怀里抱着的这个女人。她精妙、诡谲,羸弱的躯壳下有一颗老是激动不安的灵魂,却又含而不露,这恰恰是让他着迷的原因。矿上的许多人,包括他的好朋友黄鹿野,都不理解一个堂堂中条山大矿上的医生,怎么会找一个农村户口的老婆,而且还是个痨病鬼,即使是在下放期间找的,回矿以后也可以把她给离了。他们哪里知道,他真正是找到了一个宝贝。她是那么贤淑、顺从,大小事都绝对以他为核心,可在许多时候她又有让他意想不到的主意,他会不自觉地按她的想法办。尽管她是农民,且身体多病,却是他心里真正的停靠站。

武桂兰瞪着霍霍照人的眼睛,用手指轻轻捅捅丈夫的下巴——由于脸庞过瘦,她的眼睛显得格外突出:"你怎么不说话? 在想什么呢?"

焦起周非常想亲亲她,可她挪开了自己的嘴:"老实点,你还没有回答我的问题。"

焦起周老老实实地承认他还没有想那么远,但他知道桂兰既然这样问,就一定是有什么想法了,于是说:"你别再考我了,快点亮题吧。"

她说:"我不想回老家了,我要当医生。你放在家里的书和爷爷留下的医书我都读完了,那个手抄本上的秘方都背得滚瓜烂熟了,就是缺少实践经验。只有跟你在一块儿,给你打下手,看你怎样诊断,怎样开药,我才能把医书上的知识用起来。"

这个想法在武桂兰的心里可闷了许多年了,一直没有勇气说出来。现在她坚信不疑,自己到这个世界上来的任务就是为了要继承祖父的衣钵。不然怎么解释这种怪事——全村就只出了她祖父一个大夫,而偏偏就是他这个大夫的孙女得了肺痨? 而且既染上了这该死的病,却几次要死了又不让她死……

记得她在小学毕业的那一年,参加全区的会考得了个第一名,被保送到县立一中。要在过去这还了得,等于是中了举人。她跑回家报信,快到门口的时候摔了一跤,吐了一大口鲜血。当她被查出是得了肺结核的时候,父亲不要命地抽打自己的嘴巴,跳着脚地咒骂自己是报应——他的父亲临终的时候把医书和秘方都传给了他,嘱咐他长大后好好学医,可父亲去世后家道很快就败落下来,他只读了四年书就不能再上学了,哪还有心思学医呀! 他辜负了父亲的嘱托,不能行医治病,给大伙儿解危救难,于是老天就让他的独生女儿得病。吃五谷杂粮哪有不生病的,但不能生治不好的绝症——不怕生坏命,就怕生坏病!

21

桂兰瞒着同学到县一中又读了三年书,吐血不让同学看见,不跟同学伙吃东西,不交朋友,不参加一切不是学校组织的活动,借口贫血体弱把自己封闭起来,除去上课就是一个人看书,勉强支撑到初中毕业,因负担过重,病情恶化,就不能再继续升学了。可她实在不甘心,因为她天生就是读书的材料,只有半条命的这副病秧子还年年在班上拿第一呢!休学后除去求医问药,家里什么事也不让她干,她躲在屋里就瞄上了爷爷留下的那一柳条箱子医书。掸净上面的浮土,柳条箱子像铁箱子一样坚硬,箱体凸出的地方,柳条外面的那层油漆被磨掉了,露出了洁白光亮的柳条,她用手抚摩着,想象着祖父的模样……

她暗暗地寄希望于这一箱子医书,也许自己的生命就在这一箱子书里了。她已经吃了上千服中药,先后请了十几位医生诊治过,都没有大的起色。如果她命不该绝,就得看自己了。医书太难懂,她买了各式各样的医学词典,一本一本地啃,越啃越容易,越啃越有兴趣,光是读书笔记就写了七大本。她给自己摸脉——吐血的时候脉象是什么样的?好的时候脉象又有什么特征?发烧的时候脉象有什么特别?——再摸父母的脉象跟自己的脉象对照……她给自己开了几十个方子,却没有一回敢按自己的方子抓药来吃。这时候她才彻底绝望了,自己装了满肚子的医书,却治不了自己的病。直到寻死未成遇见了焦起周,才重又燃起生的希望。

桂兰的嘴可真够严的,这么精彩的故事焦起周居然不知道。

她还有多少事是他所不知道的?

焦起周亢奋得几乎不能控制的下身渐渐平静下来了。桂兰不仅嘴严,还真够敢想敢干的,可惜这不是"大跃进"的年代。他从小喜欢医,初中毕业后又到省城正儿八经地读了三年医药专科学校,现在还觉得不够用的。她就算上过几年初中,能认识医书上的字,以为这就可以当医生啊?但她大病刚有起色,焦起周不敢太泼她的冷水,就和缓地撤火:"我知道你心高,可在中国没进过医专、医大是当不了医生的,就是农村的'赤脚医生',还得送到卫生学校培训几个月呢!"

　　桂兰不以为然："那样的培训我见过,只教给你一些眼面 前的知识,培养不出好大夫。古代没有医专、医大和卫生学校,怎么出了那么多的神医呢? 从前各乡各地也都有自己的治病先生,我爷爷就是一个,他们又是什么学校培训的?"

　　哦,的确不错。焦起周很欣赏妻子的辩才："可……就算你无师自通或自学成才,又有谁相信你呢? 连你自己都不敢吃自己开的药,别人还敢吃吗?"

　　"那是过去,现在我就敢吃自己开的药了。再说,有病乱投医,只要我真能给人治好病,就不愁没有人找我。只要有人找我看病,我在县城里就有口饭吃,就能立脚。"

　　焦起周的脑袋里轰然一震："你是真的? 眼下是什么年月,你敢私自行医?"

　　"看把你吓的,我说的又不是马上。"武桂兰双臂搂着丈夫的脖子,眼睛对着眼睛说："起周啊,从今天起我就可以下地了,煎药、做饭都能干,你回家把两个孩子接来吧。我生了个儿子,自己还没有好好地看过他的模样呢! 也是安国来到这个世界上,才把我逼到城里来的,让我们全家团聚吧。你不知道我多想他,这一个来月我老以为再也见不到自己的儿子啦! 再说,那么小个人儿就丢在家里,我实在是放不下心,俗话说孩子是娘的心头肉,见不到他们我的病也不可能好得彻底。"

　　焦起周犹豫："这件事我倒是想过,你是因为病危,大家都同情,临时住在这儿没人管。要是我们全家人都到齐了,真的在这儿安家立业,恐怕矿上就要干涉了。"

　　黄鹿野说焦起周主意正,真轮上事情,武桂兰的主意比她丈夫还要正。她坚持说："先把儿女接来,等到矿上干涉的时候再说,也许他们光顾打派仗还没有心思管我们呢!"

　　她说的也不是没有道理,焦起周又何尝不想孩子? 特别是刚刚过完"百岁儿"的儿子,他们父子还没有见过面呢! 就对妻子说："把你一个人留在这儿我不放心,我也不一定能请下假来,还是写封信让家里把孩子送来吧。"

"那你去忙吧,我来写信,顺便叫他们把那些医书也给捎来。"武桂兰用手摸了摸丈夫的脸颊,很有兴致地坐起身,并催促焦起周:"快起吧!"见桂兰精神这么好,焦起周也很高兴,动作利索地穿衣下地,先推开窗子,窗下的奶羊连着叫了几声。焦起周边向外走边说:"别叫别叫,我这就给你去打草。"他背起筐,拿着镰刀向山里走去。

武桂兰穿好衣服,站到窗前,看见远处山林起伏,气象葱茏。她深吸了几口干燥新鲜的空气,听到起周在山坡上哼起了家乡小调:

> 人家睡了我醒了
> 人家醒了我起了
> 人家起了我走了
> 人家走了我远了

又拖了好几天,焦起周的三弟斌丹,还有能在路上给焦安国喂奶的一个堂嫂,把两个孩子给送到矿上来了。堂嫂抱着婴儿,斌丹的肩上背着大包小包,手里还提着大箱小兜,这都是武桂兰他们娘儿仨过冬穿的用的和铺的盖的,实际是等于搬家。这些东西都堆进焦起周的小菜棚子,就塞得满满登登,没有人插脚的地方了。

焦起周先把儿子抱过来,已经出了满月的焦安国还像个小老头儿,脸上的蔫蔫皮很多,但不哭不闹,眼睛似睡非睡地眯瞪着。焦起周惊喜异常,大声跟儿子说着话:"小子,你可真了不起,轰轰烈烈地投到我焦家门,差点没要了你亲娘的命啊!"

武桂兰也把脑袋凑过来,用手捏捏婴孩的嘴巴,心里荡漾着无限爱怜:"小安子,是娘对不住你,生下你就没有气力管你了……"

堂嫂赶紧解释:"这孩子倒也没有受委屈,你知道我的闺女都快两岁了,奶不够他吃的,他在村里吃百家奶,谁有奶就过来喂他几口。"

这样一说就更让武桂兰难受。可怜的孩子,东一口西一口的,怎么能吃得饱呢?她的眼圈潮了。

在所有人都围着焦安国谈论焦安国的时候,焦起周和武桂兰的大女儿焦最婵像被大伙儿遗忘了一样站在一边。她只有两岁多,一声不吭,挺着尖尖的下颏,抿着小嘴,瞪着两只黑眼珠,静静地看着窗根底下的那只大奶羊。奶羊也看着她,并冲着她咩咩地叫个不停。最婵走过去,试着用手摸摸羊的脸,皮毛光洁滑手,热乎乎很舒服,一下,两下……顺着脸庞往下抚摩羊的脖子、身子。大概山羊也感到舒服,不再咩咩地乱叫。不知什么时候妈妈蹲在了她的身边,为她抻抻显得有点短的衣襟,理理她的头发,脸贴着她的脸问:"婵儿,想娘吗?"最婵的声音几乎让娘听不到:"想。"

"饿了吗?"

"饿了。"

桂兰把女儿揽到怀里:"娘这就去给你做饭。"

武桂兰煮了一大锅面条,在门口外面用木板临时搭了个桌子,上面放着几根黄瓜、几头大蒜和两听肉罐头,还有一小盆用鸡蛋、木耳和黄花菜打的卤。她一面招呼着大家坐下快吃,一面从丈夫手中接过儿子进了屋。焦起周打开罐头,还开了一瓶刚花一块七买来的白酒,先给斌丹斟上多半茶杯。

弟弟问他:"我嫂子是你给治好的?"

焦起周嘴里应着,注意力却集中在继续给堂嫂斟酒、夹菜上。斌丹一直视二哥为焦家的骄傲,话题却还是围绕着武桂兰:"我们把嫂子给你送来的时候还以为不行了呢,听说县医院都治不了啦……"焦起周的热情仍在吃饭上:"斌丹哪,别光说话,快就菜呀!"

大家在外面热热闹闹地又吃又喝,焦安国在屋里哭了。武桂兰怎么哄都哄不好,就猜儿子可能是饿了,可她身为母亲却一滴奶水也没有,儿子吃不上她的奶,又凭什么管她叫娘呢?她抱起孩子,又愧又急,竟满脸都是泪了。

堂嫂听到安国哭就赶忙放下碗筷,进到屋里撩起大襟,把奶头送进安国的嘴里。他嘬了几口,嘬不出奶水,就转过脸又大哭起来。堂嫂也感到惭愧:"我的奶本来就不多了,又被他嚼了一道儿,哪还有东西。"

武桂兰安慰堂嫂："没关系，起周在前面家属院给安儿找了个奶妈，一天喂三次，一个月十块钱，不够还有羊奶……"她猛然想起窗根底下的那只大奶羊，今天早晨她没有挤它的奶，就是给儿子留着呢，鲜羊奶的营养价值应该是很高的。武桂兰拿着奶瓶来到外面，蹲下身子还没有碰上奶羊的奶子，奶羊又咩咩地叫起来，她把瓶口贴准奶羊的奶头，才发现在奶头旁边长出一个大枣般的红疙瘩，奶羊疼得咩咩叫着闪开了。武桂兰招呼丈夫："起周啊，羊奶上长东西了！"

焦起周离开饭桌，蹲到奶羊跟前察看那个羊奶上的疙瘩，像大疮，但还没有出脓，应该正是最疼的时候。他看着看着忽然一拍大腿："这正好！"

武桂兰不解："什么正好？"

焦起周吩咐："这羊奶暂时不能喝，你先往奶瓶子里盛点煮面条的汤喂孩子，奶妈两点钟就来。"

他反身到屋里，拿出一贴根据"三先生"的秘方炼成的膏药——一直不敢在妻子身上试——剪下一小块，在炉子上烤化了，贴在羊奶的大疮上，然后又回到桌边继续吃面条。未等一碗面条吃完，奶妈来了，也是矿上的工人家属，刚生了个女儿，奶水多得吃不完。奇怪的是，她还带来一男一女两个人，那女的神情极其恐怖，面皮焦黄，伸着舌头，活活一个吊死鬼！

在场的人都倒吸一口冷气，浑身起粟，世上居然还有这样的人。焦起周已猜出来人是什么意思了，但他从未见过这样的病例，心里发慌。奶妈开口说："焦大夫，这是我娘家的老姑，自从生完孩子后舌头就回不去了，县医院、省城的各大医院都跑遍了，怎么也治不好。我知道你专治大医院治不好的病，求你务必给下点工夫，我以后可以白给你家的孩子喂奶。"

焦起周正为难，一时想不好怎样向人家解释，他不是不可以试一试，但一点把握都没有……武桂兰却意外地把话接了过来："你来找他算是找对了，不说十拿九稳吧，也差不离！"

焦起周惊诧地看看妻子。

武桂兰立即像焦大夫的助手一样指挥病人到屋里去,让站在屋外发愣的人把堆在床上的大包小包又搬出来,腾出一块地方叫病人躺上去,又将其他人都赶出屋,并嘱咐他们不得出声。她随手关上门窗,很老练地对病妇说:"你生孩子的时候是怎么个姿势就还摆成那个姿势。"然后她在病人缩不回去的舌头上点了朱砂,一面向丈夫使着眼色,一面用郑重其事的口吻请示:"这样行了吧?"

焦起周莫名其妙地看着妻子,不知该如何作答,只好哼哼唧唧。当他看到武桂兰又到外面拿进来一块砖头放到病妇床头前,然后弯腰从床下轻轻掏出一个大尿罐……他忽然心有所动,知道妻子要干什么了。他似乎在哪里见过这个药方——当然只能是"三先生"的手抄秘籍上。

外面安静下来,病妇在床上紧张地闭上眼。武桂兰向丈夫使个眼色,用手指指脚下的尿罐。焦起周会意,摆摆手让桂兰站开一点,低下身子双手拿起尿罐,轻轻地高举过头,然后提住一口气,狠命向砖块上砸下来,啪——叽里呱啦!

床上的病妇猛然吓了一大跳,激灵灵在浑身一哆嗦的刹那间,缩舌闭嘴,紧咬牙关。

小安国在外面被吓得哇哇大哭,屋子外面的人推门冲进来,惊恐地乱嚷嚷:"出了什么事?怎么了?"

武桂兰脑门儿上一层细汗,浑身酥软,一句话也说不出来,双手扶住了床铺。

焦起周却恢复了医生的自信和尊严,高声说:"没事了,好啦!"他手托着病妇的下巴,让她张开嘴,吐舌头试试。病妇张开嘴,却不敢吐舌头,生怕吐出来又缩不回去了。焦起周鼓励她:"没关系,吐吐试试。"病妇试着运用自己的舌头,直到灵活自如了才转惊为喜,下床就给焦起周磕头,口中还念叨着一些什么。满屋子的人都惊诧不已:"真是神了,还没看清到底是怎么回事就治好啦!"

焦起周扶起病人,那女人千恩万谢,刚来的时候一看这间小房子心里就凉了半截,不再抱什么希望,想不到越是不起眼的人倒越能治大病。她从口袋里掏出一把零票子,最大的是十块,还有五块、一块的,一毛、两毛的,硬往焦起周手里塞。焦起周不要,儿子的奶妈把钱接过来,强掖进武桂兰的口袋:"能治好她的病,花多少钱她都乐意。再说你们在矿上是'黑户',也不容易啊。"

武桂兰没有力气推辞,她还在后怕。刚才如果没有给人家治好,可怎么下这个台呢?自己当时却不知是从哪儿来的那个胆子!

斌丹和堂嫂要回去了,这儿显然是无法安排他们住下的,再不动身当晚就赶不回去了。焦起周从口袋里掏出三十块钱递给弟弟,十块钱买回去的车票,剩下的二十块交给老娘。斌丹推辞说:"你们这里也难哪! 四口人仨没有户口的,就靠你那一份儿工资,哪够啊?"起周说:"再难也比家里活泛,到月头不是还发工资嘛!"

斌丹叹了一口气,没有再推让就把钱收起来了,转脸又对武桂兰说:"嫂子,这里待不下去就再回来,好歹家里还有几间房子,有几铺热炕,干的稀的总能填饱肚子……"他心里还有许多话,却没有再说下去。在农村,再苦,至少还有个正式的户口,每个人都有堂堂正正地活着的资格。可这里又有什么好呢? 住不像个住的样子,吃的也未见得就比农村好到哪里去。更重要的是没有合法户口,是低人一等,当"黑户"。像最婵、安国,从小小年纪就当"黑人",心里会留下什么影响呢? 咳,苦辣酸甜,各有各的盘算……话说回来,几乎所有的农村人不是都想往城里奔吗? 就说他自己,不也是因为没有考上大学才万不得已回到农村的吗? 往常不也是因为有个哥哥在城里上班感到脸上有光吗?

农村属于心灵,代表着自然和自然的秩序;而城市属于理智,摆脱了土地的束缚并凌驾于自然之上,是智慧、自由和财富的诱惑,体现着人的永不满足的野心……

第二天一早再挤奶的时候,奶羊就不躲不叫了。焦起周揭下自制的黑膏药,发现羊奶上的红肿及大疮疙瘩明显地缩小了。他又给奶羊换上新膏药。到第三天,羊奶上的红肿和疙瘩基本消失。这极大地鼓舞了焦起周。他喊来桂兰,征求她的意见:"我看这膏药的疗效不错,至少是没有毒副作用,你看这羊奶,贴膏药的地方皮毛未损。我想你在服用汤药的同时也可以试着贴贴膏药。"

桂兰粲然一笑,解开自己的衣服,只见在她前胸左右两肺的位置上,还有膻中、气海以及肝区的期门、章门等穴位上,都已经贴着膏药。

焦起周一惊:"你的胆儿也太大了,竟敢偷着就贴上了?"

"没办法,这都是叫病给逼的!"

"感觉怎么样?"

"舒服极了,像有股气儿凉丝丝麻飕飕地往肉里钻,特别清爽。我如果闭上眼躺住了,就能感到药力在我身上弥漫、扩散,像兵士在布阵……"

倘是外人听到这样的话,会认为是一个有点浪漫气质的女人向丈夫撒娇,要不然,这就是个巫婆,没有人会当真的。但焦起周却一点都不怀疑妻子的表述。他知道桂兰有着极为敏感的体质,她的身体真是精妙而诡谲,遇有刺激,身体的反应往往比精神的反应来得还要快,而且细腻、深刻。桂兰倘若不是这样的体质,她的病也不会在这么短的时间里就有这么大的起色。焦起周笑着说:"悬啦,但愿咱这小身板儿经得住这场围歼战。"

妻子天生是他的实验室,他根据她的反应不断地调整药剂、药量,一点点地完善"三先生"的秘方。她病了一场又一场,却又能三番两次地死里逃生,仿佛就是为了实验祖父留下的秘方,成全焦起周……

武桂兰是属于自然的,她的生命里有一种来自自然的力量。药物只要不破坏和阻遏这种力量,能够启发和扶助她自身的这股自然之力,就能创造奇迹。

这次跟她当姑娘的时候让焦起周给治病不一样,她不再只是被动地接受治疗,而是能给自己号脉,给自己开药,向焦起周提出许多建议。稍微能打起点精神来了,她就根据眼前的需要重读那些大本的医书:《伤寒论》《金匮要略》《杂病瘟病》《古今救误》《景岳全书》……令焦起周惊讶不已的是,她居然能长久地沉浸于这种枯燥阅读的快乐之中。

焦起周不是个没有事业心的医生,住单身宿舍的时候有的是时间,他制订过一个又一个的自修计划,却没有一个能坚持下来。现在老婆孩子都投奔他来了,一家人就就合合地挤在一间鸽子窝似的房子里,他几乎没有学习的时间和条件了。何况老婆又刚捡回来一条命,两个孩子都还太小,时时刻刻离不开大人,四张嘴就吃他一个人的口粮;天凉了,矿上冷,一家人还要再添置一些东西就只靠他一个人的布票……他什么都缺,什么都紧,什么都愁,天天被赶落得屁滚尿流。奇怪的是,他觉得自己的医术反倒有了长足的长进。

这就是叫武桂兰给逼的。她随时随地都会冒出一些稀奇古怪的医学问题,仅仅是回答这些问题就已经很不容易,若再想回答得让她满意,就更是难乎其难了。一开始他还放不下脸面,端着个丈夫加老师的架子,不懂也不肯承认不懂,哼哼唧唧或东拉西扯地搪塞。桂兰却不依不饶,她在学医上格外死心眼儿,心里有问题不彻底弄明白了就没有完。这逼得焦起周不得不丁是丁卯是卯,自己有不懂的地方只好先去查书,弄明白了再现趸现卖。如果自己顾不过来就让桂兰去查书,然后再由桂兰告诉他。久而久之,他在教桂兰学医的同时,自己也学到了许多东西。

原来,夫妻相处也能相互求知,能不断获知对方身心两方面的新东西,不断发现,步步深入,就越处越有味道。那些天天打架的夫妻一定是相互都把对方读透读烂读烦了,再也发现不了新东西,相互间神秘的吸引力一点都没有了。医生本来就观察得细,更别说要救助的病人还是自己的妻子,两人长期两地分居,有丝毫的疏漏就会使这次团圆变成永久的阴阳阻隔。焦起周靠的是经验和谨慎,而武桂兰全凭自己的直觉和本能,可以说她更耽于幻想,无穷尽的诡谲奇妙的想法源源不断,思想老是不闲着、不中断。

掌握了一定的医药知识,她就渴望给人看病,如同刚学会骑自行车的人一样,瘾头格外大。前几天冒险给人治产后吐舌症,就是一次试验,一次等待已久的冲击。

　　经历过几件事情之后,焦起周开始习惯于信赖武桂兰的感觉,她的感觉能验证他的诊断,就像每天的阳光一样可靠。叫桂兰一衬,他自己反显得有些刻板和拘谨了。于是他便越来越看重桂兰的意见,甚至渐渐养成了一种习惯,遇事先问问桂兰的看法……可他自己也许还没有意识到。

　　女人的胸部是养活男人也能要男人命的地方,现在贴满膏药,实在是没有什么好看的了。清晨醒来,武桂兰索性脱下上衣盖住前胸,把精光的后背对着丈夫,如同白光一闪,晃得他眼睛发直。

　　桂兰说:"你在我的肺腧和厥阴腧,还有肝腧和脾腧这些穴位再贴上两贴膏药吧。"

　　焦起周没有应声。桂兰的后背在早晨的清辉中格外光洁、细润,他没有拿膏药,双唇像膏药一样,对着桂兰的后背,由上至下,一个穴位一个穴位地贴下去,两手急急,火燎火烫般地胡乱摩擦……桂兰身上一阵颤栗,她闭上了眼睛,脸上却洋溢着无限温存。过了一会儿,她轻轻将右手背过去抓住起周的手:"大白天的,你这个当大夫的要欺负自己的女病人啊?"

　　起周耍赖:"现在是我这个当大夫的有病,请求女病人救命!"

　　"没出息,你的病老发作,是一时半会儿能救得好的吗?孩子马上就要醒了,还有好多事要干呢!"

　　"是啊,干事,干事,我现在想干的就是男人最喜欢干的,对男人来说也是最大的最重要的事。"

　　"全是屁话。"

　　"哎,你没听说过男人有两宝吗?老婆忠实的心和炕上柔软的枕。现在这两样我都有了,但你不能不让我享用……"焦起周嘴里这样说着,左手却还是拿过温热的膏药给妻子贴好。尽管这段时间紧张受罪,焦心犯愁,一会儿吓个半死,一会儿累得双腿抽筋,却是他们结婚以来最甜美的一段日子。

武桂兰重新穿好上衣,转过身来看着丈夫,眼睛里透出灵透和慧黠:"这会儿你的病好点了吗?可以谈正事了吧?"

焦起周咧咧嘴龇龇牙:"你的正事还不就是学医、学医、再学医嘛!"

"哎,这就对了,既然想学什么,就要真心去学,来假的不行。有些人干什么都不像,主要就是用心太假,假的始终换不来真的。"武桂兰的口气里已经有了明显的自信,脸上也闪耀着一种内在的光彩。

对此,焦起周的内心是高兴的,可他在妻子面前表现出来的却是不安。有时也确实需要给她泼点冷水:"你不要以为能背下几本医书,手里掌握着几个秘方就是医生,就能给人看病开药了。中医不同于西医,西医是治明摆着的病,看得见什么就治什么。中医是'黑匣子理论',既治看得见的病,也治看不见的病。"

武桂兰仍然笑意盈盈:"我懂,西医偏重分析,务求有科学的质和数,以定性定量。中医最重视从整体的互相联系中把握病情,好医生要参照中医药理随症灵活化裁。《内经》里自始至终都贯穿着整体观念,尤其强调人与自然的统一,与万物的密不可分⋯⋯眼下我想跟你说点实的,通过这次救活了我,证实爷爷的秘方确有奇效,而且安全可靠。俗话说,单方治大病,海上方气死名医。将来我们要用它养家吃饭,人家要问咱用的是什么药?咱总不能对外人也叫它秘方吧?得给它起个名字。"

焦起周赞同:"这倒也是,还是你想得远。"

武桂兰问:"自古以来人们形容好医好药的话都有哪些?"

焦起周说:"那可多了,'神医'、'妙手回春'、'灵丹妙药'、'救死扶伤'、'起死回生'⋯⋯"

桂兰嘴里嘟囔着:"'回春'这两个字不错⋯⋯但不跟'妙手'连起来就显得有点虚了,容易让人想到是春回大地。'灵丹'又太白了⋯⋯哎,'回生'也挺好,正是爷爷的这个方子让我起死回生的嘛!"

焦起周灵机一动:"好啊,那就叫'回生灵'怎么样?"

武桂兰眼睛里闪出一道情不自禁的亮光,反复念叨着:"'回生灵',

'回生灵'，'回生灵'……好，就是它啦。我们的丸药叫'回生灵'，膏药叫'回生膏'！"

这一对年轻的夫妇，在一个极其普通的早晨，三言两语就给将来注定会惊天动地的两种药确定了名字，比给自己的孩子起名还简单。然而，一种好药的诞生和维护，可比养个孩子复杂、艰难多了。也恰恰是这被定名为"回生灵"的药，却在以后的日子里一步步将他们俩送入死亡之途……

自己的药有了名字是件大事，也是喜事。武桂兰紧跟着又向丈夫说出了自己的新打算："起周，从今天起我就要用'回生灵'给人治病了，你可不许打击人家的积极性。等一会儿你们矿上劳资科孙科长的老婆就要来找我治病……"

"啊，孙良贵的老婆？你可清楚这两口子是什么样的人吗？"

焦起周知道妻子做梦都想给人看病，却没想到她会这么性急。好医生能治病救人，庸医和愣头青大夫也能误人害人，稍有疏漏便是人命关天！焦起周嘟嘟囔囔的毛病又犯了，且不想掩饰自己的焦虑，一着急连嗓门都高了："你真的就这么急着要当大夫？"

武桂兰口气坚决："不急不行啊，别忘了咱可是矿上的'黑户'，吃粮要到黑市上买高价的，添衣服也要先买布票，再加上给安儿雇奶妈、买奶粉，哪儿不用钱？处处都紧紧巴巴、抠抠搜搜，不能光急你一个人、累你一个人……"

"你还想靠治病赚钱？这不是自找倒霉嘛！"焦起周这一惊可非同小可。

武桂兰剜了他一眼："人家的话还没有说完嘛，看把你给吓的！我治病不收钱，但被我治好病的人不会都没有心吧？一个好大夫会让病人感到是恩人、是上帝、是天使，他们看见自己恩人的日子过得这么艰难，总会伸把手的。更主要的是我想给你争口气，我们是没有城市户口的'黑户'，在矿上低人一等，如果我是能给他们看病的大夫，看他们有城里户口的人还敢不敢小瞧我！"

"哎呀……"焦起周急得直拨浪脑袋，"医生不是谁想当就能当的，即便你真有点本事都不行,要有行医执照!"

武桂兰笑了:"行医执照有两种,一种是并不代表真正医术水平的一张纸片,那个是很好拿到的。真正难以得到的是患者诚心诚意发给你的执照,你能治好了病人,人家信服你,比任何上级部门发的行医执照都强。你说古代那些神医,比如扁鹊、华佗、孙思邈、张仲景、李时珍等等,哪个不是这样取得执照的?"

焦起周急忙立起眼眉直摆手:"你跟外人可千万别打这样的比方,我们怎么能跟那些医圣相比?"

武桂兰差点说出来,就是想跟医圣比又怎么样? 有上进心还犯法吗? 她身体如此柔弱,却又志在鸿鹄。她不同于城里的女人,生活在虚浮的优越感里,她来自农村,不得不活在现实里。生活本身也老在提醒她,现实点,现实点,别忘记自己是没有户口的"黑户"。但她偏又喜欢幻想,因为幻想总是多姿多彩的,能保持幻想就是保持一份美丽、一份信心。

平时,焦起周很欣赏妻子的这种性格,正是这一点让他并不为娶了个农村媳妇而后悔,反而是这个农村媳妇给他们困苦的多灾多难的生活增加了情趣。而一旦武桂兰想走出自己的家门,焦起周又有种莫名的不安。他说:"你瞧不起那张纸片似的执照,可现在你没有那张纸片就没有处方权,就不能给人看病。"

"谁说我没有?"武桂兰弯腰从枕下拉出一个蓝布小包,打开来,从一个大本子里翻出一张跟他们的结婚登记证同样大小的一张厚纸,是平陆县第二届乡村医生培训班的毕业证,上面用毛笔写着武桂兰的名字,盖着平陆县卫生局的大印。她问丈夫:"你说的行医执照不就是这个玩意儿吗?"

焦起周惊喜异常:"你什么时候拿到的这个? 我怎么一点都不知道?"

"结婚前就拿到了。再往前说,从你跟我表白了感情,决定要娶我的那一天,我就下决心要学医了。我不能老以一个你的病人的身份跟你过一辈子,自己也要成为医生,才真正是你的伴儿,你的助手。心里没有根儿怕你笑话，就一直没说。"

焦起周问："现在心里有根儿了？"

"有点了。"

"这根儿是从哪儿来的呢？"

"一是对我祖父的秘方有了信心，就像手里有了一把尚方宝剑。当大夫的都知道，吃药要投方，吃药投了方犹如一口汤。二是我读医书可读得够多了，金元四大家之一的朱丹溪说，读书三年，无病不可医。我读医书少说也有六七年了吧。"

焦起周摇头，开始掰开揉碎地开导妻子："你不知道朱丹溪下面还有话吗？——行医三年，无一方可用。医者，意也，方子要随着病症转。你要非想给人治病也不是不可以，刚一上手应该先给一些平头百姓小的溜儿地看看，担的风险小一些。你知道在矿上一个劳资科长是什么角色吗？那可是地道的实权派，掌握着全矿的人事工资大权，分配工作，调动工作，长工资，发奖金，都是他说了算。连'造反派'都恨他，却又拿他没办法。矿上人都知道他老婆是老病号了，早就只剩下了半条命，太原、北京的大医院都去过了，几出几进我们矿医院，要什么药给开什么药，没有哪个大夫还能看她的病。前几天听说在准备后事，你上来先接一个这样的病人有多傻？她本来就是个快死的人了，可吃了你的药再死就算死在了你的手上，这干系我们可是脱不清啊！"

丈夫说得在理，武桂兰还真没有想这么多、想这么深。但事已至此，没法打退堂鼓了。她睃睁了一会儿才吭吭哧哧地说："当官儿的老婆命值钱，平头百姓的命也不是儿戏，我自己用了这么长时间的'回生灵'，对它还是有点把握的，不一定准能治一个好一个，总也不至于把人给治死吧，你说呢？"

武桂兰的语气不像刚才那么自信了，有点求助似的看着丈夫。

女人总归是女人，事到临头还是需要男人给当主心骨。

她一不那么强横了，焦起周就表现出大丈夫的勇气和责任感，他笑着摸摸桂兰的脸颊："别担心，我来传授给你秘诀，一开始万不可霹雳交加用峻药，急于求成，冒险突进。要稳扎稳打，处处给自己留有余地,这就是用药要平和。纵使医不好,也可以原病退还,在病情恶化之前及早抽身。何况,你手里有灵药,我对'回生灵'有百分之九十的信心,你只要再添上百分之十的小心,加在一起就是百分之百了!你只管给她看,我到医院打个晃儿就回来给你坐镇。反过来说,如果你一出手就能把孙科长老婆的病治好,那就叫一炮打响,往后谁还敢不喊你武大夫呢?"

"嘿,反正话都叫你给说了,红脸儿的白脸儿的都由你一个人占全了!"

3. 菜棚子里的秘密

两个月后,县医院的院长洪泉从化验室门口经过,眼睛仿佛被灼了一下,立刻在排队等着化验的一拉溜人中认出了本院的一个老病号。这不是个一般的病号,她曾是矿务局女子篮球队里的一枝花,名叫温妙群。当年追求她的人没有一个排也足够编成一个加强班,最后谁也没有想到竟被全矿最丑的一个家伙搞到手了,他就是劳资科的科长孙良贵。

原田的地面太小了,即使他成天闷在医院里不出门,有头有脸的人也总能都碰得上。如果看温妙群也许会看走了眼,但手里捏着化验单站在她身后的孙良贵是万不会看错的,他那张坑坑洼洼的脸就像一把大漏勺,到什么时候也不会变!丑汉子娶花枝——老天有眼也恨这种不公道。所以他们结婚没有几年温妙群就得了淋巴结核,以后发展成全身结核。此病俗称"销金锅",最后把人熬成一把骨头渣,把家当耗个精光。可眼前这个温妙群,似乎又还阳了,身上穿着黑大衣,脖子上围一条红纱巾,极其醒目,又轻盈优雅,仍然美得让男人们牙根发酸……

眼神真能通神、勾魂,在医院闹哄哄的楼道里,洪泉隔着许多人偷偷打量孙良贵两口子,那两口子忽然就有了感应,也转过脸来看他,相互间便只好点头打招呼。

洪泉在自己的医院里一般是不跟人打招呼的,多一事不如少一事。你这个当院长的凡人不理人家还缠着你没完呢,你若再主动搭讪,那还有个完吗?温妙群和孙良贵却不是一般的人。他怀着强烈的

37

好奇心主动走过去,离近了仔细观察温妙群——当大夫就有这个好处,可以肆无忌惮地近距离端详各式各样的女病人。

温妙群含笑迎住他的目光,看得出她心里充满喜悦,且有几分炫耀。

她脸色白皙,虽然还称不上胖,却已瘦不露骨,神采动人。洪泉无比惊讶:"你的病好像大有起色,是在哪儿治的?"

"就在我们矿上。"

洪泉不信:"你们的矿医院? 我还不知道他们的水平嘛,怎么可能呢?"

"我也有点怀疑,这不才到你这县医院里来化验嘛,想验证一下。"

"是矿医院的哪个大夫给看的?"

"武大夫。"

"矿医院里哪有个武大夫?"

"是焦起周焦大夫的爱人。"

洪泉吃惊得更像是碰见了鬼,脱口而出:"你说是焦起周的老婆? 她没有死?"

喜欢在一边闷头听着自己老婆和别人谈话的孙良贵,忍不住很生硬地插了一句:"你怎么这样说话呢? 还没说两句就咒人家死!"

洪泉不愿意说出半年前是自己判了她死刑,兜着圈子解释道:"焦起周的老婆曾经病得很重,下了病危通知书,谁都认为她是必死无疑了,后来又是怎么治好的? 想不到她竟然还是个大夫。她又是用什么办法给你治的呢?"

人在谈起这种事情的时候喜欢添油加醋,神秘兮兮,温妙群是受益者,还多了一层感激和崇敬,说话的语气和神情就更透出一份真诚:"她用的是祖传秘方,有喝的汤药,有贴的黑膏药,效果可神啦!"

膏药? 膏药能治结核? 洪泉心里震动,又说了几句不咸不淡的应酬话,借口还有急事就离开了孙良贵夫妻。他一回到办公室就到处打电话找黄鹿野,然而要找到这位运城著名的"三忙"人物谈何容易!

原田人说黄鹿野的"三忙"是"嘴忙、腿忙、中间忙"。"嘴忙"是爱说,不停地说,走到哪儿说到哪儿,他那点灵气和才华都顺着牙缝流走了。"腿忙"是到处乱跑,爱插杠子,爱管闲事,没有准稿子,常常是没事找事,无事忙。这样的人你到哪里才能抓到他呢? 所谓"中间忙",是挖苦他爱搞女人,"抓两头带中间",两头忙是为了中间有事干……

想到这儿洪泉有了主意,别看他找不到黄鹿野,让女人去找一定能找得到。风传他跟住院部的护士刘玉香关系非同一般,为此洪泉还提醒过黄鹿野:"你在矿务局怎么折腾我不管,不能跑到我县医院里来找便宜……"

黄鹿野则嘲笑他小肚鸡肠子:"我找我的朋友怎么就说是找了你的便宜? 难道县医院的女人都是你的? 兔子不吃窝边草,你有本事也到矿医院去找。"

真是个无赖,像洪泉这种言规行矩的正派人物还真拿黄鹿野没有办法。但高兴的时候跟黄鹿野在一起,听他胡嘞乱侃倒是很开心。

洪泉来到三楼住院部,楼道里很安静,医护人员的值班室里却叽叽嘎嘎,不时地爆出女人的哄笑,他隔着玻璃窗看到的正是黄鹿野。真该死,他能想到的黄鹿野有可能去的地方都打了电话,就是没想到还要给自己的县医院也打个电话,怎么就忘了自己的眼皮底下呢? 黄鹿野是三天两头要往这儿跑的。

洪泉看见黄鹿野被住院部的医生、护士们围着,谈兴正浓,逗得女人们捂嘴弯腰,花枝乱颤,心里还是很不自在。更可气的是,有人隔窗看见了他这位院长,却并未止住笑,也没有明显地表示出对他的敬重和惧怕,这让洪泉的心里不免愤愤,还有浓浓的醋意。他真是不明白,女人们明明知道黄鹿野风流成性,没有正经,为什么还都愿意跟他往一块儿凑合呢? 是好奇,还是她们天生就喜欢这种花里胡哨的男人?

黄鹿野背对洪泉,正逼问一个年轻的护士:"你都结婚好几个月了,为什么肚子里还没有动静? 咱们都是搞医的,有什么困难你可别客气。"

刘玉香嘴一撇,尖着嗓子诮呵他:"谁跟你客气,连人家怀不了孕你是不是也想帮忙啊?"

女人们大笑着又哄起来："他正求之不得呢！"

黄鹿野仍旧一本正经地叮问那位护士："你们两口子可是不经常地那个……"

护士的脸腾一下红了："不不……"

黄鹿野紧追不放："我不信，不不吗？不对，一定是你们俩不常不。"

护士辩白："不不都不，还敢常不！要是不常不，不是更不会不啦！"

"不、不、不，你们这是说的什么呀？"一位女医生为护士解围，"黄大夫，你别光问人家，你自己有几个孩子？"

黄鹿野傲慢地伸出四个手指头。有人大叫："啊，四个呀？你可真够本事的，几男几女呀？"

"咳，说来话长啊！"黄鹿野拿腔作调，"生下第一个是女孩儿，起名叫'一招'，希望她给我招来个儿子。谁想第二个又是丫头，就起名叫'二招'。第三胎还是女孩儿，就叫了'三招'。没想到第四次还没有把儿子招来，我就跟老婆说，咱们家不能再开招待所了，于是就给四丫头起名叫'绝招'！"

女人们又笑得前仰后合："哎呀，逗死人啦！他的老婆可怎么受得了？跟着他一天到晚地光得笑……"

"这你就不用操心了，有人还抢破脑袋想当他的老婆呢！"

洪泉实在是忍无可忍了，就在身后冷冷地插了一句："那你可就成绝户了！"

黄鹿野转过身来，并未因洪泉的突然出现而有丝毫不自然，也没有为能博得女人们一笑而有得意之色，一盘圆脸红润瓷实，神采奕奕，性情朗彻，带着跟他的油嘴滑舌正好相反的热诚，却几乎是不假思索地就又拿不苟言笑的洪泉开上玩笑了："我告诉你们一个秘密，别看你们院长这么严肃，却专门爱偷听女人们讲笑话，爱看女人笑。你们谁要想博得洪院长赏识，就得多冲他笑；谁如果跟他以严肃对严肃，那可就别想被提拔重用了……"

"行啦,我来找你是有正事的。"洪泉脸上挂不住了,不让黄鹿野再顺嘴扯下去,"你不在自己的医院好好给职工看病,老跑到我们这儿来搅和什么?"

"哎,天地良心,你可别乱扣帽子,我是给你们院送病人来了,谁叫你们是大医院呢……"洪泉不等黄鹿野把话说完,拉着他就向外走,一直来到医院外面的存车处。洪泉打开自己的自行车,问黄鹿野的车子在哪儿放着。黄鹿野说他没骑车子来,往这里送病人,当然是搭汽车来的。他反问洪泉想拉他去哪儿,洪泉这才说出实话:"想叫你领我去焦起周的家里看看,听说他老婆自己治好了自己的绝症,手里有个祖传秘方,治结核病有回天之力……"

黄鹿野大大咧咧地摇着脑袋:"看你这么神秘,我还以为有什么大事呢,全是瞎传!焦起周的家属并不是大夫,她那个所谓的祖传秘方不过是个民间偏方,碰巧对她的肺结核有点疗效。"

洪泉疑疑惑惑地看着他:"你别是不说实话,替他们瞒着吧?"

黄鹿野的两只长眼瞪圆了,怪模怪样地上下端详洪泉:"如果他们真有奇方神药,回天有术,那是天大的好事,宣传还来不及呢,为什么还要瞒人?"

洪泉看着黄鹿野,将信将疑,这家伙或许还不会有那样的心计,就试探性地又问了一句:"你到底陪不陪我去?"

"这太容易了,而且不用劳你大驾骑车上矿,好歹也是十几里地哪!"黄鹿野拉着洪泉来到医院外面的大街上,不一会儿就拦住一辆矿上带拖斗的大卡车,两个人都挤进驾驶楼子。他们斜溜着身子,后面的拖斗叽里咣当,黄鹿野又跟司机哇啦哇啦地穷白话上了……

对洪泉来说,真不如骑自己的自行车舒服。好不容易颠到矿医院门前,他们下了车,黄鹿野领着洪泉没有从后边绕,径直穿过医院,来到像是阴山背后的一个地方。有个手里拿着一把大葱的老太太走在前面,把他们引到一间小房子跟前。焦起周蹲在小房子外面正熬药,旁边站着个小女孩。甭问,这就是他们的家了!

洪泉不胜惊奇:"他们就住在这里?"

"不错,原来这是我们医院的菜棚子,你看看像不像个藏着神医秘药的地方?"黄鹿野忽然提高嗓门冲着前边吆喝起来,"起周啊,县医院的洪大院长来视察你们夫妻老婆店,快点沏茶看座位!"

他这一嗓子还真管用,焦起周慌里慌张地从药锅跟前站起来,在小屋里正给人看病的武桂兰也赶紧收拾东西,清理出一块能让客人坐下的地方……

黄鹿野陪洪泉三步两步就来到菜棚子跟前。

想不到他一露面医院里就有人找,那人趴在窗户上可着嗓子大叫:"黄大夫,有人找你,人家等你半天啦!"

咳,到哪儿都不愁会丢了魂儿。他可真是大忙人,只好让洪泉先跟焦起周聊着,自己拔腿又往回走,还没等见到那些正在等他的人,倒先被矿医院的院长崔干臣拦住了。这位院长不穿白大褂,倒装备了一身旧军装,显得粗鄙,没有医生身上惯有的静气,与医院的气氛也不甚协调。他黑虎着脸站在过道中央,正好堵住了黄鹿野的道,沙哑着嗓子劈头就问:"他来干什么?"

黄鹿野装傻:"谁呀?"

"洪泉儿啊。"崔干臣特别拉长声地给洪泉的名字加上儿化音,以示蔑视。黄鹿野说:"你怎么不自个儿去问他呀?哦,我忘了你们两个是不过话的。"黄鹿野嘻嘻哈哈的,也显然缺少一个医生对院长应有的尊重。他实际上是瞧不起崔干臣的,有时干脆就叫他"蒙院长"、"蒙大夫",意思是"蒙古大夫",充其量只是个能给牲口看病的兽医。崔干臣是部队卫生员出身,原来的部队也确实是在内蒙古。

崔干臣对黄鹿野也恨得牙根疼。黄鹿野跟焦起周都是矿医院"看家"的医生,矿上的头头们看病都愿意找他们。可黄鹿野不好好干,三天两头往县里跑,跟洪泉的关系好得反常,头头脑脑们病了,能推的都让黄鹿野给推到县医院去了。崔干臣老早就怀疑黄鹿野跟洪泉串通一气,要砸他的牌子夺他的位子。

他把黄鹿野拉进旁边的药房,气哼哼地说:"黄大夫,你可是矿医院的人,所有的关系都在矿上,我提醒你可别吃里爬外,到那时候就别怪我不客气了！"

　　黄鹿野抱起肩膀，装出很害怕的样子："我这个人可胆儿小，你别吓唬我。现在的大趋势是搞联合，一个小小原田县根本就用不着养两家医院，县医院想吞并你，你有本事也可以把它给联进来啊！可你的技术、设备比得了人家吗？你的医护人员的素质比得了人家吗？你给医护人员创造的条件比得了人家吗？人家洪泉多少还在行医治病上下点心思，这不，焦起周的老婆在他那儿没有治好，焦起周自己把老婆的病治好了，洪泉就要过来看一看到底是怎么治好的，这是何等的谦虚，你行吗？"

　　崔干臣一挥手吼道："别说了，你要听明白，洪泉想借着联合的这股风把矿医院划给他，门儿都没有！原田县靠的是咱大矿，矿区的级别跟县的级别一样，要联合也得以我为主，不信咱走着瞧！"

　　"咳，你们爱联不联爱合不合，谁的官儿大官儿小跟我有什么关系？"黄鹿野推门离开了药房。

　　崔干臣气得在后面直瞪眼。

　　洪泉不温不火地端着原田医务界头号人物的架子，嘴里咕哝着该应酬的话，精气神却全部集中到眼睛上，先仔细地记清房前晾晒的草药，然后又看焦起周的药锅，用筷子在药锅里搅动，希望能知道这锅里正熬着的都是些什么药……他做着这一切，还不能让焦起周夫妇看出来他对这些药过分的兴趣。当焦起周让他进屋的时候，他也只好低头钻进这个曾经是菜棚子的地方，而一见到武桂兰，他的眼睛就不能离开了……

　　他几乎不相信，眼前这个窈窕少妇，就是曾经被他赶出医院等死的那个女人！

　　武桂兰穿着紧身的深紫色小棉袄，两只胳膊上戴着蓝色的套袖，通身干干净净，利利索索。她身材不高，却精致娇巧，说不上有多么漂亮，还带着住在这种地方的人必然有的局促和羞涩，但没有农村女人的土，也没有城里女人的妖，眼睛里有脉脉的善意流盼，身上散发出一种能渗入人骨头里的东西……这是自信。她骨子里的自信胜过了她的生活,胜过了这个环境,这就使她这个人很耐看。洪泉摆出医生的架势,把武桂兰拉到门口的亮地方,察看她的气色。他一声不吭,眼睛直盯着武桂兰的眼睛,显得深奥而严肃。好半天他的嘴里才吐出声音:"哦……就是吃你自己的药治好的?"

武桂兰点点头。

洪泉又问:"你刚才说这药叫……啊,'回生灵'、'回生膏',药方对我保密吗?"

武桂兰看看丈夫。焦起周赶紧说:"不保密,不保密,治病救人哪能还保守呢?"

洪泉紧叮道:"那能让我看看吗?"

焦起周强作镇定:"很简单,哪有什么方子,我一说您就能记住,黄芪、党参、白芍、山药、茯苓、地骨皮……根据病情的轻重不同调整剂量。"

洪泉明白这两口子早有防备,不想跟他来真格的。

他一边打量这间小棚子,一边在想主意。棚子里全叫一铺大炕给占了,要睡下四口人,炕小了哪躺得下? 炕上收拾得倒很整洁,地上堆着还没有来得及归置的几块红薯、几棵白菜,还有一个一个的小布袋,那里面想必是粮食或花生之类的东西。他猜测这都是病人送的,便随口问了一声:"你们看病怎么收费?"

仍旧是焦起周回答:"不收费,都是熟人介绍来的,草药又花不了几个钱。有人病治好了,觉得过意不去,就顺手捎点东西来,挡也挡不住。既然拿来了,如果非要人家再捎回去,又显得太不近人情,好像瞧不起人家一样……"

洪泉的问题可真不少:"病人都是矿上的职工吗?"

焦起周说:"哪儿的都有,也有附近没钱进医院的农民,有病乱投医嘛。倒是职工看病都有三联单,一般的病都愿意到正式的医院里去看,除非医院看不了啦。"

洪泉心里不快,这不是在明着骂他吗,嘴上却很有气度地打着哈哈:"哦……这么说你们是专治大医院治不了的疑难绝症喽？厉害,厉害!"他准备转换口吻,请武桂兰回县医院复查,或者到县医院介绍经验,再乘机让他们交出秘方……这时候矿医院的办公室来了两个人,说院长找焦起周有急事,立马就得去。两个人说完,就站在屋门口,眼睛却盯着洪泉……

洪泉没有办法,只能先告辞,转身向外走的时候,一眼看见门后边立着个大镜子,镜子中央用红油漆写了八个大字:"华佗再世　妙手回春",脑袋像被鼓槌敲了一下,他禁不住大声叫起来:"嚯,都有人给送匾啦! 这么好的镜子为什么藏在门后不挂起来呀?"

焦起周也实话实说:"不敢挂,担不起,太重了。"

"你们这是谦虚,好吧,我就不打搅了。"洪泉出得门来又扫视了一圈房前屋后,才拔腿离开。

焦起周在后面挽留:"不等等老黄吗?"

洪泉没有搭腔,连头也没回一下。

看着他的后影,焦起周心里有些犯嘀咕……

此后昏天黑地连刮了几天卷毛风,大风停息后是一个响晴的天。

矿区的冬天难得见到这么好的阳光,到中午晒得南墙都有些烫手了。阳光既是消毒剂又是干燥剂,武桂兰把小屋的门窗都敞开,让屋里透透气通通风,将儿子的尿布和全家的被褥都挂到外面晾晒,让被褥里的棉花吃足阳光,到晚上会热乎乎的又松又软,大概有钱人睡的席梦思也不过如此。

吃过午饭,她正要哄儿子睡觉,突然锣鼓声大振,惊得她心里一激灵,赶紧拉窗户关门。敲锣打鼓已不是新鲜事,也不全是喜庆事,不分时间,哪怕是半夜三更,不知哪儿不对劲了就像抽风似的砸打起来,一惊一乍,吓人呼啦。不能怪武桂兰过于敏感,她一没户口,二没住房,就愣给人治病……叫她心里怎么能够踏实? 于是一有大动静她就不往好处想,自己吓唬自己。

像农村戏台上敲敲停停的开场锣鼓一样,矿医院的锣鼓声响了一会儿又停了下来,大概也是为了吸引人,跟着就有嘈杂的喧闹声传过来,也有踢里踏拉的脚步声越逼越近。武桂兰走出小屋,看见一群人朝这边来了,她赶忙喊焦起周出来。

矿医院的院长崔干臣带着一帮人已经来到跟前。

这位崔院长跟县医院的洪泉可不一样,他长得高额咢腮,威猛雄壮,不用拿架子就够吓人的。他也没有洪泉那么文质彬彬地会拿捏,而是喜怒哀乐全都挂在脸上,根本不理会焦起周两口子的客气话,先直眉瞪眼地盯着武桂兰看,把武桂兰看得心里直发毛,赶紧用话遮掩:"到屋里坐……"

崔干臣根本不接武桂兰的话茬儿,扒着门往小屋里探一下身,立即又缩回脑袋,一说话,声音大得像在台上作报告:"你们这小日子过得还挺有滋味儿啊?看看你们,养羊,采药!山是国家的山,药是国家的药,你采了就归自己啦?这像什么样子?把我们堂堂的矿医院变成你们的自留地啦!啊?——"

他越说气越大,到最后变成了叫喊。只可惜他的嗓子沙哑得厉害,据说是因为讲话太多的缘故。他爱讲话,一讲话就可着嗓子吼叫;而且还有个习惯,讲话时必须得吸着香烟,这是一种气势,不停地讲,不停地吸。当院长得天天讲话,因此他的嗓子一年到头总是哑的。不知他本人是否感到憋得慌,反正听他讲话的人都会憋得难受。

他眼珠骨碌骨碌的,一会儿看看焦起周夫妇,一会儿又打量打量自己身边的环境,神情显得极不耐烦:"我说焦起周啊,这是医院的菜棚子,你们都不跟我讲一声就占了这房子?还非法行医,天天都有许多乱七八糟的人提着土豆抱着白菜在我们医院里出出进进,那都是来给你们送礼的,这成何体统?医院的群众意见非常大!"

崔干臣上来就劈头盖脸地好一通镇唬,焦起周夫妇还真被数落蒙了。

这种事没人管就不算是一回事,这间破菜棚子已经闲置好几年了。可要管你就是大事,别看闲着不用没事,你一旦住进来就有问题了!

　　既然院长发问,再难堪也得要有个答复,焦起周想解释一下,刚一张嘴又被崔干臣一挥手给止住了。崔干臣不需要解释,也不想听他们解释,他上来先讲一通这是为了打掉这两口子的气焰,别以为能治好俩病人就了不起了! 他到这儿来的真正目的可并不是为了这些鸡毛蒜皮的玩意儿,要不然他们在这儿安家有好几个月了,崔干臣早就知道,为什么到今天才突然想起要来兴师问罪呢?

　　崔干臣耍了一通下马威之后突然又不吭声了。他有意冷场,一闹一静,让菜棚子跟前的空气紧张起来,连太阳也变得干冷干冷的了。他阴沉沉的脸上闪着寒光,眼神犀利,恹着劲想让自己的声音洪亮起来:"焦大夫,前两天我跟你说的那件事你们商量得怎么样了? 现在碰巧正有个好机会,你们不仅能借此改正错误,还可以立功受奖。"

　　焦氏夫妻不敢相信自己还会有什么好事,愣愣地等着院长的下文。

　　崔干臣瞪着一对大眼珠子,看看男的,又看看女的,沉了好半天才接着往下说:"我知道你们手里有个秘方,怎么来的暂且不管,听说治结核病一绝,全医院都轰动了,连县医院也在动这个方子的脑筋,他们想拿到这个方子就可以压咱们一头。还好,那天你们没有把方子交给洪泉,否则,我就把你给开除了! 现在,你们把它拿出来,献给我们矿医院,这是古代劳动人民群众用自己的智慧创造的成果,理应再归还给人民,这也是毛主席革命卫生路线的巨大胜利! 医院大门口已经搭好了台子,锣鼓也准备好了,立刻给你们开庆功推广大会!"

　　焦起周两口子傻眼了。焦起周看看武桂兰,武桂兰也正在看他,全都没了主意……说没有秘方,谁能相信? 那天焦起周被崔干臣叫去,不都磨破嘴皮子了? 胡乱开出几味药,又怎么能糊弄得了人家?咬死嘴不交出秘方,他们又缺少应有的胆量,而且也不知道后边还会发生什么事。

　　小屋子跟前非常安静,时间也变得格外难熬。他们不敢看崔干臣的眼睛,既然不知道说什么好,就干脆低下头什么也不说,装聋作哑地搪一会儿是一会儿。

似乎过了很长一段时间，崔干臣干笑了几声："看来，你们是不想交出方子了？'破私立公'是一场革命，不动真格的不行。那我就把丑话先说到前面，今天你们不站到毛主席革命卫生路线上来，大门口的庆功台就是你焦起周的批判台，你的老婆孩子也必须立刻搬出这间菜棚子！"

武桂兰怀里抱着孩子上前一步，想求求崔干臣："崔院长，可别……千万别……"

崔干臣立马向她伸出手："那就把秘方拿出来！"

武桂兰慌不择言："我们哪有什么秘方啊？"

崔干臣突然向跟他来的人一摆脑袋，自己掉头先走了。

紧跟着又来了一拨人，他们清一色都穿着没有军衔的军装，都一样阴沉着脸——人的脸是世上最奇怪的东西，分明还是那张皮那些肉，说变立刻就能变得狰狞恐怖。世间的一切都趴在脸上，人们对这个世界的认识也要从脸上开始。

他们不容分说，先押走了焦起周，还顺手牵上了那只大奶羊，嘴里嚷嚷着："这是焦起周搞资本主义的活罪证，拉到台上去一块儿斗！"

还不到三岁的最婵，知道那是弟弟的口粮，哭着想去拉住拴羊的绳子，被母亲抱住了。剩下的人把武桂兰的全部家当从小屋里给扔出来，然后就扬了场，丢得到处都是，最后还给小屋的门窗上贴了封条。

武桂兰吓坏了，她长这么大还没有经见过这种阵势，心慌意乱，要哭不敢哭，想躲没处躲，一点主意没有，一点倚靠也没有！她抱紧了两个孩子，看热闹的人越围越多，却没有一个人跟她说话。那些眼光陌生、冷淡、充满敌意和鬼祟的笑意。她觉得自己娘儿仨一下子变成了令人厌恶的动物，掉进了一个陷阱，陷阱上面站着一群食肉的动物，随时都可能会扑过来……不，动物界虽然也凶残，但同一种类的猛兽一般是不会自相残杀的，动物的本能迫使它们遵循相容相通的法则。而人类高级于动物，却随时随地地可以相互残杀。武桂兰的身子哆嗦着，每根汗毛都立了起来，头埋得更低了。

要这样待到几时呢？今天晚上怎么办呢？她心里真像被浇了

滚油……

　　看热闹的人随意在她们家的东西上踩来踩去、踢来踢去，有的还拿起来抖抖看看……武桂兰心里扑通扑通的，由最初的惊吓中渐渐定住了魂——别的先不管，眼下她可不能老是这么傻坐着犯愁！

　　她把小儿子用棉被裹好，让最婵守着，自己站起身子开始收敛自家的东西。特别是那只柳条箱子，由于它太不起眼，医院的人根本没有注意它，那里面可全是医书，记载着秘方的本子就在里面放着。他们想要秘方，可他们又太粗心，不愿意动脑子，更不想费力气，他们霸道惯了。武桂兰弯下身子，从人们的脚下一件件把东西抽出来，归置到一块儿。一有事情做，脑子也渐渐地能够活动了，她开始思考眼下的处境，反比呆愣愣的被人指指画画要好受些。

　　医院的锣鼓声又骤然响起，还伴有一阵阵的口号声和呐喊声……想必是对焦起周的批斗开始了，有人便拔脚向医院的大门口跑去。

　　这锣鼓声像敲在武桂兰的心上，砸得她一阵阵心惊肉跳。

　　就在这一刻，武桂兰突然有了主意——回老家！这原田县城虽好，可不是咱这种人待的地方，咱是"黑户"，是下等人，谁都敢来欺负。现在我身子骨儿好了，好赖也可以给人看病了，到哪里都能活，丢人现眼也回到老家去。不管出了什么事，家乡人总有个担待，哪像城里人，心这么黑，这么冷！说不定回到农村还会活得更好一点，至少行医比这里方便。说了归齐，不怨天，不怨地，就怨自己水平低，没有名气。有朝一日我成了一方名医，人人敬着，人人求着，看谁还敢这样对我！

　　四周还有一大帮人显然是见惯了批斗会的场面，对医院那边的锣鼓声和呐喊声兴趣不大，倒是觉得这边更有新鲜可瞧。眼前的这娘儿仨已身陷绝境，无家可归，无依无靠。而幸灾乐祸似乎是某些人的天性，别人家出了事也是很值得一看的。可他们又怎么能想得到，这个瘦小枯干的乡下女人，已经是死过几回的人了，不会再轻易被吓死，刚才只是被这场突如其来的祸变吓呆了，等她定住神，转眼间就又开始盘算怎样行医，怎样成为一个名医了……这是个最容易被人瞧不起又最不容易被征服的女人。她外软内硬,貌土心高,更不是那么容易被唬住的。

围着她的人大概没有不自以为比她优越、比她幸运的,她却从这时候起,再也不会尊敬和羡慕城里人了,甚至恰恰相反。直到许多年后她为女儿选女婿的时候,心里还藏着不信任城里人的情结,总觉得农村人要比城里人牢靠得多。

武桂兰归置好东西,太阳已经落到中条山后面,以往热乎乎的小屋变得阴沉沉一团冰冷。她打了个寒战,给最婵穿上棉袄,也给自己加了件厚衣服,紧紧地抱起儿子。她还有儿子,一想到这儿,那冰冷的心里就添了一丝温暖。

冬天不是好季节,是万物结束活动期的忌日,这个冬天将给武桂兰留下锥心的记忆。冰雹落在记忆上,虽有摧残,但也有新生的希望,而雪落在记忆上却是消亡和腐烂。她还不知道今后迎来的是冰雹,还是雪。

到该掌灯的时候了,医院大门口的锣鼓声和呐喊声已经听不到了,却仍不见焦起周回来。女儿最婵抱住武桂兰的胳膊,嘴里不停地问着爸爸怎么还不回来……她还小,不会表达自己的焦虑,却也在为今天晚上发愁,最现实的问题是夜里住在哪儿?

周围还有不少看热闹的人,真是奇怪,这里黑乎乎并不热闹,他们看什么呢? 天都这么晚了,为什么不回自己的家呢?

别人的不幸永远都是一种可看的热闹。

武桂兰用手拍拍女儿,给女儿壮胆,也是给自己壮胆,现在全靠她自己拿主意了,住处被封了,即使起周回来又能怎么样? 他还能想出什么绝处逢生的办法吗? 回老家来不及,医院会不会让他们走还难说。投亲没有亲,靠友不敢靠,总不能就在这大露天里冻一夜啊! 那孩子得被冻坏了……这可真是叫天不应,叫地不灵啊!

这就是悬念——看热闹的人那么有耐心地等着要看的也正是这个劲儿!

围观的人忽然一阵骚动,都扭过头向外看。劳资科长孙良贵带着几个人气势汹汹地赶到这里来,粗哑的大嗓门老远就吆喝起来:"闪开,闪开,大冷的天,有什么好看的!"

他霸道地赶开众人,黑虎着一盘大瘪脸走到武桂兰跟前,声调阴冷地宣布道:"武桂兰,鉴于你丈夫的问题,他已经不适合当大夫了。劳资科请示矿党委同意,下放他去设备科当工人,看管备件库,我带你们先去那儿。"随后,他又招呼跟着他来的人,"把他们的东西给捎上。"

武桂兰问:"起周呢?"

孙良贵说:"他还没有完事,你们先到备件库里去等他吧。"

武桂兰心里一阵冰凉,她好后悔,闹了半天不光自己没当上大夫,反倒牵累丈夫也当不成医生了。她也许根本就不该到矿上来,不该舍不得交出秘方……但她也稍微松了一口气,至少今天晚上有个地方存身了。

孙良贵量开大步叉子走在前面,一路上一句话不说。大家也都闷着头走路,空气冷得快要冻成块儿了。最婵吓得大气不敢出,紧紧拉着妈妈的衣角跟头把势地跟在后面跑;武桂兰双手抱着儿子,紧紧跟着前面那个提着柳条箱子的人,脚底下磕磕绊绊。

矿区很大,好像走了很长时间才来到备件库。一走进去,立刻感到热气扑脸。库房,库房,仓库就是房子,一拉溜三跨大房子,足有数千平方米。大房子里还套着几间小房子,是仓库保管人员待的地方,有的也用来存放精细的配件。备件库的负责人叫王恩奎,有点佝偻腰,一副忠厚相,看见孙良贵进来,刚要打招呼,见后边又跟进来一群拉家带口的人,便大张着嘴,愣在了那儿。

孙良贵作为上司的派头很足,眼睛定定地望着王恩奎,那张漏勺般的大脸真是吓人:"王师傅,给你调来一个看库的,矿医院的大夫焦起周。他本人一时半会儿可能还下不来,你找间屋子,先把他的家属给安顿一下。"

哦……王恩奎更摸不着门了,医院的大夫怎么跑到这儿来看仓库?而且他本人不来,倒先让老婆孩子来了,这事新鲜。可孙良贵不讲,他也不敢多问,就先这么糊涂着吧。

孙良贵又向武桂兰说:"王师傅是成品库的班长,以前是一线的采矿工,出工伤砸坏了腰才来看库的,待人办事很实在,你们先在这儿待下来再说。"

真是贵人话少,他就这么冷冷淡淡、不明不白地扔下这几句便掉头向外走。武桂兰愣了一下,又赶忙追到库房门口,喊住孙良贵:"科长啊,起周到底什么时候能回来呀?"

孙良贵站在库房外面的黑影里,看不清他的神情,只听得到他那沉闷的声音:"实话说,我心里也没有底。我想崔干臣拿不到你们的秘方,是不会轻易放过焦大夫的。"

武桂兰大惊:"起周被关起来啦?"

"关也关不了多少日子,我把焦大夫的人事档案已经转到设备科了,他不再属于医院管了。现在崔干臣既不能开除他,也不能把他老关着。倒是你们娘儿仨怎么办呢? 要不明天先回老家,躲过这一阵子再说?"

武桂兰态度坚决:"我见不到起周是绝不会走的! 我要是交出秘方,能把起周换回来吗?"

孙良贵迟疑了:"难说,早交嘛,还算个好事,现在批也批了斗也斗了关也关了,再交出秘方也是活鱼摔死了卖。他们要是不买账呢? 不相信你交出的是真秘方呢?"

武桂兰心里一点主意都没有了……见她老也不出声,孙良贵就转身走了。等他走远了,武桂兰才想起应该跟人家说声谢谢,今天多亏这位孙科长救了他们一家。

她重新走进仓库。

王恩奎已经给他们找了一间向阳的大屋子,把里面的东西清理出来,打扫了一下。火炉子是现成的,木板子也有的是,随便搭起个床铺,把被褥一铺,暖暖和和地就可以睡人了。刚刚定住神,儿子突然哭叫起来,一下午没吃东西,他饿了。奶羊没有了,拿什么喂他呢?

武桂兰哄着孩子,王恩奎看着糟心,提出让武桂兰娘儿仨一块儿跟他回家,看能不能给孩子熬点可以吃的糊糊……

　　武桂兰明白自己又遇上好人了,要不孙良贵把她往这儿一扔拔腿就走了呢,他一定是知道王师傅会兜起来的。如果王师傅因此惹上麻烦的话,他从上边又可以护着点……

　　武桂兰到这时候才认真打量王师傅,打问他家里的情况。王恩奎比焦起周大不了多少,看上去却显老得多,可见这正牌的工人阶级,尽管一家都是城市户口,活得也不见得就多么舒心。王师傅的妻子不生育,从娘家要来一个侄子当儿子养着,比最婵还大两岁……

恐怖的地球

——尚德堂随笔之二

　　世界卫生组织从来没有就癌症的发生和发展趋势向全球发布过紧急通告，也没有为发现艾滋病病毒而发布过什么紧急通告。但是，一九九三年六月，世界卫生组织在伦敦举行了紧急会议之后宣布："全球进入结核病紧急状态，结核病在世界一百多个国家蔓延失控，上升为造成人类死亡最多的疾病，成为全球第一大致命的传染病！"

　　"紧急通告"还说，全球约有十七亿人被隐性结核菌感染，占世界人口的三分之一。每年还有新发病人八百万，死于结核病的是三百万。如果不在全球范围内采取积极措施，借用哈佛大学医学院《1998年关于结核病的报告》里的话说："结核病将传遍世界的每一个角落。"

　　最可怕的还不是有这么多人感染了结核病菌，而是这些结核病人中有近三分之一的人得的是用现代医疗手段医治不了的耐药性结核病。这就是说，从发展趋势来看，结核病正有可能重新成为人类的不治之症。

　　在五十年代以前，结核病曾经是不治之症。

　　到六十年代，人类用抗生素治疗此病，一度曾极为有效地控制了结核病的发展。当今的地球人想说明什么问题都喜欢以美国为例，那我们也来看看美国的结核病情况。在过去的三十三年中，他们的结核病发病率每年降低百分之六点七，有些结核病院已经被撤销。可是，到一九八六年以后，结核病发病率开始回升，每年增加百分之二点六。

　　岂止是美国，在欧洲有九个国家的结核病患者增加，它们是瑞士、丹麦、意大利、挪威、瑞典、奥地利、荷兰等。而且，在这些结核病患者中有相当多的人患的是"耐多药结核病"（MPR－TB），又称"多重耐药性结核病"。像雷米封等西药，曾经是治疗结核病的特效药，现在对"耐药性结核病"却不起作用了！

目前估计全球感染了多重耐药性结核菌的人数有五千万，从一九九四至一九九七年，国际防痨病协会对全球三十五个国家进行耐药性监测，美国纽约的耐药性结核病人达到百分之三十点一，印度是百分之三十三点八，尼泊尔是百分之四十八……

那么，中国呢？

我们有结核菌感染者近三亿三千万，现有肺结核病人五百九十万，其中感染了多重耐药性结核菌的人数不会少于百分之三十。全国每年死于结核病的二十五万，是各种传染病死亡人数总和的两倍。

4. 鼻孔生毛的男人

　　焦起周和黄鹿野被几个人推推搡搡、连踢带踹地轰赶到矿区最西边的一个大木棚子里。这里原是洗矿池，后来用竹笆围起来，外面再抹上一层泥，盖上苇帘子，用来堆放卷扬机、钢丝绳、滚筒、撬杠之类的杂物，稍加改造便成了现在的中条山矿务局的拘留所。所谓改造，就是把里面的东西不管有用没用的全部扔出去，搬来一大摞稻草袋子，两个稻草袋子接起来就能睡一个人；还从学校里搬来十几套小桌子小凳子，好让被拘审的人趴在上面写交代材料。棚顶上一拉溜吊着四个一百瓦的大灯泡，照得黑夜白天一个样，反正矿上有的是电。大棚里已经有了三个人——一个是矿务局的总工程师，新头衔是美国特务；一个是一场加热炉爆炸事故的幸存者，罪名是制造事故破坏生产的现行反革命；另一个是财务科的老会计，戴的帽子是反动资本家。焦起周和黄鹿野一进棚子，先不顾一切地拉过小凳子坐下。身上疼痛的地方很多，焦起周却感到数右脚掌痛得最钻心，他想抱起脚看个究竟，才发现右脚上的鞋没有了，脚掌被碎矿石扎得血糊肉烂。他居然想不起来这只鞋是什么时候在哪儿掉的。

　　他无法体会"打便宜人儿"是一种什么滋味。打了白打，不打白不打，想必是非常刺激、非常过瘾的，不然为什么会有这么多人趁着乱劲儿动手动脚呢？有些人平时跟他很熟悉，突然就变得不认识了，如凶神恶煞，真是邪乎！大棚子里四下透风，差不多跟外面一样冷。坐了一会儿，焦起周觉得哪儿的伤痛都不重要了，身上只感到一个冷字！他只好再站起来，在棚子里一瘸一拐地转磨磨儿。他开始为桂兰和孩子着急……

几个年轻的看守从外面抬着一大块冰进来了,为首的冲黄鹿野吆喝起来:"站起来,脱下裤子!"

黄鹿野脑袋嗡的一声,知道没有好事:"干什么?"

"崔院长说了,你是咱矿上的头号大流氓,裤裆里火特别大,得给你败败火!"

他们把那块大冰放到地上,掐巴着黄鹿野,解开裤子,让他光着屁股坐到冰上面。整个下午都七个不在乎八个不含糊的黄鹿野,脸色突然变了,但嘴还挺硬:"谢谢你们几位想得这么周到,冰块敷伤消肿,我的屁股上正好伤得最重。"

几个看守不再跟他耍嘴皮子,而是用力把他按在冰块上。一会儿的工夫,黄鹿野再想嘴硬也硬不起来了,浑身哆嗦,嘴唇发青,紧咬着牙关不出一声。焦起周对看守们说:"诸位,这可不是闹着玩儿的,时间长了会出大事!"

看守的头儿说:"谁跟他闹着玩儿?这是在给他治病,看看他今后还骚不骚?"

焦起周有点急:"你们知道这有什么结果吗?他会半身瘫痪,大小便失禁,你们还不如一下子杀了他!"

看守头噌地一下抓住焦起周的脖领子:"你叫喊什么?你以为你是谁?是不是也想来块冰坐一坐?"他说着话,突然用力一推,焦起周仰面摔倒在地上。

另一个看守恶狠狠地斥责他:"快回到凳子上去,好好写你的检查!"

焦起周斜楞着身子,一眼看见凳子底下有张皱皱巴巴的小报,标题上有三个打着红叉的字吸引了他,便捡起报纸坐回到凳子上。展开来是一张《首都快讯》,第一版的大标题是:"反动学术权威、走资本主义道路的当权派尚德堂贼心不死!"下面有一个"编者按",大意是说革命群众截获了尚德堂给他女儿的信,发现了一篇难得的反面教材,证明尚德堂虽然表面上被打倒了,却时时不忘秋后算账……

焦起周想起尚德堂是谁了,便迫不及待地读下去——

宁儿:你好吗?

爸爸能给你写信就说明没事,你应该快乐。你笑起来的样子非常美,当年我和你母亲见到你第一次笑的时候,心都叫你给笑化了,你的笑是对我们最好的安慰和奖赏。此刻我想着你,你的笑靥就在我眼前荡漾,心里暖暖的。

至少,你见到这封信的时候应该笑一笑。我知道你为我担心,也许还认为我已经找李时珍报到去了呢——当我在批斗台上昏死过去的时候,有人说我是急于求死,但像我这样的人就是死了也见不到马克思。可我毕竟行医二十多年,救治过许多人,即使马克思不见我,李时珍终不至于也拒不接纳吧?

再说,革命群众虽伤及我的皮肉筋骨,目的却是为了触及我的灵魂。灵魂健康了,皮肉的损伤恢复就快,目前已基本愈合,我开始参加劳动。我们的劳动项目只有一个——挖甘草。因为原打算将来让你也学医,所以我要把在劳动中见到的和想到的尽量详细地告诉你,这是收获,也是一种难得的经历,将来会有用处的。

一提到甘草,人们首先想到它是药。不错,在《本草纲目》的草部中它排第一位,在"草药四君子"中它也位居人参之前。因为它是能解七十二毒的调和药,用现代医学解释是能增强人体免疫功能,因此中医界自古就有"十方九草"之说,它也就成了中药配伍用量最大的草药。从我们的老祖宗发现这味药一千多年来,似乎总觉得它是取之不尽用之不竭的,从没有为甘草的命运忧虑过。而今却不是这种状况了,前些年我曾向国家打过报告,若不采取紧急措施禁止空前绝后地挖掘甘草,再过二三十年,中国的甘草资源将枯竭!

你能想象得出我们是怎么挖甘草的吗?那真是一场全民战争,既有地道战、麻雀战,人人都可以参战,又有机械化的大兵团作战。谁都可以去挖,当地的农民用铁锨、镐头挖,像拉柴火一样,整车整车地拉回村里堆起来,小孩子们像啃甜棒一样拿着甘草咬着玩儿,卖不掉的就真的当柴火烧了。兵团的人开着拖拉机挖,既是一项工作,又是一种改善生活、赚点零用钱的手段。供销社敞开收购,七分钱一斤;也有偷着收购的私人商贩,八分、九分钱一斤。人们的眼睛都挖红了,浩浩荡荡,沙尘飞扬,沿着甘草带一路挖下去。挖草大军过后,留下一道道沙沟和密密麻麻的沙坑,最深可达一米多,满目疮痍,狼藉一片。这是那种挖根绝种的刨法,有的甘草不知长了多少年,粗如铁锨把儿,一拉十几米长,连根带梢儿地全部被掘出!

你可知道,甘草不是野草,可以随处生长;也不是庄稼,播种就能收获。大自然的安排真是奇妙,只让地球的北半部,大约是在北纬四十度的地方有一条甘草带,恰好从沙漠和绿洲之间穿过。其实是甘草挡住了沙漠,护卫着绿洲。甘草的第一功效并不是做药,而是固沙。其根系发达,连接成网,扎入地下一米多深,沙高它高,沙长它长,牢牢地锁住滚滚沙龙!

地球上这条唯一的甘草带横贯中国北方,也穿过美国、苏联、伊朗、伊拉克。美、苏等政府鉴于甘草带正处于他们的自然生态平衡最脆弱的地带,便制定了严禁挖掘的保护措施。而他们制药所需的大量甘草,就只有向我们购买。有些不能直接跟我们通商的国家,就绕着弯子来买。还有正在大力发展自然药物的日本、西德等国家,本国不产甘草,更是只有向我们购买这一条途径……

为了眼前的一点蝇头小利,我们不仅会枯竭自己的甘草资源,还会严重地毁坏生态平衡。当地的农民告诉我,这几年由于挖甘草,沙漠已经向内地推进了二十多里。我已经不止一次地体验过那种"沙翻大漠黄,昏昏竟朝夕"的滋味了!

好啦,这封信写得够长了,但我想跟你说的话还有很多。也许你又笑了,会说我的老毛病又来了……

尚德堂的信还没有看完，就听得黄鹿野哼了一声，扑通一下摔倒了，然后痛得大叫起来，棚子里随即充满了屎尿的臭味……看守们哗啦一下捂着鼻子都跑到一边。

焦起周过去扶住黄鹿野，只见他脸色青灰，下身滚了屎窝，由于屁股跟冰冻在了一起，他摔倒的时候屁股跟冰强行分离的一刹那便撕下了一块肉皮。焦起周拍拍黄鹿野的脸颊，故意大声呼喊："老黄，老黄！"

黄鹿野不睁眼，也不吭声。

焦起周先放下他的头，用力把沾了一摊黄屎的那块大冰移开，又用桌子上供他们写检查的白纸把黄鹿野屁股上的屎尿大概其地擦了擦，才起身对看守说："你们看这怎么办哪？"

看守们这时候也有点发傻："你是大夫，你说怎么办？"

焦起周说："一个办法是用担架把他抬回医院急救；如果这个办法你们做不了主，就赶紧回医院拿药，我来救救看，还得通知他的家人送被褥和衣服来。"

看守的头儿说："这时候送到医院也没有人了，让谁给抢救啊？还不如就在这儿由你给救哪，你说都拿什么药吧？"

焦起周在纸上写下了所需的药交给看守。看守看着药单子忽然大呼小叫起来："这是什么？砒，砒霜的砒？"

焦起周说："没错，快去吧，唯有这个东西去寒最快，我不会拿它自杀的，也不会把老黄毒死，你们不是还在这儿守着嘛！"

一个看守走了，焦起周又支使其他看守铺稻草袋子，再把黄鹿野抬到稻草袋子上，然后去打水，找毛巾，到外面背阴的地方挖了一盆干净的雪……他脱掉黄鹿野的裤子，用清水洗干净他身上的屎尿，然后用干雪在皮肤没有破的地方狠搓……

第二天武桂兰也得到信儿，知道丈夫关在什么地方了，把被褥、棉衣、棉鞋给送到拘留棚里，还见了起周一面，知道人没有事心就放下来许多。但，起周一天不出来，她就一天不能离开大矿。可娘儿仨花什么、吃什么呢？

　　她没有别的招儿,只有一条道——行医。因为她除去行医,再也不会干别的。白天她把两个孩子都托付给王恩奎的妻子,自己就带着医生证明,背着药箱,在矿区周围的村子里转。每到一个村子,她先打听村上的医疗站,没有医疗站的就找赤脚医生,连赤脚医生也没有的就找村长……见到这些人之后先询问村上有没有结核病人,然后再介绍自己——曾在大矿上行过医,专治结核病,下来推广一种自己研制的特效药"回生灵",无毒无害,若不信,她当场从书包里拿出样品可以先吃给别人看。如果有结核病人,她就免费给治疗。

　　没有病的人不一定信她,而有病的人一定想试试,有病乱投医嘛。病轻的一治就好,病重的三服药后准见轻。治好一个就传半个村子,治好两个可以传遍全村,传的人一多了,连没有病的人也由不得不信了。

　　武桂兰就是用这样的办法,在矿区周围的村子里开始行医,每天早晨出去,晚上回来,她的目标单纯而明朗。关键是心一执着,就能变为一种永恒的动力。时间一长,她在矿区周围的村子里真的就有了一些名气,有的农民用马车或拖拉机来接她,中午还管饭。这也是人有诚意,天有感应。有一天她在上古林给人治病,下古林的党支部书记派拖拉机把她接了去。

　　原来这位书记得了一种怪病,鼻大如拳,红似猪肝,孔内生毛,一昼夜可以长一二尺长。渐渐粗如麻绳,疼痛难忍,生不如死。他成天关在房子里不敢见人,村干部们找他请示工作都是隔着门帘说话。

　　武桂兰乍一见像看到了妖怪,身上直起鸡皮疙瘩,心里无比惊诧。祖父的秘籍里记载过这种病,她当初是当成"天方夜谭"来读的,想不到竟亲眼见到了这种病!

　　据病人家属介绍,这位下古林的党支部书记叫陈广立,这个怪病得了有半年多了。她问陈广立的妻子:"陈书记平时是不是爱吃动物的血,比如牛血、羊血、猪血等等?"

　　书记老婆一听这话就知道找对人了,抓住武桂兰的手一个劲儿地点头:"大夫说得忒对了,他离开这些东西就活不了!"

武桂兰叫人剪来一绺猪毛,她将猪毛放进包里,就要求陈广立快点把她送回矿上,她要回去制药,第二天早晨再去接她来。

她回到家,先把猪毛焙干研成粉末,用纸包了;再把丹砂、乳香等分为丸,做成十粒;第二天送到下古林,告诉陈广立的妻子每天早晚各服一粒药丸,同时用一跟细管子往病人的鼻孔里吹一点纸包里的药面,五天后保管痊愈。

武桂兰没有食言,五天后下古林的这位党支部书记陈广立人模狗样地坐在自己的大队办公室里接待她,鼻孔里的毛全部脱落,鼻头也消了肿,显得满面春风,浑身上下捯饬得很干净。一见武桂兰就开门见山地说:"我一定要好好地感谢你,你自己说怎么个谢法儿吧!"

真是当书记当惯了,感谢人也用这种命令的口气。

武桂兰瞒住丈夫的情况没说,只讲他是矿上的工人,自己老家在平陆,在矿上没有户口,下古林离着矿上不远,想把娘儿仨的户口落在下古林。

陈广立想了一会儿,就一板一眼地做了决定:"这样吧,我先给你盖个医疗站,你也不用成天走乡串户了,四乡八县谁再找你看病,就到我下古林来,你也替咱这个小村子扬扬名儿。你成了我这个医疗站的大夫,自然就算是我这个村的人了,再把你们娘儿仨的户口迁来,就是顺理成章的事了。"

对武桂兰来说,这自然是求之不得的,她又特意提醒一句:"建医疗站,没有上边的许可是不行的。"

陈广立拍拍胸脯:"那个容易,你治好了我的病,就是世界上最好的医生,这些手续由我来办,你什么都别管了。"

果然,陈广立用了不到一个月的时间,三间大北房的下古林医疗站盖起来了,站长就是武桂兰,行医执照上贴着她的照片,盖着原田县卫生局的大钢印。

还是权力好使啊,一个小小的村党支部书记就有这么大的道行……

　　半年后,崔干臣升到矿革命领导小组当了副组长,雄心勃勃地准备主持全矿的工作,对焦起周及其秘方不再像以前那样感兴趣。况且孙良贵也为此被撤掉了劳资科长的职务,这让他出了气,于是焦起周和黄鹿野便得以走出拘留棚。

　　焦起周的人事关系已经从矿医院转了出来,他也就只能来到备件库当工人——很难说当初孙良贵是帮了他,还是害了他。这半年的拘禁生活似乎强烈地改变了他的性格,他变得沉闷少语,落落寡合。为了让他高兴,武桂兰讲了这半年多当走方郎中的经历。焦起周没有感到惊喜,反被吓了一大跳:"你居然当了游医呀?"

　　武桂兰不服气:"游医怎么啦?山西人引以为骄傲的扁鹊就是游医的祖师爷,在赵国为带下医,在秦国为小儿医,途经虢国又治好了虢太子的休克,显然是走方郎中嘛。华佗也是游医,一会儿在许昌给曹操治头风,一会儿到襄樊给关羽治箭伤,从河南到湖北来回跑,能说他是'坐堂'大夫吗?葛洪还到越南和柬埔寨当过走方郎中,孙思邈生在陕西,死在山西,大半生都在四川、湖南、湖北等地东奔西跑,你说他是不是游医?你在下放的那几年还不是走乡串户地给人看病,要不怎么认识我?"

　　焦起周瞪大了眼睛看着妻子,他只是为她感到后怕,却不想一下子就引出了她这么多话。他发觉桂兰变了,变得胆大张扬了。看样子他纵使再被关上更长的时间,她们娘儿仨照样也能活下去……他本来是心存愧疚的,一个男人不仅不能好好地养家,照顾好老婆孩子,反而逼得老婆自己去找饭吃,还要为他担惊受怕,觉得实在是对不住她们。可他出来后没有看到老婆孩子活不下去的景象,桂兰没有抱着他哭,也没有一句抱怨的话,倒把他当成一个应该安抚的倒霉鬼了。他心里春夏秋冬地很不是滋味,就武断地嘱咐桂兰不要再往外边跑,老老实实地在备件库里待着。

　　武桂兰感到纳闷:"你离开医院不能给人看病了,我在下古林又有了自己的医疗站,不放弃临床,又可以试验自己的药,这不是好事吗?"

　　焦起周说出了自己的担心:"我现在是杯弓蛇影,心灰意冷,老怀疑下古林这么容易就给你一个医疗站也许是个陷阱,现在哪还有这么好的人啊?这多半年我对人心是个什么东西算是领教够了,你谁也不能信!原田县可是洪泉的地盘儿,我刚逃出虎口,你可不能再掉进狼窝啊!再说你们娘儿仨的户口转到下古林跟在平陆有什么不同?不都是农村嘛!"

武桂兰心疼,不再跟他争了。知道这半年多他遭了大罪,被关怕了,被整怕了,像刚从噩梦中逃脱出来一样,先夹紧尾巴过一段时间再说吧。

备件库,备件库,矿上的哪台设备坏了,机器需要备件,工人们才会找到备件库里来。"文化大革命"中的生产本来就是凑合事,能去革命的谁还愿意生产?没有资格脱产闹革命的,并不就意味着愿意干活,世上喜欢受大累的人毕竟太少了,能省点劲的就省,如果设备坏了那是老天成全,可以堂而皇之地歇着,谁还吃力不讨好地去找什么备件?于是备件库就成了一个很清静的地方,躲在这里如同远离了由侈谈的人们和狂吠的狗们组成的尘世。

武桂兰原想这下两个人可有时间在一块儿研究以前没有工夫接触的东西了,她还翻出北京中医药大学"文革"前的全套教材,希望跟焦起周一块儿能系统地补补课……这样卧薪尝胆地忍上一年半载,甚或两年三年,怎知不是一种福气?可惜这只是她的一厢情愿,焦起周对她的种种计划提不起一点兴趣,对她那种永远饱满的热情和不论发生了什么事情依然故我的雄心大志一概斥之为幼稚。他有自己的道理,你拼命学医,你医道再高,又有什么用?卧薪尝胆是有时间性的,为的是有朝一日能够东山再起,施展抱负。如果叫你一辈子都卧薪尝胆,还有什么意义?谁又能受得了?桂兰说忍个一年半载或两年三年,那以后呢?就不忍了?就得一头撞死?莫如从现在就开始忍,这根本就不是三年两年的事!他是一个凡人,看不出还有好的那一天,他只认为自己再重回医院当大夫的可能性是微乎其微了。其实当大夫跟当工人又有什么本质的不同?他已经变成了一个废弃的备件,终日躲在库房里无人问津,彻底被社会抛弃了。话又说回来,这不是很好吗?当个有用的零件,被安装到机器设备上,就要天天接受磨损,承担责任和风险,那不更苦更累吗?

以前焦起周那种乐天听命的轻松感已经被一种深刻的绝望所代替。他承受了屈辱——辱身过于杀身哪——还要承受漫漫无期的被忽视、被轻蔑,还能指望他怎么样呢?轻省、清静,对吃穿不愁的人也许是好事,对他们却是一种腐蚀。你不交出秘方就让你一辈子没有机会使用秘方,让秘方秘密地烂掉,变成不能用的废方子!

现在要说还有他感兴趣的东西,那就是白酒了。他说话越来越少,喝酒却越来越多,用山芋干酿的白酒九毛钱一斤,一喝就是一瓶,自称"焦一瓶"。喝了酒就不吃饭,还可以省粮食。但,喝了酒之后,焦起周过去那种对老婆孩子的好脾气就没有了。他喝酒的时候两个孩子都躲得远远的,渐渐就养成了习惯,他吃饭的时候孩子不能上桌。久而久之,把两个孩子管得都很怕他,儿子的脾性越来越犟,女儿最婵的胆子越来越小,在他跟前连大气都不敢喘,他说话嗓门一高,最婵就吓得不敢进屋了……有一回,儿子安国惹了一点祸,险些没有被他打死——

王恩奎有一台半个饭盒大小的收音机,他称它为"电匣子",上班带来,下班放到包里带走,视若宝贝。他成天坐在库房里没事干,就靠这台小收音机,使枯燥、漫长的生活有了声音,有了故事,跟外部广阔的世界联系起来,日子也变得好打发了。

小小的安国,从懵懂初开就对这台收音机充满好奇。他没有玩具,这个大人的宝贝就是他接触到的第一个玩具。但大人不让他碰,他可以半天半天地趴在桌子边上看着收音机,听着从它里面发出的声音。他曾多次要求父亲也给他买一台这样的小"电匣子",在过年的时候,在他过生日的时候,在父母高兴的时候,只要问他想要什么或想吃什么的时候,他就会说什么都不要什么也不吃,就想要个"电匣子"。每次他一要"电匣子",准能把焦起周给要含糊。

在他六岁的那年春天,王恩奎和焦起周在外面盘点备件,屋子里只剩下小安国一个人守着那台收音机。他觉得机会来了,可以亲眼看一看声音是怎么从这个小玩意儿的肚子里发出来的,便拿起桌上的改锥开始试着打开收音机。当他把外壳拆下来之后,看到收音机里面的东西就觉得更新鲜了,这里捅捅,那里摸摸,三捅咕两捅咕收音机不响了。一不响他就更着急了,这儿拆,那儿卸,越鼓捣越不响,最后把王恩奎的宝贝疙瘩弄成了一堆拆骨肉。

盘点完备件王恩奎去了厕所,焦起周先回到屋子里来,一眼看见桌上面目全非的收音机,儿子手上还拿着改锥在发愣,他立即邪火攻心,冲着小安国就喊起来:"你怎么把它给拆啦?"

安国不吭声。

"啊?是不是你拆的?"

安国还是不吭声。

这屋里别人没有来过,不是自己的儿子还会是谁呢?他勃然大怒,不管不顾地抬手就是一巴掌,正抡到小安国的脸上,孩子叽里咣当地就从桌子边摔到地上。

打了这一下,焦起周的火气越发地勾上来了,他弯腰一把揪起儿子,扔到王恩奎的单人床上,手边正好有一把老式的鸡毛掸子,抡起手指粗的掸子杆就往安国的身上抽。

小安国被打得在床上翻个儿,却就是不哭不叫。他不哭不闹不求饶,焦起周的火气就更大,下手就更重。安国渐渐地不再翻滚,趴在床上大大方方地把后背亮给了他,嘴里却仍旧不出一声。

焦起周感到了一阵恐惧,这是什么孩子?被打成这样,怎么就不求一句饶,不撒泼大哭呢?他一生这是第一次下了真力气打儿子,此后他们爷儿俩不管再动多大的气,焦起周都不跟儿子动手了。以后归以后,现在先说眼下,儿子的肉头阵让焦起周感到这是一种对抗、一种蔑视,是他这个做父亲的失败,他就越发觉得脸上挂火,甚至没有台阶下了,便气急败坏地动了疯力气!"喀嚓"一声,掸子杆打断了。他仍不解气,又抄起桌上的硬夹子账本往安国的屁股上砸……

王恩奎老远就听到屋里噼里啪啦地山响,心里还纳闷焦起周在干什么呢,推开房门被吓了一大跳,赶紧拉住焦起周,然后挤过身子去护孩子。小安国紧闭双眼,口吐白沫。从来没见发过火的王恩奎也冲着焦起周嚷上了:"你干吗下这么狠的手?"

焦起周还在气呼呼的:"他把你的收音机给拆坏了。"

"哎呀,那破收音机又算个什么……"王恩奎抱起安国就给他母亲送去了。

武桂兰从未放弃行医的念头,更不像焦起周那么消沉。一开始她百事都顺着丈夫,一月两月,一年两年,却发现怎么顺着也没有好,说也说不过他,劝又劝不动他,索性就背着他干自己的。病人找来不拒绝,隔三差五地就跑到下古林去坐堂。这天就又赶上她去下古林了,回来后看见儿子被打成这个样子,再听王恩奎讲了儿子挨打的经过,连生气带心疼,眼泪就流了下来。

她把安国平放在床上,先用冷毛巾搭在儿子脑门上,再拿一条湿毛巾擦干儿子嘴边的白沫,看到儿子的左脸颊上鼓出几棱清晰的红手印,心里不由得对丈夫生出一种怨恨,你肚子里有气为啥要撒在儿子身上? 你的儿子你还不知道吗? 从小营养就跟不上,身板孱弱,哪经得住这么打呀!

小安国被冷毛巾一激,悠悠醒转过来,他睁开眼看到妈妈,眼睛里便有了泪珠,鼓着汪着却始终没有流出来。

武桂兰俯下身子想抱起儿子,安国哎的一声,疼得浑身一激灵。

她赶紧又轻轻放下儿子,解开他的衣服,不禁吸了一口凉气。安国的后背、屁股上,横七竖八地鼓起了一道道血檩子,重的地方还在向外渗着血。武桂兰脑袋嗡嗡的眼前发晕,光用手打还嫌不解气,竟动家伙了! 孩子穿得这么单薄,这要打出个好歹可怎么办?

她当时就决定了,等安国身上的伤稍微好一点,娘儿仨就回下古林,再这样跟焦起周待在一起,往后恐怕一家人都没有好了。她脱掉儿子的衣服,让他趴着别动,很快找出金粟兰、牛耳草、接骨木熬了汤,用药棉蘸着清洗伤处。最婵坐在弟弟的脑袋前面,双手抓着弟弟的小手,一边问着弟弟疼不疼,自己却一边吧嗒吧嗒地掉眼泪。

用药水洗过以后,又在伤处涂上止痛散肿的蟾酥油,安国立即觉得轻松多了。武桂兰给他围上新被单,扶他坐起来,至少三天之内他是躺不下了。

武桂兰问儿子:"还疼吗?"安国晃晃脑袋。

武桂兰再问:"你恨爸爸吗?"安国又晃晃脑袋。

"等你能下地走道儿了,咱们就去下古林。"

姐弟俩都兴奋起来,他们在这个库房里实在是待够了,就问:"下古林是哪儿?"

武桂兰告诉孩子:"下古林离矿上很近,却跟老家差不多。"安国也开口了:"爸爸走吗?"

"爸爸不走,留下他一个人在这儿。"

"我们还回来吗?"

"不回来了,姐姐得上学了,你到明年也该上学了,这里的矿工子弟学校是不可能让你们进的,咱只有到下古林去上……"武桂兰突然一阵翻心,急忙跑出屋子,蹲到墙根底下张着嘴呕了半天,却并未吐出多少东西。女儿十分害怕地给她拍打着后背,焦急地一个劲儿问:"妈你怎么了?妈你怎么了?"

武桂兰没有说话,猛然意识到自己可能又怀孕了,随即便有一种不祥之感袭来,脑门上渗出一层细汗珠,脸色变得煞白。

都怪自己太大意了……是大意吗?应该说是太放纵了,或者说是对丈夫太迁就了。他心情一直不好,武桂兰总觉得是自己拖累他丢了医生的饭碗,心里便老怀着一种说不出口的歉疚,也就不再藏起自己的身体。再说这种年月,他们也就只剩下这点快乐和自由了,彼此都需要不断地相互放松,让生命还有所酝酿和期待。也只有在这种时候,她才可以用女人的宽容、柔情来安慰和鼓舞自己的男人。

在这么遥遥无期的灰心丧气的日子里,唯有肉体还有一点热情,成了两人关系中最美好的东西……她早就应该知道会有这样的结果。以自己现在的身体状况,生产应该不会再有危险。但,眼下只有两个孩子还玩儿不转呢,再添上一张嘴可怎么办?

　　武桂兰对矿上的生活不再抱任何希望了,如果还一味地躲在这个备件库里就永无出头之日。此路不通仙,自有通仙路。她认为自己的根基在下古林,出路也在于行医,必须得走出矿区——这个曾经让她无比向往的地方,如今成了她的牢笼。

　　几天后,安国身上的伤好了,她带上一点中午吃的干粮,提上一个放着"回生灵"和"回生膏"的黑书包,跟焦起周打声招呼,就出东门离开了矿区。

　　中条山已经变绿,阳坡上的野花都开了,姹紫嫣红,各逞其媚。最婵和安国撒着欢儿地冲进花丛,武桂兰的心情也随即变得清爽而畅快起来。春风骀荡,阳光耀眼,天空一碧万里,如同她的心情一样美好。

　　她快步跟上两个孩子,在一片雪白的山梨花中间看见了几棵榆树,上面挂满浅绿色的新嫩榆钱儿。她还从来没有见过这么干净饱满的榆钱儿,主要是没有人攀折,没有人采摘。矿区的人一个个都自以为精明得要命,可他们的精明都表现在折腾人上了,身边守着这么好的山,却不感兴趣,没有人愿意到这大山里来享受这自然的野趣。武桂兰撸了一把榆钱儿放进嘴里,齿颊挂满清香,还带着一股甜味儿。

　　最婵和安国也闹着要吃,武桂兰就一把把地撸给他们。

　　安国吃着吃着觉得不过瘾了,要自己撸着吃。好在山上的榆树不是很高,武桂兰就抱起儿子,让他自己撸。他撸着撸着又不过瘾了,要上树。武桂兰就把他放在树杈中间,扶他坐稳了才松开手。安国在树上边玩儿边吃。武桂兰又托着最婵上了另一棵树,姐弟俩又玩儿又闹,好不开心。

　　武桂兰好久没看到两个孩子这么高兴了。她从书包里拿出一个白色塑料袋,撸了满满一小袋榆钱儿,然后对一双儿女说:"别吃得太多,晚上妈妈给你们蒸榆钱儿饽饽吃。"然后她便先把女儿从树上扶下来,再抱下儿子,娘儿仨顺着山坡继续向东走。

　　前面有一株参天古树,树冠下一大片阴凉。武桂兰鼓励两个孩子:"咱们快走几步,到树根底下去歇一会儿。"当他们走到离古树还有一丈多远的时候,看到树腰的下部有个空洞,从树洞里发出一种类似青蛙的怪叫声。安国好奇,就要跑过去看个究竟,被武桂兰一把抓住了:"这个树洞里有东西,咱不能在这儿歇着,得快点绕过它。"

安国纳闷:"是什么东西呀?"

武桂兰说:"可能是很凶猛的东西,也许是大蛇。"

"大蛇怎么会藏在树洞里?"

武桂兰问儿子:"你累不累呀? 你要不累,我就给你讲一个关于大蛇的故事。"

有故事好听,孩子还怎么会说累呢? 武桂兰的兴致也很高,她拿稳了步子,慢条斯理地给闺女儿子讲了起来:"在妈妈还很小的时候,听你们的姥爷讲过一件事。那时在村子的后面有一片老林子,有一天傍晚,姥爷听到树林子里有婴儿的啼哭声,他以为是谁家丢了孩子,就循着声音找过去,发现那婴儿的哭声是从一棵大树下的洞穴里发出来的,就知道这肯定不是小孩子了,就赶紧去找村上的一个能人。那个能人是专以捕蛇打猎为生的,他去看了那洞穴,对你姥爷说那洞里藏着一条很毒的蛇,自己一个人对付不了它。第二天,那能人又请来一位外村的老者,老者是那个能人的师傅。老师傅看罢洞穴也皱起了眉头,说洞里是一条罗汉蛇,很不容易制服,幸亏它长得还不是太大,如不赶快除掉,将来会后患无穷。他先和徒弟在各自的双手上涂满特制的药液,又捆来一头猪放在洞口,然后才把一锅烧开的水倒进了洞穴。里面嘶嘶地发出一阵怪声,立即蹿出一条六七尺长的黑蛇。那蛇一见洞口的猪便死命缠上去,猪身立即就变成黑紫色,可见这条蛇有多么毒! 趁黑蛇缠猪的当口儿,那老人飞手抓住蛇头,他的徒弟用铁针猛刺其七寸要害处,那条大蛇像抢大绳一样挣扎着,上下舞动了好半天才渐渐死去。老人这才松开手,人们也终于看清了那黑蛇的脑袋,果然耳目口鼻俱全,头顶光秃秃,还真像个罗汉的样子。"

安国回头看看刚才路过的那棵大树,脑袋直往娘身上靠。

武桂兰拍拍儿子的脑袋,鼓励他别害怕:"中条山上没有毒蛇,要有也是草蛇,大一点的就是蟒蛇,你不惹它它是不会伤害你的。"

话是这么说,安国却不像刚才那样敢在花草丛中撒欢儿了,小手紧紧拉着母亲的衣襟。武桂兰笑着把儿子揽在腋下:"傻小子,原来就是这么大的胆儿? 告诉你,如果我们能碰上一条罗汉蛇那就好了,它通身都是宝,是很金贵的药材。"

她嘴里说着,眼睛便开始格外注意草丛,终于发现了一株高大的艾草,便弯腰拔了出来,掐掉根送到儿子的鼻子底下让他闻:"味儿呛不呛?"

安国抽抽鼻子赶快躲开了。

武桂兰说:"南方人管这个叫'百日艾',含在嘴里任何毒蛇猛兽都不敢靠前。所以猎人和山民上山的时候,特别是在山上睡觉的时候,嘴里都得咬着一根艾草。"

真的? 最婵和安国立即又来了兴头,也不再讨厌艾草的气味,争着用鼻子去嗅。

武桂兰先掐了一截让安国含上,再给最婵也掐下一截,剩下的便咬在自己的嘴里。向前走了几步她又说:"你们知道为什么叫它'百日艾'吗?"

闺女和儿子都晃脑袋。她接着说:"在山上,嘴里含着它不能超过一百天,如果超过了百日,它就会往嗓子眼里滑,一咽下去,人就会变成野兽!"

最婵吓得赶紧把嘴里的艾草吐掉了。安国觉得可惜,问姐姐:"你怎么把它吐了?"

最婵说:"我才不要变成野兽!"

安国弯腰从地上捡起姐姐的艾草拿在自己手里,武桂兰问他:"你不怕变成野兽?"

他说:"变成野兽更好,我最好变成一头大狮子,守在咱们家的门口,谁再来欺负你和爸爸,我就咬死他们!"

武桂兰大笑:"好儿子! 你可知道,那些欺负爸爸妈妈的人早就吃过'百日艾'了。不过他们没有变成大猛兽,都变成了野狗、野狐之类的动物,都怕你这头大雄狮子!"

娘儿仨说说笑笑,无忧无虑地穿过山坡,走进了下古林。这里依山傍水,有属于自己的房子,有个大院子,门前还有条小河,河边长着一排柳树。两个孩子先就喜欢上了这儿,至少是有了可供玩耍的地方。

只要医疗站的大门一开,病人就来了,一有病人武桂兰的精神头也就来了。一直到天傍黑儿,她才带着两个孩子又赶回矿上。当晚就跟焦起周把话挑明了,今后她和两个孩子要经常待在下古林了,她必须真正地撑起下古林医疗站,星期天或者没有病人的时候也可以回到矿上来住。其实武桂兰真正希望的是焦起周买辆旧自行车,她们娘儿仨住在下古林不动,由他来回跑,但怕他生气不敢说出口。焦起周知道拦也拦不住,打了儿子之后他心里也并非不后悔,就阴沉着脸没有吭声。

不吭声就算默许,武桂兰就回下古林热火朝天地干起来了。

毕竟还是两口子,有时候焦起周忍不住也要到下古林看一看,他忽然明白妻子为什么会看上这儿了——下古林离矿上很近,步行也不过一个多小时;离着原田县城也很近,顶多有十几里地,沾了城市的边,城里又管不着,在这儿立住脚他们就全盘都活了。矿上对他们好就在矿上多待一会儿,矿上不好待就躲在下古林,可上可下,能进能退。焦起周一下子又提起了一点精神,常常跑到下古林来帮助武桂兰,他仿佛影影绰绰地又看到了一线希望,觉得生活重新变得有点意思了……

随着"动乱"的结束,矿上管得越来越松,他们以下古林为根据地又开始采药、制药,病人越来越多,"武站长"的名气也越来越大。

只要有焦起周在,武桂兰摸完脉拿出诊断意见后就总是再让他给复查一遍,妻子开完药丈夫核对,一派夫唱妇随的和谐景象。切莫以为都是起周高于桂兰,丈夫修正妻子。焦起周很快就感觉到,桂兰这些年可是医术大进了,他已经反复地感受到了桂兰当医生的灵气胜过自己,常常是两个人对病的诊断是一样的,但开出的方子却差异很大。焦起周谨慎规范，按章行事；武桂兰却常有令他想不到的思考和变化，这并不是胆大胆小的问题，也不是靠加大药量的事，有时桂兰下药甚至比他还谨慎，但在药的调整和组合上，常有惊人之处。

这正是她奇特的地方，因人因病而变化莫测，心思精到细微，往往能收到焦起周意料不到的效果。这种特长是只可意会不可言传的，焦起周能感觉得到却说不清楚为什么武桂兰就具备了这种特质。这也是光靠死背医书学不来的。

应该承认这就是灵气，或者叫才华。

丈夫没有理由妒忌妻子。焦起周在刚发现武桂兰才华的时候也是欢欣鼓舞的，当一次又一次地感受到老婆确实强于自己了，他心里又有那么一种不自在……经历过很长一段时间之后，他才渐渐接受了这个现实。

也许连他们自己也没有觉察出来，他们的行医习惯有了不为人觉察的重大改变：以前都是桂兰听起周的，现在变成了起周听桂兰的。这时候他们的生活也算真正安定下来了。

当武桂兰干得兴致正高的时候，却不得不停下来坐月子，平安生下一个女儿，取名最红。有了下古林这块适合她的天地，正在要施展自己抱负的时候，又怎么能带得了这个孩子呢？加上焦起周的情绪也不是很高，两个人就琢磨着把孩子送人。王恩奎的妻子一直想再收养个女孩，两家的关系向来处得很好，他们便狠狠心把最红送给了王家。

虽然这也是割舍亲骨肉，但没有小说和戏剧舞台上表现得那般肝肠寸断、呼天抢地。王恩奎两口子为人都不错，是个好人家，最红一到王家就能有个城市户口，也算是把孩子送到福窝里去了。他们想孩子了随时都能看到，做点好吃的东西也可以给最红送去，王家做了差样儿的也短不了给他们端来。孩子名义上是给了人，实际还跟在自己身边差不多。

这其实是他们为自己开脱，想找到一种能安慰自己的理由。

因为他们很快就后悔了，而这样的错误，又是无法挽回的……

他们俩都是大夫,是所谓有文化的人,眼下既不是战争年月自身难保,又没有赶上大饥荒、大瘟疫需要放孩子一条生路。他们并没有万不得已不能不把孩子送人的理由,只是为了摆脱眼前的一点困难就放弃了自己的骨肉,心里却老是放不下。送了人就是别人家的孩子,实际上也不再是自己的孩子了,焦最红紧跟着就改成了王永红。

也许是想驱除掉把女儿送人的不安和落寞,两年后他们又怀上了一个孩子,生下来还真的又是一个女儿,取名最芳。但是,有了一个新的女儿,并不能取代对上一个女儿的思念和负罪感;而对小女儿最芳的喜爱和娇惯,也不能弥补失去最红的痛苦……

更要命的是,焦、王两家经常走动,孩子们经常在一起玩耍,最红一懂事就知道了自己的来龙去脉——根本不是自己爸爸妈妈的人却当了自己的爸爸妈妈,自己真正的爸爸妈妈反而不再是自己的爸爸妈妈……这场没有太多缘由的变故强烈地刺伤了孩子的心,其严重程度是成年人想象不到的。它使一个欢蹦乱跳的孩子渐渐地改变了性格,常常愣神儿,内向少话,年纪越大就越孤僻。

5. 乐极生悲

现在,该把这部书中另一个重要的人物请出场了。

此人坐不改姓行不更名,大号叫郝武长,外号"大刀螂",长得精瘦老高,长胳膊长腿,喜欢弓背缩肩,性情阴鸷乖戾,活脱脱一个惯好从背后实施偷袭的大螳螂。

太远了说不清,从郝武长上溯祖宗八代,八代祖宗都住在陕西洛南山区一个叫小孙庄的寨子里,距离运城地面少说也有四五百里地,鬼使神差地居然就跟焦家一家人的命运纠葛到一块儿了……这又是后话,眼下先看他怎样出场。

他最喜欢的场面是婚礼——不是他的婚礼,是别人的婚礼。别人结婚他开荤,最得以施展他的本事。农村人称喜事为"红事",丧事为"白事"。庄上谁家有红、白事,都躲不过郝武长。他会不请自到,主家想不让他来都不行。办"白事",他不怕死人,掐尸入殓,掘坟下葬,只要让他吃饱喝足了,什么事都可以比画两下子。当然他最喜欢的还是掺和"红事"——人家自动给你帮忙你还能拒之门外吗?谁家结婚都图个喜庆热闹,得罪了郝武长,难道是想把"红事"办成"白事"?

这年开春后第一家娶亲的是庄北老邢家的二小子邢克强,比郝武长还小几岁。往后在这一堡子后生中还打着光棍的,可就只剩下这个郝武长郝大刀螂了!

正式迎娶的日子是明天,庄上办喜事一般要热闹三天,你热闹几天,郝武长就要去吃上几天。他睡了个长长的大懒觉,爬起炕就快晌午了,肚子瘪得前心贴后心,他此时的样子就不像刀螂,而是饿狼。他钻出窑洞想直奔邢家,可当街口站着几个汉子正谈论邢家的婚事,一见郝武长就更来了精神,一起拿他取乐——

郝武长,这会儿就想去邢家吃啊?

你这只大刀螂冬眠又醒过来啦!

郝武长,可要小心一点肚子!

庄上的人相互称呼有两种规矩,一种是按年龄辈分,爷、伯、叔、哥、弟地叫,一种是省去姓只叫名字,如武长、克强,显得亲近。可庄上人对郝武长,不论远近不论年龄辈分,人前背后一律连名带姓地叫他"郝武长"——全须全尾。这其实表明不拿他当回事,全无尊重。

时间长了他也不太在乎,他就是在乎,人家也照样不拿他当人。莫如把心里的憋恨藏起来,也用相同的办法,对别人也嘻嘻哈哈:"饭不就是叫人吃的吗?我去吃喜酒是给他邢家的面子。"

当街一阵哄笑:"你吹破了牛皮往脸上贴——好大的面子!"

郝武长一个四岁的小侄子,平时有点怕他,这时候见他说说笑笑的挺高兴,就缠着叫他抱着到菜园里去抓蝈蝈。当街的人呛火:"小虎子你可真是不长眼眉,你三叔这会儿只想着去赴席,哪有闲空哄你呀!"被众人这么一诮呵,郝武长倒有些脸上挂不住,只好抱起小侄子来到村外的菜园子。

见四周没有人,他狠巴巴地一松手,小侄子从他怀里摔到地上,同时他的脸也蓦地黑虎下来。他一手抓着孩子的胳膊,走进辣椒地摘了三个尖尖的红辣椒,抬手掐住孩子的下巴,硬逼着小虎子吞吃掉,辣得孩子只掉眼泪却不敢哭出声。最后他干脆把剩下的两个红辣椒都塞进小侄子的嘴里,而后恶狠狠地说:"小兔崽子,看你以后还敢再叫我抱着你玩儿!"

他一松开手,孩子撒腿就跑,跑出老远才敢哭出声。

郝武长得意地笑了:"有这一回,保准这个小王八蛋以后再见了我想躲都怕来不及。"他笑模悠悠地从菜园子直奔邢家。

这是个什么东西,怎么会对自己的亲侄子这样呢?知道他根底的人,对他做出什么事都不觉得奇怪。他在像他小侄子这么大的时候,饿得肚子里永远都像在烧着火。有个人拿了一块馍丢在一条大狗跟前，让他去捡。他实在饿坏了，宁可挨狗咬也要吃上那块馍，结果被狗逼到粪坑里。幸好那个粪坑浅，他能自己爬上来。如果再深上半尺，他早就变成大粪了。由于家底儿臭，郝武长的父亲一辈子在村里就没人看得起，又赶上那个不讲理的时候，他从小就习惯了被人戏弄，一场羞辱结束了，另一场羞辱又在酝酿。他认为别人从来都不怀好意，看谁都没有好心，见了人自己先有敌意，先不顾一切地憎恨对方，自己就能少受点伤害。仇恨是一种游荡的激情，跟着他满街转悠，这也许正是支持他长大的一种力量。妒忌和仇恨使他变得强健了，他不疼惜任何人，包括他的家人。

到了邢家，他蛮自架势地摆出一副要帮着干活的样子。细活人家主人不让他干，粗活他不愿意干，于是就只有咋咋呼呼地自充大尾巴鹰，到处指指点点，成了一个越忙越添乱的家伙。主家权当打发一个要饭的，还得多赔笑脸，敬烟让茶，怕得罪了他到闹新房的时候新媳妇吃亏。

到吃饭的时候，郝武长就不再指挥别人，开始专心致志地指挥自己的筷子。这是他的强项，甩开腮帮子猛塞。他上一顿闻肉腥可能还是在去年冬天谁家的喜事上，叫他怎么能克制得住这满嘴满肚子的馋虫？到最后直吃得连腰也弯不下了，打个饱嗝酒菜就可以从嗓子眼里冒出来。有帮忙的老辈人实在看不下去了，就小声劝他："饭是人家的，命可是自己的，千万别撑出毛病来啊！"

郝武长仰仰脸，挺挺肚子，满不在乎地一笑："没事没事，我们年轻人磨子快，蹦跶几下就消化啦！"他在心里边却骂上大街了：好你个老杂毛，真是饱汉子不知道饿汉子饥，狗拿耗子——多管闲事！

一旦吃饱喝足了，他就没有力气也不想蹦跶了，连吊儿郎当地装装样子都没有兴趣了。他之所以凑合过来应应景，纯粹是为了混顿饭吃，等到肚子塞饱了还混个什么劲呢？主家也乐得劝他回家歇着，还得说："到晚上吃饭的时候再过来帮着忙活……"

郝武长便借坡下驴地离开邢家。他心情不错，应该找个地方乐和乐和,顺便消化消化这一肚子的荤腥……可小孙庄哪有这样的地方?就是有,人们也都躲着他,他一去了人家就散伙。因为他没有钱,到处借债,借了又不还,时间一长爱玩儿的人谁还愿意跟他往一块儿凑合?

到了他这个年纪,实在是该有个相好的啦。凭他的个头、身板,除去穷一点哪儿都不比别的男人差,而小孙庄的娘儿们闺女,偏偏就是先认钱后认人。他的哥哥、姐姐,不是没托人给他提过亲,可人家一听他的大名就连见面的勇气都没有了。他心想这时候如果有个也正在饥渴难挨的小娘儿们就好了,哪怕老一点也行,寡妇也凑合,只要不嫌他没有钱,只需要他这一身力气……想归想馋归馋,一时往哪里去找这样现成的小寡妇呢?

郝武长晃晃悠悠、无精打采地又回到自己的窑洞,往炕上一倒,两腿一叉巴,继续琢磨到哪里去消遣这一下午。不把中午这一肚子饭食消化掉,晚饭还怎么吃得下呢?他正想着找点事干,事就真的找上门来了。有人敲他的破窑洞门,是庄西头的孙大田,在窑洞外喊上了:郝武长,你欠我的那一百块钱就还了吧……

郝武长躺在炕上不吭声,心里的怨恨却在积蓄,整个人像严冬一样冰冷。

孙大田站在窑洞口也不进来,就那么可着嗓子喊:"你不要不吭气,我知道你在屋里,我是在你后面跟着回来的。借钱的时候你说三天一准还,现在三年都过去了,我老婆快要生了,一坐月子就得用钱哪!"

郝武长在屋里喊道:"你回去吧,待会儿我就给你送去。"

"真的?你可不能再哄我了。"

"不信你就站在这儿叫唤吧!"

"那好,我就先回去等着你啦!"

等孙大田一走,郝武长就骂上了:"操你八辈祖奶奶,你等雷吧!你他妈的快生儿子了就要用钱?老子连儿子他妈还不知道在哪儿转腿肚子哪!"

穷的永远嫉恨富的。他骂着骂着忽然翻身下炕,出了窑洞直奔庄西头,来到孙大田的门口,三下五除二就扒光了自己身上的衣服,赤条条精溜溜地闯进孙大田的院子,偏巧就正赶上孙大田的媳妇在院子里晾衣服,吓得"啊"一声,怪叫着就往屋里跑。

郝武长还无理搅三分地在院子里挺着肚子大喊大叫,恨不得让全庄的人都能听到:"孙大田,你们一家子都听着,要钱没有,老子只趁裆里的这件家伙了,想要就来拿吧!"

孙大田拎了把菜刀就要出来拼命,他媳妇拦腰抱住了他,又央求正在炕上躺着的公公快点发话,免了郝武长的账。

孙老汉只好下炕穿鞋,走出屋赔着笑说:"好娃哩,你欠的那点账不叫钱,免了免了,往后就别提啦!"

郝武长从鼻子里哼了一声:"免啦?"

"免啦。"

"你说了算数?"

"算数。"

郝武长这才向外走,一脸不屑,嘴里还骂骂咧咧:"真泄气,自己没有种,还上门逼债!"他到门外重新穿上自己那身行头,前后左右地看看,才趾高气扬地往家走,心里还略微有一点不满足——这么精彩的场面,却没有多少看热闹的人。小孙庄的人真他妈的没出息,大晌午头的,不知都猫在屋里干什么!

他回去又钻进自己的窑洞,往炕上一倒,回味自己刚才的表现,满意得不能再满意了:这才是男人,把孙大田这个狗日的一下子就比下去了。让他老婆把咱身上的零件全都看了个够,到半夜孙大田再跟她干那事的时候,她心里一准想的是我……她身条挺好,动作麻利,根本不像怀孕的样子,她迎面乍一看见我这个家伙的时候,张嘴瞪眼,半死不活,那模样真是馋死人了……

他想着美事,再加上酒精攻头,晕晕乎乎地又睡过去了。

这一觉睡得真香,睁开眼窗外有点暗了,忽然想起邢家晚上还有席,他娶媳妇我吃肉,天经地义! 郝武长急忙爬下炕走出窑洞。天确实快黑了,街上很清静,有劲没处使的山里汉子,早早地就回窝守自己的女人去了。这暖融融的春天,本来就是个发情的季节,连牲口都选这个时候配种,何况是人了……他眼一花,影影绰绰像有个女人在他眼前晃悠,那身形腾一下就如同钩子钩住了他的魂儿,躒开长腿撵上去。没错,是个水鲜水活的女人,奶子挺得老高,腰身很细,屁股绷得滚圆,在前头跑几步就回头冲他招招手,咧嘴一笑,一嘴小白牙亮得晃眼,这不是孙大田的媳妇吗?郝武长的劲上来了,挂在腰里的家伙就像气吹的一样硬挺起来,豁了命地追上去……追来追去追到村外一个草垛跟前,那女人成心逗他的火,一边围着草垛转磨磨,一边咯咯地浪笑。他已经疯了狂了,全身无一处不冒火,男人那点本钱膨胀到了极处,恨不得一把就能抓住这个精灵,女人却总是差那么一点不让他抓到。他呼呼地喷着粗气,恨恨地质问她:"你为什么要勾引我?"女人说:"你才是真正的男人,太厉害啦!"他得意洋洋地提高了嗓门:"你要用上我的家伙才知道厉害哪!"女人不再跑了,回过头来,眼睛里也像喷着火,轻轻说:"是吗?"郝武长感到一阵窒息,猛地向前一扑抱住女人,底下也狠命顶上去。只这一下,他魂灵脏腑就突然被掏个精空,一向自以为荣的那个家伙狂泄不止,他大喊一声,身子像死蛇一样瘫软下来。他从未侍弄过女人,却也知道自己有这么好的机会竟未能真正地进入女人,也是最让女人瞧不起的,心里头懊恼不已……

懊恼和痛悔像棍子一样猛然间把他砸醒了,他正趴卧在自家冰凉梆硬的炕席上,怀里抱着个枕头,身下黏糊糊湿了一片……他叹口气,一捶炕沿翻过身子。窑洞外一片漆黑,已经是夜里了,他这一觉可睡得够长的。虽然肚子不觉饿,但错过了去邢家赴席,便宜了邢克强那小子,还是觉得有点亏。

郝武长再怎么没心没肺,过这种日子也不会好受。当一个人夜深人静睡不着觉的时候,是他为自己犯愁的时候,也是他最真实的时候。只要他一为自己发愁就会恨别人,恨所有的女人,妒忌所有的男人,似乎从他能记事的时候起就知道憎恨,而不懂得感谢。在他的眼里,周围都是该憎恨的人,没有可值得感谢的人。恨来恨去,恨到根上还是他的父母造成了他今天的这副样子!

天下怀有仇恨的人很多,但憎恨自己父母的人却很少。即使是再坏的人,也往往对父母多少还心存一点感激。唯郝武长,最恨的就是自己的生身父母。他恨他们生了他,恨他们既生了他又不给他留下好日子,不给他娶上媳妇就蹬腿闭眼。他不是不恨外人,是没有力量报复外人。在家里别人都让着他,他便可以任意发泄自己的怨恨,他的怨恨能反馈到所有跟他接触的人的身上,越是最亲近的人,憎恨就越强烈。

其实他的父母在蹬腿儿之前给他们弟兄五个每人留下了一眼窑洞,对一个农民来说,这已经很不容易了。屋子屋子,农村人劳碌一辈子不就是为了给儿子盖几间屋子吗?鸟雀还要有个巢落脚,野兽也得打洞藏身,城市就是一堆屋子,乡村就是一片屋子。正因为有那么一间窑洞,郝武长才没有成为流浪鬼,它毕竟是个遮风避雨、挡寒躲热的栖身之所。然而让郝武长恼恨的恰恰是这间破窑洞,正因为有这间破窑洞,才把他拴在了小孙庄。他不是勤谨人,一想到在小孙庄至少还有个睡觉的地方,也就不愿意动弹了。如果没有这间窑洞,他可能早就走出去了,去外乡,去县城,说不定也早混出个人样儿来啦!

郝武长一上来邪火,对父母的恼恨就发泄到窑洞上。他下地穿鞋,从屋角捡起一把烂镢头就跑到门外去刨挖自己的窑洞根儿,这样仿佛就能报复他的父母。实际上他这间窑洞里也再没有别的东西可以摔打能供他撒气的了,有气只能往这眼打不吭声骂不出气的破窑洞上撒。他铿铿地刨了不一会儿,就把两边窑洞里的哥哥嫂子们都吵醒了。但只有敢说敢骂敢拼命的二嫂子能出来制止他,那女人“腾”的一声踹开了两扇旧门子,腰一叉,手指几乎要点到他的鼻子尖上,什么恶毒就往外扔什么:“郝武长,你他妈的又发疟子了?一会儿咚咚咚,一会儿嘭嘭嘭,是鬼敲门,还是阎王来拿你的魂儿?黑更半夜的,你自己睡不着还不让别人睡!你活腻了到外面有的是寻死的法子,跳崖投井,谁还拦你?你老这么刨窑腿子,窑塌了咋办?你不想活我们还想活哪!”

真是怪,世间就是这么一物降一物,只要二嫂子站出来一骂,郝武长就老实。他也许在潜意识里就是希望借砸自己的窑洞引得一个女人出来跟他说话，即便就是淋他一头狗血也好，他也可借机说话、骂街。但外人不会想到，他回骂的并不是惹了他的二嫂子，而是他的爹娘："你们这两个老畜生，都穷得揭不开锅了，不会少生几个孩子？要是只有我一个，你们也不至于早早地就累死，我也不至于光分一眼窑洞，穷得连个听骂的人都没有。你们就知道晚上在一块儿乐，乐完了就生，生下来又撒手不管，真是比畜生还畜生！"

这是人话吗？他捎带着把他的兄弟姐妹也都骂了。二嫂子自然不饶，于是半夜三更的一场对骂就开始了……

儿女小有小的问题，儿女大了也有大的麻烦。他们各有自己的性格、自己的主意，一阵阵的还真让大人头疼。

焦起周两口子似乎都拿儿子焦安国没有办法，他体质上像母亲，身材不高，白净脸，通鼻梁，清清秀秀。可性情又随谁呢？整天恍恍惚惚，家里即便忙翻了天，好像也跟他没有多少关系。他总像游离于熬药治病之外，与焦家人都关心的事格格不入。

他基本上算是农家子弟，最喜欢回平陆老家，每年学校放寒暑假都回老家去过。老家有他养的狗，名叫"尾巴"——只要他一回去，就像尾巴一样形影不离地跟着他；夏天还可以玩儿鸟。最主要的是回到老家有奶奶宠着他，从心里感到自由自在。奶奶得了一种"笑病"，见了谁都笑，连看见牛呀驴呀鸡呀狗的都笑，说话的时候笑，不说话的时候也笑，连睡着了都常常会笑醒了。看见亲的热的，奶奶的笑容就更加慈祥可爱，而独自一个人发笑的时候，表情就显得难看而可怕，所以说这也是一种病。老家的人就希望安国多回去陪陪奶奶。而焦安国认为自己的父亲焦起周得的是不会笑的病——或者叫"挨整后遗症"，心里的火老发不干净，对孩子们管得太严了，干脆说孩子们就没有对的时候。因为他是男孩子还略微好一点，姐姐最婵都应该改名叫"最惨"了，放学回来不是干这就是干那，到晚上没事了才能写自己的作业。放假了他可以回平陆，姐姐还得留在下古林干活。因此焦安国平时在家里最愿意干的活儿是姐姐要他帮忙的事,或者是妈妈分派给他的活儿。

小孩子都莫名其妙地天天盼着自己快点长大,可长大了又有什么好呢? 随着焦安国年龄不断地增长,家里对他的希望就越大,要求也越来越多;唯自由他感到越来越少,他不能再随意回老家了,即使学校放假,也要留在父母身边帮着干活,而家里的活儿是永远也干不完的。

这一年初夏,焦安国考大学前的总复习进入了冲刺阶段,忽然接到老家的来信,三叔焦斌丹耙地的时候被耙齿扎伤了一只脚,发炎后连炕也下不了了,偏赶上奶奶也病了……按理应该是焦起周自己回去,可矿上正在为他"落实政策",一次次地谈话,一个部门一个部门地跑,领取补发的工资,办理回医院上班的手续……确实是走不开。武桂兰又被名气越来越大的医疗站缠住了身子,站里住着十几个结核病人,她走了这些病人交给谁? 焦安国知道自己的机会来了,满心欢喜,却装出一副无可奈何为顾全大局挺身而出的样子:看来只有我跑一趟了。

焦起周看着儿子没有吭声,他对安国这种勇于牺牲自己的动机有怀疑。武桂兰明确表示不同意:"你就要高考了,眼下正是较劲儿的时候,心一散还上得了大学吗?"

焦安国显得胸有成竹:"外行,你以为还指望着这几天复习功课? 都到这时候了,就剩下放松精神,养精蓄锐了。去看奶奶不就是几天的工夫吗? 正好让我换换脑子。关键是只有我回去才能解决问题,奶奶一见到我也许就什么病都没有了。"

他说的是真话,奶奶一年到头的就是想孙子!

没办法,知道老人病了不派人回去是不行的,要回去就没有人再比安国更合适的了。焦起周把刚补发的一百六十块钱交给安国,又拿了一点药让他带上。

焦安国一走出下古林,看看四下没有人,嗷的一声怪叫就撒了欢儿啦! 这半年多真把他给憋坏了,毕业复习,毕业考试,高考复习,摸底考试……他坐上了汽车还美得对着窗子哼歌。

回到老家，一进三叔的院子，大黑狗"尾巴"就欢叫着蹿上来，摇着尾巴往他身上扑，伸出舌头舔他的脸他的脖子他的耳朵……他把自己在路上都舍不得吃的一块火腿塞到狗的嘴里。听到狗这么一叫，奶奶在屋里就知道是他回来了，身上的病仿佛立马就好了一多半，先咯咯地笑了起来，随后又像灯断了电一样突然止住，隔着窗子喊道："安子，安子，先别跟狗打滚儿呀，快进屋来喝点水……"

奶奶的病是急的、累的。眼看麦子都熟过劲了，别人家的麦子该割的割该拔的拔，都已经上场了，可斌丹家的麦子由于他下不了炕还在地里竖着哪，要是赶上一场大雨不就全糟践了嘛！老太太想帮着三儿媳妇抢回多少算多少，活儿还没有干多少却头昏眼晕地发起烧来。安国跳上炕，给奶奶又揉又搓，治病不治病地哄得老人身上感到轻松了许多。他又把带来的专治外伤的药给三叔敷上，老太太最信服自己的儿子焦起周，有起周给开的药，三儿子的这只脚就算保住了。但关键还是斌丹地里的麦子，那才是老太太的病根儿。

要收麦子也是明天的事。现在天快黑了，正是下网逮鸟的最好时机。焦安国到南屋里找出捕网和两个鸟笼子，带着"尾巴"就出门了。天傍黑的时候，场院里的人们都回家吃饭去了，鸟们也趁机落下来饱餐一顿。他将网下好，拉着"尾巴"躲到一株大树后面，当看到网前的鸟落了一大片的时候，就一拍"尾巴"，黑狗冲出去一扑一叫，几十只鸟同时腾空而起，顶着丝网向场外飞去。如果鸟们同心，朝着一个方向飞，那分量很轻的丝网是坠不住它们的，它们可以飞到很远的地方，当丝网被树枝挂住的时候，它们就有可能摆脱羁绊重新获得自由。可惜，鸟们心不齐，目标不一，因为被网罩住的并不是一种鸟。它们驮着丝网刚刚飞起来，就这个想往东，那个想往西，这个要高飞，那个要低掠，力气相互抵消，扑通一声跌落到地面上，让焦安国抓个正着。

还好，玩儿鸟也有玩儿鸟的规矩，不能吃鸟，不能害鸟，他选了一只白脖、一只大头狼和两只玉鸟放进笼子，将其余的鸟又都放了。

晚上，安国带着"尾巴"，细棍儿上架着大头狼，去看望远房的两个哥们儿。他给他们每人一支漂亮的电子笔，但笔不是白给的，要他们第二天帮着他给三叔收麦子。

　　第二天,这两个叔伯哥们儿使坏,大块地的麦子割完之后,他们提出剩下的那一亩多长条地里的麦子要拔。因为这块地肥,土质松软,麦子也长得格外高大粗壮,最适合把它连根拔下来,麦秸根到冬天可是烧炕的好东西。负责把麦子往场里运的三婶一个劲地劝阻,那俩小子却嬉皮笑脸地激焦安国的火:“怎么样,还有种吗? 在外边养得细皮嫩肉的,是不是拔不下麦子来了?”

　　焦安国知道这是想要他的好看,如果服软求饶就太难堪了。他没有说话,丢掉手里的镰刀,往两个手掌心里吐了口唾沫,哈下腰抱着地边上的一垄麦子就动手了。麦子并不难拔,他以前也不是没有拔过麦子,还能叫这俩小子看瘪了! 他听到那俩哥们儿在身后说:嚯,还行啊!

　　当焦安国拔到地中间的时候速度就慢了下来,两个手掌刺痛,腰像断了一样,天气又热,从头到脚像刚从水里捞出来的,脸上脖子上身上沾满了麦芒,刺痒难挨。那两个哥们儿却从他身边嗖嗖嗖地拔到前面去了。拔麦子是农村的三大累活之一,一只手在前,另一只手要揽住拔下来的麦子,当拔满了一把之后,双手掐住麦秆抡起来将麦秸根向鞋底子上一抽,根上挂着的土块就像子弹一样向后激射。所以,拔麦子都是你争我抢地要赶到前面去,谁在后边就得吃土块。焦安国渐渐地就落了下风,那两个哥们儿在他的前面左右开弓,“劈啪、劈啪”,大大小小的土坷垃夹裹着沙土像冰雹一样不停地向他砸过来,打得他脸不敢抬,腰不敢伸,连嘴里都溅满了沙土。

　　“尾巴”似乎也看不过去了,站在地边上冲着前面那两个小子狂吠不止。

　　焦安国低头缩脖地忍着,谁叫自己拔得慢呢? 越是这样被动地挨打,他拔麦子的速度就越慢,越慢也就更被动。他忍无可忍,终于发狠了。真的发了狠就豁出去了,哪儿痛也顾不上了,痛变成了快,大痛变成了大快。渐渐地他拔到了那两个人的前面……

　　到麦子全拔完以后,他偷偷察看自己的两只手掌,上面布满了血泡,有的已经被磨破,流水淌血,黏黏糊糊。他再想攥拳都攥不上了。

一周后焦安国又回到原田,再打开高考复习提纲,感到生疏,看不进去,就好像有许多年没有碰过它了。他原说回老家可以换换脑子,想不到竟换得这么彻底,把他原来自以为已经准备好了的东西给换丢了,这一下子他紧张了。本来原田县中学每年就只有极少数的几个学生能考入大学,焦安国如果能保持最佳状态是有希望的,这心里一发慌,成绩可就大打折扣了。在填写志愿的时候焦起周又非要他把太原工学院改成山西中医学院,结果是名落孙山。

高考一落榜,焦起周对儿子就更不满意了,甚至看他哪儿都觉得不顺眼。安国明明是在农村和矿区长大的,接触的都是农民和工人,怎么会养成了城里人的一身坏毛病呢?什么新鲜玩儿什么,一到夜里来精神,大白天却睡懒觉。老大不小的了,大学又没考上,不正应该帮着家里干点事吗?他可倒好,天天把自己关在他的小屋里,不知在胡鼓捣些什么,就是该吃饭了,不喊个三遍两遍的都不出来……

焦起周对儿子的火积压有好多天了,这一天终于压不住地站在院子里大声吆喝起来:

"安子,小安子,快点!"

在儿子没出来之前他并不傻等,自己先一点点地干起来。

他想垒一间屋子。由于外地病人越来越多,有些路太远的就只能住下来,武桂兰把三间最大的正房当了病房,他们两口子和最婵、最芳两个女儿就都挤到了东厢房的一个大炕上。儿子占了西边一间存放杂物的小屋。焦起周的心里老惦记着院子里那晒好的一堆药,怕下大雨给冲了,就想抓今天有空,在儿子的小屋旁边再搭一间放药的屋子。土坯早就准备好,他起了个大旦又把泥和好,可以说万事俱备只欠东风了。这东风不是别的,就是他的儿子。垒一间房子当然要有个帮手,这个帮手还能是别人吗?

可他的儿子焦安国,到现在还没有出屋,再磨蹭一会儿就到晌午了。

焦起周又提高了嗓门:"安国,你是怎么回事?"

小屋里仍旧没有动静,这下焦起周的火气可真的蹿上来了,他走过去一把拉开了儿子的屋门,猛然间乐声大作,彩灯齐亮,吓得他一个惊悸,又疾步退了出来。他才几天没进来,这间房子就变成一个魔窟了!

所谓彩灯不过是五颜六色的小灯泡,那乐声则是从小屋的各个角落播放出来,其音响之强烈如地动山摇,简直就能把小屋的房盖给掀了。所有这些玩意儿的开关都跟小屋的门口连着,谁一推开门就能立即享受到这魔幻般的音乐和色彩。这本是焦安国哄着自己玩儿的,焦起周毫无思想准备,焉能不被吓个魂飞魄散!

他定住神,看见儿子坐在床上,光着脊背,手里拿着电烙铁,不知又在焊什么东西,头上还戴着耳机……难怪喊他那么多声他不理不睬呢。一看老子的脸色,安国赶忙摘下头上的耳机,关掉音响和灯光,居然还反问他父亲:"有事啊,爸?"

叫焦起周说什么好呢?他想进屋去说,可屋里没有他立脚的地方,不知一脚踩上什么电门,又会被吓一跳,只好就站在门口,尽量克制着心里的火气:"看看你这个样子,玩玩闹闹的动力天生就有,可让你读书用功的毅力就是树立不起来,你不知道有句老话叫玩物丧志吗?"

焦安国心不在焉,随口说道:"老话都是在过去的老年间才有用,现在讲究把志向跟玩儿结合起来,善于玩儿大志的人才会有大作为。"

当老子的一愣:"你说的都是什么乱七八糟的玩意儿?你现在玩儿的是什么志?"

安国仍旧懵懵懂懂:"志?你说我的志是什么?"

"看看你,都这么大了连自己将来要干什么还要问别人?我和你妈就你这么一个儿子,你当然得学医,继承咱们家的这一摊子。"

儿子不以为然:"这是你的志,并不是我的志。"

当父亲的心中一震:"你的志是什么?"

"学电,现在电的分类很多,将来干哪一类我还没有确定。"

焦起周被顶得怒气勃发,儿子很小就教他背《汤头歌》,耳濡目染,怎么反而不爱医学爱上电了呢?他深知性格内向的儿子是何等固执,这时候跟他讲道理也没有用,就索性以老子的身份正式通告他:"不行,为公为私你都必须学医!"

儿子不再说话,那神情分明在说,你要强迫我,那有什么办法呢?

焦起周却还不放心,要再叮嘱一下:"我教你读的《万氏秘传片玉心书》读了吗?"

"读了,'惊风有二,有急有慢。急惊风为实为热,当凉惊泻火;慢惊风为虚为寒,当用温补。不可一概混治,以致杀人。'"

"'十八反'哪?"

"本草明言十八反,半蒌贝蔹芨攻乌,藻戟芫遂俱战草,诸参辛芍叛藜芦。"

"'十九畏'呢?"

"硫黄原是火中精,朴硝一见便相争;水银莫与砒霜见,狼毒最怕密陀僧;巴豆性烈为最上,偏与牵牛不顺情;丁香莫与郁金见,牙硝难合京三棱;川乌草乌不顺犀,人参最怕五灵脂;官桂善能调冷气,若逢石脂便相欺。"

——竟然没有问住儿子,这倒让焦起周没想到。

安国虽然明确表示不愿意学医,可父母留的功课还是不敢不硬着头皮背下来。他用一种气死人不偿命的眼神看着父亲:"还要我往下背吗?"

"你呀,就靠这点小聪明。"刚有点消气的焦起周,被儿子揶揄得挂不住脸,忽然记起自己是来找儿子干活的,这些花里胡哨的玩意儿还真把他搞昏头了,便大声吩咐说:"快出来,给我搬坯!"

"说理说不过,考医书难不倒,就要实施劳动惩罚……"焦安国把垒房子当成是父亲使气,心里不服,干活自然就带气,向父亲手里递坯的时候用力过猛,一下子把焦起周左手的食指给砸伤了,疼得焦起周身子打晃,险些从凳子上摔下来。他很清楚,食指的骨头肯定被砸断了。房子也垒不成了,他气哼哼地摔掉瓦刀,回房里去清洗、包扎受伤的手指。

焦起周有个毛病,他若真的生气了就不再说话。这不说话才是最让安国害怕的,他知道自己闯了祸,愣愣地站在院子里不知如何是好。

焦安国的小妹妹最芳,从屋里蹿出来向他兴师问罪:"哥,瞧你干的好事!"

焦安国哪有心思答理她,挥挥手:"去,去!"

最芳可不饶了,她长得机灵可爱,是焦家的小公主,即便是经常爱绷着脸的焦起周,见了自己的小女儿也没了脾气,所以全家人平时就都宠着她。现在她要为父亲出气,哪受得了哥哥的这种态度?就扯开嗓子嚷起来:"你惹了这么大的祸还有理啦?把咱爸的骨头都砸断了!"

焦安国一屁股坐到土坯上,压低嗓门质问她:"你叫唤什么?咱爸的骨头多了,是哪一块被砸断了?"

最芳打个愣怔:"手指也是骨头!不信我砸你的试试,看你疼不疼?"

安国伸出右手的食指平放到土坯上:"砸吧,拿榔头用砖头,都行。"

最芳还真被叫住了板,转悠着一对晶亮的黑眼珠没了主意……突然她抓起哥哥的左手:"我不砸,要下牙咬。"

当哥的仍旧一副无所谓的样子,淡淡地说:"随便。"最芳果真把安国左手的食指放进自己嘴里,并加上了一点劲,她希望哥哥喊疼、求饶、认错,这事就算完了。可焦安国还是心不在焉,一声不吭,最芳又不能真下力气咬,吐出来又太没面子,竟急得眼泪汪汪……

幸好,这时候武桂兰和大女儿最婵陪着焦起周从屋里走出来,焦起周的左手食指上已经缠了白纱布。武桂兰说:"安国,陪你爸到医院拍个片子。"

焦起周却生硬地拒绝:"用不着,我自己去就行。"

"我去,我去!"小女儿最芳叫叫嚷嚷地蹿过去,焦起周紧绷绷的脸上开了缝儿,没有再拒绝。小女儿跟他最亲,同时也是他的大玩具,不管在什么情况下,只要最芳愿意,都能哄得他开心。

焦起周临走又撂下一句话:"中午吃饭就不要等我们了,我们在矿

89

上吃。"

父亲一走,安国对最婵说:"姐,你给我打下手,咱们把这间屋子垒起来吧。"

最婵已经是大姑娘了,身材如修竹当风,心性娴静诚惠,她了解弟弟的心思,却对他的瓦工技术没有信心,小声问道:"你行吗?"

焦安国心里并没有底,但眼下似乎也只有这一条道了,便鼓着气说:"没问题,这有什么?"

武桂兰在一旁笑了:"打住吧,看看你,是个能盖房子的料吗?"她走近儿子,给他掸掸身上的土,抹掉他脑门上的一块泥巴,问道,"肚子饿了吧?"

安国摇摇头。

"咦,早晨没吃饭,昨天晚上也没有好好吃,怎么到现在还不饿呢?"武桂兰随即给儿子派了一个任务,"到村边儿的场上去,捡点鸟雀的屎回来。"

儿子不解:"捡那个干什么?"

"雀屎是药,要多捡一点。"

这事容易,焦安国知道到什么地方能拣拾鸟雀的屎。看他出了院子,武桂兰在后面又叮嘱了一句:"快点回来,我还等着用哪。"

武桂兰看着儿子无精打采地向村外走去,她像是跟大女儿说悄悄话,又像是自言自语:"说起来也怪怪的,咱们家就安儿这么一个小子,按理说宠还宠不过来呢,可他们爷儿俩老是合不来,为一点鸡毛蒜皮的小事就叮当个没完……"

最婵没有应声,她只比安国大两岁,却已经是母亲的得力助手了,帮着下药、熬药,给病人换药,俨然是半个大夫。她搂着母亲的肩膀往屋里走,并安慰说:"安国有自己的蔫主意,爸是恨铁不成钢,你别往心里去,他们闹归闹,亲归亲。"

"是啊,干活儿亲兄弟,上阵父子兵嘛!"武桂兰的精神很好,这些年让她犯愁的事不多,儿女都大了,自己也是名正言顺的"武大夫"了……她回到房子,和最婵一块儿把熬好的药做成一贴贴的"回生膏"。

房子里弥漫着浓烈的草药味，床上、窗台上、桌子上，还有一块块木板上，都摊放着膏药。两间东厢房既是医生的卧室、办公室、食堂、理疗室、药房，也兼作制药车间。把膏药制好，娘儿俩又点火做饭，安国也捡了一把雀屎回来。武桂兰把他赶到外面去，将麻雀屎搋进玉米面贴了两个小饼子。最婵看得目瞪口呆："妈，你这是干什么？"

"吃啊！"

"给谁吃啊？"

"喂狗！"

到吃饭的时候，桂兰特意弄了三碟安国爱吃的菜：炒干虾米皮、辣椒白菜、大葱蘸酱，全都是很下饭的菜。最后，她拿出那两个搋了麻雀屎的小饼子，放到安国眼前："这是给你的，都得给我吃了。大小伙子了，不好好吃东西还行！"

最婵刚要叫，被母亲斜楞一眼，赶紧捂住自己的嘴……

安国看看姐："你怎么啦？"

最婵老实，又忍不住笑了："咱妈净绝招儿……"

安国好奇："什么绝招儿？"

最婵却不敢说破："你叫咱妈自己说吧。"

武桂兰却一点不笑，一边吃着饭一边给两个孩子讲自己对绝招的想法："世上无论哪一行都有自己的绝招儿，前人为摸索一种绝招儿不知走了多少弯路，耗费了多少心血，甚至还会搭上性命，没办法，一招鲜吃遍天嘛！世上能够流传下来的东西差不多都是绝招儿。比如说吧，你们都爱看戏，古装戏里戴着各式各样的高帽子或纱帽翅翻跟头很困难，难就难在折跟头的时候脑袋一朝下帽子就掉。过去晋剧的头牌武生'满台飞'刚出道的时候，就老也解决不了掉帽子的问题，怕掉帽子就不敢翻跟头，不翻跟头还算什么武生？他什么招儿都用过了，往帽子里垫东西，把帽子改小，怎么练都不行。最后经人指点，买了好多东西去拜一个师傅，那师傅只说了一句话，'咬住牙就过去啦！'多简单，想翻跟头的时候一咬牙，头上的青筋暴起，自然就卡住了帽子。"

一双儿女听上了兴头，安国阴沉了一上午的小脸也有了笑容，他试着咬紧牙,再用手去摸摸自己额头的青筋……

武桂兰也许有意要多讲点东西给安国听,便接着往下说:"医学上的绝招儿就更多了,甚至可以说,中医学就是绝招儿学。你爸刚进矿医院的时候,跟一个老郎中学治外伤,老郎中将秘不示人的药方口授给他,他依法炮制,伤口果真愈合很快,可就是收口儿难,老有个绿豆大的伤眼儿长不上,向外流水。你爸百思不得其解,他的药和老郎中的药一模一样,为什么老郎中给人治伤口就愈合得很好呢? 直到老郎中快死的时候才传给你爸秘诀:将贴了多年的发黄的窗户纸熬进药里。你爸一试,立见神效。简单吧? 捅破了就是一层窗户纸。可要捅不破,就是十万大山! 你外公传下来的'回生灵'就更是大绝招儿,可千万不能在你们手上断了,或者把这个绝招儿变得不绝了……"

最婵看看弟弟,他眼前那两个雀屎饼子已经吃下去一个半了,就说:"妈,你不是还有治肚里存了食的绝招儿吗?"

"有哇,等你们吃完了饭再讲……"

安国兴犹未尽,见母亲留下扣子,就越发地想听了,一个劲儿催促。娘儿仨很久没有在一块儿说过这么多话了,武桂兰见儿女高兴,自己的兴致也越发地高,就说:"我是怕正吃饭的时候让你们听了恶心……从前有个大财主得了一种怪病,把能请到的医生都请来了,也治不好,不得不贴出告示,对能治好病者赏白银三百两。最后还是一个要饭的揭了告示,得到了这笔赏钱。你们猜他是怎么给财主治好的呢? 那要饭的没有别的好东西,可鞋窝里的脚汗泥不少。他脱下鞋使劲挖出来,团成团儿,还真有点像黑药丸,自称是开胃健脾灵丹,那财主吃下去以后大吐不止,一番'翻江倒海',其病痊愈。"

安国不以为然,"妈这是从《济公传》上看来的吧?"

武桂兰笑着摇摇头:"我没有看过这本书,那个财主得的是厌食症,也叫积食症,就是肚子里存住食了,大吐一顿不是就全好了吗? 治这种病还有别的办法,世上什么怪事都有,有些歪打正着的事不能当成绝招儿。比如上古林去年有个得食道癌的人,病到晚期,痛苦难熬,只求速死,就喝了敌敌畏。后来被家人发现送到医院抢救,人救活之后食道癌也不治而愈……"

武桂兰正讲得引人入胜,听到院子外面有人吆喝:"武大夫,你们家来人啦!"

来找她的多半是病人,但这个病人显然不一般,竟能惊动村子里的人给他大呼小叫地通报。她赶紧放下碗筷,起身迎了出去,见一个城里干部模样的男人,推着一辆自行车走进院子,后边跟着几个瞧新鲜的本村孩子。

那人一进院子就四下打量,先被三间高大正房上的一副长长的对联吸引住了。这显然还是过春节贴的,红纸已经褪色,却仍然能看得出撰联人的心态,其内容跟一般庄户人家的吉祥春联也大不一样——

滴自己的血流自己的汗自己的事情自己干
悲人类的灾悯人类的难人类的疾苦人类怜

横批:心存美丽善待生命

武桂兰主动打招呼。来人打量着她,一张干干净净的白脸仍旧很严肃,嘴角有一点向下撇,不知是出于惊讶,还是不屑,声调也是居高临下的:"你就是武桂兰?"

武桂兰点点头,看来人的脸色和态度,她知道这决不是病人,又不好意思一上来就直接问人家是谁,心里不免发毛。

那人又看了一眼正房的对联,问:"这是谁写的?"

安国替母亲回答:"我父亲写的。"

哦……那人拉着长声,不知是什么意思,院子里的人也都有些好奇地看着他。他把自行车支好,掸掸裤腿上的土,才慢条斯理地自报家门:"我是原田县卫生局新药研究开发办公室主任,叫郑文杰。"

主任……武桂兰在脑子里飞快地搜索着对这个头衔的记忆,不知这个主任是什么级别,高于股长、科长,还是一样大?郑文杰看她发愣,自管说下去:"奉局里指示,要对全县的农村医疗状况进行全面的检查整顿。你们这里好像就是个乡村小医院了嘛……啊？或者叫家庭医院！"

武桂兰听不出这话里的味道是褒是贬，只是"检查整顿"四个字，像针尖一样刺了她一下。于是她赶紧说："主任还没吃饭吧？快进屋坐。"又赶紧吩咐儿子到供销社去买烟，叫女儿快去把丈夫找回来……

郝武长终于盼到了一对新人入洞房的时刻。

好像入洞房的不是新郎而是他……实际还真差不多。至少在他离开洞房之前，新娘是属于他而不属于新郎。今儿个晚上，全庄的人都关注邢家的喜事，而邢家喜事的重点就是闹洞房。是谁在闹？谁在指挥着这场闹？是他——郝武长！

全庄人都要看他的表演，他是今天晚上的大明星。也只有在这种时候，他才被人喝彩，被人央求，被人捧着抬着，风光无限。

洞房里张灯结彩，收拾得红红绿绿、干干净净。从新人走进洞房的那一刻起，洞房就变成了唱大戏的戏台口，炕上炕下，窗台上，被褥上，外间屋，院子里，窗根下，里三层外三层的全是人。人挤人，人撞人，把新郎和新娘围在中间。夹在新郎和新娘中间的是郝武长，他乐不得再挤紧一点，整个身子都贴在新娘的身上，一张瓦刀脸随时都可以蹭蹭新娘的脸蛋，一双眼睛可以在新娘的脸上身上来来回回地死盯。若在平常，谁家的女人能让他这样蹭，这样肆无忌惮地过眼色？

人声鼎沸，笑的说的嚷的哄的，把房盖都快掀起来了！

谁也听不清谁在说什么嚷什么，然而谁都可以任意地说笑叫嚷，粗的细的，荤的素的。闹洞房逗新人只是个由头，闹的人的目的在于自己发泄。闹洞房就是农村的狂欢节。

趁着节目开场前的混乱，郝武长在新娘身上能找的便宜都找了，闻了嗅了，贴了蹭了，摸了抓了，顶了碰了……过完了头一轮瘾，他拿过新娘的红头巾在空中晃了几圈，可着嗓子喊叫，想把别人的声音都压下去："老少爷们儿，静一静，精彩节目正式开始。"

一阵叫好声过后，新房里渐渐安静下来。

郝武长装模作样地把鼻子伸到新郎脸上嗅了嗅,他这样做的目的是为了好光明正大地也去闻闻新娘身上的气味,他表面上是用鼻子闻,实际倒把嘴伸得老长,几乎亲上了新娘的嘴唇。他随后直起身子宣布:"好,都熟了,第一个节目是噘软柿子。"

这是让一对新人深吻,两个人自然扭捏。

郝武长又说了:"新郎新娘脸皮薄,来啊,给他们化化妆!"

一个小子端过一个碟子,里面盛着锅灰。郝武长用手蘸了锅灰先往新郎的脸上抹了两道子,这也是为了大大方方地摸新娘那富有弹性的皮肤做铺垫。新娘没有经验拼命躲,这一躲避恰好给郝武长提供了一个借口。他先用左手抓住新娘,胳膊身子一齐上,连搂带顶地制伏新娘,用右手在新娘的脸蛋上翻来覆去地摩挲了一阵,然后才说:"这下行了吧,打了脸再演节目就不用害臊了。"

脸上被涂了锅灰,一对新人越发地不愿意接吻了。

郝武长威胁新郎:"你噘不噘? 你不噘我可要噘啦!"

满屋子人都帮腔:"对,你不噘可有人噘啦!"

也有人向着新郎,大声提醒说:"克强,快噘吧,郝武长可是说得出做得到的,他巴不得替你噘哪!"

新郎只好亲吻了新娘子。

郝武长又宣布了第二个节目:"蛇溜道。"

他解下新郎的腰带,把腰带最细的一头从新郎的脖领口捅到新郎的裤裆里,叫新娘从新郎的裤脚伸进手去抓出来。新娘一抓他往上一提,嘴里还要问话:摸着了吗? 新娘摸不到,他就会说:真废物,连这个家伙都摸不到,等会儿怎么用啊? 如果新娘说摸到了,他还会问:热乎的还是冰凉的? 软的硬的? 逗得满屋子人爆出一阵阵哄笑。

蛇溜完道,他又叫新人"舔西瓜皮"、"哑过桥烟"、"糊顶棚"……已经到了后半夜,郝武长的节目却还没进行完一半。"保皇派"就开始攻击他:"郝武长,你有本事自己也娶上个媳妇,老跟人家的媳妇动手动脚的顶啥事?"

郝武长逗别人逗得那么狠,人家都不恼,这时候人家说他几句他也不能恼,就嘻嘻哈哈地说:"嗨,瞧你说的,多少总顶点事。"

"人家新娘子是高中毕业生,你这些节目全都太荤了,你有没有文一点的?"

郝武长还真有两下子,立即接上嘴说:"好,我就来个文的,给高中毕业生出个谜语,要是猜不出,下一个节目就是'起火带炮'。"

屋里轰的一声,小孙庄的人都知道郝武长的"起火带炮"是什么意思。要把新郎的衣服扒光,赤条条用绳子绑在门框上,把一只大爆竹和半截香捆在新郎的命根子上,点着了香让新娘去把炮仗解下来。如果新娘怕羞不去解,就眼看着爆竹把新郎炸成太监。

有人鼓动:"郝武长,快说你的谜语!"

郝武长扬扬得意:"听着,抱住你的脖子,搂住你的腰,趴在你的肚子上弄肮脏。打一物件。"

这种气氛根本无法动脑子,想帮新娘忙的人也猜不出,新娘更为难,小声嘟囔:"这是啥呀? 太荤了!"

郝武长逮着理了:"大伙儿看啊,她可没猜出来。我告诉你,这是围裙。荤啥? 一点都不荤!"

想保新郎新娘的人想想倒也是,全都无话可说。

郝武长越发抖擞精神:"这不怪我吧? 下面咱就来那个最精彩的⋯⋯"

这种日子不管郝武长闹得多么邪乎,主家也急不得恼不得。好在打从吃晚饭的时候,新郎的父亲邢老汉就托付了村长,请他在郝武长闹得太出圈的时候出面给解个围。同一张饭桌上几个老汉也都赞成,认为郝武长成天在村子里游逛,实在是小孙庄的一个祸害,应该给他找个事干,或者找个事由把他支到外边去。此时就在郝武长张罗着要给邢克强脱裤子的时候,村长挤进来喝住了他:"郝武长,你今天可闹得不赖,够水平。看不出你自己没娶过媳妇,闹洞房倒是把好手⋯⋯"

"哈,村长还过瘾吧?"郝武长是顺毛驴,吃顺不吃戗,果然被村长不咸不淡的几句好话稳住了。

村长又说:"天就快要亮了,刚才光顾喝喜酒,有件大事给忘了,大孙庄的砖瓦厂让我推荐三个人,要年轻能干的,每月工资三百,不少吧?"

屋子里的年轻后生一下子哄起来了:"敢情可不少!"

"村长,能不能算我一个?"

年轻人们嚷叫起来,立刻转移了大家的兴致,打断了郝武长的节目。

村长问郝武长:"我第一个想推荐的就是你,你也该挣点钱,像克强这样体体面面地成个家。不知道你本人想不想去?"

郝武长可没想到这样的好事还能有他的份儿:"真的? 村长你真想让我去啊?"

"这还有假吗? 你要打算去,就赶紧回家收拾收拾,得在早晨七点半钟准时到大孙庄砖瓦厂报到。"村长说完就出了洞房,其他也想争到这个机会的人,就跟在后面呼啦呼啦地离开了邢家,还没有过够瘾的人想再闹下去也闹不起来了。其实村长想让谁去心里早就有数了,把一大帮人引出邢家没有多远,就公布了他的名单,然后又把砖瓦厂的要求告诉了三个应聘的年轻人。

有句俗话叫"乐极生悲",真的就应在了郝武长的身上。

清晨七点钟,三个人搭一辆拉砖的四轮拖拉机去大孙庄,郝武长抢着坐到前面。山路坑坑洼洼,他可能是睡着了,突然在一个大颠簸中被摔到地上,拖拉机正好不偏不倚地从他前胸轧过去。

还算好,没废了他的小命,送到公社医院一查,被碾断了五根肋骨,其中一根断肋扎到肺上,将肺部戳了一个窟窿,形成胸腔积液和气胸。他的哥哥姐姐不能眼看他这个样子不管,各家给凑了点钱。村长觉得好心反而害了郝武长,也拿了一些钱给他治伤。郝武长算有事干了,四处求医,有药就吃,等到把所有的钱都花光了,老伤不仅没有治好,却又衍变成空洞性肺结核。他成了一个废人,原本就不爱干活,现在是想干活也干不成了。只要天气好,就坐在窑洞门口发呆……

从春天耗到秋天,有天下午,地里活儿正忙,庄里空荡荡的,一外乡人走过了大半个庄子也没碰到个人影,路过郝武长的窑洞前一眼搭上了他,拐脚凑过来问路:"伙计,歇着哪?"

郝武长懒懒的："是啊,人废了,啥活儿干不了,光剩下歇着的劲儿啦……"

好不容易碰上一个会喘气能说话的,外乡人热情很高："什么毛病值得这么丧气?"

"咳,叫拖拉机轧的,肺里有个洞,洞里有结核。"

"嗬,我当是什么大不了的病呢! 你老弟碰上我算是福大命大。我是运城下古林的,我们村上有个武大夫,专治肺结核,三服药下去,保你活蹦乱跳,而且花不了仨瓜俩枣的钱。实在拿不出钱也没有关系,她还舍医舍药。"

郝武长并不相信天下会有这样的美事,这个外乡人肯定是有求于人,才这么乱吹。但他还是提起来一点热情："那你到我们山里来有啥事呢?"

"听说你们这一带的牛不错,我想买几头,正找不到卖主。"

郝武长笑了："你问我倒真是问对人了……"他也正闲闷得难受,就连蒙带唬地大谈买牛经,还真的介绍了几个有牛想卖的人家。那外乡人很感动,临走的时候给他留下地址姓名,并一再叮嘱快来运城找武大夫……

6. 不速之客

　　郑文杰被让进了东厢房,一股浓浓的草药味呛得他皱眉憋气,过了好一会儿才适应,在一张旧桌子前坐下来。

　　芒果牌的香烟买来了,武桂兰赶忙递上,郑文杰也不客气地立即吸上,好抵消呛鼻子的药味儿。他深吸几口,然后把香烟拿在手上熟练而优雅地捻搓着玩儿,眼睛睃着屋子……

　　这本是一明一暗极其普通的两间农村房子,却搞得满满登登的很不协调,里间一铺大土炕,炕头和窗台上堆着许多书,中间的炕桌上还放着刚刚吃了一半的饭菜。外间屋除去锅台,地上堆满晒干的草药。他一看桌上的饭食就知道武桂兰的日子过得很紧巴……这就怪了,他们两口子都当医生,看这阵势来求医的人也不少,他们的独门绝药又降人,怎么会没赚到大钱呢?这很难说,包子有肉不在褶儿上,有些人越是有钱越会装穷。

　　武桂兰一心想给郑文杰留个好印象,要交下这个人——她想得很简单,卫生局正管着自己,以后求卫生局的时候还多着呢,认识这么一个主任可就方便多了!好在“文化大革命”已经过去,现在又不搞运动了,人心都是肉长的,你对他百分之百好,他还能对你太坏吗?武桂兰实心实意地想倾其所有,好好招待郑文杰,就说:“郑主任先歇着,我赶紧做饭。”

　　郑文杰看看她们一家子刚才吃的饭食,就决定说瞎话了:“不用,我吃过了。”

　　武桂兰心实:“正是饭口,哪能吃得这么早呢?”

　　郑文杰这个钟点来应该说是想赶饭口,偏巧焦起周不在,看武桂兰这个样子,怎么端详都不像一个身怀绝技的人,此时就只好拿话搪塞了:"我的饭早,你若还没吃完就接着吃,若是吃完了咱们就谈正事。"

武桂兰站在锅台前,尴尬地挓挲着双手不知该怎么办了。她估算着从县城到下古林的时间,他明明是赶饭来的,怎么说吃过了呢?既吃过了为什么不等午后再来呢?可人家板着脸不给面子,她一个妇道人家也不能强求啊!她拘拘束束地把半个屁股搭在锅台沿上,好像这里不是她的家而是县卫生局,只盼着焦起周快点回来。

郑文杰从包里掏出钢笔和一个大本子放到桌上,摆出要正式记录的架势,然后就盯着武桂兰,好像很专心地在等待着她开口。

武桂兰越发局促了,试探着问:"要我讲?"

"讲吧。"

可讲什么呢?武桂兰除去看病有点自信,在跟城里的干部打交道上还跟一个农村妇女差不多,浑身紧张,顾虑重重:"哎呀,不知道领导要来,一点准备都没有,该从哪儿讲起呀?"

"就从医和药讲起,先讲讲你们的药。"

武桂兰拿眼角扫扫门口,起周怎么还不回来?她绝望地搜肠刮肚,琢磨着吃官粮的人是怎么向上级汇报工作的,就尽力模仿公家门中人的说话口气:"农村卫生保健难搞,山区的卫生保健就更难搞,有不少村子至今还没有保健站,农民有病不跑个三五十里地解决不了问题,有的病本来并不是很重,由于硬拖硬顶,常常把小病拖成大病,甚至还会送掉性命。自从有了我们这个医疗站,周围村子的人有病就到这里来……"她忽然离开话题问了一声:"这样说行吗?"

"没关系,你随便说。"郑文杰大度地一笑。

他终于有点笑模样了,这鼓励了武桂兰,便有勇气继续说下去:"像前天,有个产妇大出血,要在以往就得往县医院送,可县上太远,路又不好走,赶到了还不知会是啥结果,就图近送到我们这里来,三下五除二就处理好了,母子平安,家属感激得不得了。我这样说可不是夸自己水平有多高,乡村医疗站的责任主要是能把病识透,能处理的处理,该转院的转院,不把人家的病给耽误了就行。有人小看村医疗站,其实这里学问大得很,因为管的面儿太宽,内科、外科、妇科、儿科、五官、肛肠……都得懂一点。在这里我觉得自己长进很快,叫环境逼着学了好多东西。当然,我们的特长还是用中医治疗结核病……"

虽然郑文杰早就摆好了听汇报的架势,却始终没往本子上记一个字,听到这儿眼睛才有点发亮,拔开了笔帽:"这里要讲详细点,你知道自己这是在搞专科吗? 用中医治疗结核确实是能专得起来的一科吗?"

如果是谈别的问题,重点轻点都不要紧。一个上级部门的领导对"回生灵"还有怀疑,这让武桂兰可受不了。连刚才的不自在也没有了,全力为自己的药辩解:"'回生灵'和'回生膏',是在一个家传验方的基础上搞成的,老焦和我用了十多年的时间,反复实验,反复改进,用它治愈的结核病人少说也有一千多了。眼下在我这儿还住着十几个结核病人,主任有空可以跟他们谈一谈。"

郑文杰不让她岔题:"说说你这一'灵'一'膏'的详细成分。"

武桂兰心里咯噔一下,她不知怎么忽然想到当年矿医院的院长逼要秘方的情景,她可再不能给起周惹那样的祸了。今天是上级领导来检查工作,她不能跟人家保密,何况话赶话已经说到这儿,她斟酌着词句,一时不知该怎样介绍自己的秘方更合适……

哲人们说命运是由那么几件巧事组成的,一点不假。恰恰就在这个当口,焦起周推门回来了。于是又重新介绍,又是一轮寒暄,而后焦起周为郑文杰重新沏上茶、点上烟,郑文杰也还得再讲一遍自己的来意。面对焦起周,跟面对还带有土气的武桂兰又不一样了,他把自己这次下来的目的也说得比较明白透彻:"目前医药管理非常混乱,尤其是农村,假医假药猖獗,特别是制药。不能谁想制什么药都可以随便地生产什么药,要有一定的审批手续。光是你们自己说'回生灵'、'回生膏'有多么好还不行,要拿出一份报告出来,写明这两种药的详细成分和临床记录,连同成药让我一并带回去化验。化验结果如果和你们的报告相同,经领导批准,把你们的成果列入科研计划,说不定还可以为你们申请到一笔科研经费。如果化验结果跟你们的报告不符,特别是有你们所没有认识到的毒副作用,那就麻烦了,恐怕得坚决制止。我临来之前,洪局长特意关照这件事,他好像对你们很熟悉。"

焦起周又有了一种莫名的不安:"哪个洪局长?"

"洪泉呀!"

"他不是在县医院吗?"

"早就升到卫生局当副局长啦。"

焦起周的脑子里叽里咕噜乱转。这个洪泉终于熬上去了,当初他虽然不像矿医院的院长崔干臣那么坏,可对"回生灵"也没安好心。难道过了这么多年他还不死心?既然已经当了官儿,一套秘方对他还有什么用呢?

焦起周心里乱猜,嘴上却不敢乱问,绕着弯子想套出点底细:"郑主任,这几年咱运城地区出了三大名医,你也去他们那儿了吗?"

郑文杰打个愣:"三大名医?哪三个?"

焦起周也装得不胜惊奇:"郑主任居然不知道运城的三大名医?焦顺发、任全保、杨文水。"

"哦,你说的是他们。焦顺发是搞头针的,好像是专攻瘫痪病;任全保专门对付痔漏;至于杨文水……啊,治骨髓炎。你把他们封为三大名医,一下子把我给蒙住了!"

焦起周解释:"焦顺发号称'神针',治疗瘫痪常常是一针见效。俗话说十人九痔,任全保发明了'长效止痛剂',手术后能止痛二十一天。杨文水呢,研究出了专治骨髓炎的特效药'骨疽膏'……他们都有自己的绝招儿,在民间名气很大,传得很神。"

郑文杰嘴角一动,似笑非笑:"你们两口子还不是一样,老百姓私下里不也是称你们为神医?"

"不敢当,不敢当!"焦起周忙不迭地否认。他的本意是想知道这三个出名比较早的人物是不是也要受到他这样的检查,并不是想跟他们比名气,目前自己还顾不上去计较虚名。可他又不敢这么直截了当地问,怕惹得郑文杰心里不痛快,只好再拉回正题上来:"郑主任叫我们写的报告,想什么时候要?"

"当然是越快越好,我希望能够带走。这都是你们自己干过的事,一切都在肚里装着,有一会儿工夫就写出来了。"

"不行不行,我们都没有干过这种活儿,一时半会儿肯定干不好。"焦起周极力推托,报告本身并不难写,难的是怎样写这个报告,一家人还要好好商量。那就得等郑文杰走了才行。

郑文杰沉思了一会儿,又缓了一扣:"如果今天下午实在写不完,就辛苦你们再开个夜车,我可以等到明天再走。"

焦起周心里叫苦,天哪,他还要在这儿过夜,能让他住在哪儿呢?万一吃住都让他不满意,那不是更倒霉啦!

于是他赔着小心说:"郑主任,你难得来一次,要不是下来检查工作,我们想请还请不到你。我给你收拾一间干净房子,你就踏踏实实地多住几天,权当休息。我到矿上去把我们党委的大笔杆子给请来,让他给帮着写这个报告,多咱你感到满意了,多咱再走。你说怎么样?"

郑文杰看着焦起周笑了,似乎看透了他心里是怎么想的,这让焦起周心里直发毛。郑文杰问:"这样要什么时候才能写出来呢?"

焦起周盘算着:"长了一周,快了三天。"

郑文杰倏地收起了笑容,随即也站起身:"好,就给你三天,今天一天,明天一天,后天一天,大后天的一早晨,你把报告连同成药都送到我的办公室来。"

他说完就向外走,任焦起周两口子怎样挽留,说多少客气话,都不再答声,也不止步。武桂兰特别想请他去看看病人,让病人的话感动感动他,好使他对"回生灵"有个好印象。可她忘了,这里住着的是结核病人,凭农村的卫生条件能彻底消毒吗?郑文杰是县城里的人,怎么会像她一样不嫌弃,不怕传染,就钻进这种结核病的土病房?

郑文杰到院子里推上自行车,向焦起周、武桂兰点点下巴颏儿算是告别,一出院子就骗腿儿上车,扬长而去。焦家一家人站在门口看着他的背影,始终也没有弄明白这个人的心思,看样子是有点不高兴了……

武桂兰埋怨丈夫:"好不容易有这么个县卫生局的主任到咱这儿来,他说要住一晚就让他住呗,不也好套套关系嘛。你干啥要说那么长时间,还抬出你们矿党委的大笔杆子吓唬人家,把他赶走了又有什么好处?"

焦起周所答非所问:"你能听得出来我那话是赶他走?"

"谁也不是小孩子,还听不出这个意思!"

焦起周叹了口气:"不把他支走,我们怎么商量写这个倒霉的报告?"

怎么是倒霉的报告?经丈夫一说武桂兰也犯嘀咕了:"这么说我们的秘方又要保不住了?咱好不容易刚上了路,可不能再为了保方子被抄家封门禁止行医呀!"

焦起周一惊:"你想交出方子?"

"这回不交出秘方还能过得去吗?现在社会变了,交出秘方可能也没有关系,他不是要给我们申报科研项目吗?"

"话是这样说,就怕我们交出了方子,再献出制作方法,'回生灵'就无密可保,谁都可以干,那还要我们干什么呢?我们十几年的辛苦不是白费了?如果有人再拿着它去招摇撞骗,我们还能有什么办法制止?"

武桂兰深以为然:"那可不是,还是你想得周到……"

他们心里七上八下,说不清是担心哪,还是后悔。

郑文杰是顺着下古林村子中间的大道往南走的,站在父母旁边的焦最婵,无意间转头向北望了一眼,看到有个人佝偻着腰,跟跟跄跄地向这边走过来,那架势随时都可能摔倒。她立刻想到,可能是来看病的。便移动脚步迎上去,走近了才看清是个讨饭的,浑身脏兮兮,身量不小,却瘦得吓人,嘴角挂着血迹。

最婵吓得愣住了。

那人看到她,似乎是使出了最后一点力气问:"大姐,这里有个武……"话未说完即钩起一阵大咳,身子在剧烈的抖动中扑通一声栽倒在地,从嘴里向外喷出血来……

他感到自己的小命像一片残缺破败的树叶,被一团混浊的气流托浮着,飘飘摇摇,忽升忽沉,最后还是又落回到地面上……郝武长醒过来了,身上却很乏很累,连睁眼的力气都没有,生命脆弱得就像一根蜘蛛丝,一碰即断,随时都可能会玩儿完。但脑子没有坏,他很快就想起自己出了什么事……

死过一回,就更想活了。他知道自己是在什么地方,处在一种什么情状下,想不清醒都不行。刚才在一个姑娘眼前死过去可真美,肯定把那个姑娘吓坏了,愿意不愿意都得扶他抱他可怜他抢救他。而且那姑娘不会是外人,不是武大夫的闺女,也是她身边的医生、护士。

哎呀,他觉着自己活这么大,就是刚才死过去的这件事做得最漂亮。

听到旁边有人说话,他动弹了。

武桂兰看出他醒了,就把一只手掌放到他的额头上,觉得手掌下的热度似乎也见轻,便轻声问道:"你感觉好点吗?"

郝武长不能不睁开眼睛了。他看到了几只白口罩,口罩上面是友善关切的眼光。抚摸着自己额头的是一个小个子女人,脸离着自己很近,她显然就是武大夫了。郝武长动动身子,感到自己没事,除去肺里有个窟窿外腿脚都没有毛病。他一较劲翻身下了炕,咕咚一声跪在地上,冲着武桂兰就磕头:"武院长,谢谢您老救了我的命!"

这么大一个高高瘦瘦的汉子突然趴到地上就磕头,还真把全屋的人都闹愣了。郝武长的心思特别机灵,管武桂兰不叫大夫而称院长,按他的逻辑,求人就得往大里叫,院长比大夫大。尽管这儿还不是医院,武桂兰却被叫得心里怪怪的,有点发热,一下子对这个脏乎乎的病人有了好感。

焦起周手疾眼快,弯腰想拉他起来:"别这样,快起来说话。"

按理说,有人一拉,郝武长就该借机站起来了,可他还跪着不动,且拣着大辈的称呼胡乱叫:"大伯,我有话说,武院长不答应我就不起来。"

"你起来说话也一样。"

"不,我得跪着说。"他报了自己姓名,添油加醋地讲了出事故的过程,还有砖窑厂怎么对他不公平,看他不能干活了就一脚踢出来不管了。他说,他干不了活儿就挣不到钱,没有钱就治不了病,他已经没有任何指望,就躺在家里等死了,多亏有个去陕西买牛的人告诉他原田有个女神仙,专治肺里的窟窿。他没有钱坐车,就一边要饭一边慢慢地步行,翻山越岭整整走了一个多月才来到原田……

他的故事打动了整个屋子里的人。

郝武长讲这么多是为了引出最后的话:"武院长,我身上一分钱也没有,没法付医药费,您老要是可怜我就给我治,治好以后我给您老干活儿抵账,我身大力不亏,做什么都行,当牛当马也乐意。如果治不好,也不是您老的医术不行,该当我的命就这么长。您老叫人把我烧了埋了让野狗吃了都行,我欠您老的大恩大德只能来世再报啦!求您老答应我,不答应,我就这样一直跪死!"

"快别这么说,我答应你,起来坐到炕上去。"武桂兰和焦起周一块儿把郝武长架起来,扶他坐到炕边上。

武桂兰得把话说明白:"你说得不错,你的肺上确实有空洞。肺结核空洞是浸润性肺结核中比较严重的一种,由于病灶区域坏死的物质随着气管被咳出去了,局部肺组织丧失,充盈着气体,因而形成空洞。我看了你的病历,你肺上的空洞还不小,现在正发着烧,刚才已经给你贴上了'回生膏',我们会尽力而为,目前却还不敢打包票。"

郝武长在炕上弓腰点头,嘴里一迭声地千恩万谢。

这时候他也有精力打量这间病房了,其实就是农村的大炕,一个炕上有三个病号,那两个人躲在大炕的另一头,大概是怕他传染。他奶奶的,都是肺结核,谁传染谁呀!

他的眼睛盯住了焦最婵,别看她戴着大口罩,他也认得这双眼睛——晶亮、温和,还带着一种惊奇和怜悯……

天快黑的时候,焦起周抓了个闲空儿把一家人都叫到屋子里,还关上了屋门,看样子是有大事要说。焦安国心里敲鼓,眼睛老偷瞧父亲缠着绷带的手指,却又不敢多问。最婵抓了一把母亲自制的"三药茶"放进壶里,沏上热水,然后给每人斟上一大碗。这是切碎的当归、川芎、黄花,有些碎沫子漂浮在水面上。

武桂兰摘掉口罩,脱下大褂,坐在凳子上舒舒服服地吐出一口气:"你看这一天忙的,叽里咕噜,脚不识闲儿,还没顾得上问你的手怎么样了?"

"不碍事,就是食指前头的那节骨头劈了。"焦起周轻描淡写地带过去,赶紧把话拉到正题上:"趁着这会儿清静,咱们得商量点大事。今天我去矿上才知道,现在可以办理顶替了,黄鹿野就正式地办了退休手续,让他的大女儿顶替上了班。我也想提前退休,早点把手续办了,让最婵去顶替。女儿家有了工业户口,就算是城里人了,将来也能找个好人家。"

这可真是大事,一家人愣愣的,一时不知该说什么好。

小女儿最芳最单纯,凑过去搂住最婵的一只膀子,将脸贴上去悄悄说:"姐,你要当工人阶级啦!"

焦起周见妻子一声不吭,就问她:"桂兰,你的意思呢?"

武桂兰看着眼前的大儿女,她明白丈夫的心思,医药上的这套东西传儿不传女,他们只有安国这一个儿子,自然得把他留在身边。可安国不喜欢行医,最婵却已经能帮上自己大忙了……病人越来越多,"回生灵"越试越是宝贝,今后还会更忙。但看到起周一听说能顶替了就这么兴奋,对那个工人指标看得很金贵,好像只有到矿上当工人才有前途,跟着父母行医就是毫无希望……没法子,积几十年的经历不能不承认户口才是命根子。能混上个城市户口,可比当个好大夫强多了。焦起周、黄鹿野不就都是大夫吗?宁肯自己不在矿上当大夫了,也要先让子女进矿当上工人再说。武桂兰心里有那么一点不是滋味,却又不想说出来。

焦起周催促:"你怎么不说话呀?"

武桂兰还在犹豫:"真还就那么急呀?得让我好好想想,反正有政策管着,也不在乎早几天晚几天。"

"不,可不能,别以为有政策就不会变,上面头头放个屁政策就变啦!"焦起周有些着急,他经历的事多,自以为更了解这个社会。他转头问女儿:"最婵,你觉着呢?"

最婵还以为是早晨弟弟砸坏了父亲的手,父亲心里还有气,所以才不让安国顶替自己进矿。父亲不问到她,她也不敢乱说,现在问到自己头上了就得为弟弟说情:"爸,我就安国这么一个弟弟,论理应该让他去顶替爸上班,好不容易有个城市户口的指标,我怎么能占呢!"

焦起周看着大女儿,心里生出一股平素不轻易表露的怜爱之情。最婵心地慈惠诚信,长着一副人不忍欺的模样,别人家的孩子为了争这种机会兄弟姐妹间打破了头,他的女儿却把到手的好事往弟弟身上推⋯⋯这给了他很大的慰藉。可他心里一向认为闺女是指望不上的,将来能继承自己事业的只能是安国,就说:"安国还小,只知道贪玩儿,怕他到矿上不着调。"

"过年就十八了,还小?"最婵为弟弟据理力争,"安国喜欢摆弄洋玩意儿,脑瓜儿活泛,去矿上合适。再说,我愿意跟妈学医,不愿意去矿上干活儿。"

最婵说得很急迫,看来是真心实意,并非为了面子虚让一下。

焦安国一直低着头捧着大花碗吸溜吸溜地喝他的"三药茶"。

武桂兰太会过日子了,家里不是没有茶叶,只有来了客人才给沏上那么一碗,家里人就只能天天闻药味,采药、晒药、熬药,还得喝药茶。刚开始的时候,焦安国宁喝白水也不喝这药茶,被妈妈逼着喝了几次,渐渐地倒喝习惯了,有点苦还有点甜,清热解渴,一点也不难喝。

武桂兰看着儿子发笑,这傻小子,心里有话不说,在灌大肚呢!儿子、女儿都大了,他们都会有自己的想法,可不能偏了一个向一个。于是,武桂兰问安国:"安儿,你看谁去替你爸爸好啊?"

"婵姐。"安国一点都没有打奔儿。

虽然这个姐姐只比他大两岁,可真正是他的大姐,从打他记事起,无论是吃的玩儿的,没有不让着他的时候。既然父母认为顶替是好事,就应该让姐姐去,他对这些事真是无所谓,这时候只盼着快点散会——这样一家子坐在一块儿开会真别扭,闷得他浑身不自在,直想喝一肚子药水,好多去几次厕所。

武桂兰又叮了一句:"你不想去?"

"不想去。"

"真的假的？"

安国从花碗沿上抬起了脸，说道："我也不知道是真的假的……"

武桂兰和最婵扑哧一声都笑了。

焦起周又来了气："嗨，你听听这叫什么话？你是不是连自己说的是不是真话都不知道？"

武桂兰笑着摆手拦住丈夫，然后鼓励儿子："把你心里想的都说出来。"

焦安国又低头喝了一口药茶，似乎是在心里组织了一下词汇才开口："如果家里都认为到矿上顶替爸爸是好事，就应该让婵姐去。咱们家是有规矩的，有大有小，第一个机会就得给姐姐。这是我的真心话。可还有几句真心话不敢说……"

当娘的给撑腰："安儿，说，你还没娶媳妇，跟爹娘还没生二心，有什么话还不敢说的？"

武桂兰这一激火，安国想不说都不行了："问题在于让婵姐进矿当工人到底好不好？矿上哪有好工种？都是受大累的活儿，又脏又苦。婵姐到底是跟着爸爸妈妈学医好呢，还是到矿上当大苦力好？不就是个工业户口嘛，如果这个户口真是那么重要，为什么爸爸不在矿上当大夫，还要跑到下古林来帮着妈妈行医呢？"

安国这一问，还真把全家都问住了。

事情也随即变得简单了，急于让子女顶替，说白了就是为了占住一个城市户口的指标。武桂兰示意儿子再往下说。

安国还从没有见过全家人这么严肃认真地听他说话，就长了精神，肚里有什么就往外掏什么："老实说，我对到矿上当工人也没有太大的兴趣，但我想出去闯一闯。男人大概都是这样，年轻的时候想离开家，上了一定的岁数就想回家，爸爸不也是这样嘛！如果目前咱们家不想放弃这个户口指标，就先让我去顶替，反正我在家里也帮不上大忙，到外面吃点苦受点罪，说不定反而会更愿意学医了。这样咱们家就能有两条腿走路——我在外边干好了，将来可以让爸爸妈妈好好养老；爸爸妈妈的诊所干大了,我也可以再回来。我知道咱们家就我一个男孩儿,我说是说,但该我承担的责任我是不会逃避的……"

儿子长大了,而且不是一般意义上的长大,他有了自己的主见,雄心还不小。

焦起周又感到一阵欣慰,也夹杂着一种莫名的伤感,以前他对儿子呵斥得多,平心静气地跟他谈话的时候少,看来他对儿子的心思了解得太少了。以后他跟儿子的关系将不再是大人和孩子的关系了,是大人和大人,甚至是一个老人和一个年轻人的关系。老话说"前三十年父教子,后三十年子教父",所言不虚呀!

今后家里的大事小情也许该先听听儿子的意见……他还不习惯这种变化,就问妻子:"你看呢?"

当母亲的心里没有一丝阴影,正为儿子感到骄傲,脸上笑得舒心而灿烂:"我看就按安儿的主意办吧!"

"那好吧,我明天就去办手续,让安国顶替。"焦起周还沉着脸,口气里有一种无奈。"不过,你刚才那话让我有点不放心,你说对到矿上当工人没有兴趣,那你对什么有兴趣?如今这个社会,能进矿当工人就算是一步登天了,我们家为什么有这么多坎坷,还不都是因为没有矿上的户口!人不能好高骛远,要知道自己的分量。你既然已经长大了,就要懂得一个男人在生活中应该负的责任。进了矿可不能三心二意,拼着命也要干好。"

安国诺诺。

当娘的又出来给他打圆盘:"还有卫生局要的那个报告呢?你别光顾着顶替的事忘了这个报告!上边给不给科研经费不重要,我们不求天上掉大馒头,就怕这个郑主任也是来者不善。"

这的确不是小事,没有人能代替焦起周,他咧咧嘴皱皱眉:"你甭管了,我先拉个草稿出来再商量。"

结核是富贵病还是穷病?

——尚德堂随笔之三

也许有人会问,肺结核是富贵病呢,还是穷病? 也就是说,富人得此病的多呢,还是穷人得此病的多?

一种观点是富贵人家得此病的多。世界上最著名的肺结核病例,都非等闲之辈,最著名的要数林黛玉过早地香消玉殒。谁也不能说黛玉小姐是穷人吧?

林黛玉是小说里的人物,不可以用来支持一个医学论点。如果是这样,那中国治肺痨最好的药方就是鲁迅开出来的:"馒头蘸人血。"这是他在《药》这篇小说里写的,里面得肺痨的人可是个贫苦人家的子弟。即便以林黛玉为例,她心强体弱,生性敏慧,再加上长期寄人篱下,多疑多愁,经常抑郁不舒,焉有不病之理!

心性过于敏感脆弱,偏又压抑着精神的人,自然容易患肺结核。这方面最典型的病例应该说是波兰著名的作曲家肖邦。肖邦自一八三八年被确诊患有肺结核之后,就和他的情人乔治·桑被迫经常改变居所,有时不得不躲到山上的修道院里去。肖邦曾这样描述自己的住处:"我的房间就像一口巨大的棺材,房顶落满了灰尘,窗户很小……"在那个年代,肺结核病人要受到社会严重的歧视和排斥,乔治·桑在《马略卡的冬天》这本书里写过:"我们变成了人们恐惧和害怕的对象。他们指责我们有肺结核,以西班牙医学界的偏见来看,这种病在传染方面和鼠疫是一样的。"

肖邦去世时只有三十九岁。

前苏联著名作家高尔基也得过肺结核。

由于得病的人著名,使这种病也出了名,肺结核仿佛成了"名人病"。

其实,还是穷困潦倒的人得这种病的多,眼下农村的结核病人就多于城市。

最近从《参考消息》上看到,前苏联监狱里结核病流行,一个叫比诺格拉夫的自行车惯偷,十八岁那年被关进了监狱,一年后被告知染上了结核病,他吓得浑身发抖,因为他看到周围的人在一个个地死去。又过了一年,比诺格拉夫彻底绝望了,因为他身上感染的是无特效药医治的抗药性结核病菌,这种结核病即便是在欧美国家技术先进的医院里也难以治愈。

自以为能上天入地无所不能的现代人,突然发现,许多年以前困扰人类的一些可恶的传染病正在死灰复燃。曾在欧洲肆虐数千年的结核病,正从前苏联的监狱里向外蔓延开来。结核病是通过空气传染的,只要经常接近带菌者,就有被传染的可能;而人满为患的前苏联监狱,便成了结核病菌繁殖的温床。

美国公共卫生研究所的专家说(真是奇怪,爱管闲事的美国人几乎没有他们不知道的事情),前苏联监狱里的囚犯大都染上了结核病菌,而每年从监狱回到社会上的人大约有三十万,这些人中估计有三分之一感染的是抗药性结核病菌。

惨啦,惨啦!

今天的命运应该能使人类清醒,任何结果都是有原因的。

但愿自作聪明的现代人,不光受欢乐的控制,也接受痛苦的制约,并能根据欢乐和痛苦决定该做什么和不该做什么。

7. 男人的跪

郝武长挺过来了,身体恢复得很快,连武桂兰都感到惊奇。

在他身上用药如常胜将军布兵,指哪儿打哪儿,见效特别明显。原因其实很简单,他以前根本就没有认真治过自己的病,长这么大也没有吃过几回药,身体接受药力格外敏感,自然就能事半功倍。

还有一个原因,郝武长自小就没有人拿他当人,长大了也是狗里狗气,嘎古溜丢,到处招人嫌,日子过得更是饥一顿饱一顿。来到下古林医疗站,所有人都同情他,把他当成重病人,病虽然重一点,却还是个人。让他白吃白住,还白给他治病。他再没有心,受了人家如此重的恩德,也不能一点感觉都没有。他过去再不是东西,在这种境况下也不能再不把自己当人看,就是装,也得装成个好人的样子。他身体的底子原本就很好,除去肺里烂了个洞,没有别的毛病;现在生活有了规律,一天三顿饭,顿顿都能吃饱,整个人就像气吹的一样,一天比一天地壮实起来。

郝武长以前是个懒蛋,还可以说是个坏蛋,但他可不是傻蛋。过去他一直活在仇恨里,他几乎是恨一切人,因为他被所有认识的人伤害过,他认为这个世界上没有一个人是想真心为别人好的。于是一事当头,先恨别人,他没有一时一刻不在怨天尤人!在生活里要培养仇恨是再容易不过了,几乎所有的人都是天然地彼此仇恨。在这里他感到陌生,心里戒备着,却又有求于人,一种求生的本能驱使他动了心思,要买好焦家的人,那就真做得出来。从能下地活动了他就开始实践自己的诺言——帮着医疗站干活。收拾屋子,打扫院子,切药,晒药……他是穷光蛋,没有钱,但他有力气。随着身体的逐渐强壮,他干的活儿也越来越多,搬搬扛扛,跑跑颠颠,每天先得把水缸挑满,凡卖力气的事都不能少了他。不要说还是一个医疗站,就单是一家人过日子,每天睁开眼就有多少事情要干!这个家里焦安国一走就没有年轻男人了,需要动力气的事还真不少,只要郝武长想干,很容易就能找到自己的位置。他的眼睛又格外留神武桂兰和焦最婵,只要她们做事,他准会在旁边出现。看她们要做饭了,他就帮着抱柴火烧火;看她们要给病人换药了,他就帮着拿药端盘子当下手。有这样一个高高大大、弯腰弓背的家伙自觉自愿当小工,还格外有眼力见儿,呼之即来,挥之即去,很快就赢得了焦家人对他的好感。

郝武长的优势还不单是脑瓜儿好使,更灵巧的是两片薄嘴唇,能说会道。但他不是对所有人都卖弄自己的嘴皮子,在焦起周、武桂兰面前,只装傻充愣,闷头干活,不多说乱道。而当只有焦最婵一个人的时候,他整个人就变得活泛了,身上又有了那种熟悉的感觉,兴奋,害怕,急不可耐,像有一股电流刺激着他的手臂和双腿,五脏六腑一齐向里收缩。这时候他就非常想表现一下自己,想卖弄点什么……

有一天上午,焦起周和武桂兰都出去了,只有焦最婵一个人给病人换药。郝武长换好药以后,就到院子里和泥,一个人动手垒那间许多天以前焦起周和儿子砌了一半的准备存药的小房子。这个活儿早就叫郝武长看在眼里了,这可是大工程,他得选择一个恰当的时机来干这件事。

当焦最婵给病人换好药出来时,见郝武长只穿着单裤单褂,泥泥水水的,折腾得满头大汗,她吃了一惊:"咳,这怎么行?"

郝武长装傻一笑:"怎么不行?你说我干得不好?"

焦最婵一着急,脸蛋红得像水粉画出来的:"不是说你的活儿干得不行,我是说你一个人怎么干得了这么重的活儿?"

郝武长牛气轰轰,越发地要显摆自己:"干不了?开药治病我干不了,粗活儿累活儿没有我干不了的!"

"那我帮你。"焦最婵放下盛药的托盘。

郝武长动作夸张地拦住了她:"这不是你干的活儿,你要干我就不干了。我是为了帮忙,不是给你添乱。武院长不在家,你快干你的正事去吧!"

焦最婵原就单纯得好像失去了社会性,一听这话,实实在在地被郝武长感动了。她嘱咐说:"你的病还没有全好,可悠点劲儿,别再把身体弄伤了。"

"没事没事,你当我是纸糊的呢?"焦最婵的关心极大地鼓舞了郝武长,他索性放下手里的土坯,要好好地过过嘴瘾,他好久没有在大姑娘面前逞能了。只要他说着话,焦最婵就不会离开,就得面对面地听着他白话:"干这点活儿不算啥,我承包砖瓦窑的那阵儿,活儿才叫重哩!刨土、和泥、做坯,晒干后装窑,再烧成砖,完后还要出窑。那狗日的活计真不是人干的,偏偏那年雨水稠,得经常半夜三更起来盖砖坯,老天就像裂成了两半儿,大水就从头顶上往下倒,在我头上又是打闪,又是炸雷,还好没有叫雷把我给劈了!要不我就看不到你焦大夫了,你焦大夫也不会认识我,这时候在这儿干活儿的就是另外一个人啦!"

焦最婵听他讲得有趣,就笑了:"你们那里很苦,是吗?"

"苦,比瓜尾巴还苦,你一个长在福窝里的女大夫是没法想象的。"郝武长龇牙咧嘴,表情滑稽:"山里人苦就苦在抬头都是山,出门就爬坡,往地里送车粪,屁股撅得跟炮眼儿一样,肠子都能给累断!"

焦最婵扑哧一声又被逗笑了。

屋里的病人听他讲得热闹,也站到院子里凑趣。

郝武长更来了精神:"山里人不光苦,还傻。我们庄上有个狗二,养了条小牛长大了,就训练它干活儿。先让他爸爸牵着下地,需要往左的时候他就在后面喊,'爸往左点!'需要往右拐了他就喊,'爸往右拐!'练了几天,小牛很听使唤,狗二就自己下地了。到地头给牛上好套,'呀喔'地怎么吆喝牛也不动弹,气得他抡起鞭子猛抽牛屁股,牛性子上来,差点没挣断套绳踢伤了他。他蹲在地头想了好半天,训练得非常听话的小牛今天为什么不听使唤了呢?想来想去终于想出了主意,重新整好牛套,看看四外没有人就大声喊,'爸,走!'那牛果然就向前迈腿了。看见小牛走偏了,他就在后面喊,'爸,往左点!''爸,往右点!'那牛十分听话。狗二不禁破口大骂,'该刀杀的贼牛,我不管你叫爸,你就不听我使唤吗?'"

满院子的人都被逗得哈哈大笑,一个病人刚笑了两声就弯下腰咯出血来。焦最婵赶忙扶他进屋。

郝武长讲得兴头正高,他有一肚子这种连荤带素的笑话,一气儿可以讲上多半天。可见焦最婵一走,他就没了精神,只好转身继续去干自己的活儿。

快到中午了,武桂兰才回来,看见准备存药的小屋子已经搭起来了,郝武长正站在梯子上铺顶子,有两个快要出院的病号站在下面给他递板子。她心里发热,又不敢大声招呼郝武长,怕他分神有了闪失,就进屋帮着最婵做饭,捎带着烧了一锅热水。

等郝武长铺好屋顶从梯子上下来,武桂兰亲自盛了一大盆热水端到院子里。而那两个打下手的人只用和泥的凉水洗了洗手,便进屋去吃饭。郝武长也不好意思用那盆热水,低下热烘烘的脑袋就想往那个凉水桶里扎。武桂兰手疾眼快,一把拉住了他的袄领子:"你这孩子,不要命啦!"

郝武长嘻嘻一笑:"太热了,想痛快痛快。"

"出了一脑袋汗,叫凉水一激,很容易坐下病。"

"没事,在家里常这么干。"

"你要知道自己是大病刚好,而且还没有彻底好利索,根本就不该干这么重的活儿!"

"武院长,您老对我实在是太好了!"郝武长说的倒是真话。"我亲妈活着的时候都不怎么管我,从小就没有人疼,倒是来到您老的身边……不怕您老笑话,我有了一种找到娘的感觉。我有件事想求您老,不知您老肯不肯答应?"

武桂兰被郝武长一口一个"您老"地说得有点心热,又有点不很自然:"什么事?你说。"

"我想认您老做干妈,求您老收下我!"郝武长扑通又跪下了。

这家伙个子挺高膝盖挺软,说跪就跪。来到下古林才几个月的工夫,这已经是第二次给武桂兰下跪了……

男人的脚,本应该撑在身子底下,有了危险两脚躲到旁边晾起来就是个"跪"字。人通常都是在有所祈求或遇到危险时才会下跪,如参禅拜佛,祭奠祖宗,还有死了爹娘、谢罪、砍头等等,那是不跪不行的。总之是不管基于什么动机,一个男人能主动跪倒,要比握手、赔笑和说几句好听的话更容易让对方感动。

在日常生活中纯正得几近透明的武桂兰,哪里料到郝武长还会有这一手,一时惊慌失措,倒比跪在她面前的男人更紧张,生怕有人一步闯进来看见,这叫怎么一档子事啊!她急忙压低嗓子说:"快起来,有话慢慢说,叫人家看见,这像什么样子!"

她怕人看见,这就更好办了。郝武长想到这儿就更不怕了,直挺挺地跪着不动,仰脸看着武桂兰,嘴里叫得顺溜而又亲热:"干妈,您老就给我这个面子吧!我只有成了您老的儿子,您老才不会对我那么客气,我也才能全心全意地报答您老啊……"

事到如今,不找个台阶下也收不了场,武桂兰拉住郝武长的胳膊,想把他搀起来:"孩子,起来吧,你冷静点好吗?"

一听到武桂兰的嘴里吐出了"孩子"两个字,郝武长就更激动了:"妈,您老认我啦!"

说着,他趴到地上咚咚咚磕了三个头,然后才站起来。

武桂兰稳住了神,想结束这场戏:"武长,你的心意我理解,从小是苦孩子,缺少家庭温暖,精神上渴望亲情和安定。但是,你在这儿治病,我们对你关心是很正常的,医生的职责就是救死扶伤,医疗事业说到根儿上也是慈善事业。你千里迢迢来到下古林投奔我,能这么快就恢复健康,我这个做医生的已经很满足了,总算没有让你白跑这一趟,心里也很高兴。医生与病人之间有情谊是正常的,但没有必要认什么干妈、干儿,那就把挺好的事弄得庸俗了。你所花的医药费,我做主全免啦!你的病也治得差不多了,带着点药完全可以出院了,愿意今天下午走都行,今天来不及明天走也行,回陕西老家去吧。年轻人应该成家立业,别为了这些婆婆妈妈的事耽误了自己的前程。"

郝武长突然哭了,抽抽噎噎:"干妈,您老的话让我受不了。我若回了陕西,不说今生今世再也见不到您老了,反正再想见您老也不那么容易了,我这颗心能安得下来吗?郝武长可不是那号知恩不报的人,滴水之恩当涌泉相报,何况您老是我的救命恩人!我是穷了点,可我有一身好力气,眼下您老这里人手紧张,正缺能干重活儿的人,就让我留下来吧,我会卖命干的。只有两种情况才能赶我走:一种是让我干一段时间,您老觉得我所干的活儿跟医药费可以相抵了,再赶我走不迟;还有一种情况,您老看我不是干活儿的坯子,或者把活儿干坏了,您老赶我走,我连个屁都不放,立刻卷铺盖卷儿!"

一个不沾亲不带故的男人,这样流着泪求一个女人,一般是不会再被拒绝了。武桂兰的心早已经软了,也真想不出更好的办法推托这件事,就只有含含糊糊地先应下来:"哎呀……你要是执意不肯走,那就先留下来吧。反正这里的条件不好,你跟着我们只会吃苦,以后什么时候想走都可以。"

见武桂兰到底还是点了头,郝武长更长了精神,急忙表白决心:"干妈,看您老说到哪里去了!我大话不多说,往后您老就看我的表现吧!"

武桂兰毕竟还不习惯一个病人突然张口闭口地管自己喊干妈,就先回屋里了。郝武长长长地喘了一口大气,今天这一上午的傻力气可没有白卖。他跟焦家的关系有了突破性的进展,说句不要脸的话,自己现在可以算半个焦家的人了,也就是说,能当这医疗站的半个家了!

他抑制着满心的欢喜,草三潦四地洗了把脸,也回到自己的病房去吃饭。

武桂兰回屋一屁股坐到热乎乎的锅台上,看着女儿里里外外地忙乎,她却一点干活的心思都没有。不知为什么,收了个干儿子理应是高兴的事,可她心里像捣蒜,老有一种莫名其妙的不安……细想想,郝武长这个人除去文化低、家里穷,倒还不错。其实文化低有文化低的好处,不敢自高自大,知道尊敬人;穷也有穷的好处,能吃苦受累,知道好歹。既然挑不出他有大毛病，为什么当了这个人的干妈还这么不自在呢？充其量不过是认他做个干儿子，又不是自己的骨肉，好了就在一起多待几天，不好了就叫他走人嘛！

武桂兰正胡思乱想，院子里自行车响，是焦起周从县上回来了，她忽然意识到，自己之所以紧张，是不知道丈夫会怎么看待这件事。一个医生认病人为干儿子，张扬出去，总有点不太好……

焦起周支起自行车，没有马上进屋，而是站在院子里上上下下地打量新搭成的小房子。为了盖这间小屋，他砸伤了手指，还闹得父子间别扭了好长时间，这是谁抓他不在家的空儿就给盖起来了？他首先想到的是安国，可能是儿子回来了，他心里一定是为盖房子砸伤了父亲的手不安，一个人偷偷把房子盖好算是给老爸赔罪。他心里一阵高兴，进屋就问："安国回来啦？"

武桂兰诧异："今天才星期几呀，安子怎么能回得来？儿子刚走了两天你就又想啦？"

这下轮到焦起周诧异了："那药房是谁搭起来的？"

"郝武长。"

"是他？"焦起周心里也一动。

武桂兰紧接着就把认干亲的事学说了一遍。

焦起周不以为然："老娘儿们就是老娘儿们，怎么能干这种事？咱们治好了那么多的病人，今天这个认你做干妈，明天那个认你做干娘，你能招呼得过来？"

武桂兰笑一笑："目前不就是这一个嘛！"

"以后再有人仿效呢？"

"只此一遭，下不为例。"

焦起周也笑了："行啊，只要你高兴，反正人家认的是你，与我无关。"

"你倒推得干净，哪有认干妈不认干爹的？你想逃也逃不掉啦！"武桂兰终于松了口气，开始张罗着摆桌子吃饭，顺口又问了一句："你可到卫生局去了？"

焦起周叹了口气:"哪能不去呢,我没有找到姓郑的主任,就问他下面的一个人,我们的报告递上来这么长时间了,怎么还没有下文?那家伙口气不善,叫我回家等着,很快就会有下文的! 我估摸着不大妙……"

当工人的新鲜劲儿一过,焦安国开始佩服自己的先见之明,在矿上还真不如在家里有意思。在家里这个时候色彩最丰富,从麦收到秋收,是农村的黄金季节。可矿上有什么呢? 焦安国分配在选矿厂送料车间,分三班看守运送矿石的输送带。当工人除去能占个工业户口的指标,按月挣到点工资,一个最大的诱惑就是能够学到技术。成天看输送带有什么技术? 长着眼睛就能干。倘若一辈子就干这个,怎么受得了? 如果说学医太艰深枯燥,那么在矿上当工人就只枯燥而不艰深。

选矿厂设在大山的夹缝里,三面是山,左面有几排单身宿舍。上班看滚动的碎石头,下班回到宿舍面对四周凝然不动的大石头,时间长了自己会不会也变成石头?

父亲算是说对了,他临来的时候再三嘱咐,要安心矿上的工作,不能三天两头地往家里跑。他可不是三天两头,而是每天都想往家跑。之所以没有天天把想法变成行动,只是为了证明自己是个说话算数的男子汉,让父亲知道他对儿子的估计并不总是对的。于是,他就强打精神熬着,每个月才回家一次。

上白班的时候还好混,车间里人多,各种各样的事情也多,即使闲着,在旁边听着师傅们天南地北、有影儿没有影儿地神聊一通,几个小时很快就过去了。轮到上夜班就不那么好受了,到十二点吃完夜宵,值班的师傅要睡觉,就让焦安国一个人看守输送带,以便有了故障好拉闸停机,免得酿成大事故。可故障并不是经常出、班班出,有时一班出好几次,有时几班不出一次。焦安国倒是盼着多出故障,一出故障就要忙乎一阵子,人一紧张也就不打盹儿了。如果老也不出故障,就他一个人呆呆地守着那台笨头笨脑的送料机,长时间听着一种单调的响声,沙啦啦——啦沙沙,啦沙沙——沙啦啦……又怎么能不困呢？

这样熬了几个夜班，他觉得太难受，也太傻了。

不就是输送带一有异常现象要报个警吗？何必非用一个大活人不错眼珠地死盯着！他开始在车间里搜寻电器材料，本车间没有的到别的车间去找。那个年代，无论什么工厂都是聚宝盆，没有找不到的东西。

一有事干，他反而觉得日子好过得多了，断断续续用了一周的时间做成了"送料报警器"——安装在输送带旁边，一块感应片，像手掌一样贴在输送带的背面，一旦输送带发生异常，比如停止运行或剧烈震动，警报器就会大叫起来。

这本来是件好事，技术革新嘛。但焦安国却不敢声张，他刚进矿几个月，怕被人讥笑为出风头，不安心本职工作。更主要的是他搞这个玩意儿的动机"不纯"——自动报警的目的并不是为了提高劳动效率，实际上它也与劳动效率无关，只是能保证在上夜班的时候自己也可以跟师傅们一块儿放心大胆地睡太平觉。若是让人知道了他的这个想法，岂不是给自己找病？闹不好反会被人指责为好逸恶劳……

轮到他顶班的时候，就把报警器装上，下班前再把它收起来放进自己的工具箱。有一天快要交接班的时候，工会一个人来找他，听说他会修理收音机，就拉他到厂部广播室去了，因此他就忘记了拆下自己的报警器。

接他班的人中有一位从临汾来顶替父亲上班的女徒工，叫卓欣运，是个极其认真负责的姑娘，不论白班还是夜班，都能聚精会神地盯紧送料机。她跟焦安国的想法正相反，对自己的岗位很满意，甚至还有一种自豪感，既责任重大又不很辛苦，比起采矿、冶炼可轻松多了。她接班后仔细检查输送带，自然也就发现了焦安国的报警器，问谁谁也不知道这是什么东西。幸好这时候大家脑袋里的那根阶级斗争的弦已经松弛了，才没有人把它当成定时炸弹！但也不可能还允许把这样一个谁都不知道是什么东西的家伙原样放在输送带上，卓欣运便先拔下报警器的电源，然后拆下它丢进了垃圾堆。

等焦安国修好了广播室的收音机，在回宿舍的路上，猛然想起了自己的报警器,急忙掉头往车间跑。他进了车间就直奔输送带,可围着它转了三圈也没有看到报警器,心里登时就凉啦!

他慌慌张张的样子让人感到奇怪,卓欣运迎住了问他:"你找什么?"

焦安国不想说出自己的秘密,连头也没有抬:"不找什么。"

卓欣运似乎认出来了,眼前这个鬼鬼祟祟的家伙就是跟自己前后脚进矿的。但两人从没有说过话,更不知道他的名字。就问他:"你不找东西还在这儿转悠什么?"

"我也是这个车间的人,在这儿转悠转悠还不行?"焦安国的眼光从输送带底下抽回来,开始打量这个多管闲事的姑娘,就觉得眼前一亮。在这叽里咣当到处都是矿石的车间里,他真没有注意还有个这么干净好看的姑娘,同样是一身蓝工作服,穿在她身上就特别贴身合体,透出一股清爽的麻利劲儿。

她脸庞丰满美丽,嘴唇的线条格外优美,鼻子雅致,上面架着一副白框眼镜,越发显得文静脱俗。焦安国发愣的样子,再加上他身上那套上夜班的行头,把卓欣运给逗笑了。她的笑如微风掠出的水纹,在脸上荡漾开来。

因为中条山的夜里很凉,焦安国还要睡觉,所以上身穿了一件黑不溜秋的破棉袄,扣子全没了,外面系着一根电线,下身是松松垮垮的蓝帆布工作裤,吊儿郎当地挽着裤脚,活脱脱一副小要饭的打扮。

姑娘一笑,焦安国越感到发窘,没有心思再寻找报警器,转身离开了车间。

离开了又后悔。他其实很想跟这个姑娘在一起多待一会儿,至少应该问问她叫什么名字,是哪儿的人,每天下班是回家还是住在矿上。看样子她是城里人,不是城里人不会有那样的风度,更不会对他能有那么大方的眼光和笑容……

自己既然想跟她接近,为什么又这么快地逃开呢?当时他紧张,手足无措,浑身别扭,只有快走。突然,他在心里很瞧不起自己。也恰恰是在这一刻,他的另一个层面上的某种意识却苏醒了……

　　夜里上班后,焦安国怀着一线希望又到处翻腾了一遍,问题是他不知道报警器是被别人丢掉了,还是被人有意藏起来了。在这么大的车间里,不要说是故意藏起来,就是想找到一件别人丢弃的东西也太难了!与其大海里捞针耽误这瞎工夫,还不如重新再做一个。有了做第一个的经验,再做第二个就很容易了。

　　也是合该他露脸,新的报警器安上不多一会儿,输送带就被卡住,由于他的发明真的能及时报警,师傅们抢修及时,避免了一场事故。可他的宝贝玩意儿再想保密也保不住了,师傅们报告给车间,车间报告给厂部,他的报警器就成了送料机上的一部分,永远固定在输送带上了。厂部的大喇叭里广播了他的事迹,还说技术改造办公室已经决定要奖励给他八十元钱。

　　当时的八十元对焦安国来说就算是一笔大钱了,可他自己没有听到广播,也不知道到哪里去领这笔钱,时间一长,就乌漆麻黑地打了水漂了!

　　可有一个人,无论如何也忘不掉这件事,那就是卓欣运。

　　她碰巧听到了高音喇叭里是怎样表扬焦安国的,也听到了师傅们对他的议论,看看现在合法安装在输送带上的报警器,她知道那天早晨自己拆下来丢掉的那个东西就是试验中的报警器,再想想那个身穿破棉袄,拿一根旧电线当腰带的小伙子,明白了那一定就是焦安国。

　　她老想找个机会向他表示一下歉意。可这样的机会还真不好找,别看每天她都要接他的班,可交接班是班长的事,这时候该下班的工人就去洗澡换衣服,该接班的工人也在自己的更衣室里换工作服。男女更衣室相隔很远,相互真还难得能碰上一面。其他时间就更是谁也见不到谁了,他上班她下班,他下班她上班。

　　但是,大家毕竟是在一个矿区工作,只要存心想见面,机会还是找得到的。

　　卓欣运打听到,焦安国外号叫小安子,性格内向,不爱说话,不爱交往,不上班的时间就躲在宿舍里瞎鼓捣,能自己装电视机,修无线电。同一班的年轻人没事都愿意凑到他那儿去,他有个很好的收音机,可以听歌。矿上的生活很单调,不知几个月才放一次电影,如果赶上正在上班还看不了,工人们平时的娱乐活动就是听听矿区的高音喇叭。焦安国能让大伙儿听到大山外面世界的各种信息和声音,可想而知,这对年轻人会有多大的吸引力!

卓欣运选了一个刚开始倒夜班的日子,上午可以不睡觉。焦安国是上中班,上午也没有事。她拉上一个同班的姑娘做伴,来到男工宿舍。焦安国房间的门敞着,老远就听到了音乐声和劈里啪啦跑腔走调的唱和声:

> 池塘边的榕树上
> 知了在声声地叫着夏天
> ……

两个姑娘走到房门口,看到里面横躺竖卧的都是人,挤满了三架双层的单人床。趴着的,坐着的,你靠着我,我压着他,摇头晃脑跟着唱的,闭着眼睛瞎哼哼的,嘻嘻哈哈胡打乱闹的……录放机放在靠门口的双层床的上铺。

房子的最里面,对着窗户有一张小桌子,桌子上放着一台老式的大收音机。焦安国头上戴着大耳机子,弓着腰,在专心调试。由于他脸朝窗户背对着门口,没有看见来了稀客。旁边一个小伙子用胳膊肘捅捅他,并向门口努努嘴。他摘下耳机,大转身才看见了两个姑娘,心里一动,仿佛被电了一下。

其中那个戴白框眼镜的姑娘他是认识的,这天她穿了一件湖绿色的棉质衬衫,下身是浅色印花直身裙,更显得素雅、娴静。他看着姑娘,姑娘看着他,屋子里这么多人,他并不知道姑娘是来找谁的,一时不知该不该搭话。

可老这么僵着又很难受,焦安国毕竟是这个房子的主人,就吭吭哧哧地先问了一句蠢话:"有事啊?"

这不是废话吗?没事人家到你这儿来干什么?

卓欣运大大方方地迎住了满屋子探询的眼光,这种场合很难向焦安国说那些早就准备好的道歉话了,就随机应变地改了话题:"老远就听到你们这里很热闹,像个俱乐部似的,我们就凑过来,也想听听歌儿。"

快请坐,快请坐! 小伙子们忙不迭地腾地方、让位子,变得兴奋又有点拘谨。在床上一溜歪斜没正形的青年工人也全都坐了起来,几个人同时抢着问:"你们想听什么歌儿?"

两个姑娘在靠近门口的下铺坐下了,还是卓欣运说:"什么都行,你们愿意听什么,我们就跟着听吧。"

焦安国从自己的床头捧过来十几盘磁带:"你们自己挑吧,想听什么就放什么。"

卓欣运一愣:"这么多啊! 是不是用发明报警器的奖金买的?"

屋里的其他人插嘴了:"什么奖金? 狗屁,全是糊弄人的! 当时说得挺好听,这都过去快一个月了,连奖金的影儿还没见到呢!"

卓欣运不相信:"这么大一个矿,已经公布的事情还能再缩回去?"

"如今的头头,'拉出来又坐回去'的事儿可太多啦!"

卓欣运侧过脸问焦安国:"你去领过吗?"

焦安国只摇了摇头,好像并不喜欢谈论这件事。

卓欣运却很认真:"你为什么不去领呢?"

焦安国无奈地一笑,仍旧不想多作解释。这副漫不经心又有自己蔫主意的神态突然引起了卓欣运的好感,心里像有根弦被拨响了……

又是别的哥们儿替他回答:"厂部应该给送来,发奖发奖,哪有叫本人去要奖的!"

卓欣运记在心里,没有再多说什么,坐着听了几首歌就拉着同伴出来了。她让同伴先回宿舍,自己找到厂部技术改造办公室,想替焦安国领回那笔奖金,这不比光空口向他道个歉强多了吗?

"技改办"的人听她讲明了来意,斜眼打量着她问:"焦安国自己为什么不来?"

卓欣运却一点也不憷:"他不敢来。"

"不敢来? 心里莫不是有什么鬼?"

"他脸皮儿薄,怕你们说话不算数,领不到奖金反倒让大伙儿笑话一顿。"

"你的脸皮儿不薄啊!他为什么要找你来替他领?"

姑娘再冲,听到这话脸也红了:"我跟他是一个车间的,我们都听到广播了,领导应该说话算话!"

"这是谁在埋怨领导说话不算话?"前不久刚升任副矿长的孙良贵,陪着妻子温妙群一步跨了进来。

"技改办"的人赶紧起身让座,一口一个孙矿长地叫着。孙良贵却黑虎着脸径直走到卓欣运的跟前,眼角竟非常难得地出现了笑纹:"我知道你今天倒夜班,刚才先到宿舍去找你,你同宿舍的人说你到厂部来了,到底出了什么事?"

由于父亲的关系,卓欣运认识这位孙副矿长,并且还不算生疏,就从从容容地把事情的缘由说了一遍。

"技改办"的主任一看副矿长跟这个小姑娘这么熟悉,不知道他们是什么关系,先忙着做解释,不是他们不给钱,而是焦安国没有来领;同时吩咐另一个人拿出奖金,让卓欣运当面点清,然后在一张单子上签了名字。

孙良贵对"技改办"的人说:"你们知道她是谁吗?她是咱们矿上的老劳模卓工长的闺女!"

"技改办"的人有些夸张地表达着自己的惊讶:"哦,怪不得呢,是有股冲劲儿……"但很难说这都是恭维。

就在屋里的人闹闹嚷嚷拿钱办手续的过程中,温妙群的眼神儿始终没有离开过卓欣运。她不像孙良贵,以前见过这个姑娘,而是今天第一次看到,她要仔细地端详端详。见人们正事谈完了,温妙群便走近卓欣运,用一只手搂住了她的肩膀,小声在她耳边说了一句什么。由于声音轻细文雅,卓欣运居然没有听清说的是什么。其实是温妙群过分亲热的动作让姑娘有点不自在,却又不敢闪开。姑娘已经猜到这个漂亮的女人是谁了,她漂亮得能对人构成一种压迫感。

温妙群今天穿的是纯白衬衫,外面还套了一件拼着暗紫花纹的小背心,恰到好处地裹出了她那还能在男人心里掀起滔天波澜的身材,又显出了一种娇弱、一种高贵和矜持的风韵。屋里人都看得出,这位矿上的美夫人对卓欣运格外亲近。只见她附在姑娘的耳边继续悄悄地说着:"你的眼睛很漂亮,为什么要戴个眼镜儿呢? 是眼睛真有毛病,还是为了好看?"

卓欣运借着转身要看着温妙群说话,挣脱了对方的胳膊,有些幼稚地问:"还有为好看戴眼镜的吗? 我是近视。"

"多少度?"

"一百七十度。"

"啊,很低嘛。"温妙群像相亲一样问得很仔细,又很体贴:"上夜班习惯吗?"

"习惯。"

"干活儿可要小心,千万别碰着自己。"

卓欣运越来越不自在了,就没有再搭腔,只是轻轻地点了点头。

"技改办"主任看出了名堂:"嫂子,这么关心,是不是想叫小卓给你当儿媳妇?"

温妙群已经相中了,因之喜不自胜:"对啦,我可告诉你们,老卓师傅早就答应把他的女儿嫁给我儿子,你们可得给我好好地照应着点,欣运要是哪儿伤着碰着了,我可不饶你们!"

"这没问题,叫矿长发个话,把她调到科室来吧!"

"先等等。"温妙群又亲热地抱住了卓欣运的肩膀,说:"咱们走吧。"

"去哪儿?"卓欣运满脸涨红。她想起父亲好像确实跟母亲提过这件事,可全家人都当是开玩笑,她更没往心里去。现在竟当着这么多人谈论这种事,真让她脸上挂不住,口气也变得更不自然。

温妙群说:"到我家去吃饭。"

"哎呀,不行……"卓欣运一阵紧张,话说得又急又快,"谢谢孙矿长,谢谢阿姨,我得快回去给焦安国送钱,他还等着上中班哪……"她一边说着,身子就退到了门口,话一说完,扭身就出了门,不等孙良贵再说话就没有影儿了。

8. 热茶泡馍

　　原田县卫生局新药开发办公室主任郑文杰，第二次来到下古林，还带着三个人，其中有两个穿着警服。他们一个个目光灼灼，气势逼人，直让人头皮发麻。这样的组合从村子里一过就有轰动效应，后面立即跟上来一大溜看热闹的人，而且这支队伍越滚越大，直奔武桂兰的医疗站。

　　焦起周正在用大铁锅熬药，院子里烟浪滚滚，药气冲天。

　　武桂兰和大女儿最婵刚给病人换完药，听到动静都出了屋子，一见这场面头发都挓挲起来了。一种不祥之感让武桂兰从后脊梁骨泛起阵阵寒意，并迅疾地扩散到全身。

　　发昏当不了死，焦起周硬着头皮迎上去，还尽量想在脸上挤出一点笑容："郑主任，您好，屋里坐！"

　　"不必了。"郑文杰面色阴沉，眼瞳里闪出一股煞气，这股煞气掠过焦起周，盯住了他身后的武桂兰："上个月国家颁布了《药品管理法》，为了宣传贯彻《药品管理法》，前不久县卫生局召开汇报会，决定大力整顿非法行医，决心要狠，手段要硬，药品该没收的没收，该处以罚款的罚款，态度恶劣的还可以送交公安机关绳之以法。你们这个医疗站就在整顿之列……"

　　焦起周硬着头皮拦了一句："郑主任，我们可不是非法行医，我和我爱人都有卫生部门颁发的行医证。"

　　郑文杰嘿嘿一笑："你有药品制剂证吗？"

　　焦起周看看桂兰，桂兰也正无助地看着他。他们还从未听说过制药要领证,附近的专科诊所也都是自己制药,没有听说哪一家是有证的,为什么不去查他们? 而他们敢这样想却不敢这样质问郑文杰,更没有胆量戗火。

郑文杰又逼问一句:"说话呀,有没有药品制剂证?"

焦起周只好摇摇头。

"行啦,我要的就是你这句话。我办事都得问应了砸实了。国家新发布的《药品管理法》规定,制售药品必须有药检部门、卫生部门联合下发的制剂证。没有这个证,就不能制药,更不能用这种私自生产的药治病。否则便是犯法,要以违法论处!"

焦起周感到冤得慌:"以前没有这个法,不能怪我们。现在既然有了《药品管理法》,我们就可以去领取制药证。"

"你们拿什么去领证? 我给过你们机会,你要领制药证就得拿出药的处方,让我们化验审核。你们嘴上老爱说'回生灵'是根据家传秘籍'治痨奇方'研制成功的,可你们拿得出那个祖传的'治痨奇方'吗? 拿不出! 因为根本就没有这个秘方,你们只是以此来哄骗患者!"

郑文杰的这一番话把焦起周两口子全噎住了。他气势凌人,将身子挺了挺,用眼睛扫视着院子,见院子里外都是人了,就提高嗓门问:"你们这里还有多少病人?"

"十四个。"

"用不着再跟你们多费口舌了,我这次来是奉命行事,要按上头的文件办,现在宣布对你们的处理决定:一、三日内遣散所有病人;二、销毁你们自制的所有药品,今后不得再私自制药;三、处以五百元罚款,五日内交清,过期不交就抓人。"郑文杰随即向他带来的人下了命令,"动手吧!"

另一个穿便服的人显然也是内行,领着两个执法警察进了房子,从最东头的房子开始搜查,把所有的"回生灵"、"回生膏"都搜出来丢到院子里,然后架起柴火点着了,"劈劈啪啪",烤得看热闹的人急忙后退。

那两个法警又垫着湿毛巾,把焦起周刚熬了一半的一大锅"回生膏"抬出来,倒进阳沟眼,顺手从墙角抄起一把洋镐,冲着铁锅"哨啷"就是一下子,犹如平地惊雷,掠庭而过!

武桂兰连气带吓,心慌意乱,白痴似的瞪着眼,如同梦魇,突然间双腿一软,瘫了下去。站在旁边的最婵一把抱住了母亲,同时变腔变调地一呼喊。焦起周转身托住了她们母女,而后让最婵松开手,他一个人把桂兰抱进屋子,放到炕上,赶紧为她把脉。

武桂兰脸色绛红,嘴唇发紫,呼吸急促。这显然是突遭变故,受刺激过重,造成肝气上逆,气血猛升,以至于清窍闭塞,神明阻蔽,引起突发性昏厥。

院子里的药烧得差不多了,郑文杰提高嗓门冲着屋里说:"焦起周,我再强调一遍,五天以内把罚款送到县卫生局,过了期限,卫生局可就管不了你们的事啦!"

焦起周没有应声。等郑文杰那一帮人走后,他便向最婵口授:"古医十大方剂中的重剂,其道理就是重可镇怯。按《医学心悟》上的生铁落饮加减——生铁落500克,灵磁石30克,朱砂10克……"

好在还有一部分干草药没有全被烧掉,最婵翻箱倒柜,凑齐了药,赶紧点火熬上。

郝武长刚才在院子里站着,武桂兰昏倒的时候才忙忙慌慌地跟着进了屋,整个事件他都看了个满眼,焦家人只是看病有能耐,遇到事情是一窝软蛋。砸锅烧药,一会儿工夫就倾家荡产了,这也太冤大头了!那么多好药怎么能让他们说烧就一把火给烧了?还要再罚五百块,这还叫人活吗?这种时候他应该表现表现,可刚开始的时候他也叫那两个警察吓得腿肚子直要转筋,要没有警察他早就冲上去了。现在那帮王八蛋已经撤出了院子,不能就这么便宜地让他们走了!

他一眼看到门后立着一把铁锨,伸胳膊抓到手里,猥琐中又带着异样的凶狠狰狞,冲着焦起周说:"干爸,我去拦住他们,他们不让咱活,咱就不活了!"

焦起周脑子很乱,一时没反应过来,见郝武长提着铁锨冲出屋子,心头一惊,急忙站起身对院子里的人喊:"拉住他!"

挤在院子里的病号和看热闹的人,一见郝武长这副拼命的架势就拥上来围住了他,这个抓铁锨,那个拉胳膊。人们这一拉,郝武长更来了劲儿,显出泼天大勇,拼命挣扎着大叫:"你们这是帮谁啊? 他们不让咱活,咱也得让他们留下俩死的!"

焦起周走出屋子喝住他:"武长,别惹祸!"

"干爸,我不怕,自己做事自己当,反正我是光棍儿一条,一条光棍儿,自己吃饱连狗都喂了。我就想跟他们拼了!"

拉他的人也帮着劝阻:"你当然不怕了,可你出了事还不是给焦大夫惹麻烦!"

嘿! 郝武长终于松开了抓着铁锨的手,冲着门外高声叫骂:"我操他八辈儿祖奶奶!"

焦起周站在屋门口的台阶上,看着郝武长跳着脚地破口大骂,仿佛也替自己出了一口恶气,找回了一点面子。刚才郑文杰诬蔑"回生灵"是假的,是哄骗患者的把戏,如果亲身得到过"回生灵"好处的病人当时都站出来说句话,为"回生灵"辩解,拦着护着,那些人还能砸锅烧药吗? 可当时没有一个人肯吭声。郝武长粗鲁,总算还是个有心的……

看见焦起周愣神儿,病人都围上来,说着安慰他的话。

但,病人们最关心的还是自己的病,有的还没有完全被治好,有的基本治好了还想再巩固一阵儿,今后病情出现反复怎么办呢? 再想拿药到哪儿去呢? 还能不能再来找武大夫呢? 各人有各人的问题,七嘴八舌,疑虑重重。

焦起周忧心如焚,比病人们更加沮丧,对今后的事一点谱儿都没有,也回答不了病人们的任何问题。但做医生的责任又促使他不得不强打精神处理后事:"整个情况你们都看到了,他们说我们是假医假药,你们最有发言权,你们说我们是在骗你们吗?'回生灵'、'回生膏'是假的吗? 今后你们如果病情不好,还想找我们治疗,只能再联系,眼下大家还是先回去,趁着天早,收拾一下东西赶快动身吧!"

事已至此,话又说到了这个份儿上,病人们也只好大腿贴邮票——走人了！

平时这个洁净、火暴的院落,如今变成了拍摄灾难电影片的现场。烟熏火燎,人声嘈杂,空中飘荡着灰烬,院子里的物件东倒西歪。病情比较重的活像战争中的重伤员,或被家属搀扶,或自己弯着腰拄着拐,慢慢地离开院子。即使已经被治好了的病人,也颇多留恋地一步一回头地走出了院子……

郝武长拄着铁锹站在院子正当中,撇着嘴角斜着眼,目送着一个个如残兵败将般的病号撤离了院子,有人跟他打招呼他也不理不睬,心里又涌动着一种熟悉的感觉——憎恨。因为憎恨,他身上的血似乎都流得更畅快了。

焦起周则看着郝武长,他知道这个干儿子也要离开了……这小子,除去说话粗俗一点,其他方面还真不错。可话又说回来,正因为他粗俗,才敢怒敢骂,自古草莽之士多仗义,看来不假。别看白给他治病,白管他吃住,还不烦不厌他。

郝武长感觉到了焦起周的眼光,便转过身子,他现在说话随便多了:"干爸,您老别这么看着我,看我我也不走!"

焦起周轻叹一口气:"武长,你走吧,我这儿已经这个样子了,你留下来还有什么好处?"

郝武长翻翻眼皮:"干爸,您老把我看扁了。我郝武长要是在这时候离开您二老,就是忘恩负义狼心狗肺见风转舵的臭王八蛋!还有人味儿吗?我留下来别的忙帮不上,有一天真吃不上饭了,您二老就在屋子里坐着,我去要饭。你们要不来,我能要来,我要过饭,不管好赖保证能让您二老吃饱肚子。咱有难同当,有罪同受,谁若怕他狗日的就不是人生父母养的!"

这个无赖,顺嘴胡诌,却诌得焦起周心里发热。

在这个时候能说出这样一番话,不管他是谁,都让人感到欣慰。人在被感动的时候也是最脆弱的时候。焦起周不愿意流露太多的情感,只淡淡地说:"好吧,你自己看着办。"然后进屋去看妻子。

郝武长愣了一会儿,给自己找到了一件非干不可的活儿——收拾院子。他大声地吆喝着:"走吧,走吧,想走得快一点!"

他先把烧药的灰烬铲到外面丢掉,大扫帚一抡,看热闹的大人孩子纷纷躲出院子。郝武长在焦家越来越有主人的感觉了,特别是焦安国进矿当了工人以后,他成了这个家里唯一年轻的男人,这诱发他看到了一种极其美妙的希望——他盯上了焦最婵。

根据他的条件,在老家是很难娶上媳妇的。然而,傻小子睡凉炕,全凭着运气壮,现在焦家落难,却不是不可能把焦最婵娶到手了。如果当了焦家的上门女婿,那又将是一番什么风光呢?

嘿,那可是一步登天!

如果以前这么想,那是大白天做梦。人家是识文断字的女医生,要人样有人样,要家底有家底,将来如果医院干大了就更不得了。而自己呢,只不过是个坏了肺的下三烂,要文化没文化,要钱没钱,人家怎么会跟你? 现在则不同了,他的机会来啦!

两天过去了,武桂兰自躺倒后就再也没起来。她虽然还在吃着丈夫给开的药,却仍旧浑身盗虚汗,瘫软无力,连眼皮都不愿意抬。她不说话,不吃不喝,整天处于昏睡状态。

可从脉象上又看不出她有什么病,至少眼前无大碍。一家人守在她身边——不守着她,实在也没别的事可干。百无聊赖,屋子里显得格外空旷、安静。

焦最婵神思恍惚地盯着昏睡中的母亲的脸,上面爬满了令人不快的皱纹。由于天热,武桂兰身上穿得很单薄,支支棱棱,骨瘦如柴,全身仿佛只有筋骨没有肉。那手上的老皮也粗糙而松弛,一览无余地反映出生活的重压!

可在最婵的感觉里,母亲还应该是非常年轻的……她忽然发现武桂兰从眼角流出了眼泪。她目眩神惊,一边叫着一边推摇着母亲的身子:"妈,妈!"

小女儿最芳用手绢替母亲擦泪,并附在母亲耳边轻轻说:"妈是不是想我哥了? 打前天就托人给他捎信儿去了,今天一准会回来的。"

小丫头真是人精,她本是全家人的开心果,这句话却逗得母亲的眼泪更多了,最芳自己也忍不住哭了。

焦起周一把将小女儿揽到自己的怀里,为她擦拭脸蛋上的泪串子。

最芳的长圆脸该白的地方雪白,该红的地方嫩红,水灵灵的,完全是大自然赐给的生命的原本颜色。如今却只在农村才能看到这样的肤色,优越的城里人难得再有这样的脸蛋了——天道真是公正。

焦起周爱惜地说:"没关系,自打出事后你妈妈还没有掉过眼泪哪,让她痛痛快快地哭一顿就好了!"

此时,焦起周的脑子里还在为怎样能凑足罚款而发愁。

这事甚至比武桂兰的病更叫人着急。看那天的阵势,交不上钱,县里就真的会来抓人。他们会抓谁呢?第一个当然是桂兰,她是这儿的站长啊。也许还会捎带上自己,那这个家怎么办?留得青山在,不怕没柴烧,重要的是先保住人再说。

可,这五百块对他来说,就是一笔巨款啊!

卫生局确定这么多钱一定有他们的想法,认为我们这些年肯定赚了大钱。谁能相信我们行医多年会没有像样的积蓄?这又能怪谁呢?肺结核本身就是一种穷病,不像那些专治不孕的、阳痿的,早就发财了。我们生性过于善良,或者叫过于软弱,好面子,经不住三句好话和一哭一闹,就白白地赔医赔药,有的还要赔吃赔住,真出了事自己就真作难。他把家底都刮擦光了还不到二百块钱,只好把自己骑了多年的那辆旧自行车卖了七十五块,把家里唯一看上去还像点样子的迎面桌抬到街上卖了三十八块,可都加在一起还差一百多块呢!现在只能指望儿子从矿上借点钱回来,倘若安国再带不来钱,那就只有自己到矿上舍脸去找朋友筹措了。

家里出了这么大的事,安国这小子倒真能沉得住气,两天了,竟然还不露面。看来八成是借不到钱,一个刚进矿还不到一年的新工人,谁肯借钱给他?咳,有钱没钱的都应该先回来看看呀!咳,这又能怪谁呢?还不是怪自己没有准主意。当初要是拦住桂兰,不让她到下古林来,还能有今天这样的事吗? 行医,行医,大半生坎坎坷坷都是因为行医引来的祸……

焦起周眼圈发暗,目光阴郁。不知从什么时候开始,他有一大半头发都变成了灰白色,没有油性,扡扡挲挲,像一捧秋后的干草。老了,稀里糊涂的,在毫无觉察的情势下,突然就在脑袋顶上挂出了投降的旗帜……人都是骨头搀肉长的,老经历灭顶之灾又怎会不老呢? 每次都是为了桂兰祖传的秘方,这个秘方到底是宝,还是他们的祸?

焦起周从心里泛起一股寒意,他为自己的想法感到不安。

唯有干儿子郝武长这时候没有待在屋里,他知趣地躲出去自己找活儿干,把院子打扫得跟镜子面差不多了,弄乱的物件都归置好,三间病房该洗的地方清洗,该擦的地方狠擦,也全都收拾干净了……他站在大门口,落落寡合,有一种莫名的失意。真出了事,他这个干儿子算个屁! 不连心不挂肺,解不了忧,也排不了难,人家全家在盼的仍然是他们的亲生儿子焦安国!

不连心挂肺也没有关系,如果他腰里有五百块钱,今天焦最婵就是他的人了! 他也万万没有想到,焦家满门行医这么多年,居然连五百块钱都拿不出来。这一家子真是好人,可也是一窝子大傻蛋!

远远看见有个人朝这边颠过来,跑一阵走一阵,等喘过气来再跑一阵,只有焦安国,不会还有别人了! 郝武长闪身进了院子,他刚想冲着屋里喊一嗓子"安国回来啦!"转念又觉得用不着自己这么卖好凑热闹,人家团聚也好,高兴也好,有自己的啥? 想着,他紧走几步钻进了旁边的病房,侧耳听着隔壁的动静……

焦安国浑身淌着大汗,嘴里喷着粗气,急火火扑进屋里,稍一愣怔便趴到了母亲的床头,急切切地呼喊起来:"妈,你怎么啦? 妈……"

儿子就是儿子,听到安国的呼叫,武桂兰睁开了眼睛,连刻在眉毛根上的皱纹都展开了:"安儿,你回来啦!"

"妈,你觉得哪儿不舒服?"焦安国心里急切,居然像模像样地去摸母亲的脉。满屋的大夫都看愣了,小妹最芳把小嘴伸到安国的耳朵根底下悄悄问:"哥,你摸得着脉吗?"

安国的另一只手朝小妹的胳肢窝下边一捅,婺芳咯咯一笑躲开了。他看着母亲,一本正经地说:"妈,你没有事,就是沾了点气。气是人的根本,《素问》上说,人以天地之气生,四时之法成。气和而生,津液相成,神乃自生。根伤则茎叶枯萎,人的气不畅自然就会提不起精神,委顿慵懒。"

武桂兰笑了:"你读的那点子医书还没有全忘光了?"

"哪能呢?我在矿上是三班倒,闲工夫有的是,一有空就看点书。离开了爸爸妈妈,反而觉得学医有意思了,同事们有个头疼脑热的都找我给摸脉。"焦安国想哄母亲高兴,话就说得多,又突然意识到这话可能会让父亲产生误解,就赶紧打住,却还是晚了,果然引起了老爸的担心。

焦起周晃晃脑袋,口气里满是忧虑和责备:"见异思迁,没有长性!当初叫你学医你要去矿上,到了矿上又觉着学医好。眼下就凭你这两下子,可不敢胡乱给人开药,别惹出祸来!"

"你看你,安儿刚进家门就又训上了!"武桂兰抓着安国的胳膊想坐起来,婺婵赶忙从后面扶住她,又给她后背垫上枕头。

焦安国从口袋里掏出一沓钱交给父亲:"这是二百八十块,不知道够不够?"

屋里人全都一愣,有了这笔钱,眼前的难关就算又过去了!盼星星盼月亮似的盼着他回来,他一回来还真能解决问题。

武桂兰重新打量儿子,离开自己身边只大半年的工夫,安国显得老成多了,身板也壮实了:"安儿,你是怎么弄到了这么多钱?"

"其中八十块是我的奖金,另外二百块是找同事借的。"

小妹嘴快:"哥,你得了什么奖?"

"我在输送带上搞了点小革新。"焦安国不想叫小妹岔开话题,就直视父亲的眼睛,"爸,钱凑齐了,你如果怕他们来抓人,可以先把罚款交了。依我说,一分钱也不交,一交了罚款就等于承认自己有错,既然承认以前错了,今后还干不干呢?岂不是把自己的后路给堵死了?不交罚款就是不承认我们有错,是他们想剥夺我们的秘方,以势欺人,搞打砸抢！现在已经不是'文化大革命'了,妈,我们应该去告他们！先去地区,地区不行就去省,省里不解决问题就去北京,总会找到说理的地方。同时多写几份材料,报社、省委、中央,到处投诉,我不信就碰不上主持公道的人！"

石破天惊。他们是叫人家吓破胆了,还从来没有从这个角度想过这件事。焦起周猛一听儿子的话心里有些发憷,等儿子讲完细一想,就知道这是眼下唯一的出路。倘若就这样认了头,只有死路一条,以后就再也不能行医治病了,难道还要重回老家去种地？真若落到那一步谁能甘心？不用说别人,武桂兰第一个先得被憋屈死！

儿子一席话比什么灵丹妙药都管用,武桂兰身子立刻轻了,觉得有股热流在身上冲腾逆折,血脉贲张,说话也有了力气："我看安儿说得对,真是没有白出去,到底还是在外边见的世面大,脑瓜儿想问题也不一样。人家不叫咱活,咱得自己想办法活下去。不等他们来抓咱,咱先去上边喊冤！"

武桂兰的身子不再发软,脑袋也不晕了,说着话就抬腿下了炕："今天先把材料整好,明天我就去上访！"

眨眼工夫,她的眼睛就变得像烈焰了,这烈焰把自己和家人对生活的信念与责任重又点燃起来。

从什么时候开始,这个家里的主心骨换成了武桂兰？

告状的材料是以她的口气按着她的意思写的,她要求简单明白,实话实说。上边的头头一准都很忙,谁有工夫看你的长篇大论？由安国执笔,写好了改,改好了抄,一下子抄出了十几份,该寄走的装进自己糊的信封粘好,该带在身上的用一张废报纸包好,一家人整整折腾了大半夜。

别看孩子们也跟着一块儿着急生气,可他们的脑袋一沾枕头,不大一会儿的工夫就都睡着了。武桂兰可说什么也睡不着,脑子像开了锅……

还是生安国的那一年,她像个死人一样躺在担架上进过运城火车站,实际上她还从来没见过运城是什么样的。明天到了运城,分得出

137

东西南北吗？要是见不到领导怎么办？就是真见到了领导，人家有那个耐性听她讲吗？醋打哪儿酸，盐打哪儿咸，怎么才能把自己的苦处说明白，还不让人家厌烦呢？

想不到恐惧和紧张竟也那么的诱惑人，她越怕越要想，越想就越怕、越清醒。

她回想着一二十年来的酸甜苦辣，掂对着哪些该讲，哪些不能讲。心里贮满了的酸楚，似乎能从嘴里流出来……

她本质上是个嫁鸡随鸡嫁狗随狗的女人，怎么会走到了今天这一步，要学杨三姐告状？白天脑瓜子一热，在丈夫和儿女面前吹下大话要去上访，而她深知自己骨子里极其软弱，她怕抛头露面地到运城去乱撞头，怕像求爷爷告奶奶一样去见领导。

心慌意乱，索性睁开眼睛，屋里漆黑一团，她一下子仿佛跌进一种恍惚的幽深之中。但，这无言的黑暗又最解人意，让她觉得安全可靠。如果天永远不再亮，世上会减少许多烦心的事。旁边小女儿的呼吸撩过她的面颊，一如温暖的手指轻轻触摸着她。她不管心里如何翻江倒海，静静地躺着一动不动，瞪眼看着黑夜……当窗户刚一麻麻亮，她就坐了起来。

她一动，焦起周紧跟着也起来了。

武桂兰问："睡了一会儿吗？"

"好像打了个盹儿。"

"那就再睡一会儿呗。"

"不行，你一个女人家，身单力薄，到运城又人生地不熟，我得陪你一块儿去。"莫管焦起周平时脾气有多坏，家里出了大事，他还是个地道的男人，绝不推卸该自己负担的责任。

武桂兰心里一喜："那行吗？"

"怎么不行?!"

能这样当然是再好不过了……可武桂兰立刻又有了新的担心，身边有个大男人陪着上访，跟一个孤身女人进城告状，让人看着效果会一样吗？再说还有一层更无法说出嘴的顾虑——如果他们两口子都走了,当天肯定回不来,安国一早就得赶回矿上去,家里就只剩下两个女儿和郝武长,虽然说起来是干儿子,毕竟还是外姓人,大男大女的,能让人放心吗?可她没有说出口。

武桂兰下炕,抱柴火点火熬了一锅粥,看看时间差不多了,就到小西屋里喊醒了安国。这么早能让安国睁开眼最困难,他一直在床上腻乎到自己的闹铃大作。闹铃又连着一个什么开关,铃还没有响完,惊天动地的乐声又接上了。就这样吵仍然吵不醒他,他好像很沉得住气,颇有大将风度。

可一旦他睁开眼,就急得像火上了房,拿上个干馍就走。他是上早班,若不连跑带颠恐怕就会迟到了。

母亲已经盛了一碗粥端出来:"喝了粥再走哇!"

他的人早已经到了门外:"不喝啦!"

到矿上那么远,来来回回地就靠两只脚,太累了,应该给安儿买辆自行车。现在上班的年轻人哪还有不骑车的?武桂兰站在门口,手里还端着粥碗,喃喃自语,像屋檐下尚未完全醒过盹儿来的鸟雀。

其实她也吃不下,只是强逼着自己把手上的粥喝了。她又从篮子里拿出几个昨天吃剩下的干馍,用干净布包好放进兜子,再把上访材料放好,给自己找出一件干净的浅色褂子穿上。

她只要认真收拾一下,就会是个看上去很有点品位的女人。可惜呀,平时她不是没有心境,就是没有条件。挣了这些年,忙了这些年,又挣下什么了?翻来翻去,还就这件长袖的褂子能够穿得出去……心里不免又泛起一股酸楚。自打这次出事以后,她一阵阵地老觉得自己活得冤得慌。

最婵和最芳也都醒了。最婵立刻下地帮着母亲收拾东西,最芳把下巴颏儿垫在枕头上,一对黑眼珠骨碌骨碌地跟着母亲的身子转:"妈这么打扮一下还真漂亮!"

被小女儿不知真假地夸了这么一句,武桂兰竟觉得自己的脸红了:"我打扮什么了,不就是换了一件干净褂子吗?"

"哎呀,妈还不好意思哪!"最芳趴在枕头上笑得咯咯响。

武桂兰越发多心了:"你们说我穿得干净了是不是不合适呀?"

最芳嚷起来:"合适合适一百个合适,进城不能太土气了。"

武桂兰仍旧犹犹疑疑:"会不会被人误解——这是来上访啊,还是走亲戚?"

焦起周插上一句:"我们去上访可不是去要饭,要给人以好感,得让人家看你像个大夫。"

倒也是。武桂兰从丈夫的眼睛里读出了耐心和鼓励,这回她的脸可真的感到发烧了,红晕涌上脖子,很快地又吞没了她的面颊。不就是到地委向头头反映一下情况嘛,东拉西扯,磨磨蹭蹭,搞得也太隆重了!

在中国,历来老百姓见头头都是一件隆重的事,头头越大排场也越大,说了归齐还是自己胆怯,老在寻找借口拖延……天已大亮,真该动身了。她又嘱咐两个女儿:"晚上我跟你爸不一定能赶得回来,睡觉前一定要把屋门插好。"

两个人终于踏出了屋门。

不要说他们夫妻俩,就是他们双方的祖上也都没有干过这种事,他们心里忽然生出一种类似出征的悲壮感。

郝武长也起来了,他拿起扁担要去挑水,焦起周说:"我们走啦,不管早晚会尽量往回赶,家里你就受累给照应着点。"

郝武长在自己湿漉漉的腮帮子上抹了一把:"家里能有什么事?如果您二老不嫌拖累,我倒真想跟着一块儿进城,有人欺负你们我也好搭把手!"

武桂兰笑得有些勉强:"我们又不是去打架,你搭的什么手?"

郝武长嘿嘿两声,算是笑了。

焦起周从武桂兰手里接过蓝布兜子,他们下山直奔县城,到县城还赶上了从原田开往运城的第一班公共汽车,前面已经没有位子了,只好走到汽车的后部找了两个位子坐下。

汽车很破旧,开起来叽里呱啦乱响,比拖拉机也强不到哪儿去。再加上柏油路面损坏严重,坑坑洼洼,颠来摇去。这样颠到运城还不把人的骨头架子给颠散了？他们心里都有点紧张，不知此次上访会有什么结果，也不知未来的命运如何，坐到车上都没有话说，实际也说不了话，要想让对方听得到自己的话就得大声叫喊。车厢里的人们都很安静，静静地听着稀里哗啦的颠簸声。

幸好车窗外的风景不错，他们眼睛看着窗外，各想自己的心事。

原田是运城地区最远的山区县，过门杠山，穿锥子岭，爬五老峰……公路弯弯曲曲，几乎没有直路，直也在弯中，弯中有时会有一段直，曲曲折折，上上下下，转过来，绕过去，前一个弯连着下一个拐，这一个环钩着那一个环。山中的路还总是悬在半山腰，一边紧靠着大山，另一面就是千仞绝涧，前面危峦紧锁，走近了又总会转出屏障，蜿蜒崎岖，层峦叠嶂。

也许世间的道原本就是这么曲折颠簸，直路不如弯路近。他们老老实实地待在大山深处的一个小村子里，这不就非得走出大山，要绕到运城才有可能解决在山里遇到的问题吗？

车窗外的阳光也跟着闪转腾挪，跳来跳去，忽而东边一抹，忽而西边一扫，把中条山里的景色弄得光怪陆离，目不暇接。粗看满眼都是绿，细看一个坡一个绿法，有的淡，有的浓，有的杂，有的纯。司机似乎也迷恋这山里的景色，将汽车开得很慢，不仅遇站就停上一大阵儿，而且每一个在路边招手的人也都是一个站，动动停停，停停动动，慢得像虫子爬。

倒是悬崖下的河水流得更快些，訇然有声。

焦起周夫妇到达运城，已经过了中午十二点。他看看妻子，脸上汗津津没有血色，干干净净的衬衣变得皱皱巴巴，挂了一层尘土。他自己的身上也是蒸气腾腾，黏黏糊糊，这下可不用愁没有上访者的狼狈相了！

这一路颠簸摇晃也把他们的肚子给折腾饿了，焦起周的兜里揣着二百多块钱，儿子借来的钱他没敢动，还留在家里。桂兰是第一次到运城来，应该带她找一家饭馆，有汤有水地热热乎乎吃一顿，至少也要让她吃一碗羊肉泡馍，吃饱了好应付下午的舌战。大饭馆不敢进，相中了一家小馆子,也被武桂兰拉住了:"你要干什么? 到城里来摆阔?"

"我们得吃饭哪!"

"我带着馍啦。"

"我知道你带着馍哪,那也得找个卖汤的地方。"

"不用,我看道边上有卖茶水的小摊儿。"

焦起周知道拗不过她。这又能怪谁呢? 还不是他这个大男人没有本事,让老婆受这份罪!

武桂兰知道丈夫的心思,带着深深的歉意看了他一眼,在一个茶水摊前坐下来,问完茶水的价钱,还是心里一咯噔,却也不能再站起来了,便一人要了一碗热茶,就着自家的干馍算是吃了中饭。

离开茶摊以后武桂兰才心疼地说:"这城里花钱太厉害了,两碗水就要一毛!"

焦起周憨厚地摇摇头:"一毛钱你还嫌贵呀?"

"对别人不贵,对我们可是够贵的啦!"武桂兰的脑瓜儿突然又转到别处去了,说:"城里的水都这么贵,那看病吃药不是会更贵吗?"

焦起周没有吭声,武桂兰捅捅他的手:"你看城里人的气色可都不怎么样,天是灰不溜秋的,人也一个个都是灰不溜秋的。你说城里人得结核病的多不多?"

焦起周晃晃脑袋:"不知道。"

"咱办完事找家医院打听打听……"

"打听这个干什么?"焦起周的脑子"轰"地一下,他猜到武桂兰的脑瓜儿里又在想什么了。眼前的难关未过,在农村还能不能继续当大夫都说不准,难道她还想到城里来开医院? 女人就好想入非非!

他们嘴勤腿勤,走几步打听一下,拐个弯问一下路,七转八绕地找到了运城地委大门口。门口站着一位年轻的警卫,一身蓝色制服,身板挺得笔管条直,面无表情,唯眼睛极为灵活,从老远就盯着他们。他的身子不动,只用眼珠跟着他们,武桂兰的心里开始扑腾,感受到了大衙门的威势。但事已至此,刀山火海也得上了。

他们尽量让自己表情自然地走到大门口,警卫突然开腔了:"等一等,你们有什么事?"

两个人咯噔都停住了脚,焦起周站在原地赔着笑脸说:"我们想找……地委书记。"

警卫不为所动,仍旧一副机器面孔:"你们是书记的什么人?"

"我们要向书记反映问题……"

"上访的?"

焦起周只好点点头。

去信访办公室。警卫多一个字也不肯说,连手也不想抬,只用灵活的眼珠瞟了一下大门口左侧的两间高平房。

武桂兰心里一阵失望。来之前她紧张也好,兴奋也罢,都为的是要见运城地区最大的头头。见不到这位地委书记,跟办公室的人讲一讲能管什么用? 她大着胆子上前一步:"同志,我们的情况紧急,得跟地委书记当面谈。"

"书记不在。"幸好警卫还没有着急,声调却提高了一点:"就是在也不能让你们进去,如果全运城的人都有紧急情况,都要当面找书记,那不乱套了吗?"

那怎么可能呢? 这不是成心抬杠嘛! 武桂兰没敢把这些话说出嘴,就被丈夫拉着离开了大门口。他们来到高平房跟前,门上挂着锁头,墙上有块牌子,注明下午的上班时间是两点半。他看看表还有一个多小时,两口子就在信访办公室门前的台阶上坐下来。武桂兰重重地叹了一口气。焦起周在她耳边轻声说:"累坏了吧? 你夜里又没睡好觉,趁这工夫眯瞪一会儿。来,将身子靠到我的膀子上。"

"咳,这时候像怀里揣着个兔子,还能睡得着吗?"

"睡着睡不着的,闭会儿眼也能解乏。"

"这是大街上,让人家看见像什么样子。"

"像什么样子? 像两口子呗! 走投无路来上访,反正是老夫老妻了,还怕别人看吗?"

"你不怕我怕。"武桂兰没有心思打岔,她的心里已经投下一片重重的阴影。如果信访办公室还挡着不让见地委书记怎么办? 那是肯定的,他们设信访办的目的就是为了给头头挡驾。先不说这个书记是个什么样的人,有没有人味儿,说不说人话,办不办人事,会不会听咱把话说完,光是想见见他就这么难! 真还不如过去,戏文里老百姓想告状可以拦轿喊冤,也可以到衙门口敲鼓,让当官的升堂……

武桂兰这一生气,原来心里的那种紧张和怯意倒全跑光了,恨不得即刻见到领导,把压在肚子里的委屈倾泻出来。

焦起周安慰她:"别着急,实在不行,我们还可以把材料留下,让他们转交给书记。再不行,就打听他住在哪儿,晚上到家里去堵他。"

焦起周这个一家之主,似乎跟妻子颠倒了角色。他提着包,装着钱,心路宽,脾气好,婆婆妈妈地解劝,细心周到地照顾。他并非心里不堵得慌,只是不愿意长吁短叹泄桂兰的气,更像个体贴妻子的陪衬。而瘦弱小巧的武桂兰,承担着更重的责任,思虑长远,决策大事,闲七碎八的小事一概不操心,倒像个担负着全部家庭责任的男人。

快到两点半的时候,从地委大院里出来两个人,向这边走过来。前边一个年龄不小了,一看就知道是信访办的人,跟任何一个单位看传达室的老头儿没有什么两样。武桂兰从心里生出一股悲凉,她动员全家人做准备,彻夜不眠,起五更,赶早车,整整颠荡了大半天,好不容易找到这里,就是要跟这样一个无足轻重的老头儿反映情况吗?

走在前面的老头儿见怪不怪地扫了他们一眼,掏出钥匙打开信访办的门。

跟在老头儿后面的那位站在他们面前:"你们二位是上访的?"

这个人白面重眉,看上去很年轻,可神情沉厚深奥。雪白的衬衣,米色的裤子,板板整整,质地考究。他穿得体面,人也长得体面,怎么看都不像是信访办公室的人。可他既然发问了,又不能不答,焦起周扶着武桂兰站起来,随口应道:"是啊。"

"那,请进。"白面人很客气地把他们让进房子。

里面很豁亮,放着长条桌、大板凳。紧靠地委大院的那一侧还有几间小屋子,他们被让进了最头上的一间,里面有一张小桌子,几把折叠椅子。白面人在小桌子的前面坐下,他们两人就在对面坐了,眼睛对着眼睛:"你们从哪里来?"

武桂兰看看丈夫,搭了腔:"原田县下古林村。"

"哎呀,辛苦啦!"白面人不知为什么愣不唧唧地又站了起来,随口问道:"吃过午饭没有?"

武桂兰赶紧回答说:"吃过了。"

白面人出去端回两杯茶,放到他们面前:"别着急,慢慢说,到这里来是为了什么事?"

武桂兰先问:"您老贵姓?"

白面人露齿一笑:"我姓王,叫王尔品,是地区经委的。地委有规定,全体中层干部轮流到信访办公室来值班,今天下午是我当班。你们反映的问题如果是属于经委系统的事情,我就可以解决;如果牵涉到其他系统,我会向地区领导如实汇报。现在可以谈了吧?"

武桂兰心里宽慰了许多,就从自己年轻的时候怎样生病讲起,怎样认识焦起周,怎样治病,怎样结婚,怎样一次次死而复生,怎样研究祖父留下的秘方,怎样研制成"回生灵"、"回生膏",这药有着怎样的奇效,治好了多少病人,"文化大革命"中怎样挨批斗和被抄家封门,直讲到几天前又怎样被烧药、被罚款,被迫驱散病人……

王尔品不错眼珠地看着她,听得非常认真,表情随着她的叙述渐渐变得凝重了。这等于鼓励了武桂兰,她说着说着就哭了起来,肚子里的委屈太多,想说的话又太多,已经开了头就要说完,哭也不能让她停下来。她一边哭着,一边结结巴巴往下说:"人家说打了不罚,罚了不打,我们治好了那么多人的病,没出过一次医疗事故,到底犯了什么罪? 到明天交不上五百块钱他们就要抓人!"

她的脸显得从未有过的消瘦和苍白,但由于泪眼婆娑,又显得极为柔婉动人。

她从布兜子里掏出一个纸包,打开来是一沓钱,递给王尔品:"王领导,我们把稍微能值点钱的家具卖了,把唯一的一辆旧自行车也卖了,把家里的底子能刮擦的全刮擦干净,就凑了这二百一十八块钱,我全交给领导,求地委领导说句公道话,救我们一家大小的性命……"

听完武桂兰的遭遇，王尔品垂下眼皮，沉思了好一阵子才抬起头，把那一沓钱又推还给武桂兰："这钱你们先收起来，我会立即向地委领导汇报，在事情没有调查清楚之前，尽力先控制住事态不要再恶化。你们有书面材料吗？"

焦起周掏出一份材料递过去。

王尔品变得有点心不在焉，一目十行地翻看着材料……忽然想起了什么似的对他们说："对啦，解决你们的问题有个关键环节，这就是地区卫生局，即便是地委领导干预此事也得通过他们。你们先等一等，我去打个电话。"

王尔品出去了，武桂兰抓这个空儿一口气喝完了眼前的那杯茶水，焦起周又把自己的那一杯也推过来："再喝点。"

武桂兰倒出了心里积存太久的苦水，心情好多了，僵直的脊背也松弛下来。她又将茶水推回去："你快喝了吧！"

焦起周喝了大半，剩下一点底儿倒在手绢上，然后让桂兰用这湿漉漉的手绢擦脸。他看着她，那眼光就好像刚刚才认识她似的……

王尔品回来了，没有再坐下就开口道："你们现在就去地区卫生局，找刘副局长，他在办公室等着。认识去卫生局的路吗？"

焦起周说："不认识。"

"很近，出了门向左拐，到十字路口再向右，走个一百来米就到了。"王尔品一直把他们送出信访办的门口，又指示了一遍路径。

两个人千恩万谢地告别，不敢耽误，立马又赶到地区卫生局，到传达室还没等通报姓名，人家就让他们进去了，直接到三楼找到了刘副局长。

刘副局长同样也很客气，武桂兰又从头说了一遍，这回没有再哭。刘副局长听完后也要了一份材料，大概他从电话里已经听王尔品讲了一些他们的情况，武桂兰觉得这位刘副局长似乎没有王尔品被感动得深。但是，刘副局长对他们能治疗抗药性结核病也比较赞赏，还态度随和地鼓励了几句，并答应立刻跟原田县卫生局联系，一定会认真调查这件事。

　　好话一句三冬暖,他们很兴奋地走出地区卫生局,天就快黑了,赶紧又一溜小跑地直奔汽车站。等他们赶到汽车站,站上已经空荡荡没有人了,开往原田的最后一班车在半个多小时前就开走了。

　　武桂兰这时候心里想的又都是家了:"这可怎么办哪?"

　　焦起周心里正为今天上访顺利而高兴,赶不回原田也并不着急:"看来只有找个小旅馆歇一夜,明早赶头班车再回去。"

　　"住一夜得多少钱?"

　　"便宜到头了一个人怎么也得要十块钱。"

　　"那么贵? 不去不去! 这么大的运城,还找不到一个地方凑合一夜吗?"

　　"那就只有去火车站的候车室。"

　　好在火车站和汽车站离得不远,他们溜溜达达一会儿就走到了,先找了个空位子坐下来歇歇脚。候车室里乱哄哄的,大人喊孩子叫,躺着的坐着的全有。武桂兰累得也顾不了许多,将肩膀舒舒服服地靠在焦起周的身子上。

　　焦起周兴奋异常,声音甜蜜地在妻子耳边悄悄说:"你今天可是立了大功啦! 我还以为你见不得大阵势呢,想不出真到刀刃上你还真有钢! 咱们先歇一会儿再去吃饭,今儿个晚上我至少要请你吃碗泡馍,好好地犒劳犒劳你……"

　　武桂兰一点反应也没有。他低头一看,人家已经呼呼地睡着了……

麝　香

世界濒危物种保护组织设在亚洲的监督机构通报我国，仅今年一月至五月，从中国走私到日本的麝香就多达七百零五千克（约合一万四千两）。自一九七八年以来，走私到日本的麝香就至少有两千两百千克（四万四千两）。

这个数字，远远超过了我国国家药材部门同时期从传统麝香产地四川、西藏、青海收购量的总和。

日本是无麝国，而近年来日本的汉药业却乘风直上，所需大量麝香完全依靠从中国途经香港走私输入。制成药后又大量倾销到世界市场上，中国丢了麝香，反过头来又花高价从日本进口成药，比如"救心丹"，就是以麝香为主要原料。仅此一种药，日本每年在国际药品市场上就创汇八千万美元。

这个数字，超过了中国年出口近千种丸散膏丹的全部换汇额！

我们怎么会蠢到这个地步？

国家也曾动用价格杠杆试图改变这种局面，一千克麝香的国家收购价上调到一万元，黑市价格却随之上浮到六万元。调价不仅未能保护麝香资源，反而雪上加霜，把野麝推到了万劫不复之地。

获取一两麝香，至少要猎杀十只野麝，四万四千两就意味着有四十四万只珍贵的野麝已经毙命！

麝香其实是鹿科动物的腺囊，其香气过于浓烈，几乎近于恶臭。麝又俗称獐，存放麝香的腺囊就生在雄獐的肚脐眼上。所以猎杀野麝必须一枪封喉，否则雄麝一旦发现自己处境危险，便会首先咬破自己的香囊——这是一种对人类有着深刻的了解，又非常刚烈可敬的动物。

　　许多这类报告中都有触目惊心的描写。屠杀者们为了弥补自己枪法不准造成的损失，就在地上下套，满山沟里铺成天罗地网，獐子无论大小公母，无一幸免。早先是麻绳套，赶上阴雨天有两三个月就腐烂朽坏了。现在则改用编渔网用的尼龙绳，支上以后两三年还张着，早晚套住为止。獐子被套住以后就拼命挣扎，越挣套子就越紧，当场勒死。不光是獐子，凡长蹄的动物都没跑，只是近三四年，在四川的茂汶、宝兴、南坪等几个县，獐子套连大熊猫也套死了，少说有十几只。

　　"越少越贵，越贵越捕，越捕越少"——这一态势已经成为套在药用野生动物脖颈上越勒越紧的绳索。在西藏与四川交界的阿坝、甘孜等一些历史上出名的产麝区，如今已成为无麝区。

　　麝香被称为"百药之王"。一旦麝香消失，将造成二百七十种传统急救中成药的停产，从而引发整个中成药精华部分的"雪崩"，那是中国中药业的一场大灾难。

　　《本草纲目》里收入动物药材四百四十四种。谁能说得出现在还剩下多少种？

　　我们只知道生产"羚羊感冒片"的地道原料——新疆塞加羚羊已经绝迹了，因此而影响了一百二十种中成药的疗效。牛黄是人造的，虎骨、犀角是替代品……病人抱怨，找好医生开出了好方子，却抓不齐药。医生抱怨，"病明方准药不灵"，因为中药材本身也"病"了！

　　许多年前，一位老中医就大声疾呼："中医将毁在中药上！"

　　这绝非危言耸听。古罗马、古埃及、古印度三大传统医学，不都先后失去光彩，默默地被淘汰了吗？对比他们，我们曾无比骄傲地宣称，历经数千年人类文明的筛选，唯我中医药始终岿然不动！

　　——如此下去，这样的信心我们还能保持多久？

9. 山道上扒车

焦安国踩着上班的点儿扑进车间。

他大汗暴流,连呼哧带喘,用手在热气蒸腾的脸上抹了两把,钻进更衣室。师傅们已经接完班了,一看他的样子就问,你又回家了?焦安国哼哼了两声赶忙换衣服。

这一段时间他三天两头往家跑,同班的人猜测他家里出事了,可怎么问他都不说。别看他年龄不大,蔫主意倒挺正,嘴也过于严实了。当工人嘴太严了就显得不合群,不要说同班的人之间,就是整个车间的人,谁家里有什么事都瞒不住人,工人们也把给别人帮忙视为一种正当的必不可少的友情,同时又是一种乐事。别人有事你去凑热闹,轮到你有事人家也会来给你凑热闹,为人处世不能太死性。

班长走过来,很有点不高兴:"小安子,我们都在同一个班,家里有什么事尽管张嘴,千万可不能客气!"

焦安国搪塞着:"没事没事。"

班长不信:"真的?"

焦安国以笑作答,但他的笑容更像是牙疼。

"那孙矿长未来的儿媳妇找你干什么?人家等你老半天啦!"

焦安国一愣,不是因为卓欣运来找他,而是班长给卓欣运前边加的那个头衔。他摆出一副矜持傲然的神态来掩饰心里的不自在,不抬眼皮地晃晃头。其他工人在一边"敲铲子":"八成是那个小丫头看上你了,要不人家会上夜班不睡觉,跑到班上来找你?"

也有人是另一种腔调:"小安子,孙矿长你可惹不起,少跟他的儿媳妇往一块儿凑合！"

焦安国一概不接茬儿，匆匆换好工作服，红着脸出了更衣室。在仪表柜旁边他看到了一身洁净的卓欣运，黑晶晶的眼睛充满关切："这些天你怎么啦？"

焦安国的口吻却淡淡的："没怎么。"

"没怎么我咋见不到你？一下班就没影儿了，去宿舍找也见不到人……"

"有事啊？"焦安国愣愣的，摸不着门，不知是装傻还是紧张，他相信在车间的四面八方，从矿石垛和各种机械设备的后面，都会有许多眼睛正朝这儿瞧着哪。

"没有事就不能找你？"姑娘瞪着最大最美的眼睛，语气里似乎还带着一丝亲昵的责备。

焦安国默然不语，心里说有事你就快讲，没事你就快走！

他那副浑身难受又不愿掉头跑开的样子，令卓欣运忍不住笑了，娇媚而灿烂，两弯俏眉向鬓边舒展开去。她那决不善罢甘休的好奇心仍对焦安国紧追不放，笑过之后又回到她来找他的目的上："听说你借了钱想买自行车？"

焦安国心里一激灵，她怎什么都知道？

他给家里借钱，用的借口是自己要买车。这钱家里并没有用，到目前为止，父母到运城上访的唯一收获可能就是不挨罚了。今天中午临离开家的时候，父亲把他借的那两百块钱又塞给了他，让他快点还给人家。钱还在自己的口袋里放着，他猛然想起自己放衣服的工具箱忘锁了……

看他这么魂不守舍，卓欣运又提高点嗓门吆喝了一声："哎，问你哪，钱借够了没有？"

"哦，借够了。"

"你想买什么车？"

"还没想好呢。"

还没想好？姑娘眨眨眼，确信焦安国心里有事瞒着人，就不再兜圈子:"你常回家,又都是山道,应该买辆好一点的车。我老姨夫在煤炭公司管销售,去年他往天津港送煤的时候,一个船员非要卖给他一辆车。据说一个船员可以从国外带好几辆回来,在外边也就合几十块钱一辆,他要了我老舅一百八。是美国的山地车,八成新,我见过,烤蓝色,漂亮极了。可我老舅根本用不着,星期天我回家的时候在他家停了一下,叫他把那辆车让出来,你想不想要?"

焦安国的眼神陡然间亮了:"车在哪儿?"

"侯马,我老姨家。"

"我能先看看车吗?"

"当然了,还能让你隔山买老牛啊?"

"如果我相中了,多少钱能卖?"

"什么呀? 他是我姨夫! 你愿意给就给他一百,不给也行。"卓欣运的话里透出诱人的暖意,好像完全不拿他当外人。

她的这种好意撞击着焦安国的心,几乎难以承受。他躲避着姑娘的眼睛,口气却很坚定:"若是这样我不能要,如果我看着车好就先给二百。"

这回轮上姑娘发愣了:"干什么呀? 你以为我想赚你的钱?"

"你要想赚钱就不会找我了……"焦安国突然觉得这话不妥,自己是人家的什么人,敢用这种腔调说话,好像自己跟人家有多近似的。他赶紧遮掩:"我明天就去侯马看看行吗?"

"行啊,我跟你一块儿去。"

"哎……不行不行。"焦安国像被吓了一跳,"我上中班,早晨去下午就回来了。你上完夜班不睡觉怎么行? 你只要告诉我地址就行了。"

姑娘还要坚持:"我下了夜班就跟你走,下午回来再睡也行。"

"哎,不行不行,坚决不行!"焦安国异常慌乱。

姑娘甚为不快:"不行就不行,干吗还坚决呀?"

"你别问了,快告诉我地址吧。"

卓欣运写了一个地址交给他,仍旧疑疑惑惑:"你非告诉我不可,到底是怎么回事,让你这么神经兮兮的?"

焦安国立刻像矮了一截,嘴里嘟囔着:"过去孙矿长对我爸爸不错……"

"你怎么扯到孙矿长那儿去啦?"

"全矿上的人都知道你是孙矿长未来的儿媳妇,我跟你接触多了会让人说闲话……"

卓欣运勃然变色,眼光像鞭子一样抽了他一下,没再说一个字就转身走了。

焦安国心里一紧,在原地愣住。哎呀,得罪人家了……可这话,早晚都得说呀。他随即又一阵空落,怅然若有所失。

他怎么会感觉不出来卓欣运对他不错? 她人也挺好,连矿长都看中的姑娘还能错得了吗? 他恼恨自己,跟她重复别人的那些话,是吃醋了,还是自惭形秽,觉得自己配不上她?

焦安国天生喜欢新鲜玩意儿,关于那辆蓝色的进口自行车,卓欣运就那么草三潦四的几句话,也足以勾住他的魂儿了!

他整夜都迷迷糊糊,似睡非睡,跟一团蓝色物体折腾个没完没了。忽而真切,忽而飘忽不定,一会儿像马,一会儿像汽车,一会儿又变作一团模糊不清的影像,或升或降或跑或跳,老是在前面摇摇摆摆地引诱他,却又让他抓不到。

天一亮他就爬起来,头重脚轻眼发花,却顾不得了,跑到矿区大门口,搭乘头班车赶往侯马。到了侯马,按地址找到卓欣运的姨家,还不到十点钟。这是一栋还不算很旧的住宅楼,卓欣运的姨夫住在一楼,把后门改成前门,垒起一个小院子,在院子的西南角搭了一个铁皮屋,就好像有了自己的传达室。焦安国敲开门,只有卓欣运的姨妈在家,他心里打鼓,女主人知道卖车的事吗? 跟一个女人怎么说价钱呢? 她能让我先把车子推走吗?

卓欣运的姨妈一听说他是来买自行车的,还看了欣运写的地址,立即便来了精神,眼神像刀子一样在他身上剜来剜去,从头到脚剜了个遍。两片薄嘴唇也像刀子一样上下飞动,一个接一个的问题向他砍

过来,却都跟卖自行车毫无干系,全是审查他跟卓欣运的关系:

"你跟我们欣运在一个车间?"

"哦。"

"也是个工人?"

"哦。"

"天天见面?"

"哦……不一定。"

"真是怪了,欣运那丫头的眼光可挑剔了,怎么就对你这么好? 明明是一百八买的车,还没怎么骑过呢,非要叫一百块钱卖给你!"

"哦……"焦安国的脸"腾"地红了,这个问题他回答不了。但他的眼睛没有躲避,尽量顶住对方目光中探寻的压力。

姨妈还不算完,似乎非要把他问趴下不可:"你见过欣运的对象吗?"

焦安国不再哦哦的,改为摇头。

"听说欣运的对象是你们矿区销售处的干部,人也长得很体面,前途无量啊!"

这激起焦安国的反感,觉得不能再这么被审问下去了,就直奔主题:"阿姨,我能不能看看自行车?"

"啊……行,就在那个小屋里,你自己去推吧。"

女主人打开铁皮小屋的门,里面堆满杂物,那辆自行车上落满灰尘,几乎遮住了车的颜色,只有个别地方还能影影绰绰地看出一点蓝意。

焦安国把它推到院子里,用嘴吹了吹上面的浮土,立刻便或明或暗地露出莹莹蓝色。他一阵兴奋,找不到擦车布,就从口袋里掏出手绢急眉火眼地擦起来,车把、横梁、前梁……草草擦了一遍,眼前闪烁着一片灼灼蓝光。这是那种复杂的难以用语言表述的蓝,绝非常见的土蓝、深蓝、天蓝、海蓝……而是类似猫眼蓝、钻石蓝,奇特而柔和。自行车的造型也很别致,比市场常见的自行车多了一些零件,看着很凿实,可自身的分量又很轻,他用一只手不费力地就提起来了。

他问:"这是哪国的?"

"这不,你看商标,美国的。"

大梁上的英文单词他一时读不出来,等回到宿舍一查字典就明白了。但前梁上镶着一个椭圆形商标,是一个金色的小鹿——暂时就叫它鹿牌吧!

他太喜欢这辆车了,敢说整个矿区都没有人见过这样的自行车。他摸了摸车胎,还有六七分气,太好啦,马上就可以骑着回去。他从口袋里掏出钱塞到卓欣运的姨妈手里:"阿姨,我今天只带来这二百块钱,还缺多少你告诉卓欣运,我会慢慢还。"

姨妈有些发蒙:"哎,欣运是怎么跟你说的?"

"她说的价不算数。"

"那……我可不能收你这个钱哪。"

对焦安国来说交了钱车子就算到手了,匆匆喊了一声"谢谢阿姨!"推车就出了院子,然后又回头摆摆手,骗腿儿就上了车。

哎呀,太妙了,屁股底下绵软而有弹性,如同坐在沙发上一样舒服。他忽然明白了,前后轴上那些多出来的零件原来是减震器。所谓山地车,就是在山地上跑也不会太颠簸。太棒了,真是好车!

一上大街,他感到马路上的行人都在扭头看他这辆车。骑到一个修车铺跟前,他停下来,给美国鹿牌打足了气,然后顺着回矿的大道就蹽下去了。

从侯马回到中条山矿区是爬大山,一百多公里全是上坡路。自行车再好也得需要人蹬,人不蹬它,它那两个好看的辗辘也不会自动转。焦安国心里高兴,骑得很猛,从一上了车身上的汗就没有断过。山道上过往车辆很多,尘土飞扬,落在他的头上身上可就和了泥!汗泥糊住他的皮肤毛发,紧绷绷,黏糊糊,浑身奇痒难挨。

一个人身上能有多少汗水可供他这样排泄呢?他的身上又有多少力气可以这样挥霍呢?更要命的是他买车心急,夜里没有睡好,早晨空着肚子就上了路,交了车钱中午就没有吃饭的钱了,甚至也没有喝水,很快就饿得前心贴后心了。可他并没有饿的感觉,反觉得有点恶心。

前面的山越来越高,山路的坡度也越来越大,他的双脚却越来越沉,车速越来越慢……连三分之一的路还没有走完呢,若是照这样骑法,不要说赶回去上中班,到下中班的时候能够回去就算烧高香了!

他肚子里没有食,还能蹬得了百十公里的山路吗?如果蹬不动了就得下车推着走,那还不得走到天亮?天一黑,这山道上可就恐怖了。

他在一个稍微宽阔的路段停下来,一边喘粗气,一边在想主意。看到卡车在自己身边飞驰而过,他心眼儿一转,想碰碰运气,能不能拦住一辆上山的卡车。

他站在路边扬了半天手,没有一个司机答理他,有的人到他跟前不仅不减速,反而踩油门。也难怪,如果他空身一人也许还有希望,旁边守着一辆这么漂亮的自行车,还想连人带车都要搭别人便车,哪有这么好的事啊!

下面又上来一辆带挂斗的卡车,他心一横,重新骑上自己的鹿牌。待卡车超过他的一刹那,他猛拐车把贴近挂斗,同时急伸右手,狠狠地抓挂斗的后车帮。"轰隆隆隆,叽里咣当",他身下的自行车即刻变成激烈跳荡的野马,颠上跌下,左右剧烈摇摆。耳边风声呼呼,尘土扑面打来。他左手努力掌住车把,右手则狠命抓住挂斗,自己的性命就全在这两只手上了!

山路本来就崎岖不平,再加上乱石碎块,司机在行进中还要经常躲避着障碍物,汽车不仅蹦蹦跳跳,还扭来扭去。挂斗又比前面的卡车颠簸得更厉害,焦安国又像挂斗的尾巴尖,在后面被甩过来,扔过去,忽而悬空,忽而又被重重地摔到地上。不管挂斗多么暴烈,他死命也要黏住!

手臂渐渐酸了,手一使不上劲就危险了。在一处狭窄的弯道,趁汽车减速行驶时他松开了右手,惯性却把他重重地摔倒了。他爬起来先检查车子,真是结实,车子一点事没有。他放心了,定了定神,对赶回车间上中班也有信心了。回味刚才的体验,他提醒自己等会儿再抓挂斗的时候一定要尽量靠里边抓,抓外边万一被甩掉了就会掉下万丈悬崖!抓到里边即使被甩掉了顶多就是被摔一下。而想脱离挂斗的时候,要用胳膊顶上劲,慢慢地撒手,左手要捏住自行车的闸,大概就不会被摔倒了。

后边又有挂斗车上来了,他也骑上自己的车。这次就不像第一次那么害怕了,抓住挂斗以后慢慢调整自己的姿势,尽量让身体跟挂斗的节奏保持协调一致,根据汽车的速度和颠簸程度的变化,自己用力也有大有小有张有弛。他越来越适应,越来越灵活自如,真的变成了汽车的小尾巴,汽车想甩都甩不掉他。

卡车的挂斗一直把他带到矿区大门口,脱离卡车后他开始动用自己的双脚蹬车。谁知一用力竟蹬不上劲,闲了一路的两条腿发麻发木。他索性下车,一边活动腿脚,一边检查车子。

这真是一辆宝贝车,就这么一通摔打磕碰,却啥事都没有,几乎是毫发未损。值得!值得!更不要说这一路上跌跌撞撞,险象环生,自己这个人也能全须全尾地回到矿上,真是万幸。

渐渐地,身上的血脉通畅了,腿脚又有了力气,他异常兴奋,上车后将美国鹿牌骑得飞快,直奔自己的车间。正是交接班的时间,矿区内的大道上人很多,一辆样式奇怪的挂满泥土的车子,驮着一个灰头土脸几乎看不出眉眼的人,格外引人注意。焦安国满心得意,赶到车间还真没误了上中班。

可班上的人却一下子没有认出他,整个人像刚从土堆里钻出来的一样,脑袋上头发多长土多厚,五官的轮廓都叫土埋得模模糊糊了,除去眼珠还有点黑,连牙齿上都挂着土。身上就更别说了,活脱脱一个土猴儿!

他下了车,也像猴子一样草率地胡噜了两下脸,往矿石堆上吐吐口水,想清理一下口腔。岂料他没有吐出水,他的嘴里哪还有水分?只喷出了满口土星子。他顾不得自己,找了块抹布先擦车……班上的工人随即都围了过来。

当焦安国把自己的鹿牌擦拭干净以后,惊动了整个车间的人,下早班的没有走,上正常班的也凑过来了,禁不住啧啧称奇。这个捏捏闸,那个摸摸把,心里馋的骑上去兜一圈,一个人开了头大家就都想过过瘾……

人越围越多,嗡嗡嗡嗡,七嘴八舌——

看哪,人家这才叫自行车!

骑上去真轻啊!

其实就是钢好。

谁说的？这漆也烤得没治了……

大家只顾赞车,似乎忘记了车的主人的存在。焦安国并不在乎,人们称赞他的车比称赞他本人更让他心里美。他被挤到圈外边,身体靠着车间的水泥柱子,听着大家各种各样的议论,自己偷着乐。乐得劲大了,还会从脸上往下掉土。

卓欣运也来了,她穿着不招眼的工作服,躲在了人群后面。

"怎么回事？怎么回事?"工段长大声嚷嚷着走过来,工人们赶忙给他让开道。他一见车子又咋呼起来:"哟,这是什么车？让我看看……"

工段长接过车,打量一番后也骑上兜了一大圈。下车后手却不放开了,也不再让别人摸,高声问:"这是谁的?"

还没等焦安国搭腔,就有人替他说了:"是焦安国刚刚买来的。"

"是小焦啊？你刚进矿才多长时间,挣不了一壶醋钱,骑这么好的车子干啥？卖给我吧!"

"不行,我又不是做买卖的。"焦安国急了,赶紧冲到前面去,想要回自己的车。

也有胆大爱管闲事的帮着他说话:"工段长,现在可都是小青年才骑好车呀!"

工段长根本不理这一套,也不松开抓着车子的手,瞪着眼珠子问焦安国:"多少钱买的?"

焦安国还是晃脑袋:"我不卖!"

"我没问你卖不卖,我只问你多少钱买的?"

焦安国赌气往多说:"四百五!"

"这么贵?"工段长又前前后后打量了一番自行车,"好,四百五就四百五,明天我给你带钱来。大家快去干活儿,要不我可治焦安国的错,罚他扰乱生产!"

　　他说完骑上车就要走,焦安国疯了一样冲上去抓住后车架:"我不卖!"

　　工段长回过头来恶狠狠地瞪着他:"我这是为你好,你到处借钱就是为了骑这辆车?有本事将来挣了大钱再骑好车也不迟。我有这个责任帮助你、教育你,懂吗?"

　　他说完飞身上车,奔回自己的办公室。

　　工段长平时就够厉害的,焦安国又气又怕又不甘心,想再一次追上去,他的班长在后面拦住了他。

　　真是善门难开,善门难闭。武桂兰小医院的大门被勒令关闭了,可每天都有外地的病人找上门来,关又关不上,开也不敢开。什么样的都有,抬来的,背来的,用车推来的……不管吧于心不忍,想给治吧又不敢,武桂兰一天不知道要解释多少遍,费多少口舌。

　　本来医生就对病痛格外敏感,亲眼看见有这么多病人找上门来,自己也有能力解除这些人的痛苦,却就是不能管,还要一遍又一遍地向病人解释自己为什么不能管,无异于一次又一次地扒开自己的伤口让病人看。这对武桂兰来说更痛苦,她急出了满嘴火泡。

　　有的哭着求,有的跪着求,也有的破口大骂。多可怜的也有,多可恨的也有。后来闹得武桂兰一听说又有病人来了,就躲在屋里不敢出来。焦起周只好顶上去,冲着纠缠不休的病人家属喊了起来:"你们跟我说管什么用?不是我不想治,也不是我治不了,是县卫生局不让我们治!你们有意见不会去跟他们提?"

　　病人和他们的家属早就听明白了事情的原委,却宁愿跟大夫死缠活赖,也不去找上边说理。有人还嘟嘟囔囔:"你不给治就不治呗,冲我们嚷嚷什么?"

　　"是啊,我们是来看病的,又不是来找病的。"

　　"有病的是你们,你们都不着急,我又着的哪门子急?"焦起周一赌气关上了院子大门,他又变得忧郁易怒了,却又惧怕感伤。这些人如果像来找桂兰这样找到县上去闹,说不定还真会管点用,至少有助于问题的早日解决。可他们大病缠身,都不愿意出头,这些人真是叫当官的给管蔫了。

关门在你,敲门在人家,人家大老远地来了,哪有不敲开门问个明白就走的?门一响,他们就心惊肉跳,赶紧跑到院子里去开门。因为他们确实在等人,不过不是在等病人,而是在等上边的人。

自从焦起周、武桂兰到运城告状回来,就天天在盼着,每天从早晨一起床就盼,天黑后又盼着第二天⋯⋯地区的领导不可能不给他们一个答复。按规矩他们告了状,或输或赢,都应该会有结果。

世间最煎熬人的就是悬着一颗心在等待,因为企盼常常是骗子。他们每次开门看见的都不是要等的人,开一次门失望一次,后来就连门也不敢开,屋子也不愿意出了,里里外外的事都由着最婵打理。

这样悬着心熬了两个多月,从夏天熬到了秋末。人们常说度日如年,他们还真像过了七八十年那样长!在等待和失望中人老得快,等又等不来结果,干又不能干,有一种没着没落的漂泊感。武桂兰经常目光呆滞,一个人闷坐着发愣,可以连着几天不说话。

家里的事都砸在最婵的身上,她还从没有挑过这样的大梁,又怕祸不单行,时刻防备父母再憋闷出病来。她想解劝又不知该怎样说,平时她都是扮演那个挨说的角色,家里的大事小情什么时候轮上过她说嘴?现在突然把她推到了前边,心里干着急,里出外进地转磨磨,就是拿不出准主意。

一场秋雨过后,天气骤冷。最婵忘了加衣,又赶上心里有火,被冷风一拍,她这个时时刻刻担心父母会病倒的人,自己却突发高烧先躺倒了。她全身缩成一团,四肢战栗,牙关抖动,神思昏沉,如陷噩梦之中。

这反倒成全了一个人——郝武长。近几个月来,他觉得很没趣,焦家陷于窘境,自己一点忙也帮不上,还白给人家多添一张吃饭的嘴。平时有活儿干活儿,没有活儿的时候就躲得远远的,别在人家眼前晃来晃去地添堵。焦最婵这一病倒,他的机会来了,把往常该最婵干的那些活儿全揽了下来,这边照顾两位老的和小妹妹最芳,那边照顾最婵。

当然,他最喜欢干的还是照顾最婵。

没有病人了,房子就有富余,最婵和最芳不再跟父母糗在一个炕上,单独搬到一间屋子里。白天最芳去上学,郝武长照顾起最婵来就更方便。焦起周给女儿配好药,郝武长负责煎,煎好了倒进碗里,自己先用嘴尝着不热了,再扶起最婵,端给她喝,喝完药喝水。在不吃药的时候,他也每隔一会儿就趴到最婵耳边问一声:"喝点水吗?想吃点什么东西吗?"

焦最婵正处于极度痛苦之中,神志恍恍惚惚,周身无一处不难受,连话也不想说,只是摇头。如果郝武长认为她该喝水了,就自作主张地扶起她,让她喝点水。他非常乐意起来倒下地扶她拥她,手把手地服侍她。她在平躺着的时候,他的手掌不停地摸她的脑门,试试她还烧不烧。那额头尽管滚烫,却光滑细润,每次抚摸都让他有种过电般的感觉。

在最婵干烧的时候,他不停地用冷毛巾搭在她脑门上降温;当最婵服过药之后大出汗的时候,他会用热毛巾不停地给她擦汗。他总是让锅里有充足的热水。晚上睡觉前,他会端一大盆热水放到最婵的屋里,让最芳用热毛巾给她姐姐擦一擦身子——出汗太多,不擦一擦换上干净衣服就太难受了。

第二天,他会把最婵换下的衣服,包括内衣、内裤,都洗干净,晾干,叠好,再放到柜子里。这让病中的最婵心里又羞又热。而心里这么一热,身上反倒轻松了许多。

活这么大,郝武长还是第一次这样伺候一个人,这是当了焦家的干儿子之后现学的。奇怪的是,他并不觉得伺候最婵就丢了自己的面子。相反,他从对最婵的照顾中获得了一种快感。他不仅没有损失什么,似乎还得到了什么便宜——原来当个好人也很快乐。

最婵的品行就像一汪清水,在伺候她的过程中似乎也把他清洗干净了。她能让跟她在一起的人产生一种愿望,想变得更单纯、更真实。郝武长忽然觉得自己也是个挺不错的家伙,有良心,有耐心,居然也能替别人着想,干出许多过去连想都不会想的好事。要是在以前有这样的机会,十个焦最婵也早叫他给办啦!

焦起周和武桂兰也把他这个干儿子当成了亲儿子,对他自告奋勇地服侍最婵的动机从来就没有怀疑过,任凭他按着自己的心意像在自己家里一样做他想做的事。当最婵身上的高烧开始减退,能够睁开眼时,有时候也愿意跟人说说话了,郝武长便跑到山脚下采了一大把秋花,有金黄的山菊、紫红的野荆、粉白的草莲……放在小盆里,灌上水,端到最婵的眼前,立刻让满屋都有了生气。

姑娘也顿觉眼前一亮,不禁抽了抽鼻子,轻声说:"想不到天都这么冷了,还有这么好的花儿。"

郝武长洋洋得意:"向阳背风的地方有的是,只要你愿意看就好办,等这一盆干了我再给你去掐。"

人在病中最脆弱,也最容易被感动。最婵动情地说:"武长哥,谢谢你。"

最婵那处女特有的温柔亲切,再加上被重伤风折磨得病恹恹的模样,极其迷人,且撩人情欲。郝武长看愣了神。

最婵奇怪地问了一声:"你怎么啦?"

郝武长晃晃脑袋:"没啥没啥。"

最婵笑着说:"你老说自己是个粗人,心这不是挺细吗?"

郝武长嘻嘻一笑:"人嘛,都是一头粗一头细,就看对谁。"

最婵心实,不明白他的话:"你把人都说成了橛子?"

郝武长眨巴眨巴眼,做思考状:"是啊,人在该粗的时候得会粗,该细的时候也得能细。也有的时候粗细不好分,我讲个事你听听。卫生局在原田县招待所开大会,早饭每人一个煮鸡蛋,大家风卷残云地朝着各自的蛋下口了。新药开发办的主任郑文杰站起来招呼服务员,说分给他的鸡蛋发黑变味儿了,要换一个新蛋。服务员回厨房又拿来一个,却记不清该给谁了,只好大声喊,刚才哪位男同志的蛋坏了?郑文杰虽然很想吃那个蛋,却不愿意当着这么多人承认自己的蛋坏了。服务员一连喊了好几声也没有人搭腔,招待所经理走过去捅了他一拳,向他挤挤眼,他立即转口说,哪位同志是坏蛋?哪位同志是坏蛋?这一下郑文杰更不敢吭声了。经理见还没有人应声,就亲自宣布,这个好蛋放在窗台上了,谁缺一个蛋自己来拿吧!"

这个王八蛋,一个大姑娘刚刚夸了他几句,他紧跟着就露原形,讲起了带荤味儿的笑话。

最婵捂住嘴没好意思大笑。

郝武长趁势抓过她的一只手:"我给你摸摸脉,看还烧不烧?"

最婵没有躲闪,含笑看着他,只觉得好玩儿:"你还会把脉?"

郝武长笨拙地捏着她的腕子,向上翻着眼珠,做出一副认真号脉的神情:"没吃过猪肉还没见过猪跑吗? 张嘴,吐吐舌头。"

最婵照他说的做了。

他其实并没有摁到最婵的脉上,但他事先把医书上有关重感冒的脉象背下来了,就是想让最婵知道他并不是大老粗。他磕磕巴巴地背着:"舌苔薄白,脉象浮动,俗名就叫重伤风。恶寒发热四肢疼痛,头痛盗汗咳嗽严重,吐痰清稀鼻子不通,宣肺解表才是正宗……"

最婵大笑,几乎不能自持,不禁咳嗽起来。

郝武长急忙扶她坐起,轻轻为她捶背。最婵不好意思地躲开了他,自己将后背靠到窗台上,从炕上端起茶杯喝了两口温开水才止住咳嗽。

郝武长翻着两只骨碌骨碌乱转的眼睛问:"婵妹,你乐什么?"

经他这么一问,最婵忍不住又想笑:"你把脉摸错了地方,说起来倒是一套套的像数来宝。"

说着说着,她又笑得眼泪要流出来了。焦最婵一向沉稳娴静,不要说还在病中,就是平时也很少会这样笑个没完,有许久她没有这般开心了。郝武长真是个大活宝,又是自己的干哥哥,在他面前不拘束,笑过之后病也像好了一多半。

郝武长的本事是把你逗笑了他自己却不笑,还一本正经地说:"你是老师,学生背错了书你可以打可以骂可以纠正,不能光笑哇!《汤头歌》我已经能背到第七汤了,你听听对不对——百合固金二地黄,玄参贝母橘甘藏;麦冬芍药当归配,喘咳痰血肺家伤……"

焦最婵笑不出来了。

她一直都把郝武长当成一个心眼不错的粗汉,看来是低估了这个其貌不扬的"大刀螂"。郝武长曾说他只上过几年小学,成了焦家的干儿子以后表示也要学医,却没有人把他的话当真。可他真的就学起来了,好像还学进去了。

见她一直没有出声,郝武长又叮问一句:"我背错了没有?"

最蝉看着他那张长脸说:"没有,挺好的。可《汤头歌》上的字你都能认识吗?"

"不是有字典嘛!"

"看来你决心要学医啦?"

"干哪一行说哪一行,我不能老像个二杆子。"

"可今后我爸爸、妈妈还能不能行医都说不准了……"

"咳,听蝲蝲蛄叫还不耩麦子啦!"郝武长眼珠一转,神情忽然变得有些忸怩,还有几分忸怩。他这样的人一忸怩就显得格外滑稽,只见他从裤子口袋里掏出一沓纸,眼睛尖亮尖亮地直盯着最蝉的眼睛:"我这里还有一份儿作业,前天晚上写了多半夜,嘀嘀咕咕地在兜里揣了两天也不敢给你看。今天我豁出去了,你看了同意更好,算我烧了高香积了大德;不同意也千万别生气,把它扔进灶火坑里,就算我什么也没写,你什么也没看,以后我还是你的傻哥哥。"

最蝉蓦地预感到,郝武长拿出来的不会是一般的作业。不知怎么,她似乎比他还要紧张,便没有再说什么,伸手接过了那一沓纸。等郝武长走出屋子,她才打开来看。是一封信,字迹歪歪扭扭,但一笔一画写得很用心——

蝉妹:

我长这么大从来没有怕过谁,从来没有我不敢说出嘴的话。可就是怕你,这些话不敢当面跟你讲,只好写出来。头一回干这种事,真难死我啦! 你别笑话,也别害怕、别生气,我从小就是一只走单的野狼,没有群,没有窝,也没有目标,活一天算一天,过了今儿个不知明儿个会怎么样。不知前面等着我的是夹子、是枪弹,还是陷坑? 这样活着太没有意思了,经常盼着能撞上枪口。所以得了肺结核都不想治。可来到你们家,才知道什么叫人,什么是人应该过的日子,什么是人应该有的家。当初认武院长做干娘的时候脑子里没有想别的,就是要像当儿子一样报恩尽孝。可后来跟你这个干妹妹接触多了,麻烦就来了,这不能怪我,就是神仙跟你在一块儿待长了都会爱上你!像你这样的人,这样的人家,天上难找,地上难寻。我再粗再傻,好歹总还是分得出来。成天干哥哥、干妹妹地叫,怎么受得了,怎么能不爱上你!在我的老家,干哥哥、干妹妹就是一对情人,是指小两口。你也许会觉得突然。爱情都是突然降临的,来得不突然不叫爱。吃饭香不香在第一口,看人好不好在第一眼,我到下古林来见到的第一个人就是你,当时就倒在你的怀里不省人事,那是我的福分,也是我们的缘分。是你救了我,爱从恩起,我因为感恩就爱上了你。我能管住自己的身体,每天不吭声地拼命干活,却管不住自己的感情,不能不爱你,不想你。感情这玩意儿也是一只到处游荡的野狼。这是不是叫癞蛤蟆想吃天鹅肉?我有一万个理由骂自己笨,立刻又能想出一万个理由卫护自己的笨。赖汉子娶花枝,天下笨蛋找好媳妇的多的是。天鹅谁看见都会爱,癞蛤蟆为什么就不能爱?如果天鹅拉一把癞蛤蟆,那癞蛤蟆不就也成天鹅了吗?爱是天经地义的,是人就有这个权利。自从开天辟地有了人,就都是具体的人,没有空洞的人。具体的人就是男人和女人,作为男人就应该爱女人,作为女人就应该吸引男人。行医只是治病救人,比行医更重要的就是男女结婚造人。男人过上有女人的生活,女人过上有男人的生活,是世界上的第一等大事,比当什么大官还要更伟大。

该说的话都说了,就第二次把我这条小命交到你手里,等着你的宣判。

郝武长

焦最婵心里咚咚乱跳,满面通红,眼睛模糊,不知是汗水还是泪水,把脸弄得精湿。她用手巾擦,越擦脸上越湿,索性蒙住脸,任泪水流个够。

她分不清读了郝武长的信是感动,还是震惊。这是她接到的第一封情书,在她的生活里,除去父亲和弟弟,郝武长算是接触最多的男人。她感到深藏于自己身内的某种东西在动,像生命源汁在流动,令她兴奋、战栗,还伴有恐惧。

她早就是大姑娘了,可她是在一瞬间猛然意识到自己的成熟的,胸中压抑太久的爱之流冲溢而出。她缺乏准备,更不知道爱的能量是如此巨大,同时又是柔软的、流动的,富有弹性和创造性,令人昏眩和困惑。因为,她的爱并不想流给郝武长,怎么也想不到他竟然向她求爱,更无法想象将自己的未来跟这样一个人联系在一起。这大概就是她哭的原因,爱来得这般突然而猛烈,可又不是她所企盼的,不是她想看到的样子。

郝武长感动了她又伤害了她,可她不知道该怎样答复他。她有一种莫名的隐隐的不安。

不管怎么样,她平静的姑娘心境看来不会再有了,生活已经开始粗暴强烈地闯进她平淡无奇的经历中来。她把郝武长的信叠好,放进自己的抽屉,尽管还浑身发软,却也挣扎着下了炕,洗脸梳头,然后抱柴火做饭,决定不能再让郝武长伺候自己。

10. 引狼入室

郝武长等了两天,他最担心的事情并没有发生——他那封从《情书大全》上抄抄改改弄出来的情书,看来还没有把最婵惹翻脸,她没有大哭大闹地羞辱他或要把他赶跑!

根据他这么长时间的观察,以最婵的性格,即使不同意嫁给他,也绝不会把事情闹大的。他猜对了,最婵在尽量躲着他,万不得已撞个对面,也不拿眼睛看他。他定心了,完全可以把这种不答理他理解成是姑娘的害羞,是她的默许。

第三天,他选了个焦起周和武桂兰都在屋子里的时间,进门就跪倒了——对他来说跪下去已经变得很容易——把干妈、干爸前面的"干"字也自作主张地省掉了:"爸,妈,求您二老答应一件事,我跟婵妹相爱了,让我们结婚吧。"

人的脸皮最薄,往往成为人身上最薄弱的地方,许多事情、许多好处,由于"抹不开脸皮"、"顾全脸面"而放弃了。郝武长的长处恰恰是身上本该薄的地方他厚,本该软的时候他硬。而通常是最坚硬的膝盖,长在他的身上成了很柔软的物质,却可以攻克最坚硬的心。凡他想要的或他想干的,他就敢于舍下脸,去求去争。

焦起周看看妻子,武桂兰看看丈夫,谁也没有从凳子上掉下去,可各自的心里都很奇怪。还应该说郝武长会选时机,眼下是焦家最困难的时候,人在困境中要求就不会太高,容易迁就。

武桂兰见不得一个大男人说跪就跪,先说话了:"快起来吧。"

完全可以把这句话理解成是同意了。

郝武长站起来,提着屁股,赔着十分的小心坐到炕沿上。

这是多么尴尬的场面,自古来中国人在这种时候都会手脚没处放,原因就在于岳家和女婿的关系从来就十分微妙,更像是一对天敌。准备当女婿的人要充分展示自己的优点,不能让有可能成为自己岳父、岳母的人小瞧了。准备当岳父、岳母的人更得端着点架子,要给会抢走自己女儿的小子立点规矩。由于郝武长不懂得传统习俗里的那一套,管你敏感不敏感,微妙不微妙,眼皮一抹搭,死皮赖脸到底了,你还能怎么样?反而使原本很尴尬的场面不那么尴尬了。

焦起周问:"你说最婵也愿意跟你?"

郝武长说瞎话时会眨巴眼:"她愿意。"

焦起周又看看妻子,武桂兰说:"武长,假如你结了婚,是回陕西呢,还是继续留在我们身边?"

郝武长立即又端出起誓的口气:"只有你们看不上我,拆散我们,赶我走,我没有办法。否则,让我们结了婚,我就会一辈子都在你们身边伺候二老!"

武桂兰思量了一会儿,眼睛看着丈夫说:"要不先让武长出去,该干什么还去干什么,等咱们商量一下再定。"

"求二老务必答应我们的婚事!"郝武长又重复了一遍自己的要求,才起身走出去。

焦起周小声问武桂兰:"他们两个是什么时候好上的呢?大男大女,天天在一块儿,没有出什么事吧?"

武桂兰笑了:"别瞎想,自己的闺女还不知道吗?什么事都不会有。你倒是说说这事该怎么办吧?"

焦起周闷了好半天才开口:"要说武长的条件是差了点,穷光蛋一个,文化也不高,太委屈咱婵儿了。可谁叫咱没有城市户口啊!你还记得王师傅的儿子吗?我曾经动过他的脑子,人挺老实,比最婵大两岁,正经八百的工人,端着公家的饭碗,咱孩子跟了这样的人,一辈子也就不用犯愁了嘛。我没敢正面跟人家提,用开玩笑的口气向王奎恩说过两次,愿意跟他结成儿女亲家。老王师傅是个厚道人,竟两次都不拾我的话茬儿。这还不明白吗？人家不愿意找这个麻烦呗！娶个媳妇没户口，将来生下孩子也是黑人，就像咱们这一家子一样，这些年吃亏受罪不都是因为没有城市户口嘛！如果连王师傅这样的人都不愿意跟我们结亲，婵儿还能找得到别的城里人吗？要是把她再嫁回平陆，或者在下古林找一个人，又比郝武长强到哪里去？所以呀，我想成全武长和最婵，他们都大了，老这么干哥哥干妹妹地在一块儿也不方便。反正我们现在也没有事干，不如用他们的婚事冲冲喜，把我们这些年的晦气冲一下！"

焦起周的这番话里，没有通常在谈论这种事情时应有的喜兴和激动，更像是自言自语地在说服自己，在宽慰妻子。你还别说，他这个借女儿结婚冲喜的理论还确实打动了武桂兰。

农村人碰上灾祸或感到自己的日子过得不顺心的时候，都喜欢用给儿女办喜事来冲散灾祸的阴影，希望喜事带来好事，喜气迎来好运。作为女人，武桂兰想得比较细致和具体："应该给武长的家里写封信，他的父母没有了，也得叫他哥哥来一趟，当面商量商量喜事怎么办，顺便把村上的证明捎来，他们要登记结婚的时候没有大队证明是办不了的。"

"这个好办，让武长自己写信。"焦起周神思恍惚，似乎还在犹疑不定。他琢磨不透自己是怎么回事，明明知道没有理由要拆散这桩婚姻，可心里又为什么高兴不起来呢？

大门外又有人在闹闹嚷嚷。他走出屋子，听到郝武长的嗓门最大，连数落带骂。骂谁？当然不是骂来求医治病的人，而是骂县卫生局，不安好心啦，不管老百姓的死活啦，想霸占秘方啦……凡是焦起周心里有又不敢说出嘴的话，他全敢往外抖搂。经他这样疯魔癫狂地一通闹腾，挤在门口的人不大一会儿就都散了。最近这一段时间郝武长就成了给他们看家护院的，外人来了都是他应付。来人客客气气，他也好说好道；来人着急，他比人家更急。有他挡驾，家里安静多了，省了焦起周和武桂兰的许多口舌。

焦起周站在院子里，忽然下了决心，就把最婵嫁给郝武长吧！

最婵心眼儿好,但性子太软,经不住人家三句好话就没了准主意。武长人粗心硬,敢说敢为,最婵跟着他以后不会受别人欺负。两个人相互取长补短,倒也般配……

他想到这儿眼眶一热,竟有两行清泪流了下来,急忙用手背去抹,却越抹泪水越多,好像心里藏着极大的委屈,这一刻莫名其妙地被融化了。到底是自己委屈,还是替女儿委屈? 他暗暗责备自己,女儿出嫁是高兴的事,而且结婚后并不离开自己,你掉的哪门子眼泪呢? 即使要哭,也是当娘的事,再怎么也轮不上你这个当爸爸的哭鼻子抹眼泪啊! 看来真是老了,人一老了泪水就多。

他听到小女儿最芳放学回来,在大门外跟武长打招呼,赶忙用衣襟擦干脸上的老泪,转身要回屋。最芳已经进了院子,一边叫着一边扑过来:"爸,我回来啦!"

焦起周接住女儿丢过来的书包:"曜,我闺女放学回来可是咱们家的大事!"

老闺女是一宝,老爸的年龄越大,老闺女的年龄越小,爷俩就越亲密,相互都是对方的大玩具,是开心果。最芳把眼睛紧凑到焦起周的脸跟前,歪着脑袋左看看右瞄瞄:"爸,你眼睛红啦?"

"刚才收拾院子眯眼了。"

还两只眼都眯啦? 最芳鬼精灵:"是不是又犯愁了? 不让看病就不看,忙活了一辈子了,不正好抓这个空儿歇一歇。要不我也不上学了,到县里打工来养活你们。"

"别瞎说,家里还没到要靠你来养活的地步。你的责任就是好好上学,咱焦家必须得出个大学生,这就是你!"焦起周用手掌梳理着小女儿的短发,最芳仰着脸,闪动着黑眼珠,点了点下巴颏儿。他叫最芳去把姐姐叫过来。

焦起周回屋刚用湿毛巾擦了把脸,最芳就攀着姐姐的膀子进来了。

武桂兰还坐在炕上愣神儿。最芳上炕爬到她跟前,小声问:"妈,你愣巴唧唧地又想什么呢?"

武桂兰摆摆头，说什么也没想。

最芳小大人似的叹了口气："唉，我长大了可无论如何都不当大夫。"

最婵问："你又怎么啦？"

"当大夫眼里看见的是病，心里想的是病，看不见别人的病自己的心里就会长病，这样活一辈子多难受！我将来要眼里看的是快乐，心里想的是快乐，自己一辈子都快快乐乐。"

"傻丫头，世上哪有这样的好事！"武桂兰把小女儿搂进怀里，问最婵，"婵儿，武长求我们答应他跟你结婚，你真的喜欢他？"

喜欢？焦最婵悚然一惊，这是个非常简单的问题，她却答不上来，她喜欢郝武长吗？她不能肯定，也许她并不厌恶他。她不能一下子不假思索地说出"喜欢"这两个字，实际上已经说明了她不喜欢。可她当时并不理解这一点，生活还没有教会她怎样才算是喜欢一个男人，她没有体验过别样的更丰富的生活，就把实际存在的当做了理所当然的，已经发生的就是合理的。

她的脸涨得通红，十分为难："他只是给我写了一封信，我不知道该怎么回复他。"

"哎呀，真有意思，天天见面还要写信。"最芳一下子来了兴致，"姐，给我看看行吗？"

"芳儿，别打岔。"武桂兰在小女儿的头上拍了一下，"最婵，你觉得武长这个人怎么样？"

最婵又闷口了。她不能简单准确地说出对郝武长的印象，自从接到他的求爱信，最初的感动消失以后，她再一见到他或一想到要跟这样一个人过一辈子，就感到一种轻微的恐惧和持续的恶心。

武桂兰又问了一遍："婵儿，你跟父母得说实话，心里到底是怎么想的？"

最婵半天才吞吞吐吐地说："看着他不顺眼。"

"咳，这算什么毛病？"武桂兰不知是对女儿的回答失望，还是松了一口气，"给他换上一身新衣服就顺眼了。女人要想牢靠就得找个肩膀头一般高的,省得要仰头向上看,那日子长了会有多累呀!高攀了嫁过去就容易受气,我们救了武长的命,又收留了他,你再嫁给他,他能不对你好吗? 就像当年你爸爸治好了我的病,我这一辈子都感激他,能不跟他铁心吗?"

最芳快嘴快舌地接上来:"你说的这是什么理儿? 你嫁给我爸正说明当年你有眼光,而且眼光很高。你当时是农村姑娘,还有一身病;我爸可是矿医院的大夫,城市户口,肩膀头可比你高多啦!"

武桂兰还真让小女儿给堵得一时不知该怎么自圆其说。

焦起周开口了:"芳儿,这是商量你姐姐的大事,你能不能别跟着胡搅!"

老闺女并不怕他:"这怎么是胡搅呢? 有理说理,你说不出道理才是胡搅哪!"

"好吧,那我就告诉你,我跟你妈妈的结合并不像你说的那样是肩膀头不一般高,或者是谁高攀了谁……"焦起周今天格外容易伤感,声音喑哑,脸色也略显阴沉,讲起了他从来没有跟女儿们讲过的事情,"我在跟你们的妈妈结婚之前还有过一段婚姻,对方是矿上的女工,还没到半年就散啦。主要是我受不了那份儿闲气,不能回老家,不能给家里寄钱,每逢老家来了人都要看她的脸子,听她的闲话,看她摔摔打打。分手后我给自己立下了规矩,宁打一辈子光棍儿,也不再找城里人! 当时你妈虽说在农村,却有文化,出身书香门第,即使算不上是大家闺秀,也可称是小家碧玉。我是离过婚的男人,你妈可是黄花闺女,最主要的是,在我给你妈治病的过程中,两个人产生了感情……"

最婵和最芳都听愣了,她们从来没有听说过父亲还有这么一段插曲。如果不是今天话赶话把他逼到了墙角,这件事也许要瞒她们一辈子了。

最芳问母亲:"妈,你知道这件事吗?"

武桂兰点头:"知道,两个人有了点感情以后,你爸爸就告诉我了。"

最芳又问:"什么叫黄花闺女?"

武桂兰笑了,在谈论给大女儿定亲的过程中她这是第一次笑,用手指点点小女儿的头:"你就是黄花闺女!"

最芳仍旧叮住不放:"我认为兰花要比黄花好看,为什么不叫'兰花闺女'?"

武桂兰无奈:"哎呀,你这学是怎么上的?知道黄花菜吧?每天都要开两次花,太阳刚一出来的时候开花,快到中午太阳暴晒的时候,黄花会合上。酷热过后再打开,到太阳落山后又合上,老是保持花芯不冷不热,洁净娇嫩。所以古人用它来形容处女。"

最芳咋咋舌头:"真棒!妈妈一肚子学问,看来是爸爸高攀你了。"

焦起周不想就这么让话题跑远了,将眼睛又转向大女儿:"最婵,你跟着爸爸妈妈学医,病人们也就一口一个焦大夫地叫你。但我们自己的心里可不能发飘。你还是农村姑娘,爸爸曾经努力想给你找一个矿上的工人,可连最老实、跟咱们家最好的人家,都不愿意跟咱结亲。我们不得不脚踏实地想这件事,你还得在农村找,把郝武长跟农村小伙子放到一块儿比,还能说他差到哪里去呢?"

这话很有说服力,它的力量在于严酷透彻地击碎了最婵作为姑娘的自尊和种种梦想。两天来,她的心思一直像风一样刮过来又刮过去,父母却给她拿了主意。她只有接受这个决定,这也暴露出她心性中脆弱的一面。她极力克制着不让自己哭出来……

最芳从炕上蹿过来,用力抱住姐姐的肩膀,嘴里嘟嘟囔囔,不知是说给谁听:"我这辈子一定不结婚!"

焦安国的失车之恨一直没有化解。

他太爱那辆大老美的山地车了,刚拿到手还没有亲近够,就被工段长夺走,而且工段长并没有像自己说的那样第二天就把钱带来,而是一味地拖延,还不是一次给齐,拖几天给那么一点点,叫焦安国怎能不恨!

这还是一种羞辱,使他心里窝了一口气,因而倍感孤独,说话就更少了,常常上一个班也说不了几句。有活儿干活儿,没有活儿就闷在更衣室里看电工书,他的工作离不开电,研究电工学是公的。同事们谁家的电器出了毛病都找他,把同事的私活儿带到班上干也是公的,更衣室就是他的修理部。

这件事还伤害了他对矿区的感情。他对本职工作不再有兴趣,业余时间开始读医书,歇班的日子和大倒班的空暇必定上山采药。采了药便就近晾在矿区后面的山坡上,晒干以后打成捆。

可悲的是,班上并没有人觉得他有什么不对头,因为他过去也是这么蒿头蒿脑的。谁也没有更多地留神他的神色。

但有一个人除外,这就是卓欣运。

她知道他的秘密,也可以说掌握着他的命运,如果她将焦安国用多少钱买的那辆美国山地车,又是用多少钱卖给了工段长等等公开讲出来,那焦安国在车间里还能待得下去吗?

尽管他当时是在气头上,可事后也没有听说他找工段长更正啊!但卓欣运跟谁也没有讲过这件事,心里可是对焦安国有一种说不出的失望,同时还有一点莫名的感伤。焦安国也知道她掌握着他的秘密,却跟她连一句解释的话都没有说,这是心里没有她,还是信任她不会出卖他?他们经常会在交接班的时候碰面,眼光却不接触,谁也不跟谁搭话。

就在卓欣运为结束跟焦安国刚刚开始的关系而怅然若失的时候,有一天下中班的路上,她却被焦安国拦住了。从车间到宿舍要走很长的一段路,高高低低,曲里拐弯,离开大道后灯光暗淡了许多,焦安国站在拐向女工宿舍的岔路口等她。她只有一个人,黑灯瞎火地被吓了一跳。

焦安国把一个黑糊糊的小纸包递向她:"这是卖那辆美国自行车的钱,麻烦你得空儿的时候带给你老姨。"

卓欣运没有接:"我不管,车子是卖给你骑的,又不是托你给倒卖,这钱我老姨不能要。"

焦安国愣了一会儿,不得不从头解释:"咳,工段长以势欺人,我想报个大数吓住他,谁想他真要了。后来我想告诉他实话,发现他并没有自己骑它,转手又卖给了别人,谁也不知道他到底卖了多少钱。其实我要知道他不是自己骑,他要多少钱我都会再买过来的……到今天上午他才把买车的钱凑齐了给我。"

卓欣运还是不接钱:"这钱是你赚的,你就自己留着呗。"

"我怎么能贪这种便宜?拿出二百块还了账,剩下的二百五十块理应给你老姨,那辆车子实际也值四五百块,如果不是看你的面子,绝对不会那么便宜卖给我。"焦安国强行要往姑娘手里塞钱,卓欣运转身就跑,却被焦安国抓住了一只手,姑娘觉得通身一抖,脚下发软,那只被抓住的手回应般地也抓住了对方。

两只能放电似的手拉在一起,没有马上松开。

他们都很紧张,紧张得不能说话,怕一说话两人会分开。却又非常默契地向矿区后面更幽暗的地方走去。

月光朦胧,夜空如水,四周非常安静,只有草丛里的秋虫唧唧鸣叫。他们手拉着手,肩贴着肩,缓缓地没有目的地走着,一股夜风袭得人身上起粟,他们的身子往一起靠得更紧了。卓欣运的发丝撩得焦安国的脖子痒酥酥的,有种难言的快意和亢奋。

他拿眼瞅瞅卓欣运,姑娘也正歪头看着他,眸光闪动,如星星一般晶亮。

焦安国抽冷子把那沓钱塞进卓欣运的外衣口袋,姑娘想掏出来还给他,两只手却都被他牢牢地抓住了。她不再挣扎,打破沉默说:"好吧,我不再跟你打咕了,既然你喜欢那种自行车,我告诉老姨夫去天津港的时候再给你重新买一辆吧。"

焦安国却拒绝了:"不,即使再买来我也留不住,工段长上边还有车间主任,下边还有班组长,得买多少辆才能轮得上我自己骑啊?人家说得对,目前我还没有资格骑这么好的车!"

借着月光,姑娘水汪汪的眼睛在盯着他。

焦安国气质清冷,眼神中透出愤懑和执着。她想安慰他,声调也跟刚才大不一样,轻细柔和,充满温情和关切:"你甭管了,钱我暂时先收下,这件事看来给你的伤害不小……"

焦安国确实是心存耿耿:"它让我明白了自己是谁,要不然还觉得自己不错呢!工人当着,从外国进口的山地车骑着,每天仨饱儿俩倒儿,真不知自己是吃几碗干饭的了!"

"你这是什么意思? 现在知道自己是吃几碗干饭的就不想当这个工人了?"

焦安国反问她:"你觉得,一辈子就待在这儿看送料机,有意思吗?"

卓欣运被问住。

但她反应敏捷,很快又将他的话反弹回去:"你觉得干什么才有意思呢?"

焦安国不知道该不该告诉她,也不知道她会不会取笑他,甚或把他的想法再告诉别人,可若连她都不能信任,自己在这个矿上还有能够说话的人吗? 今晚他有一种冲动,愿意就这样跟着卓欣运在月色下一直走下去,把自己心里的全部胡思乱想都向她倒出来。他斟酌着词句,边想边说:"我很后悔考大学前太不用功了,现在特别想去上大学,暂时却还不能丢了这个工人指标,否则会对不起家里,这是姐姐让给我的。因此我只能上那种业余的或函授大学,还可以不用花家里的钱。"

"你想学医?"

"你怎么知道?"

"我看你老上山采药,也敢给别人摸脉开药,所以我断定你真正的志向是在医上,喜欢无线电只是为了玩儿。"

"哎呀,你可真……"后边还有"了解我"三个字他没有吐出口。焦安国停住了脚,转过身来面对面地盯看卓欣运,眼神在姑娘脸上轻移细掠。

卓欣运被他看得有些不好意思,目光躲躲闪闪,却绽开一脸笑容,一如头上的月亮,光洁、丰满、妩媚。她催促他说:"你刚才说我什么?"

焦安国眼里激情四溢:"我说你真厉害!"

"厉害?"

"是厉害,比我自己还更了解我。以前我总以为自己的爱好第一是电子,第二才是医学。来矿上这不到一年,我才慢慢弄懂了自己,玩儿是玩儿,事业是事业,兴趣要用到事业上,不能因为玩儿误了事业。现在我调整过来了,我将来要主攻的是医学,电子是辅助,可成人大学里没有医科,我只能先学电子或管理。"

卓欣运静静地听着,她突然也明白了自己的心思,是真的喜欢上焦安国了！他在一同进矿的年轻工人中是最不显山露水的,不轻不浮,可数他多才多艺。表面上是兴趣广泛,好奇心重,可心里大志笃定。

姑娘想到这儿脸上一阵发烫,从焦安国的手里抽出自己的手,轻声说:"太晚了,咱们回去吧。"

焦安国本不想回去,可这种事是不能不顺从姑娘的意思的。但他还不太甘心:"这才几点就说晚,我哪一天都比这个晚。"

"这一周你不是上早班吗？"

"是啊,我最怕上早班了,起不来。"

"那你还说不晚？"

"我不怕熬夜,就怕早起。"

"你是夜猫子。"

焦安国的手还想再去寻找姑娘的手,卓欣运闪开了。

他吞吞吐吐地问:"我要提个问题,你能保证不生气吗？"

"什么问题？"

"你喜欢孙矿长的儿子吗？"

卓欣运站下来,脸上没有一丝笑模样了,眼睛直视焦安国,一字一顿地说:"不——喜——欢,我也绝不会去当孙矿长的儿媳妇！"说完转身跑回宿舍去了。

焦安国在原地愣了一会儿,随即扯开嗓子吼唱起来:

　　　亲爱的人我曾经答应你
　　　我决不让你烦恼
　　　……

郝武长的大哥来到下古林。腰身佝偻,苍老木讷,见了焦起周夫妇不仅没有表现出对亲家公亲家母应有的亲热,甚至连笑容都没有。看上去倒不像是不想笑,而是不知道还要笑,想不起还要笑,或者因为平时笑得少,已经忘记人应该怎样笑了。

连笑都忘记了的人,说话就自然更少了。他说得最多的一句话是:"没有想到……"没有想到他的兄弟郝武长还活着,没有想到像郝武长这样的人还能找上媳妇,没有想到这个媳妇还比他兄弟强百倍……不光是他,恐怕全庄上的人都有这些"没有想到……"突然接到郝武长要结婚的消息,就像接到死人的请帖一样令人大吃一惊,立即轰动全庄。

这个瘟神不但没有死,还混上了一个这么好的媳妇,人间还真有天上掉馅饼的事!

郝老大尽管心里这样想,可对救了他兄弟的性命还捎带着搭上自己大女儿的焦家夫妇俩,却连一句感谢的话都没有说。不会笑的人自然也不会表达自己的感激,或许他还有其他的顾虑,他不愿意当一个能主事、能为郝武长负责的大哥,因为他没有这个能力。

他可以不说话,焦起周却不能不请他吃饭,毕竟是远道而来。郝老大越是不吭声,焦起周就越得不停地说,总不能让饭桌上冷场啊!

不爱说话的人也习惯于别人的沉默,焦起周则觉得这种相互无话可说的场面特别难堪。亲家第一次见面就谁也不答理谁,各自闷头吃饭,是八辈子没见过饭呀,还是双方都对这桩婚事不满意?让外人看到肯定是以为他焦起周简慢了客人。

焦起周无奈,出于礼貌,只好有一搭没一搭地向郝老大提些问题。你提出问题他总该会回答吧?一回答问题不就得开口说话,亲家相聚也就有那么点意思了。孰料郝老大反应迟钝,或者不接话茬儿,或者答话答不到点上。郝武长在旁边觉得脸上无光,就抢着替他哥说话,抢着回答焦起周问他哥的问题。这一来郝老大就更乐得不用张嘴了,好像他们说的与自己没有关系,只顾闷头吃饭。

这兄弟俩,竟是如此地大不相同。

郝武长一喧宾夺主,又搞得焦起周索然无味……他本来是打算请郝老大来商量怎样给他兄弟办喜事的,现在却变成跟郝武长本人商量了,这还商量个什么劲呢?

其实,郝老大并不愚憨。他身上只带来八十块钱,有什么脸面跟人家焦大夫商量婚事,还不是人家说怎么办就怎么办吧!再说他也管不了自己的兄弟,谁知道他是用什么办法哄转了这一家人。看焦家的大女儿不瘸不瞎不聋不哑,水灵贤惠的一个姑娘,怎么就相中了郝武长呢?如果他现在充大哥主婚,将来郝武长再惹出什么娄子,人家焦大夫找他这个当大哥的评理,他可是担不起这个责任啊!

郝老大是个实实在在的农民,却并不缺少心眼儿。吃过午饭,他抖抖瑟瑟地从口袋里掏出那八十块钱递给郝武长。郝老大并没有老到连手都不利索的程度,他或许是舍不得,或许是还在犹豫要不要把这笔钱拿出来,嘴上说:"你知道我的日子过得紧巴,只能凑出这么一点。"

郝武长并不知道那是多少钱,可一看那薄薄的一小沓十元一张的票子,就猜出多不了,少了五六十,多了百八十。他觉得这个倒霉的大哥真给自己丢脸,就这么一猴儿眼子钱,你不能在没有人的时候偷着塞给我吗?但他还是接过钱,飞速地放进自己的口袋,不管多少,能有就是赚的,不要白不要。

郝老大自然有他的想法。他们兄弟早就分家单过了,以郝武长的人性平时跟他几乎没有穿换。如果郝武长是在小孙庄办喜事,郝老大可能连一分钱都不掏。这次他能大老远地赶来就已经不错了,既然来了如果不拿出一点钱,自己的面子也太过不去。不管怎么说也是兄弟一场,都是从一根肠子里爬出来的,许他当兄弟的不仁,不许自己这个当哥的不义。以一个农民的算盘不管怎么扒拉,郝老大这一趟都是吃了大亏了!趁着天早好赶车,他要回去。

焦起周一愣:"你不能走哇!"

他的口气硬了一点,把郝老大给吓住了。他木木地看着焦起周,本来心里就一直在嘀咕,世界上哪会有这么美的事?生怕自己掉进一个套子里。

焦起周放缓口气解释说:"你从陕西来一趟不容易,无论如何也得等给他们办完喜事再走。"

郝老大嗫嚅着:"家里也忙……"

多忙也不在乎这一两天。焦起周突然打定了主意,事已至此,晚办不如早办。反正郝武长也不是什么乘龙快婿,用不着张扬显耀,莫如趁着他大哥在这儿就把事情办了,让村里人看着像回事,就说:"这样吧,明天准备一天,后天办事,怎么样?"

郝老大还能说什么呢?反正就是这一堆这一块,叫留下就留下呗。

焦起周叫郝武长领着大哥去他住的房子里歇息。屋里只剩下焦家人了,焦起周又详细地说了自己的想法,一家人抓紧时间商量。

好在房子是现成的,最婵、最芳姐妹俩住的那间房最干净,重新布置一下,墙上糊层新纸,弄点大红大绿的玩意儿往屋顶上、窗户上一挂,在多贴几个喜字,就是新房了。最重要的是新房炕头上必须得有一大摞色彩鲜艳的新被褥,幸好武桂兰已经准备好了,还给最婵和郝武长各做了一身新衣服……

在农村办喜事,这就算差不多了。何况,郝武长并不是下古林人,他娶媳妇由老丈人家操办,办大办小娘家不挑理,别人哪儿还有插嘴的份儿。焦起周一家也不是下古林人,在这个村里没有亲戚,也谈不上有老邻旧友,再说焦家是嫁姑娘又不是娶媳妇,无论怎样办也不会有人说三道四。

焦起周打算在正式办事的那天就摆三桌:"一桌是下古林的村干部、矿上的朋友以及郝武长的大哥;第二桌是平时没少给医疗站帮忙的下古林村民;第三桌是焦家的人和焦家的亲戚。

商量好以后,焦起周亲自去村委会给村长下请帖,顺便借点钱。按农村的规矩,办喜事借钱容易,何况村上人谁没有求过焦起周和武桂兰,以他们的身份肯张嘴就是给了干部们很大的面子。然后他又借村里的电话通知儿子安国,并让他去告诉矿上的几个朋友;紧跟着又给老家平陆打了电话,对焦家来说这不能算小事,借机会都来聚一聚吧,既然是办喜事,人太少了也不热闹。

当天来不及做什么,第二天一早,焦家里里外外地就忙乎开了。得到信儿的村民也自动过来帮忙,扫院子,支桌子,往大门上贴红,热热闹闹,一下子就有了办喜事的气氛。在农村,有人吵架还会引来半街筒子的人看热闹,何况是遇到了有人结婚这样的事!如同看大戏,这台大戏的主角是新娘、新郎,舞台就是新房。人们不请自到,焦家的院子里出出进进都是人了。这倒也好,办得火火暴暴,总算对得起最婵了。

到傍晚,焦起周平陆老家的人也到了。最该来也最想来的是焦起周的老母亲,可老人家身体不好没有来,派起周的弟弟斌丹和侄女焦最霞带着一帮子年轻人来了,来了就好,年轻人多了热闹。

焦安国一下早班也从矿上跑了回来。亲戚们一来就都挤在新房里,办喜事的全部喜气,还有硬件、软件都体现在新房里呢,亲戚们自然有资格先睹为快。被子几床,褥子几床,都是什么里儿什么面儿,里面夹着的是哪里的棉花,娘家陪送了些什么好东西,婆家置办了些什么骄人的东西,新娘子借这个大喜的日子给自己积存了些什么好宝贝,娘家的人都可以打问。最婵的婚事未免让娘家的亲戚们大失所望,新房里里外外,铺的盖的,一对新人身上穿的,都是焦家陪送的,甚至连请客吃饭的花销也要焦家自己出。迎面柜上只放着郝武长用他大哥给的钱刚从合作社给最婵买来的一块手表和一把小梳子。最叫人受不了的是郝武长的样子,他好像对眼前的这一切都挺心安理得。娘家的人心里都在猜测:这个家伙到底有什么本事,值得焦家这样对他?

这种日子,娘家人来就是要挑礼儿,女人们一多嘴就更没有把门的了:"姓郝的这小子是哪一辈子修来的福分,捡了这么大个便宜!咱们的婵子哪一点不如人,为啥要这么就合姓郝的?难道他是深藏不露的薛平贵?是小说里的丐帮帮主?婚姻大事关乎最婵一辈子,这个宝可压得太大了!"

最婵听着娘家的姐姐妹妹嫂子婶子们东一嘴西一嘴，忍了好多天的满腹委屈再也忍不住了，抱住最霞号啕大哭："天哪，我这也算是嫁人?!"

站在一边的焦安国黑虎着脸一直没有吭声。他得到消息后曾跟父亲争吵过，很快就发现大事已定，无论再说什么都没有用了! 现在看到老家的人都不大满意这桩婚事，认为还有一线希望能挽回局面，就愤愤然高声插进来说："姐，现在退婚还来得及，扔了这王八蛋的破表和小拢子，这婚咱不结了!"

焦安国这一喊，娘家人全都不吱声了。已经到了这个份儿上，还怎么退得了婚? 娘家人是来贺喜的，不是来闹喜的;是来给新娘壮胆的，不是来拆新娘的台的!

娘家吵闹的时候武桂兰在场，她心慌意乱，已经意识到这件事可能办坏了，至少是太莽撞了。但眼下走到了这个地步，木已成舟，想悔婚是不可能了，只能打掉牙往肚里咽。她抱紧女儿，任凭自己的眼泪纵横，却用手绢不停地给最婵抹泪，嘴里喃喃而语，与其说是安慰女儿，还不如说是宽慰自己："只要武长这娃日后不坏良心，就权当是咱焦家娶女婿吧!"

焦安国不能让自己也跟着掉眼泪，转身走出新房。

娘家的女人们也不再说什么，她们本该是来挑婆家的礼，可这里没有婆家，只有娘家，挑来挑去挑到自家人身上，还有什么意思? 她们可担不起搅了自家人婚礼的责任，于是又开始劝解桂兰母女。好在农村嫁闺女，母女和姐妹们抱头痛哭并不是新鲜事，新房里的这一幕并未影响外面对婚事的筹备。

转过天来的下午，焦家的院子内外挤满了看热闹的人，村里人看惯了本乡本土的人怎样娶媳妇，却很少看到外来户怎样娶倒插门的女婿，熙熙攘攘可算把气氛造足了。请的客人也陆续来到，下古林早已退位的老书记陈广立被让在上首的座位上。

大门外又传来一迭声响亮的"恭喜——恭喜"，连看热闹的人都朝院外边看，在农村能喊出这种腔调的人可不多。来的是黄鹿野，他今天要扮演证婚人的角色,收拾得格外抢眼,一身棕色西装,三接头的棕色皮鞋,雪白的衬衣领子上系着花绸领带。长头发已全部灰白,却并不稀疏,甚至愈显得浓密粗硬了,蓬松着活像狮子头。肤色黧黑,满脸爽朗灿烂的笑容,顿时让全院子都阳光明媚。

焦起周和武桂兰从屋里迎出来,黄鹿野又抱起拳头:"恭喜二位!"

"同喜,同喜。"焦起周还礼。

人到这时候想不高兴都不行了,叫黄鹿野来了一闹腾,连武桂兰的脸上也现出了难得的笑容。黄鹿野继续嚷嚷着:"小婵子哪?让我看看新娘。"

武桂兰在前边引路:"在新房里,先到新房里坐一坐吧。"

焦安国帮着姐姐在新房里陪着矿上来的客人,其中有孙副矿长的夫人温妙群,已经退休的王恩奎两口子⋯⋯黄鹿野一进来理所当然就成了中心,双手捧住打扮一新的新娘子焦最婵的肩头,赞不绝口:"嗬,真漂亮!"

他从口袋里掏出一个红包塞到最婵的手里:"祝贺你!看看你们我还能不老吗?你刚来的时候那么大一点。"他伸出手掌在自己的膝盖部位一比画,"一见了我就躲到你妈身后睁着俩黑眼珠偷着看我,一转眼就到了出嫁的年龄啦!"

温妙群接上嘴说:"是啊,人这一辈子真是太快了,孩子长得快,自己老得快,往后只剩下死⋯⋯"她嘴里的"得快"两个字还没吐出口,黄鹿野一拍她的肩接过话茬儿:"死不了啦!妙群,今天是大喜的日子,不兴说不吉利的话。别人都可以感叹自己老得快,你不能说,因为你是老得慢,而且越老越有味儿,越馋人。等会儿跟我一块儿给最婵证婚,一来你是矿长夫人,给年轻人抬着点,二来我当年追你没追到手,今天借着给别人证婚也跟你并肩而坐,过回结婚的瘾⋯⋯"

"该死的,你还这么老不正经啊!"温妙群连捶带搡把黄鹿野推出了新房。

黄鹿野嬉笑着冲焦起周、武桂兰招招手,三个人来到焦起周夫妇住的房子。

黄鹿野一下子又变得异常严肃了:"你们的医疗站还真的被停了？我是从报上看到的,到底是怎么回事？"

焦起周很敏感:"你说从报上看到了我们的消息？是什么报？"

"你们还不知道？"黄鹿野从裤子后面的口袋里拿出一份半个多月前的《山西日报》,已经折叠得皱皱巴巴了,打开来,焦起周才看见上面早就登出了武桂兰的告状信。这倒给表面上高高兴兴,心里却阴影重重的焦武二人带来一份真正的惊喜,他们早已经死心,甚至相互都不敢再提起曾经给报社写过信的这码事了。

黄鹿野自感得意:"你看,幸好我多个心眼儿把报纸留下来了。可你们怎么会没见到报呢？"

焦起周兴奋异常:"我们在这个小村子里又怎么能见得到省报呢？老黄呀,你的这份儿贺礼可是不薄!"

武桂兰的心里却充满疑惑:"我们早看到一会儿晚看到一会儿倒不大要紧,按理说地委的头头、县卫生局的头头应该早就见到了,为什么这么长时间没有动静呢？"

黄鹿野问:"你要什么动静？"

武桂兰反问:"不管怎么说,也得给我们一个答复吧？我们还能不能继续给人治病呀？"

黄鹿野咂咂嘴:"傻了吧？你呀,过了这么多年还是这么天真。你看好了,这可是给你按群众来信登的,也就是说你去了一封信,人家讲民主给你登了出来,不等于就是支持你,也不等于就证明你是对的。"

武桂兰不服:"如果报社不认为我是对的,能把我的信给登出来吗？"

黄鹿野笑得令人发毛:"五七年打右派的时候,就在报纸上刊登了好多右派分子的信……"

焦起周赶紧截断他:"你别吓唬人了,现在毕竟不是五七年,这封信的发表至少表示省报是同情我们的。现在倒是该商量一下,要不要拿着这份报纸去找一下县卫生局？"

武桂兰拿眼睛看着黄鹿野,似乎很重视他的意见。

　　黄鹿野也就当仁不让地给他们出主意："依我说，找不找都一样。还指望县卫生局会向你们两口子赔礼道歉吗？上级什么时候有过错？他们不追究罚款，不再找你们的新麻烦，就算是你们告赢了。但是这封信一登，县卫生局算是恨死你们了，今后你们还想在原田县待着可就难了！当官的没有不记仇的，还不找个理由就整死你！"

　　焦起周和武桂兰的心里都咯噔一下子。

　　黄鹿野的话很难听，却又不能不承认他分析得有道理。他们心情沉重，一时竟忘记女儿举行婚礼的时间了，直到安国进来催促，他们才起身走到院子里去。

　　焦安国从矿上找来一个同事担任结婚典礼的司仪，这样可以见机行事，不叫场面尴尬或让姐姐受气。最婵本来就对嫁的丈夫不称心，再若被闹喜的人胡乱戏弄一顿，那怎么受得了！

　　典礼在院子里进行，三四十张凳子还不够坐的，不请自来的、凑热闹的人一律站着，里三层外三层，挤得满满登登。院子里烟雾腾腾，笑语喧哗，焦起周总算松了口气。他觉得把喜事办得热闹就会让最婵感到风光，就不至于太委屈了女儿。根据自己的经济能力，他没敢通知太多的亲友，可又老怕人来得太少，场面过于冷清了对不起最婵。岂知，在农村什么都可能少，唯独不会少了人。

　　典礼进行得很顺利，虽然地处农村，新郎、新娘也都是农村户口，可主持婚礼的司仪是城里人，一切程序都按城里人的规矩进行，把难为新郎、新娘的一些节目省掉了，多增加了一些讲话，反正城里人、有头有脸的人都不怕讲话，主婚人讲，证婚人讲，来宾讲，村长讲……该讲话的都讲了话，典礼也就结束了。

　　紧跟着就开饭，原来打算的三桌坐不下，临时又加了一桌，到了这时候就有多少算多少了。这种婚礼的真正高潮就是吃饭，酒过三巡，最初的拘谨消失了，客人们自己就会闹起来、逗起来，劝酒的，赖酒的，划拳的，借着酒劲儿撒疯说笑的。闹喜闹喜，不闹起来，喜兴气氛似乎就不能发挥到极致。这场婚礼的缺憾就是没有人闹洞房，跟一对新人逗不起来。闹洞房，逗新人，得要有年轻人，娘家来了一帮保护新娘的,焦安国从矿上请来帮忙的几个年轻人也不会难为新娘,投鼠忌器,自然也就便宜了新郎。村上的年轻人跟新郎、新娘不熟,站在旁边瞧瞧新鲜还可以,根本就没有插嘴的份儿。请来的宾客都是焦起周的朋友,没有年轻人,又都不住在下古林,吃过饭还要赶路,就纷纷告辞。

等客人都走了,将院子大门一关就剩下自家人了,而自家人都看得出来,焦起周和武桂兰虽然在整个婚礼过程中都赔着笑脸,不停地接受别人的祝贺,也不停地去给别人敬酒,却是强打精神,有时难免会显得心事重重,谁还会有兴致闹洞房或逗新人呢?

真正感到不满足的恰恰是得了大便宜的郝武长。他多想这场婚礼是在自己的老家小孙庄举行呀,好好地在乡亲们面前显摆显摆,他郝武长也娶上媳妇了,而且是个女大夫,比那些同辈小子的老婆都强!

他从小就闹别人的洞房,多希望有人也闹闹他的洞房,看看他是怎么对付那些闹洞房的人。婚礼就得办成"荤礼",结婚就是开荤,不荤不叫婚。

而今天老丈人给自己办的这个婚礼太素了,他觉得不过瘾。但也有个好处,外人散得快,等会儿他将有充足的时间给自己过一个真正有滋有味的"荤礼"。他克制得太久了,今天可是他大解放的时刻!

别人家结婚,都是新娘乖乖地早就坐在洞房里等新郎。他可倒好,早早地先坐在洞房里等新娘,这就叫"娶女婿",被人家娶来的就只能等人家。那种迫切的、加速的欲望,如电流击穿了他的全身,他坐不住,也站不住,在屋子中间转磨磨,烟点着抽几口就掐灭,没过一会儿就又点上……

最婵在别的屋里磨蹭着,她对自己的新房怀有一种厌恶的恐惧。明知道今天晚上自己是脱不了身的,可还是尽量拖延着。老家来的年轻人向最婵的堂姐最霞使眼色,最霞便把她推进了洞房,从外面顺手关上了房门。

最婵没有抬头看郝武长,径直走到炕边想坐下,郝武长开腔了:"你还回来呀?我以为你不想进这个屋门了呢!"

最婵一愣,郝武长从来没有用这种口气跟她说过话,她抬头与他的眼光相遇,厌恶立即在身上蔓延开来,浑身上下涌起一种冰冷麻木的孤独感。

郝武长淫邪地望着她,眼睛里射出赤裸裸的欲火,又用命令的口气说:"还愣着干啥? 还不快铺被焐炕!"

最婵心里反感:"我还没有成为你的人,就这样支使起我来啦!"

可人,都有欺骗自己的天性。她随即又给自己泄了气,自己早晚都是他的人了,命中注定要跟他过一辈子,别别扭扭地过不如好好生生地过。她开始想郝武长平素的好处,刚才的确是自己不对,在外面耗着不肯进来,让他一个人等得时间太长了。男人嘛,这种日子还能不着急吗? 再说铺炕叠被本来就是女人的活儿,他有了男子气不是比平常那种低三下四的样子要强吗?

郝武长见一向被自己讨好的新媳妇真的很听他的话,乖乖地上炕铺被,便眯起眼睛,露出邪恶的快感。他到门口插上门闩,转身三下五除二地就把自己脱了个精光。这时他的眼睛因贪婪而变红了,只想满足欲望,他自己的欲望,全身心的炽热的极乐的势不可挡的欲望。

他跳上炕去,一把抓住最婵的胳膊:"快点呀我的新媳妇!"

他三把两把就撕巴掉了最婵身上的衣服,最婵挣扎着探身关了灯,郝武长那挟带着电流的身体就穷凶极恶地压下来了。肉体是难以形容的,更何况是被邪恶的激情所灼热所鼓荡着情欲的肉体。最婵感到一股浓重的烟臭酒腥扑过来,堵住了她的嘴,令她一阵窒息,一阵恶心,她拼力隐忍着想压下去。在挣扎中下身被撕裂的剧痛转移了她的恶心,疼得她一阵晕眩,一阵气短,她停止了一切抵抗,感到自己整个的人就像一道伤口被切开了。昏昏沉沉,脑袋里滚动着一团团热雾,眼前星光旋转。郝武长笨拙而毫无廉耻地折腾着,嘴里还不停地大呼小叫——

"快来看哪,我干大姑娘了! 她是我的新媳妇,是我的啦,永远都是我的啦! 哎呀,真美呀,桃花运就像狗一样老是跟着我,赶都赶不走! 你们这个地方真他妈的不是玩意儿,怎么没有闹房的,没有听墙根儿的……"

这些胡言乱语比他那肮脏的身体给她的伤害更大,要知道家里人和老家来的亲戚们还都没有睡呀!她抬起一只手想捂住郝武长那张臭嘴,这反而更刺激了他,越发地猛烈了:"你原来能动啊?我还以为你是死的呢!"

他突然像猪一样从嘴里发出"拱拱拱"的怪声,然后如一摊死肉一般瘫在她身上。

焦最婵坠入一种动弹不得的冷漠的深渊,却又不敢动,生怕再一次提醒他、刺激他。女人的心是世界上最容易破碎的东西,她怎么也没有想到自己的新婚之夜会是这个样子,如同置身于一片干裂荒凉又充满凶险的沙漠之中,这滋味真像千刀万剐!她的眼泪滚滚而下,仿佛不是从眼里流出来的,而是像大汗一样从整个脸上淌下来。

不知过了多久,郝武长从她身上下来了,先打开了灯,然后扒开最婵的腿,用食指蘸了她下体的血,放到自己鼻子前闻一闻,伸出舌头舔一舔,啧啧有声,用一副占有者的快乐的眼神看着最婵:"这可是好东西,证明你确是我的好媳妇,我要抹到一块布上,明天让我大哥看看,还叫他捎到老家去,要告诉全庄的人,我郝武长娶了个什么样的媳妇!"

最婵羞得想拉被子盖上自己的裸体,郝武长不让,在拉拉扯扯中他不知怎么又兴奋起来了,一翻身又压到最婵的身上……

中条山的奇迹

我自认在国家医药研究所所长的位子上干得还可以，部里却突然决定要我去组建国家结核病防治中心，还是十万火急。结核病在全球范围内卷土重来，造成结核病恐慌。

变起仓促，说完全没有失落感是假的。在自己熟悉的喜欢的领域干得正起劲，有几个很好的项目就要出成果了，忽然要把成熟的桃子让给别人，自己再去重新打天下，心里能甘吗？当你大小是个"官"的时候，级别就成了你的主要色彩，而不是你的专业。你是什么级别就派你去赴什么任，而不是根据你是什么专业让你去当什么"官"。"官场误我成何事，岁月侵人不见痕……"

我年轻时的雄心是想亲自主持一家像模像样的医院。现在想开医院的野心没有了，但答应了一位朋友，等退休后到他的医院去开一间"尚德堂诊室"。完全是义务坐诊，主要是想把自己大半生的心得用于临床，验证一些思考。世外乾坤大，林间日月迟。将来退休后一定要自由自在地干一点自己想干的事。

——这是后话，眼下还得服从调遣。先翻阅大量跟结核病有关的信息，其中最近一期的《卫生通讯》上，转载了《山西日报》上发表的一封群众来信，是一位叫武桂兰的乡村医生写的：

"我是经县、乡两级卫生部门正式批准开办的原田县下古林医疗站的医生，在丈夫焦起周（原中条山矿务局医院的内科医生）的协助下，利用家传秘方研制出一种治疗结核病的新药，能治病，也能防病。尤其对使用现代抗痨药物已经失效的过敏中毒性及抗药性结核病，治愈率至少能达到百分之七十。十几年来，有不下千名比较严重的结核病患者，经过我们的医治恢复了健康。因此受到地、县科技部门的重视，去年曾给我布点一百三十个典型结核病例，最终全部治愈，无一例外，两级科委作鉴定，肯定了我们的药和治疗手段。同样是批准我行医的原田县卫生局，以查处伪劣药品为由，于三天前派人来销毁了我们的全部药品，赶走病人，还处以五百元罚款……"

她能治愈现代抗药性结核？若果真如此，将是世界医学界一大新闻！

去年底，美国各州和联邦政府机构，加强了对边境的严密监视，安装了新型X射线装置，用上最先进的筛选检测设备，简直是如临大敌！然而，他们的目标并不是恐怖分子的渗入和走私者的夹带。美国人要防范的是更致命的、正在大举进入美国边境的结核病菌。

然而，要消灭它又谈何容易？那将是一场艰巨的较量。

由于抗生素的问世，多年来美国人对结核病盲目乐观，研究经费大幅削减，研究人员把注意力转向其他领域，二十五年来，美国竟没有研制出一种对付结核病的新药。随着结核病的大肆反扑，在世界各地，也包括美国，都出现了新的致命症状。人类却缺乏对付这种凶猛夙敌的武器，美国人也一样，所以他们慌了神儿。

难道在我们山西中条山区的一个小医院里找到了这种新武器？

我被鼓舞起来，好像对此相当有信心。

焦起周这个名字我还依稀有些印象，这个写信的武桂兰就是他当年的那个患有严重抗药性结核病的妻子吗？

看来，我应该尽快安排去趟山西，亲眼看看中国是不是真的研制出了能治疗抗药性结核病的新药。

11. 山不转水转

从打结婚那天起,郝武长在吃中午饭以前再也没有起过炕。

他原本就是个懒得屁股眼儿里生蛆的人,来到焦家硬逼着自己扮成一个勤快人,真是难为他了! 现在该是他伸伸懒腰,恢复自己真面目的时候了。说得好听一点,他已大功告成,可以高枕无忧了。说得难听一点,焦家的大闺女已是他的人了,谁还能把他怎么样? 连结婚的第二天他大哥回陕西,他都没起来送一下。当时焦最婵觉得过意不去,就回房喊醒了他,他还挺不耐烦:"走就走呗! 我就是起来送他,他不还得用自己的腿走吗?"

听听,这是人话吗?

上门的女婿新婚头一天就不起炕,这也太没出息了。从老家来的焦家亲戚都看在眼里,却没有人吭声,只是暗地里为焦起周和武桂兰担了一份心,这一家子都是老实人,摆弄得了郝武长这样的货吗? 看来这家伙的脸皮是真够厚的,新郎不起炕,就等于明着告诉大伙儿他夜里太贪,而且贪到了不管不顾不知道自己是老几的地步,大家忍不住话里话外地拿他当了笑料。

孰料,他头天贪,第二天贪,竟天天贪……亲戚们笑不出来了,大家都避讳再提到他,免得让焦起周夫妇和焦最婵太难堪。郝武长成了这个院子里的地雷,谁也不愿意碰他。

焦最婵面子上实在挂不住了,她也突然明白结婚对一个女人来说意味着什么了。她还姓焦,却不再被视为焦家人,不管自己愿意不愿意,都得和郝武长捆绑在一块儿了,郝武长丢人现眼就是她丢人现眼。她只好一次又一次地催促郝武长起床,小声喊他醒不了,声音大了他还老大地不高兴:"哎呀,你们这儿的人不知道娶媳妇是怎么一回事吗? 别人不知道你还不知道吗? 我现在是上夜班,晚上多忙啊! 这么累白天不睡觉咋行?"

焦最婵气急了就想把他强拉起来,他反倒把最婵又拖上了炕:"来吧,你这么逗弄我不就是想让我再伺候你一回吗?"

结婚以后,郝武长如同换了一个人。

焦起周和武桂兰怎么也没有想到,人居然会变化这么快。碍着亲戚们的面子他们不能发作,装着看不见。等亲戚们都走了以后,焦起周就想好好说说郝武长,给这个畜生立点规矩。武桂兰却劝他说犯不着,眼下还有比郝武长更让他们焦心的事——那就是得二下运城,带着黄鹿野拿来的报纸,再找地委讨个说法。

她收拾了一个小包,临走前嘱咐最婵、最芳要照顾好这个家,这回可能要在运城多待几天。

一路上武桂兰既不跟焦起周说话,也不看窗外的景致,一直闭着眼。她不是个嗜睡的人,每天打个盹儿就够,自己也常说是吃猫食睡狗觉,这一辈子活得才叫冤枉哪! 她是心烦,没有说话的兴致,说泄气的还不如不说,说鼓劲的又说不出。此番二闯运城会是什么结果,她心里没有一点底,只知道这是最后一拼了。

她说话就是上五十岁的人了,起周在朝六十上奔,黄鹿野说得对,原田是不能再待下去了,那就只有再走运城,运城还不解决问题就去省城,省城不管用就只有按儿子说的办法进京告御状了……

焦起周也陷于一种阴郁的迷惘之中,不知会不会重蹈不测之地。他看着妻子那瘦弱憔悴的样子,不免内疚于心,暗自凄然。他脱下自己的夹克衫,从前面搭在桂兰身上,万一她真的眯瞪着了可不能着凉。

到了运城,又是城里人该中午休息的时间。武桂兰学灵了,在车站先打电话,声音比自己的两条腿快,也比汽车的轮子快,运气好能在头头们正要下班的时候找到他们。她拿出上次来时得到的宝贝名片,由焦起周拨号,地区卫生局副局长刘宝金的电话没人接,曾接待过他们的经委主任王尔品的电话倒打通了。

焦起周怕人家早就把他们忘了,不得不先简单地从几个月前第一次来上访的经过谈起……谁知刚说了几句,王尔品就记起他们来了,问他们又来运城干什么。当听说他们的问题并没有得到解决时,似乎有些意外,叮嘱他们在电话亭跟前别动,他马上派车来接他们。

焦起周不敢相信会有这样的好事,人家是领导,自己是来给人家添麻烦的,现在的头头看见麻烦想躲还怕来不及,能会主动提出派车来接? 武桂兰却对王尔品有信心,觉得他没有必要骗他们。

当她执着于一件事情或一种信念的时候,整个人就有了生气,也不显得那么瘦了。他们真还没有等多久就看到一辆白色的吉普车冲着他们开过来,慢慢停在脚前,前门一开,王尔品从车上跳下来,见面先道歉:“对不起呀,我一直认为你们的事情早就解决啦……”

就好像问题没解决是耽误在他这儿。武桂兰和焦起周只有苦笑,心里却异常感动。

王尔品为他们打开吉普车后边的门:“上车,咱们边走边说。”他自己仍旧坐到前面副驾驶的位子上,把头扭过来跟他们说话,“我就不明白,你们的事已闹得这么大,地区卫生局的刘副局长亲自过问,省报也发表了你们的信,为此北京还来了位老专家,怎么还没有得到解决呢?”

这一问倒把武桂兰和焦起周都问住了,他们又怎么能说得清呢?王尔品的话里还提供了一些重要信息,让武桂兰心里一动,她看看丈夫却没有出声。

焦起周忍不住问道:“你说北京来了老专家?”

“是啊,咱们现在就去见他,刘副局长也在那儿。”

吉普车很快就开进了运城宾馆,直接停在主楼的大门前。下车后王尔品领着他们上了三楼,带头敲开了一个套间的门,门口站着一位面容清癯的老者,身高而瘦,凛凛然,貌如肃秋。

地区卫生局的副局长刘宝金为老者介绍王尔品:“这是地区经委

的王主任,懂经济,口碑好,又年轻,很快就要当专员了⋯⋯"这是在引见,还是借机吹捧自己未来的上司?但这却感动了或者说吓住了站在后面的焦起周夫妇。王尔品顾不得礼貌,打断了刘宝金的话,把手伸给老者并报出自己的姓名。

老者也自报家门:"尚德堂。"

刘宝金又在旁边给老人加上头衔:"尚老是咱们国家结核病防治中心的主任。"

他刚要介绍后面的焦起周,尚德堂朗声一笑:"我们认识。"并主动伸出了手。

焦起周急忙点头答应。

尚德堂的目光已经转向他身后的武桂兰:"这位想必就是尊夫人了?"

武桂兰慌乱露齿赔笑。进城后,一连串意想不到的际遇既让她发蒙,又让她有些惭形秽。进这样的宾馆,在这样一些人物面前,自己和丈夫显得太寒酸了。有朝一日有了钱,一定要先给起周做几件像样的衣服。

进屋后,尚德堂的注意力一直在焦起周夫妇的身上,并让他们坐到自己对面的三人沙发上,王尔品和刘宝金在两边的单人沙发上作陪。这让焦起周和武桂兰越发地局促了。刘宝金抑制不住自己的好奇心:"尚老,您怎么会认识焦大夫呢?"

"在中条山上,有二十年了吧?"尚德堂的眼睛看着焦起周,面孔上挂着淡淡的若有若无的笑意,"当时焦大夫正为重病中的夫人采药,当时你们能确定得的就是抗药性结核吗?"

焦起周抢着说:"没问题,病历还在。"

"如今彻底好啦?"

武桂兰用力地点点头。

尚德堂有一对浓密的长眉,透出了根根白丝,长眉下有炯炯的鹰隼般的目光:"能不能让我把把脉?"

屋里的人都没有料到,老先生要当场试脉。

　　武桂兰把手腕放在沙发背上,尚德堂身子前探,眼睛专注地盯着武桂兰的脸,切完了左脉切右脉,两脉都切完之后才说话:"不错,你们的生活如此不平静,内焦外寒,肝气郁结,两肺却颇安固。"

　　武桂兰紧张得身上都出汗了。如果她的肺上还有毛病,就证明他们的"回生灵"秘方是假的,这第二次来告状也就算不告自败了!

　　考试却并未结束,老先生又问:"你们对抗药性结核病的治愈率已经能达到百分之七十了?"

　　焦起周看看桂兰,桂兰也看看他,他们面对着真正的专家,可不敢乱说。焦起周非常肯定地回答:"这个数字只会小不会大。"

　　老先生拿眼睛瞅瞅武桂兰的蓝布包:"你们带病历来了吗?"

　　桂兰摇头,心里却好生后悔,自己什么都想到了,怎么就是没有想着要带病历呢? 没有病历,又怎么证明自己的医疗效果呢?

　　尚德堂安慰他们:"没有关系,我还要在这儿待几天,今天要不是碰巧你们来了,明天或后天我就会去原田拜访你们。他又把目光转向王尔品和刘宝金说,人体上除去指甲、头发不得结核,其他部位都有可能感染结核病。不说世界,只谈中国,目前正在接受治疗的结核病人五百九十万,其中有六十万是难以治愈的抗药性结核病。什么叫抗药性结核? 没有被杀死的结核菌反弹起来,就不再惧怕药物,格外难治。结核菌也跟其他生物一样,有敏感的,有不敏感的,敏感的容易被药物杀死,不敏感的就不容易被药物杀死,不敏感的菌繁殖出来的菌也不敏感。目前,最先进的西医治疗手段,对这样的结核菌也束手无策。于是,耐药菌大量繁殖,造成世界性的结核恐怖。目前结核病的死亡人数超过其他传染病死亡人数的总和,是人类第一杀手。不要说你们的治愈率能达到百分之七十,就是百分之二十也很了不起,也是个奇迹!

　　"嗬,结核又这么厉害啦!"王尔品面露惊异,终于明白焦、武二人的问题为什么会受到北京的重视了。

　　武桂兰的心里也豁亮了许多。她是第一次接触尚德堂这样的人,这样的专家对全国乃至世界的结核病状况都了然于胸,一下子就比出了自己的浅陋。被地方上的小官打击陷害受不了,而被这样的人物赞扬几句她也感到受用不起。

一向纯正严肃的焦起周似乎也显出了些许的不自在,人家对你评价这么高,你不谦虚几句似乎不合适。他非常坦诚地承认自己和妻子学历都不高,知识太少。

因为是同行,惺惺相惜,还是喜欢这夫妻俩的朴茂淳厚? 尚德堂好像格外有兴趣,谈锋凌厉地接过焦起周的话说:"有时最伟大的恰恰是无知,正由于无知才有希望,才有生存和活下去的信心,无知带来了生命的繁衍和人类的发展。能治疗抗药性结核病的药诞生在你们夫妻俩的手上,而不是大城市大医院大专家的手上,这说明了什么呢? 我并不是在鼓吹知识无用,主张交白卷,我是想强调知识也可以成为负担,懂得太多就活得太累,顾虑重重,这也不行,那也害怕。还有什么比什么都知道更腻味的呢?"

尚德堂蓦地一阵大笑,笑得很痛快又极富感染力。

听尚老一席话,真有胜读十年书之感。看上去王尔品是真诚的,他平时难得有机会跟这样的人打交道,能听到这样的高论。他站起身来说:"尚老,时候不早了,咱们边吃边谈怎么样?"

尚德堂随即也站起来:"对不起,让诸位光听我说了。焦大夫他们远道而来,应该多听听他们的。"

一行人出了房间,王尔品在前边领路,焦起周、刘宝金居中陪着尚德堂,武桂兰走在最后,她从心里敬重这位尚德堂。老先生身上有一股力量,能够让人对他肃然起敬。这是地位给他带来的魅力,还是学识、经验赋予了他超人的智慧?

现在的男人流行穿西装或夹克,从官员到百姓,从城市到农村,谁要穿别的衣服就显得格外不入时、不顺眼。而尚先生就偏偏穿了一身深灰色的中山装,看上去那么干净,那么得体,那么儒雅,好像男人天生就该穿中山装,这是天下最好的样式。

武桂兰也利用这段时间整理自己的思路,吃过午饭之后,王尔品和刘宝金肯定会离开,尚老先生也得休息一会儿……自己的问题最好能在饭桌上当着他们三个人的面谈出来……王尔品领着大家下到一楼，走进一个单间，门口站着两个女服务员，几碟小菜早就摆在桌子上了。

尚德堂是何许人物，心如镜子般透亮，等大家落座后，在等菜等酒的这个空当，他提醒焦起周："趁着他们两位领导都在，快谈谈你们的问题吧。"

焦起周看看妻子，也就把饭桌上所有人的目光都引到武桂兰身上，她责无旁贷地先开口了。考虑到眼前的这三个人多少都知道点他们的遭遇，她对过去的事情讲得比较简单，加进去一些被治愈的病历和病人的要求，着重讲了自己眼前的处境和希望能继续行医的要求。她还打开布包，拿出自己和丈夫的行医执照，各种奖状、奖旗和病人的来信……她虽然早有准备，却讲着讲着就没有信心、没有情绪了，只觉得自己太寒碜。特别是在尚德堂这样的人面前一桩一桩地述说自己的不幸，自尊心受不了。

何况在她讲述的过程中，饭菜陆续地都端上来了，王尔品和刘宝金自然要向尚德堂敬酒、布菜，大家不可能不动筷子只静静地瞪着眼听她说。她的话经常被打断、被干扰，这更让她从心底生出一种自卑。

多亏尚老先生，到底是修养不同，只象征性地举举酒杯，眼前的小碟子里菜都堆满了，却始终没有往嘴里送一口，一直都在凝神聆听她的话。他的下巴颏儿略略翘起，眼瞳深不可测，非常注意地盯着武桂兰，而且不插言，不打断。其他人见老先生这样，也就都不好大声地相敬相让，桌子上的菜也就越堆越多。武桂兰识趣地草草结束了自己的陈述，她可不想让自己扫兴的叙述搅了人家精心安排的宴席。

每道菜都很精致、很漂亮，武桂兰却吃得很少，她眼前的碟子里也是堆得满满的。焦起周尽管肚子里很饿，由于拘谨也没敢多吃。

王尔品看着嘴里正嚼着一块牛蹄筋的刘宝金说："没有理由这么长时间不许他们行医治病呀！"

刘宝金解释："没有人不让他们行医，他们要制药卖药却必须要有国家的许可证。原田县卫生局做得过头了，我已经批评了他们。可他们要求有制药许可证也是对的。"

焦起周说:"不让我们使用自己的药,就等于剥夺了我们行医看病的权利啊!"

王尔品问:"你们为什么不去申请制药许可证呢?"

焦起周苦笑:"我们要到县卫生局去申请,可他们已经宣判我们的'回生灵'是假药了,而且还逼我们交出秘方。倘若我们交出秘方,那药也就不再是我们的了。"

王、刘二人都把目光转向尚德堂:"您看这事怎么处理好?"

尚德堂在沉默中比他说话的时候更有一种令人敬畏的东西,一直保持着一种尊严。听到地方领导询问,他才把目光对准焦起周夫妇:"我为你们两位的精神感动,一个医生的行医质量,取决于他对这个行业的信仰程度。任何一项工作都需要精神上牢固而持久的信念的支持和推动,从事一项长期的事业就更需要一种强大的理由。你们行医十几年,仍旧一贫如洗,就足以证明你们的执着和清廉。古人讲,不为良相,便为良医。良相治国,良医救民。医学就是叫人活而不是叫人死的,不管平时多么强大高傲的人,到求助医生的时候都怀着近乎朝圣般的虔诚,平时假话连篇的骗子也得向医生说实情,他们都得把自己身体的支配权交给医生,并预支自己的感激,谦卑顺从地请医生救救自己。而现在还有多少医生当得起这样的信赖和崇敬呢?不负责任,不学无术,草菅人命,追名逐利,已经不是个别的现象了。因此,你们夫妻俩的努力就显得弥足珍贵,令人振奋。"

武桂兰哭了。

她从来没有听到过这样入心入肺的话,特别是从尚德堂这样一个老专家、老干部的嘴里说出来。在她的印象里,大小是个官就敢不拿正眼看她,让她怕得腿肚子转筋还来不及,又怎会这么郑重其事地感谢她?况且,这些话当着将来的运城地委的专员和地区卫生局的领导说出来,分量就更不一样,比她自己说一万遍还管用。

饭桌上的气氛有点沉闷,两位当地的官员颇觉尴尬,既不能劝解武桂兰,这时候又不能劝酒劝菜。尚德堂看看大家,嘴角似乎流露出一丝笑意,话锋一转,饭桌上的气氛立刻变了。

他讲道:"话说回来,你们两位是不是也太傻了? 为什么不把自己这十几年的研究成果申报专利呢? 你申报了专利谁还能偷得去抢得了呢? 然后拿出药的成分去申请制药许可证。你不交出药的成分,国家无法测试,就不可能发给你制药证。我这次来运城的主要目的,就是了解你们是不是真的能医治抗药性结核病,如果真像你们自己说的那样,其他问题都好办。"

焦起周陡然间精神大长:"尚老,您老在这儿等着,我现在就回原田,明天一早就把病历和药都给您老拿来……"

武桂兰打个手势拦住丈夫,对刘宝金说:"刘局长,不瞒几位领导,我们要在原田申报专利、申请制药证,恐怕比登天还难,又总不能天天来麻烦领导,让你们给发话。这样,我想把诊所搬到运城来,一切手续都在运城办。"

刘宝金看看王尔品,他显然已经把眼前这位经委主任当专员来对待了。

王尔品也就能当仁不让地说:"我看这是个好主意,他们来到运城世面就大了,病人也多,更便于发挥他们的作用。连尚老都说他们药的疗效是个奇迹,我们更应该给予足够的支持。您说呢,尚老?"

尚德堂点点头:"据我掌握的情况,运城有结核病人三万,其中耐药性结核病四千人……"

"这么多?"王尔品一惊,"您的脑子可真好使,给我这个运城人上了一课。惭愧,真是无地自容啊!"

"不必,我干的就是这一行,记不准数还行?"尚德堂严肃中透着机敏和诙谐,却又不乏长者的宽厚,"结核病和免疫力有关,目前西方还没有研制出可以提高免疫力的药物,唯中医能够办得到。当今世界绿色潮流已势不可挡,随之兴起了中医中药热,美国在重译《本草纲目》,日本兴建起世界最大的中成药厂,法国成立了中草药研究会,现代医学的发源地德国,正热衷于用高科技手段提取中药,他们的中药出口量仅次于日本。外国来中国留学的人很多,你们可知道他们来学什么？占第一位的是学习中医药,可见外国人并不傻。我为王主任的见识感到高兴,如果焦大夫能把诊所搬来运城,我就可以亲眼看一看他们的治疗手段。"

武桂兰已经坐不住了,见领导们刚一放下筷子,就起身告辞,并谢绝了王尔品要送他们去车站的好意。

尚德堂又叫住了他们:"还有一件事想求二位,贵州有个小女孩儿叫朱二艳,她的姐姐是肺结核,被她的父亲活活给烧死了,为此她父亲被判了十二年的徒刑入狱了,妈妈随后也死了。这个二艳姑娘后来发现也感染了肺结核,在贵阳治了很长一段时间都不见起色,我想她很有可能感染的也是耐药性结核。能不能让她来投奔你们? 费用由我出。"

这还能不答应吗? 武桂兰正求之不得地想为尚德堂做点事。

两口子告别了三位领导,兴奋无比,一出宾馆就连跑带颠,直奔车站,一路上还商量好,第二天由起周把病历和药送来,就留在运城办理各种手续,找房子。桂兰在家里做准备,没用的破烂儿该卖的卖,卖不了的就扔,主要是把药多多地准备好,将来医疗站搬到运城后最大的坏处,就是离中条山这个大药库远了……

卓欣运好心好意地给焦安国买来一辆永久牌自行车,挑了个清静的时候送到他的宿舍里。岂料,他非但没有感谢她,没有幸福得跳起来,反而吊下了脸子:"平白无故我要你一辆车算怎么回事? 你是瞧不起我,还是可怜我?"

这两样都让一个男人受不了,特别还是来自一位他喜欢的姑娘,其伤害就更大。

姑娘热身子扑凉风,被这几句不知好歹的话噎得上不来下不去,眼睛里有了雾一样的东西。本想推着自行车掉头就走,但姑娘的心七窍玲珑,即使生着气也多转了几圈,这个大家公认的好脾性的老蔫儿,这会儿是扭住了哪根筋呢? 于是她便稳住性子质问:"这是你的车,你不要谁要?"

焦安国的白净脸上泛出一层灰色,低垂着眼帘说:"我没有车!"

"用你的钱买的,怎么不是你的车?"

"我没有给你钱。"焦安国的脖子还是梗梗着,语气却不由得软下来了。

"好吧,就算是我有毛病,非要平白无故地送给你一辆车,就值得你这样翻脸?"姑娘这一串话可把焦安国又抵到了墙犄角。焦安国开始浑身不自在,脸色也由灰转红。一个姑娘家把话说到这个份儿上,叫他无地自容。他心里想拒绝的真正理由却说不出口……时下年轻人订了婚,男方要给女方买一辆自行车,他们怎可以倒过来?再说他俩的关系还没到那个程度,自己什么都还没有给对方买,反倒要接受人家一辆自行车,这个礼太重了,让他的自尊心受不了。

焦安国受罪了,说又说不出,推又推不掉,憋得满脸通红。

本来正生着气的卓欣运一见他这副窘样反倒笑了,这是那种妩媚的、阳光灿烂的俏笑,露出了坚实洁白的牙齿,声调也变得无比柔和:"好啦,就算是我的车,借给你骑还不行吗?我看你这些天真够忙的,每个星期都得回家,还一有空就往山上跑,有辆车子多少也能省点劲儿。"

卓欣运怕让别人看见再生出岔头,把该说的话说完就离开了,走了几步又回过头来加上一句:"你要是不喜欢,就再把它卖了吧!"然后咯咯笑着跑走了。

说实话,这辆车子对焦安国来说正是雪里送炭。

每周他都要挑两麻袋药回家,现在骑着车驮回去可就方便多了,即便一次驮不了,再多跑几趟也不费什么力气。他以前采药是凭兴趣,采多采少无所谓。现在采药可是有指标了,这指标就是越多越好,母亲恨不得把整个中条山都随着她的医疗站一块儿搬到运城去。自己采的药不光是图省钱,更主要的是疗效好。上山采药,从矿区到山脚还有不算短的一段路,如果能骑着车子去就不算什么了。

焦安国像迷上了中条山,上早班下午进山,上中班上午进山,上夜班睡醒一觉起来就进山,等吃过晚饭再睡上一小觉。

在一个倒班的日子,他吃过早饭后带上干粮和水,准备在中条山上待一天。天气越来越凉,趁着还没有下雪,能多采就多采一些。他骑车刚离开宿舍区,看见卓欣运站在道边像在等人,他想下车,姑娘却飞身坐到他的后车架上。他没有提防,车把一阵摇晃,姑娘赶紧搂住他的腰。他的腰际陡然一颤,向周身送出一股热流,双腿猛地加力,在冲动中掌握住了平衡。

他侧着脸问:"你去哪儿?"

问的真是废话,但卓欣运答得非常脆生:"跟你去采药啊!"

从声音可以听得出,姑娘的心情也像这早晨的天气一样晴朗。

焦安国心内畅快,两腿如同注入了一股强力,后面驮着一个人反觉得比蹬空车更轻省。在他们的东面,太阳还是一个滚圆无光的红球,好像跟他们的自行车保持着平行的距离飞升,车快它也快,车慢它也慢。

卓欣运又问:"天这么冷了,山上还有药可采吗?"

焦安国乐颠颠地为她解释说:"春天有春天的药,秋天有秋天的药,季节不同药性不一样,地点不同药性也不同。同是一味药,长在南方跟长在北方药力就不一样;同是一个人,吃同样的药,在不同的地点不同的时间效果也很不一样。"

"所有的药你都能认识?"

"不敢说,中草药上万种,我怎么可能都认识? 可中条山上的大部分药,或者说经常用得着的药,能认个八九不离十。"

"我们能挖着人参吗?"

焦安国大笑,故意抖动车把。

卓欣运又抱紧他的腰叫喊起来:"你干什么你?"

"你是不是神话故事看多了,想上山寻宝啊?"焦安国借机讲起了人参的故事,"野山参之所以值钱,是因为稀少,它稀少是由于有骨气——如果有人或笨重的动物踩了人参的苗,它就不再生长,要在土里休眠几年甚至十几年后再重新长芽,或者干脆转移到别处去再重新发芽生叶。"

"真的？神了！"卓欣运充满惊奇，不只是对人参的性格，还有对焦安国的叙述能力——他要真想讲一件事情的时候就能把它讲得绘声绘色，娓娓动听。

姑娘爱听这类知识，又鼓舞了安国。人们之所以把找对象称为"谈恋爱"，可见恋爱是需要"谈"的，要有大量的话可说。他继续贩卖关于人参的知识："人参的谐音就是人神，人形之神。参是二十八星宿之一，《说文解字》上认为星落地成参。所以人参被誉为百草之首，群药之王。但人参又跟人一样，在刚挖出来的时候，每一棵人参都像一个人，形态逼真，活灵活现，晒参场如同一个浓缩的人类社会，男女老中青，生旦净末丑，应有尽有。阴性参和阳性参的药性也不一样，中年参和老参的药性也有差异……"

他们坐在一辆自行车上，姑娘的前胸贴着小伙子的后背，享受着大山四野的安静和清新的空气，说着相互感兴趣的话题，一下子觉得两个人的关系亲近了不少。

他们眼睛还在看着，耳朵还在听着，嘴还在说着，心里却润润地体验着自己年轻的爱情。

远远地已经看得见矿区的围墙了。

当年建矿的时候有点跑马圈地的味道，反正中条山是国家的，尽量把范围画得大一些。矿区的围墙砌到了半山腰，车间却集中在前半部，后边有一少半的山地就那么荒着，残红败绿，草杂花乱，让人立刻感到了秋的萧瑟。可只要抬起头，看看矿区围墙外面的山上，重重枫红，如火如霞，又立见秋的饱满和辉煌。

焦安国一直将自行车骑到矿区的北门。他先从前边掏腿跳下车，然后将车停住，才搭手扶卓欣运下了车。

从守门的小屋里走出一个老工人，身躯臃肿，头如一个大倭瓜，沟沟坎坎，甚是可怖。幸好他笑容谦卑，似乎跟焦安国很熟悉，还主动打着招呼："小安子，又要上山哪？"

焦安国乐呵呵地应道："是啊，到这儿来不上山还能干什么？"

"今儿个天气好，可以多采点药。"大脑袋工人感慨还不少，"真是有其父必有其子啊，当年你父亲就老被割资本主义尾巴，但是老割老长，割一回没有几个月就又长出新尾巴来了，开荒种菜，养羊喂鸡。当大夫的时候干这一套，下放当工人还干这一套。咳，当时没长过资本主义尾巴的人，不知道那种尾巴的好处，等到知道尾巴的好处了已经晚了。现在又该是你长尾巴的时候啦……"

卓欣运被逗笑了，含蓄而轻轻地微笑着。

"行啦崔大爷，别再讲你那过五关斩六将了。"焦安国跟老头儿开着玩笑，从包里拿出一个饭盒大的收音机，摁动开关，立刻有乐声传出，他递到老头儿手里："修好了，有了毛病再找我。"

"好小子，我知道你的手灵。"守门的老头儿待在这个地方，一天也不准能见到一两个人，好不容易有个熟识的人来自然要多搭讪几句。他虽然在跟焦安国说话，眼睛可是一直在瞄着卓欣运："安子，这是对象吧？"

焦安国并不正面回答是或不是："跟我一个车间的。"

老头儿又发感慨："还是你爸爸有福气呀！"

"你的福气也不小啊，在这儿看大门，又干净又清闲，多美呀！"焦安国把自行车放在小屋门口锁好，领着卓欣运走出北门。

老头儿在他们身后又大声嘱咐了一句："在山上要小心哪！"

焦安国随口答应着。

卓欣运感到奇怪："你怎么跟这个胖老头儿这么熟啊？"

"嘿，他跟我们家可是老相识了，我还不到一岁的时候他就带着人抄我们的家，封了我们家的门。"

卓欣运一惊："他是谁呀？"

"过去矿区医院的院长崔干臣，以后爬到了矿革命委员会副主任的位子上，'文化大革命'一结束又被打成'坏头头'，下放到车间当工人。前几年身体不好，就来守大门了。"

卓欣运侧过脸来认真端详着焦安国："刚才我看你们俩的关系还挺不错嘛！"

"咳，事情都过去了，他也够倒霉的，第一次见我的时候就道过歉了。"

卓欣运似心有所动,却没有再吱声。

他们先走到一个背风向阳的山洼子里,旁边放着一个破柳条筐,插着一块木板,上写"选矿车间药场"。地上摊晒着一大片半干的各式各样的草药,焦安国从地上捡起一把旧木杈,开始翻药。

卓欣运觉着新鲜:"你的鬼点子可够多的,干啥还要打车间的招牌?"

焦安国冲她一笑,满口整齐的白牙在阳光下闪闪烁烁:"如果打我自己的旗号不又容易被人抓住尾巴?车间的旗号辟邪,主要是防备小偷。其实哪有人会偷这个!"

卓欣运也下手帮着翻药,将晒药场的药都翻了一遍之后,焦安国背上那个破筐,引导着卓欣运开始上山。今天不能有丝毫的闪失,他躲开过于险峭的路,顺着慢坡往上走,腿下草深迷路,黄叶没脚,一片片顽强的野菊花,开得翠叶金葩,生机盎然。

卓欣运是第一次进山,充满好奇,看什么都新鲜,还没有采到药先掐了一大把野花。

老天也真心作美,阳坡上没有风,被太阳一晒,他们暖融融浑身舒泰。

焦安国看见一棵天南星,支开伞一般的绿叶,垂挂着小葡萄似的红果实,挖出来是蒜头一样滚圆的块茎。卓欣运高兴,就要用手去抓,被焦安国挡住:"你别碰,它的根上有毒,晒干以后用竹片一刮,皮就掉了。"他连根带叶一起丢进自己的筐里,然后讲解天南星的药效:"祛风痰,解痉痫,止肺胸疼。"

跟着,他又发现了旋复花、猪牙皂、禹白附、地榆……

每采撷一味药,焦安国就讲解一番,从药的名称、特点到性能。

或许因为这些知识是从自己的男朋友嘴里说出来的,或许因为山里的景色太让她兴奋了,卓欣运发觉自己对这些草药非常感兴趣。以前她印象中的草药是味道呛人的干草棍子,没想到草药原来还曾经这么鲜活、动人,每一味药都有一段自己的故事,是大自然的生命之花。

她喃喃而语:"怪不得你这么喜欢学医,我要是你也会爱上这一行的。"

卓欣运渐渐发现,焦安国并不把看见的草药都采下来,而是挑挑拣拣,丢三落四,就不断地提醒他。焦安国却说:"自古来采药是有规矩的,遇药者留小采大,逢三择一。谁将所见之药悉数采光,必遭报应。"

卓欣运心里一动,停下手盯住焦安国,这个人的身上在不经意间老露出一些让她意想不到的东西。可能正是这些东西强烈地吸引了她,又让她难以理解。大家都年龄差不多,学历差不多,所知道的东西也应该差不多,可焦安国的脑子里是怎么装进了这么多杂七杂八的知识? 这也许跟他所受的家庭熏陶有关系……

姑娘黑湛湛的瞳仁里有火苗在烧灼着他,她问道:"所有采药者都能像你一样遵守这老规矩吗?"

"不能因为有人可能不遵守规矩,你就也不遵守。"焦安国回答得很随意,他的眼睛忙于在林木和草丛间搜寻,说话似乎是为了不让女伴感到沉闷、枯燥。"你还记得苏格拉底吧? 他是主张要有法律的,可他自己却被错判入狱,还要处以死刑。他的学生要救他出去,也能够救他出去,他却谢绝了,最后以自己高贵的生命证明法律的严肃性,即使有时过于极端甚至是错了,也得维护法律的尊严。中条山也有自己的法律,真正从医的人是不可能不爱惜大自然的,我们的全部中药都取自大自然,甚至连我们的生命本身也是仿照大自然的形态创造出来的。比如大自然中的山脉、河流、海洋、丘陵、盆地、平原、森林、草地等等,都可以在人的身上找到相当准确的对应。现代人越来越认识到生命就是自然,自然就是生命,岂敢儿戏!"

卓欣运说:"你要不就是一句话不说,要不就是说起来一套一套的,好像你干什么事都能讲出一通大道理,都必须有一种理论在支持你的行为。"

焦安国听不出这是赞扬还是挖苦,抬起头看见姑娘嘴角挂着轻盈的微笑,他也嘻嘻一笑,双眼一眯缝,露出一股坏劲儿:"我是瞎说,乱白话。"

他背上的柳条筐里已经装满了,就地薅了几把老草蔓子,搓成一根草绳,把筐里的药拿出来捆好,还放在原地,等下山的时候再捎上。

卓欣运帮着他捆药,没留神被一株刺五加上的尖针扎了食指,疼得她"哎哟"一声撒了手。她以为是被什么毒物咬上了,狠命地甩手。

焦安国抓过她的手说:"刺五加无毒,没有关系的。"他用牙齿轻轻咬了咬她出血的手指肚,再放进嘴里吸吮一番,然后掐了几片血山草的叶子,用手指碾碎后敷到她的手指上:"这叫景天,又称土三七,专门止血止疼。"

她的手指早就不疼了,却没有马上抽回自己的手。眼睛水汪汪地看着焦安国,有了某种渴望和对这渴望的恐惧。小伙子处理完卓欣运的手指,也没有马上松开自己的手,他从姑娘的指尖上有了某种感应,抬起脸,眼睛看到了眼睛,黑沉沉,紧张,热切,充满企盼。焦安国把自己干渴的唇慢慢凑上去,刚一接触到卓欣运的唇,就像被火钳子烫了一下,被猛地推开了。姑娘用力很大,焦安国被推得一个趔趄,站稳后睖睖睁睁地看着卓欣运。

卓欣运脸色煞白,呼吸急促,吓得低垂着眼帘不敢看他。他低声表示歉意:"对不起,我是不是吓着你了?"

过了好半天,卓欣运俊俏的脸又变得绯红,小声吭哧着:"你可真坏,这会不会怀孕哪?"

"什么?哎呀,我的大小姐!"焦安国这一通笑啊,笑得自己眼里有了泪,也笑得卓欣运那紧绷着的神经松弛下来。

焦安国停住笑,坚定地把两只手搭在姑娘的肩上,脸对脸地盯着对方的眼睛,口气也变得非常严肃:"你的学是怎么上的?念书都念傻了,哪本书里写着接吻能怀孕?怀孕不是嘴的事,也不是手的事,更不是拥抱的事,得正式结婚入洞房,有实质性的身体交流……嗨,你难道就没有看到过配猪配马吗?哦,你长在城市里,难怪呀!"

卓欣运羞得不敢抬眼,却越发娇媚可人。

焦安国情难自抑,双手箍紧姑娘的身体,把她圈进自己的怀里,不再让她冒傻气挣脱掉。他们之间早就心照不宣的爱恋,这一会儿疯狂般地明朗了,带着他们二十岁的莽撞,也带着他们二十岁的怯弱。他非常小心地慢慢地吻着,但吻得很烫,很动情,爱之流充溢而出。她的反应也慢慢地醒了、活了,有了回应,有了热度,终于全身都烧起来了,蓬蓬勃勃有了声色。

四周寂静,太阳当空,山野间有巨大的热气团在包裹着这对年轻人……

12. 城里的病人

破家值万贯。

武桂兰原来想得挺好,有些没用的东西能扔就扔在下古林,不再往运城带了。可真到了搬家的时候,没有多少是舍得扔掉的,摸摸哪一样都觉得还有用,破破烂烂的,在大门口码了一大垛。

还不到晌午,运城的卡车就到了。装车主要是靠焦安国和郝武长,光药就装了多半车厢。不管别人怎么看,说是破烂儿就算是破烂儿吧,只要他们自己认为是贵重一点的就放在底下,不值钱的玩意儿摆在上面,路上颠簸,就是给甩掉了也不至于心疼。

这是焦安国的主意,郝武长不同意,不同意也得按安国的主意办,因为这毕竟是焦家在搬家,而不是郝武长在搬家。很显然,他们两个人相互不喜欢,却又不得不容忍对方。焦安国厌恶自己的姐夫是明的,而且还有点理直气壮。郝武长不喜欢内弟是暗的,似乎是无来由地出于一种本能的排斥。可他们仍旧得在一起,只要焦安国从矿上回来,就得跟郝武长在一个锅里搅马勺。这大概就是人的无奈,许多家庭许多单位,不也是如此吗?感情是感情,关系是关系,关系并不是全由感情确立的。一旦被确立了某种关系,相互喜欢不喜欢感情上合得来合不来,就都得服从这种关系了。姐夫和小舅子又算得了什么?喜欢就多看两眼,不喜欢就少看两眼。而焦最婵对郝武长,她自己看着恶心,别人也看着恶心,还不照样成了夫妻?喜欢也得天天看,不喜欢也得天天看!

焦起周留在运城筹建新家和新的医疗站,可想而知他会有多忙,没有跟车回来参与搬家,下古林的事里里外外就都由武桂兰照应。她还有一项主要的责任,就是照顾好从运城来的卡车司机。老话说,连衙门口的门墩儿都大三辈儿。这辆大卡车可是人家王尔品给找的,真是帮了大忙。要不然这么多破烂儿。怎么弄到运城去?若是租车搬运还不知要花多少钱哪!这下可好了,既省心又省钱,只要给司机买一条烟,中午和晚上管两顿饭就行了。武桂兰实实在在地又一次感受到了权力的威力,当官的要害你是一句话,要帮你也是一句话。她只是还没有想通王尔品为什么会这么好。是要当专员了,想事事处处都给人留下好印象,还是看尚德堂老先生的面子?

看起来又不像,她和焦起周第一次进城上访的时候,人家对他们也很不错嘛,这说明王尔品天生心眼儿好。当官的也各式各样。平头百姓想要干成点事有多难啊,没有贵人相助绝对不行。尚德堂是他们家的大贵人,王尔品也是他们的贵人。以前多灾多难的一个重要原因,就是没有真正认识当官的,或者说认识了也没能处理好跟他们的关系。等到了运城安定下来,她一定要跟起周好好商量一下,怎么感谢这些贵人,让孩子们永远记住这些贵人的好处。

焦最婵蒸了一大锅饸面馒头,底下熬了半锅白米绿豆粥,炒的肉丝粉条、白菜豆腐、油炸小干虾米,还有一碟香油葱丝拌咸菜。这是他们在下古林的最后一顿团圆饭,再加上即将进城的兴奋,一家人陪着司机吃得热热闹闹,整个一顿饭的话题就是运城。

他们身上都贴着农民的标签,除了安国,其他人至今还是农业户口,却就要生活在运城啦!在他们目前的视野里,运城才是真正的大城市。跟运城相比,原田算什么?不过是个小县城。此处不留爷,自有留爷处,而且是往高处走。他们有一种扬眉吐气的感觉。连懒鬼郝武长这两天都变得又勤快了,他也意识到自己就要成为城里人了。对一个中国的农民来说,还有什么比能到城市里生活更让他神往和激动的呢?

唯一在饭桌上没怎么说话,眼里还好像老汪着泪的,是已经改姓王的最红。在她小的时候,焦王两家都住在矿上,焦家的生活不如王家的生活好,她还不大懂事。时间飞似的就过来了,家里人搬到了属于乡下的下古林,她却仍旧住在城市般的矿区里,什么时候想了都可以跑过来,心里也没有觉得太难受。这一次可就不一样了,是真正和家里人的分别,让她体会到改了姓的孤单和不幸。她已经在上小学六年级,是个敏感且心思很深的孩子,她开始憎恨自己的亲生父母,羡慕和妒忌姐姐妹妹。可她又不愿意这样,她不想恨父母和这一家人……

安国安慰她:"矿上不是还有我嘛,没事就到我宿舍来玩儿,等我回家的时候就捎上你。"

武桂兰心里最疼,她一直都觉得对不起这个女儿,就许愿说:"等明年你上中学的时候,叫你哥哥送你到运城来上。"

赶早不赶晚,一吃过饭,司机就催促上路。

驾驶楼里还可以再坐两个人,安国想让姐姐、妹妹和母亲都挤在楼子里,自己和郝武长在车厢上面押车。武桂兰却忽然改了主意,把儿子拉到一边说:"你就不要跟车去运城了。"

焦安国一愣:"这么多东西我不跟去怎么行?到了运城搬搬弄弄的事还多着哪!反正我已经向车间请了三天的假。"

武桂兰说出自己的忧虑:"我怕等会儿光丢下红儿一个她受不了,我们走后你把她送回家去,运城的活儿是干不完的,等你歇班回去再干呗!"

焦安国没有打愣就有了主意:"叫最红跟咱们一块儿去,也让她看看新家,高兴高兴,等我回矿的时候再把她带回来。"

嘿,这么简单的办法自己竟没有想到!同时,武桂兰的心里又感到一阵宽慰。儿子确实是长大了,却不知是从什么时候开始长大的。好像突然间就有了责任感,有了权威性。焦安国拿着自己准备在车上穿的棉大衣走到最红跟前,刚跟她说了几句,最红就高兴起来。焦安国把大衣给她穿好,然后把她举到高高的车顶上。

最芳又从驾驶楼里探出头:"哥,我也要坐到外边去。"

最婵警告她:"外边可冷啊!"

最芳使性儿:"人家要看景儿嘛!"

"好吧,正好跟你二姐做伴儿。"焦安国答应了,他先爬上车,从一个纸箱子里掏出父亲的一件旧棉袄,又给小妹妹穿上,把她安顿在最红旁边。

他和郝武长又用大绳把车厢上的东西都拴牢靠,自己才最后一个爬上车。车厢上码成了一座小山,两边各留出一块坐人的地方,他坐在车厢右边的最后面,脸正好对着两个妹妹。郝武长坐在车厢的左面,他们中间隔着家具和高高的行李垛,像墙一样把车厢分成两间小屋,谁也看不到谁,也省得他们相互看着都不顺眼。

焦安国用手拍拍车帮,给司机发出开车信号,卡车在人群中启动了。

村干部和差不多半个村子的人都来送行。这么多年,下古林人谁还没有生过病?无论早晚也无论有钱没钱,武桂兰两口子随叫随到。他们这一走,往后下古林人看病还不知怎么办呢?下台后一直郁郁不得志的老支书陈广立,站在道边上又借机骂开大街了:"人家在这儿的时候整人家,村里也不站出来替他们说句话,现在可好啦,一步登天要搬到运城去,看你下古林的人再病了找谁去?还能大病小病地都往县上跑啊?县医院是那么好进的吗?去一次不把你讹死才怪哪!"

村民们也随声附和,说什么话的都有。车上车下摆着手,喊着告别的话、嘱咐的话。农村人告别不说"再见",而说"再来",有空"再来",一片"再来"。

汽车缓缓地开出村子,一上公路就快了,眨眼钻进了中条山。

霜打山林,风卷黄叶,断岩挂飞瀑,一径转羊肠。刚开始,两个小姑娘的眼睛不够使的。时间一长,随着卡车的颠簸,就都有点困了,把脑袋缩进了棉衣领子……焦安国赶忙招呼她们:"唉,不能睡觉啊,一睡着了准感冒!"

两个小姑娘使劲睁大眼睛,没过一会儿眼毛就又往一块儿粘。

焦安国要不停地想法子逗她们说话:"你们两个居然还睡得着,小芳,城里的学生可比下古林的学生成绩好,你转学到运城能跟得上班吗?你可别降了级,让城里学生瞧不起咱。"

最芳却不是那么容易就能被唬住的,黑眼珠一瞪:"不可能,老师早就告诉我了,城里学生不如农村学生用功,也不如农村学生扎实,我的数学不论到哪里都保证不会掉下前三名!"

"嚄,真敢吹呀! 那语文呢?"

"语文也差不了,老师说农村的学生写作文,词汇比城里学生丰富。"

焦安国笑了:"你们老师是个狂妄分子,教出了你这么一个狂徒。我们现在看到的是中条山,你就背诵一首关于中条山的诗让我们听听。"

最芳被难住了,小脸一红歪了个词儿:"课本上没有。"

"课本上没有课外有,我们天天看着中条山,你们老师就不给你们讲几句描写中条山的诗歌? 你的词汇不是挺丰富吗?"

"哥,你会吗?"最芳的嘴茬子很厉害,改守为攻,"根本就没有这样的诗!"

"要有怎么办?"

"你教我呗!"

"听着,明朝周礼乐写过一首七律,题目是《中条秀色》:

层峦绝岩笔难形,
谷口樵歌更可听。
远树云拖千丈绿,
断崖天挺一峰青。
岚光暖翳芙蓉障,
黛色晴开翡翠屏。
登览不知归骑晚,
满襟风露逼青冥。

焦安国一句句地讲解给两个妹妹听,最芳听得很认真,等安国说完了,她眨巴眨巴眼睛说:"哥,你的学问比我们老师还大。"

"你又想转什么鬼心眼子？"

"我还有个问题不明白，能问你吗？"

"哈，我想考你没考成，倒变成了你考我了！说出来听听。"

"什么叫'嫁鸡随鸡，嫁狗随狗'哇？"

焦安国脸一沉，眼睛朝左车帮瞄了瞄，压低嗓子说："你怎么想起问这个？"

最芳也小脸一绷："人家听到有人这么说，不懂，问问还不行吗？你不会就说不会，别歪词儿。"

被小丫头这么一将，焦安国只好给她们解释："《西游记》里唐僧去取经的西天叫印度，在咱们国家的西南方。印度国内有一种风俗，婚姻嫁娶必须严格遵照长幼顺序依次而行，姐姐没有出嫁，妹妹是断不能结婚的。如果姐姐迟迟找不到婆家，而妹妹又和别人订了婚，为了不影响妹妹出嫁，姐姐就得在妹妹结婚前的几天随便选择一样东西结婚，比如一块石头、一棵树、一条狗、一只鸡等等。等姐姐跟这些东西举行完婚礼，妹妹就可以名正言顺地出嫁了。"

两个小姑娘听得瞪大了眼，最芳忍不住咋呼起来："哎呀，还有这回事？"

"听着，在咱们国家南方的有些地方，也有类似的风俗。凡女子与男方定了亲，如男方出远门长年不归，或男方重病缠身起不了床，男方的家长就可以找一只雄鸡，代替新郎迎娶女方进门。当地人管这个就叫'嫁鸡'。我猜想'嫁鸡随鸡、嫁狗随狗'可能就是从这儿来的。"

最芳看着最红，做个怪样，吐吐舌头。

最红只是轻轻一笑。在哥哥和小妹打嘴仗的时候她就一直这么静静地听着，该笑的时候陪着咧咧嘴，却始终不吭气。实际上她也插不上嘴，看着最芳想说就说想笑就笑，她也眼热，可就是做不到。也许只有在亲生父母身边长大的孩子才会有这样完整自然的性格，心里没有一丁点暗影。

安国总算成功地打发了坐车的寂寞，哄着两个妹妹没有在冷风中睡着了。

汽车终于爬出了中条山,公路两边楼房渐多,离运城已经不远了。

卡车绕到运城东部,停在一所刚刷完白浆的房子前。

其实,武桂兰和孩子们从老远就已经在打量这座房子了,下车后顾不得卸东西,先前前后后、里里外外地查看新房子。武桂兰先就喜欢门前的这条大道,豁豁亮亮,好找好记,病人们来来去去也方便。门口挂着一块崭新的大牌子——

运城中医结核病防治院

大家围在牌子前,流露出难以抑制的兴奋。

最芳的双腿因为坐车时间太长变麻了,她踮着脚用手在牌子上划拉来划拉去,高声嚷嚷着:"真滑溜,这字写得多好看哪!"

焦安国小声问母亲:"原来不是想叫诊所吗,怎么成了医院啦?"

"是啊,我也吓了一跳。"武桂兰受罪受惯了,挨整挨怕了,遇事先不敢太往好里想,在兴奋中还藏着几分疑虑和不安。

焦起周听到动静,从医院里边出来了。家里人有近一个月没有看见他,觉得他整个人瘦下去一圈,四方脸变成了长乎脸,头发白得更厉害了,眉毛倒是长长了。但他精神头儿很好,刚理了发刮了脸,身上的白大褂是新的,一副城里大夫的派头儿。

最芳欢叫一声就蹿上去搂住他的脖子,在他耳边唧咕道:"爸,人家可想你啦!"

最红也走过去,只轻声喊了他一声。焦起周却立刻把二女儿也揽进怀里:"你跟来太好了,认识了门以后就能自己来了。"

从医院里走出几个男病人,其中一个人手里托着一大包鞭炮,对焦起周说:"焦院长,让我们给帮帮忙吧?"

"不用不用,你们不可用力。"他对儿子和女婿说,"你们还愣着干什么? 赶快卸车!"

在卸车的工夫,有人把鞭炮挂在道边的树权上点着了。

劈里啪啦,烟雾飞腾,行人驻足,邻人围观,立刻有了乔迁和新医院开张的喜庆气氛。焦起周领桂兰进了医院,进门是一个四四方方的大院子,后面一拉溜有三排房子,每一排都有十几间。桂兰心内一喜:"这么宽敞,打着滚儿用都有富余。"

焦起周告诉正往里面搬东西的安国:"我们自己的房子都在第一排,办公室、药房、宿舍,搬来的东西该往哪儿放,看门上贴的字条就明白了。"他说着话先推开了办公室的门,让桂兰走进去。迎面雪白的墙壁上挂着一幅画,画的两边是两条摄人魂魄的大字,极其醒目。只要进屋就不能不看见它,只要看见它就不可能很快地再把眼睛移开——

神州到处有亲人不论生地熟地
春风来时尽著花但闻藿香木香

左下角的落款是"尚德堂"。

武桂兰赞赏不已:"这药名可用得真妙,不是大夫很难写得出这样的对联。我心目中想象的老大夫就应该是尚老这样儿的,学识渊博,修养精深,温文尔雅,又待人宽厚。"

这其实是里外两大间,外面是治疗室,两张办公桌一张单人床。里间是药房,靠墙摆着一溜柜子,弥漫着一股好闻的混合了大白和新家具的气味。

焦起周领着妻子一间屋子一间屋子地看下去,准备用来存药、制药的房子里全都空着,准备用来住人的房子里都放有一张崭新的大床,还散发着油漆的清香。他们在下古林睡的是土炕,而土炕是无法搬到运城来的。成为城里人的第一步,就必须得有张床。

武桂兰问:"你哪儿来的钱买了这么多新家具?"

焦起周笑得非常开心:"你仔细看看,这都是用两张单人床拼成的,只是重新上了一遍油漆。"

"单人床是哪儿来的呢?"

"这里原是'文革'期间从省里派下来的医疗队的大本营,单人床

216

有的是。"

　　武桂兰不明白,只不到一个月的工夫,焦起周自己就在运城像变戏法一样变出了这样一座医院,还有里边的这些东西,叫她怎么能听得懂?但她也不想再问了,眼下乱糟糟的没法说话,等晚上安顿好了再说。

　　最婵和两个妹妹抱着被褥衣服来到他们跟前,不知往哪个屋里放好。焦起周说:"反正就是这些房子,你们谁愿意住哪一间自己挑。"

　　最婵为自己和郝武长挑了西头最靠边上的一间。

　　安国背着过去放在父母房子里的一个旧柜子走过来,对最芳说:"你这会儿也可以自己住一间啦!"

　　最芳却又扭膀子又摆头:"不,我害怕,我要跟爸妈住一间。"

　　"瞧你这出息!"安国在第一排的中间选了两间通着的房子,"这儿好,爸妈住外间,你跟最红住里间,我住在你们西边,前后左右都是人,把你护在中间,总行了吧?"

　　小丫头一阵欢呼,冲进屋子铺床放被。

　　焦起周又领武桂兰绕过尚未收拾出来的第二排房子,来到最后一排。目前只占了三间,最头上的一间里住着四个女病人,看见他们进来,立即显出病人惯有的虔诚和敬重,在床上躺着的也赶忙坐起来,坐在床边的立马站起身,嘴里一迭声地喊着焦院长……

　　病人的消息最灵通,关于焦起周两口子的故事不知是从哪里打听来的,早就在病房里传开了。此刻他们一见焦起周身边的武桂兰就知道她是谁了,却不知该怎么称呼,也就不好意思打招呼。焦起周向病人们介绍自己的妻子:"这位是武大夫,说得保守点医术不低于我,我稍微谦虚一点就得承认武大夫高于我,今后你们的治疗也主要由她负责。"

　　病人们开始赔笑、点头,正式喊她武大夫。

　　靠近门口的床上坐着一位很年轻的姑娘,面庞显得柔和淳朴,有一双带着惊恐和温情的眼睛,躲避着武桂兰的盯视。焦起周介绍说:"她叫杨希,母亲死于肺结核,她十六岁开始发病,一次吐血半脸盆,后来不敢再让家里看见,就偷偷地往猪圈里吐,四处求医却久治不愈,家里把寿衣和棺材都准备好了,她带着五百块钱就准备死在运城。地区中心医院诊断为血播性结核,转到我们这儿才七天,烧已经退了,饭量也有所增加。"

挨着杨希的是个城里媳妇,穿着漂亮,高耸着两个乳房,眉眼间透着一股麻利劲儿,不等焦起周开口,先自我介绍起来:"武大夫,我叫刘素爱,是运城工商行的。今年初乳房里长了个蚕豆大的疙瘩,工作太忙就没怎么介意。后来开始疼,疼起来受不了,心里嘀咕就去医院检查,有的医院说不清是什么东西,倒先把我给吓唬一通,查来查去确诊是乳腺结核。我一听结核就放心了,都这个年头了,结核还不好治嘛,拿了点药就回家了。可能是在检查的过程中这个大夫捏那个大夫掐的,把这个疙瘩给闹腾惊了,没有几天的工夫两个乳房竟肿得大了一倍,里面的硬块也有拳头那么大了……"

最里边有个像是陪伴病人的女人插嘴说:"你这么一个漂亮人得个病也是漂亮的,挺着两只大奶子这么馋人,谁不想捏巴两下!"

"滚一边子去,这儿正说真格的哪!"刘素爱笑一笑,继续冲着武桂兰讲她的故事。"男的感受不到,女人都知道乳房疼是啥滋味儿,躺着疼,坐着疼,站着疼,走道儿更疼,怎么着都疼,疼得我真不想活了。家里人把我送到医院,医院里说除去手术没有别的办法。我晕刀,见不得血,正耗着不知该怎么办的时候,听说这儿可以不动刀子也能治我的病,我乐意来,人家原先那家医院也恨不得快点把我给推出来。前天下午两点多钟来的,焦院长把'回生膏'在微火上烤了烤给我贴上,不到六点钟,我就觉着胸口凉丝儿丝儿的,疼痛紧跟着就减轻。多少天没有真正睡过好觉,那天可美美地睡了一夜,还做美梦到水里游泳,逮了条大鱼……"

连武桂兰都被她说笑了,走近了隔着绛红的毛衣摸了摸她左胸上的病块:"还疼吗?"

"还有一点。"

"'回生膏'治这个最快。"武桂兰的眼睛已经开始转向里面的另两个病人。有个年纪大的看上去最重,刚才两位医生进门的时候被陪床的年轻女人拥着坐了起来,武桂兰走过去又扶她躺下。陪床的是病人的女儿,焦起周让她介绍自己母亲的病情:"三年前刚一得病的时候是牙疼,可治了一年都止不住疼,后来查出是双肺浸润型结核,并且已经形成空洞。住院后大量使用雷米封、利福平、链霉素等现在治疗肺结核的特效药,一开始有效,三个月后发生抗药反应,病情一点点恶化。起不了床,吃不下饭,连水也喝不下去,高烧怎么也退不下来,正要出院回家准备后事的时候,被转到这里来了。"

武桂兰摸摸老人的额头,安慰说:"别担心,二十年前我也得过空洞型结核,比你现在还重,已经昏迷不醒了。所以才把能治好我的病的那种药定名叫'回生灵'、'回生膏'!"

他们走出女病房,又走向另外两间男病房。在病人们看来,焦起周和妻子的身份像倒了个儿,他像个陪着院长查房的医生,而武桂兰则更像院长。

男病房里热闹,病情轻一点的病人帮着搬东西刚回来,说说笑笑正洗手,有人拿起饭盆准备上街去买饭,见焦起周过来就先发问:"院长,什么时候咱医院里也开伙呀?"

"快啦快啦,我正在找厨师,短了一周,长了两周。"焦起周顺嘴答应着,却开始有选择地向武桂兰介绍病例。有的人三言两语,有些稀奇古怪的典型病例,说得就详细些。

屋里站着一个挂拐的高个青年,容貌俊朗,气质沉郁,在病房里显得格外与众不同。焦起周介绍说:"这位是江华,前些年大学毕业后分到山区一个畜牧场接受再教育。你猜畜牧场给他派了个什么活儿?每天拿着铁锹在山上到处找坟挖坟,收集棺材板。因为畜牧场要增产节约,要用棺材板当柴火烧猪食。每次敲开腐烂的棺木,都会从里面暴出腐毒恶臭的秽气,直冲肺腑,真是匪夷所思。后来不知怎么就得了骨结核,小腿肿得像大腿,大腿肿得像腰。太原、西安的大医院都去过了,花了上万元,不仅没有见效,反而越治越重。最近医生告诉他只剩下一个办法了,那就是截肢。这么年轻,一截肢不就废了吗?现在结核已经感染到肺,可谓雪上加霜。"

武桂兰一声未吭,眼睛迎着江华探询和求助的目光,心里却翻江倒海。运城到底是不同于县城,这里的世面可真大,什么闻所未闻的病例都见得到,各地治不了的病都推到运城来,运城大医院治不了的又推到他们这儿来。不也正是因为这一点,人家才一路开绿灯让他们搬到城里来的吗?

这想法倏地刺激出她的一股精神……

另一个病人看她不说话,猜测她大概是被眼前的怪病难住了,就说:"武大夫,我们都是叫大医院给推出来的,你不会再把我们给推走吧?"

"不会。"武桂兰声音不高,却说得斩钉截铁。

一直沉默不语的江华开了口:"通过这些日子的治疗,我相信这儿能创造奇迹,可以专治大医院治不了的疑难杂症。"

"可不能这么说,并不是我们比人家大医院高明,只是碰巧我们能对付耐药性结核。这种病是叫各种抗生素培养出来的,目前西医还拿它没办法。"武桂兰的目光忽然落到靠墙角的一张床上,上面躺着一个头发老长、脸瘦得像活鬼一样的人。

焦起周说:"他是黄福根,得的是稀屎痨。"

嗯? 武桂兰一时没有听懂,侧脸看了一眼丈夫。

不用焦起周细说,同病房的人争着讲起了这个黄福根的怪病。他是个愣头青,老吹嘘自己胆子大,同村的一个年轻人跟他打赌,问他你胆大敢往死人嘴里灌米汤吗? 黄福根自然不会说不敢。那个人就说出啥地方刚死了一个人,还没有埋,你在今晚半夜十二点,敢往那个死鬼嘴里灌下半碗米汤,就算你赢,我输给你一盒过滤嘴。你要不敢灌,今后全村人都喊你胆小鬼,你输给我一条过滤嘴。

到半夜,黄福根果然按指定的地方找去了。那儿真的死了人,搭着灵棚,挑着白幡,棚口立着哭丧棒,棚中间的木板上停放着一具死尸,身上盖着黄布,上半个脸搭着一块白手绢,只露着下半部半张脸,死白死白。死人头前摆着供果,还有多半碗凉米汤,灵前的蜡烛被风吹得摇摇摆摆,明灭不定,如鬼火闪烁,魔影幢幢。四周没有一个活人,极其阴森寂静。

　　黄福根已经毛发倒竖,腿肚子转筋,却又不能掉头就跑,只好慢慢凑到死人跟前,浑身起粟,哆哆嗦嗦地端起米汤,另一只手拿勺,盛了一下放到死人嘴边。他原想死人是不会张嘴的,他便掉头就走,也算赢了赌。岂知那死人竟张开嘴"吧唧"一声把米汤喝了下去。黄福根立刻被吓得魂飞魄散,扔了碗拔腿就跑。死人爬起来就追,还阴阳怪气地高声喊叫,伙计是我!

　　黄福根已经吓破了胆,边跑边叫,我知道是你,我知道是你!

　　其实装死人的正是打赌的那个小伙子。黄福根却真的被吓坏了,一路跑一路拉稀,回到家就一直拉稀不止。

　　好汉子经不住三泡屎,一个挺硬棒的小伙子就这样生生给拉成了一把干柴棍儿。

　　他的病到底是拉稀屎,还是痨? 是又拉稀屎又有痨,还是因为拉稀屎染上了痨? 武桂兰作为医生的好奇心和兴奋点被调动起来了,充满热情地要为黄福根做一下检查。她习惯性地抬手要拿听诊器,才发觉脖子上是空的。她一转身,想问问起周身上带没带着听诊器,却看见安国跑到近前说:"有人送花篮来啦……"

　　武桂兰安慰了病人几句,赶紧随丈夫往前边来。

　　是地区经委主任王尔品和地区卫生局副局长刘宝金,两个大花篮摆在了医院的大门口,一下子给新医院抬了脸。两位领导各自还带来几个人,站在院子里正议论着这家医院和它的主人的故事……

　　见焦起周夫妇疾步朝这边走过来,人们就迎上去高声说着道喜、祝贺一类的话,并把跟着他们来的人介绍给两位大夫。原来这些人都是地区经委和卫生局的中层干部,各自手里都掌握着一个部门。

　　刘宝金问焦起周:"还缺什么? 还需要什么帮助?"

　　焦起周原本就是本分识趣的人,领导给脸自己更要脸,绝不会在这样的场合借机再提什么要求,只是一个劲儿地表示感谢。

　　他一这样,刘宝金就愈益显得热情:"今天我和王主任之所以带这

221

些实权派来跟你们认识,目的只有一个,以后有事找不到我们,就找他们,跟他们也不用客气。"

王尔品也说:"今天晚上按理说应该请你们全家吃饭,一是接风,二是庆贺,可这几天运城正开人民代表大会,我和刘局长都在会上,晚上还要开主席团会,明天就闭幕了。"

刘宝金又插上来说:"从明天起,王主任就是我们的王专员啦!"

焦起周也含含糊糊地说了一些祝贺的话,他盼着王尔品的官当得越大越好。今天他能跟刘宝金一块儿来露个面,就是给足了面子!

送走了来道贺的人天就黑了。焦起周叫桂兰别再去病房了,无论有什么事也要等到明天再说。今儿个这一天够累的,吃了晚饭早点歇着,还有好多事情需要商量,一直乱哄哄的,两口子竟没有说话的空儿。

各间屋子也已收拾利索,别看拉来了满满的一卡车,除去药,把那些穿的盖的分到各个屋子里就没有东西了。焦起周早预备下了五斤面条,城里做饭用煤气,十分便当。人多齐动手,洗菜的剥蒜的打卤的煮面的,热气腾腾,一会儿就准备停当,一家人高高兴兴地吃了顿喜面。

年轻人第一天过城里人的生活,都感到了新鲜,打水方便,烧水方便,痛痛快快地又大洗了一通,把中条山的尘土洗掉了,把一身的疲乏也洗掉了,然后挤在父母的房子里叽叽嘎嘎,说说笑笑,表达着自己来到运城头一天的感觉。

每逢这样的场合郝武长就插不上嘴,可他又是个喜欢说说道道露鼻子显脸的人,自然就觉得几分没趣,便第一个走出来回到自己的屋子。他在离开岳父母的房间时偷偷在最婵身上捏了一下,示意她也快点回来。郝武长也有自己的兴奋点,他要用自己的方式好好感受成为运城人的第一个夜晚的快乐。

最芳则吵着让安国领她和最红上街看看运城的夜景。安国看到了出乎意料的新医院的规模,有很多事情想问父亲,就推托说:"今天太累了,明天一准儿带你们看个够。运城好看的地方多着哪,以后够你们看的。"

最婵伺候母亲洗完脸,又打来一盆热水让母亲烫脚,活血解乏,有助于提高睡眠质量。桂兰把双脚舒舒服服地放进热水里,急切地问丈夫:"你说说情况吧,都快把我闷坏了,怎么会弄起了这么大一摊子?这得花多少钱呀?"

焦起周笑了:"真是过穷日子过怕了,我知道你就会问这个,其实并没有花我们多少钱。先说房子,这是当初专给医疗队盖的,医疗队撤走后就一直空着,有段时间当过卫生局的仓库,暂时算借给我们,等我们干好了明年就把它买下来,今后再也不会让你跟孩子们过那种日子了!"

"原来不是说叫诊所吗?怎么一下子挂出了这么一个大牌子?"

"叫诊所反而不好注册,还得挂靠在哪一个医院里,将来麻烦事会很多。尚老建议,不如一步到位,大大方方地就办成医院。医院注册的时候我是法人,就由我当院长,行政后勤对外联络这些杂七杂八的事都由我担着,你就只管治病。好在病人有的是,你不必担心有劲儿没处使,就怕你今后治不过来。"

武桂兰发觉,焦起周独自在运城闯荡了这一阵子,人瘦了许多,也变了许多。以前是方正严谨有余,灵活应变不足,到关键时刻拙于言辞,害怕与人交往。现在整个人从里到外有了一股异乎寻常的精气神儿,居然把今后医院里跟人打交道的事全揽过去了……她对丈夫的变化有几分惊喜,又有几分不安。

安国不知道"尚老"是谁,焦起周向儿女们又讲了一遍认识尚德堂的经过。

武桂兰又问:"怎这么快就连病人都有了呢?"

"尚老要看咱们药的疗效,卫生局就从其他医院转来了十几个结核病人。"

"效果怎么样?尚老认可了吗?"

"那还用说吗?如果咱们的药不坐劲,头头们还能这么支持?没有领导发话,就光凭我一个人,能这么快就办成一切手续,戳起一个新医院?"

"尚老什么时候走的？"

"走了三天了,临走的时候很高兴,说以后会经常来的。"

听着这些让母亲和哥哥、姐姐振奋的事,最芳和最红的眼皮子却开始打架了,桂兰让她们到里屋去睡。她抬眼看着儿子又说:"安儿没事明天就回去吧,可不能让矿上有意见。"

安国说:"没事,我后天再回去。医院刚开张,杂事还多着呢!"

焦起周也点点头:"是啊,现在最缺的就是人手,特别是靠得住的人。"

武桂兰又冲着最婵开口了:"运城不比下古林,我们既然叫医院,就得像个正经八百的医院,凡事要有条理有规矩。婵儿跟爸爸妈妈也学了这么多年了,从明天起就得独当一面,我会分几个病人给你管,你还要把全院的护士职责先担起来。"

焦起周也叮嘱道:"你妈说得对,不独挑一摊儿就不能长进。中医跟西医不一样,学西医,上五年医学院一毕业就能看病。而中医是黑匣子理论,上了五年中医学院,毕业后还是看不了病,必须再跟着师傅学。你从小耳濡目染,但一直不正规,现在可要认真当个事来干了!"

安国咂摸着父母话里的滋味,他第一次产生了为当初去矿上工作而后悔的念头,这个时候,作为儿子,他真应该留在父母身边。他看到有了新医院父母是这么高兴,他有责任让父母的医院成气候,而不是把这么重的担子只压在姐姐身上……

桂兰看看时候不早了,让安国和最婵也回房歇着。

最婵整个晚上都在听着,没有说一句话。出了父母的屋子,她却磨磨蹭蹭地不肯进自己的屋,安国奇怪:"姐,你怎么啦?"

夜光里,他看到姐姐满脸都是泪,却什么也没有跟他说。

13. 自行车上的风景

矿区无平路,地势随山形而起伏跌宕,高低不平,骑自行车就格外吃力。再加上矿务局不同于坐落在平原上或城市里的企业,上下班以及吃喝拉撒睡都不离开矿区,故骑自行车的人很少。

也正因为这样,焦安国创造的"自行车上的风景"就越发引人注目。

无论卓欣运上什么班,下班后走出车间的时候,一定会看到焦安国推着永久牌自行车在等她。爱情洋溢着巨大的能量,无论是什么天气,雷电交加也好,扬风搅雪也好,焦安国总是一股劲。

恋爱中人本来就有蛮劲、有邪劲,越是爬大坡费大力,才越能证明自己的力气和忠诚。而在下坡的急速和惊险中,更能向恋人展示自己的技巧和勇气。

自行车是外国人发明的,原名叫"脚踏车",一传到中国就好像不"踏"而"自行"。因为中国人靠两只脚走路是出了名的,"铁脚板"、"飞毛腿"、"神行太保"之类的人物层出不穷。特别是山里人,一旦蹬上脚踏车,轻松得真像不用蹬车就能"自行"一样,中国人遂把"脚踏车"改为"自行车",实实在在地体现了我们民族的诙谐和举重若轻。

中国人还把自行车驮人叫做"坐二等"——骑车人比坐着的高一等,坐着的是"二等"。

抬轿的叫轿夫,拉胶皮轱辘的叫脚夫,抬的和拉的都比坐着的矮一截。蹬三轮车的座位比坐三轮车的座位高一块,人却还是低一格。开汽车的和坐汽车的位子一般高,人却也不一定就平等,开车的叫司机,坐车的叫老板,顶不济也是乘客。唯有自行车驮人,骑车人的座位高一块,坐车人坐在比车座矮一截的后架子上,也只能凑凑合合地叫"二等"。不论你多么高贵,多么漂亮,坐在后面省心省力地多么舒服,还是"二等"。贬低坐车的,尊重蹬车者,实际是体现了一种平等。

也唯有在自行车上,骑车的和坐车的是平等的。

焦安国和卓欣运也都住在矿上,从宿舍到车间跟其他人一样,不算很远。他们之所以要同车来同车走,与路的远近没有关系,要的是这种情调。自行车能把两个人连接在一起,给一对恋人提供了一种能够公开亲密接触的理由。

两个年轻人一坐上自行车,那真是风光无限。没有人能听得见他们说些什么,只看得见他们一坐上自行车就说个没完没了——忽而姑娘畅笑不止,一路阳光灿烂;忽而又抡起双拳捶打小伙子的后背,如风摆杨柳。这时候,小伙子必利用下坡把自行车蹬得飞快,要不就摆车把晃车身,摇得姑娘趁势把双手搂紧小伙子的腰,将脸贴在舒适而温暖的背上,娇喘吁吁。有时哼着小曲儿,有时无声胜有声,只要他们一经过,连四周都跟着安静下来,观看他们创造的风景。风和日丽,空气中散发着浓浓的柔情蜜意。从矿区的门口、窗口、道边、车间、宿舍、食堂等各个地方各个方向,正在看着他们的人被带入了一种境界,激起无尽的联想……

矿区的生活很单调,男女间各种各样的故事就成了大家的兴奋点,成了矿区人最爱看最喜欢议论的一种景致。

特别是这一对——谁不知道那女孩子是孙副矿长没过门的儿媳妇?谁不知道孙良贵想要的东西是没有得不到的?他老婆温妙群当年就是矿上的大美人儿,心里想着她的人有县里的有矿上的,有官大的有官小的,有大学毕业的工程师、技术员,有矿上年轻的劳动模范,有矿区篮球队的主力中锋,哪一个都比孙良贵漂亮百倍,最后却恰恰让孙良贵得着了。如今他是跺跺脚连中条山都会颤动的副矿长,能让一个毫不起眼的送料工抢走自己的儿媳妇?虽然想当他儿媳妇的姑娘多得能挤破他家的门槛,未必就非要卓欣运不可,但他又怎么能不要自己的这张脸,能顺顺溜溜地咽下这口气呢? 即便他能咽得下去,这旁人的闲话可是不好听啊!

矿上关于这件事的传闻多起来了。

一则说,孙副矿长的儿子孙军,带着自制的手榴弹到选料车间找焦安国算账,偏赶上焦安国请假回家,算是捡了一条命。另有一个版本,说孙军的所谓手榴弹其实是过年剩下的炮仗,有一次在下班的路上他堵住了焦安国,甩出去没有响,反被焦安国揍了一顿。还有人传,温妙群嫁给孙良贵之后总觉得冤得慌,成天闷闷不乐,自己闷出了一身病,生了个儿子先天有缺陷,是个废物……

这些都不是真的,真的麻烦是卓欣运的家里让人捎来口信,叫她立刻回去一趟。焦安国骑车驮着她去汽车站,两个人都很沉闷,却又不愿意把心里想的捅开,一路上谁也没有说话。

焦安国猜想,一定是欣运的父母让她回去跟孙军定亲。都这个年代了,孙良贵一家子不可能利用权势在矿上大张旗鼓地逼卓欣运认头。当初既然是双方老人定下的亲事,现在也就理所当然地唯欣运的父亲是问,让他压自己的女儿履行允诺。

一路上焦安国不说话是出于自尊,他不能憨皮赖脸地让欣运不回去,或告诫欣运回去后要顶住,不能屈服于家庭压力而变心……

这件事一定得让欣运自己拿主意。

卓欣运了解自己的父母,他们是绝不会为难自己的,她担心的是家里出了别的事。焦安国不但不劝慰自己,反而吊着一张脸子给自己看,就带着点气地问他:"你哑巴了?"

焦安国苦笑,脸还有点冷:"该当哑巴的时候就得当啊!"

"谁让你当哑巴了?"

"都这么大个人了,难道看不出眉眼高低,还用人家提醒吗?"

卓欣运的眼神突然变得尖锐吓人:"你今天是怎么啦,说话酸吧拉叽,东缠西绕的。"

焦安国猛然醒悟,自己确是太酸了,不像个男人。如此小肚鸡肠地怄闲气,不正好要把她推给孙军吗? 他心念一转,身上增加了新的勇气:"我看你精神不太好,天气又冷,我跟你一块儿回去吧?"

卓欣运不信:"真的?"

"你等等,我先把车存起来。"焦安国确是认真的,转身要去找存车的地方。

卓欣运拉住了自行车的后架:"你又没有请假,难道想旷工?"

"咳,旷就旷呗,这时候哪还顾了这么多!"

"这时候是什么时候? 这么老远地你跟着我回家,我爸妈问你是谁,你怎么说呀?"

焦安国愣了一下,现出一种沉郁的自负:"该怎么说就怎么说,我是你的同事啊! 如果你不想让你父母见到我,我也可以在临汾找个地方住下来,等你办完事再一块儿回来。"

姑娘眼波流盼,用目光对准他的眼睛,闪闪烁烁地终于笑了:"这次就不用了,家里不出大事有两天我就能回来,到过年放假的时候,你要愿意就再跟我回去。"

姑娘的意思再明确不过了,等于给焦安国吃了定心丸。这次她一个人回去跟父母说好,过年的时候再带着他回去相亲。

汽车来了,由于矿区并不是终点站,车上已经没有座位了。好在卓欣运坐这趟车有经验,提包里老带着一个小马扎,上车后站累了找个空间就能见缝插针地坐一会儿。姑娘走到车厢中间,找到一块比较宽松的空间,站定后隔着车窗回应着焦安国的眼光,忽然娇俏一笑,一切尽在不言中。

焦安国也在车下注视着她,显得有几分焦急。

他们不能说话,此时全靠眼睛交流了。姑娘目光痴柔,看着他像是一种抚慰。他努力想拽住姑娘的眼神,汽车却开动了。

他仍在望着,汽车看不见了,却好像卓欣运的眼睛还在看着他……

卓欣运并未像她临走时所应许的那样很快就返回来,一个星期过去了仍未露面。焦安国产生了一种奇怪的不安,他想不出有什么理由能让卓欣运放弃上班。她是个对上班非常认真的人,几乎到了一丝不苟的程度,难道会为了拒绝他或拒绝孙军要放弃矿上的工作?

这绝不可能。可他又想不出还能有别的原因。

焦安国以前还不曾这样六神无主寝食不安地为一个人焦虑过,到第二个星期的周末,趁大倒班休息的时间长,他决定到临汾看个究竟。是福是祸他都需要知道,不能这样乌漆麻黑地闷着耗着。

他找到卓欣运的家,已经是下午四点多钟了,卓家门前停着矿上的小轿车和面包车,还吸引了一些围观者,这么多人不至于都是看汽车的,莫非卓家出什么事了?

卓家的大门敞开着,不断地有人进进出出,他立即感到了一种紧张……刚想进去,迎面却碰上了矿里的一帮头头脑脑们正从里面走出来,打头的就是副矿长孙良贵,带着工会主席、劳资处长、安技处长等,他们的胳膊上都戴着黑纱。

真是冤家路窄,越怕见谁越碰见谁。焦安国再要躲开已经来不及了,那些头头们显然也没有想到会在这儿碰见他。孙副矿长的那张大疙瘩脸青魆魆的,冷酷而平静,眼睛只斜扫了焦安国一下,然后就跟什么也没看到一样,大步走向门外的汽车。后面的人也都不吭声,却全用眼睛在焦安国身上剜了那么两三下,表达了他们此时的情感:这小子竟敢在这个节骨眼儿闯上门来,真是老鼠舔猫鼻子——找死啊!

焦安国从他们的眼睛里看到一种令他惧怕和厌恶的东西,他们就如同看到了一只臭虫、一堆狗屎,有的傲慢诡秘,有的露出尖刻蛮横的讥讽,有的明显地带着幸灾乐祸的冷笑……愤怒和自卑使焦安国的喉头酸疼。

他站到旁边让开道,后面有一群穿着重孝的人送出来,他看见了卓欣运,眼睛红肿,面色苍白,低垂着头,两手搀着一位五十多岁的女人,旁边是卓欣运的老姨,她们都没有看见焦安国。

他可以抓这个空儿想想自己该怎么办。矿上来了这么多人,说明去世的是欣运的父亲,被欣运搀着的想必就是她的母亲。据此推算,她父亲的年岁也大不到哪里去,怎么说死就死了呢? 自己赶上这件事,该怎么表示呢?可他身上带的钱不多,并不是他出门忘记多带钱了,而是没有太多的钱可带。欣运为什么不给自己写封信呢?出了这么大的事都不通知他一声,说明她的心里还是拿他当外人!

等欣运姐弟陪着母亲送走矿上的客人后,其他亲戚朋友也纷纷告辞。其实更多的人在火化场就都走了,这是规矩,丧事一完就不能再吃主家的饭了,外人都要尽快撤走,好让主家清静下来想想今后的日子。从火化场又跟到家里来的都是关系比较亲近的亲戚和朋友,可能还有些未了的事情要嘱咐。

等送走了最后几个亲戚,焦安国才走过去,欣运愣了一下:"你怎么来了?"她的嗓子哑了,说话沙沙的,费力气不小,发出的声音却很低。

焦安国也非常地拘束不安,嗫嚅自责:"我来晚了,什么忙也没帮上。"

欣运神思恍惚,没有理会安国的歉意,这反而又勾起她的哀伤,眼睛也跟着湿了。

欣运的两个弟弟暗暗打量着焦安国。母亲对欣运说:"快把客人让进屋里说话。"

欣运这才把焦安国介绍给家人,也把母亲和弟弟介绍给安国。空气忽然像凝住了一样,大家谁也没有再说话,显然都未料到,以焦安国的身份,他竟会在这个时候露面。按临汾的风俗,如果焦安国和卓欣运成了亲,他就是卓家门里的娇客,会受到最好和最客气的招待。如果卓家不喜欢他,他就是最讨人嫌的不速之客,往好里说是受到冷遇,坏了就有可能被赶走。

焦安国的脑袋嗡的一声,全身的神经都绷紧了,联想到刚才孙副矿长他们的态度,处在他的这个地位上不能不多想——现在卓家的人对他态度怎么样已经无足轻重了,关键是卓大伯是怎么死的?如果是被他和欣运的关系气死的,他进屋后冲着老师傅的遗像磕三个头,掉头就走,此后再不见卓欣运。他们成了杀死老人的凶手,以后怎么可能再成为夫妻?

焦安国默默地跟着进了屋。屋里很脏很乱,迎面墙上果然挂着卓大伯的遗像,一团忠厚,满脸和善。他站定后向老人鞠了三个躬。

心里做好了最坏的准备,反而不慌了,干脆就哪壶不开先提哪壶,也比这样熬着猜谜好受。他对欣运的母亲说:"看照片大伯还很年轻,怎这么快就走了呢?"

欣运又哭起来,安国心里陡然一震。这么多天嗓子哭哑了,眼泪也该哭干了,她的眼睛里怎么还是泪汪汪的?眼泪这种东西不动真情是流不出来的。他真想抱一抱她,给她擦擦泪,好好宽慰她几句。可眼下他什么都不能做,只能静静地等她给他答案。

欣运却只顾哭,仿佛忘记了他的存在,无论他说什么话,她都能联想到对父亲的怀念上……她的两个弟弟年龄还小,在这样的场合似乎还没有资格回答这样严肃的提问。幸好她的母亲还挺得住,从进屋后眼睛就一直没有离开焦安国。

老人叹了口气说:"当了几十年的劳模,拼出了一身病,浑身的关节炎又变成风湿性心脏病,肺里都是矽块,一天二十四小时没有不疼的时候,通身到下没有不疼的地方,受的罪也忒大了! 如果他不退休,也许还能凑合着多活几年,心里总还有个念想撑着他。回到家一闲下来,不就等着死了吗? 其实他的心早就垮了!"

听了这话,焦安国稍稍放下了一点心,掏出手绢塞给欣运。

老人又劝自己的女儿:"欣运哪,你也别没完没了地哭了,从你爸来说,他一走就省得受罪了!"

老人说着也擦了擦自己的眼角。

屋子里又静下来,一静下来就有一种令人窒息的压迫感。焦安国不知该如何劝解,这间屋子里最该劝解的是卓欣运,他就更不好开口了。

欣运的母亲是个爽快人,她知道眼下这个家里只有她能调动局面,改变气氛了,就岔开了关于死的话题:"安国,是谁给你送的信儿啊?"

老人一声"安国",叫得焦安国心里一热,踏实下来,就照实讲道:

"没有人给我送信，只是老不见欣运回去，不知道家里出了什么事，就跑来看看。"

老人点点头。

焦安国从口袋里掏出五十块钱放到身边的桌子上："我一点力气也没出，口袋里就这点钱，给大伯买点烧纸吧。"他不等卓家的人拒绝或说出客气的话，就急忙站起身来向欣运的母亲告别："伯母，家里经过了这么大的事，您老也要往开里想，好好保养自己的身体，我要赶晚车回矿上。"

"给我坐下。"老人一摆手，口吻不容置疑，"钱我收下，你既然跟欣运谈朋友，这也是应该的。但今天晚上不能走，这里房子宽敞，你跟欣涛他们哥儿俩凑合一夜，明天早晨陪着欣运一块儿回矿。"

欣运看看母亲："我先不走。"

安国也说："欣运用不着这么急着回去，让她在家里多陪陪您。"

老人却说一不二："用不着。你也看到了，欣运留在家里是她劝我，还是我劝她？她耽误的时间不少了，既然事情已经办完了，就理应回矿上班，原来我还想让欣涛送他姐回去呢。你来了正好陪着她，一路上我也好放心。"

焦安国从心里喜欢这位母亲，拿得起放得下，透着一股爽快劲儿。

老人又打发三个儿女去准备晚饭。剩菜剩饭还有很多，无非是加加热，再做一个汤。屋子里只剩下未来的丈母娘和姑爷了，老人可能有意要腾出空来，跟安国说点不想让儿女们听见的话。

似乎是在心里斟酌分寸，老人沉了一会儿才开口问："你是铁了心要跟欣运好？"

"是。"

"孙副矿长整治你你也不怕？"

"不怕，我想孙矿长也不会整治我！"

"嗯……你从心里惦记着欣运，大老远地闯来，就是个有情义的人。我可告诉你，欣运是我的宝贝疙瘩，也是我们这个家的功臣。她爸常年不在家，我也有自己的工作，她的两个弟弟都是她带大的，她的后背就是弟弟的摇篮和小车,上学背着,放学背着。我发了工资,总是往她的口袋里塞上一点给她当零花钱,可我是个大手大脚不会算计的人,到月底没有钱了,就又去翻闺女的口袋。月初我给欣运多少,到月底就还有多少,她总是一分不动。后来我干脆就让她管家,我和她爸发了工资就都交给她,花钱再找她要,那时候她还不到十二岁。孙副矿长常到我们家来,他就是相中了欣运的牢靠和孝顺,将来想让欣运给他们老两口子养老送终。他们说是说,我和欣运她爸嘴上哼哼唧唧地答应着,心里也没有底,不想落个攀高枝的名声。我们家的闺女好,得等她长大了自己拿主意……"

安国听得正带劲,他非常想多知道一些欣运小时候的故事,欣运却进来喊他们去吃饭,老人也就中断了话头。

运城的冬天温暖而湿润,即便是在夜间也不用多加衣服,焦起周和武桂兰还是只穿一件毛衣,外面罩个白大褂,忙起来脑门上还冒汗。

最婵婚后没有显出成了小媳妇的水灵劲儿,反倒消瘦了,皮肤发黄,显然是缺少睡眠,体质似乎还不如母亲。她在外面又套了件薄棉袄,干得热了就解开了棉袄的扣子,嘴里说:"这城市里到底是比山区暖和。"

焦起周正在整理一天的账目,收了多少钱,卖出去多少药,看了多少病人,还要把典型病例记录下来。他的心情很好,接过大女儿的话说:"运城是个盆地,没法儿不暖和。北面有稷王山给它挡风,黄河像个大网兜一样从西、南、东三面兜住运城,形成了这一片好风水,所以这儿历代都出大名人。"

小丫头最芳趴在里屋的炕桌上写作业,耳朵却支棱起来听着外间屋的谈话,马上抢过话茬儿说:"新时代的大名人就是我爸和我妈了!"

"你给我闭嘴,好好写你的作业!"

小丫头根本不把父亲的吆喝当一回事:"人家是想给爸更正,什么挡风呀,网兜呀,听着多土!应该说,'运城境内涑水横贯,川岭相间。外则砥柱之险,内则盐池之饶。远则大河环卫,近则渠水交莹。俯瞰龙潭,万顷琼瑶夺目;仰瞻云岭,千峰翠锦如屏……'"

武桂兰笑得非常舒心:"哟,今天的课文背得还不错嘛!"

有了母亲这句话,最芳草三潦四地就把作业划拉完了。为了堵住父母的嘴,让他们别再唠叨,她又故意大声嚷嚷着:"写完啦,可写完啦!"然后急急忙忙凑到外间屋的连三桌子上,父母和大姐正在干的事情太吸引她了。

从屋顶上吊下一个大灯泡,连三桌子上码着一堆包裹和信件,都是病人寄来的。信封什么形状、什么颜色和什么尺寸的都有,有从邮局买的,有自己拿糨糊粘的,小的如手巴掌,大的像个尼龙袋子,里面装着胸部大片。还有的就在信里装来买药的钱,有的寄来汇款单,还有人治好病后寄来核桃、大枣、绿豆等各式各样的东西,表示感谢。山南海北哪里的信件都有……真怪,他们是怎么知道这儿的地址的呢?

运城人爱说"河里没鱼市上见"——在河里抓不着鱼你到鱼市上去看,各种各样的鱼有的是。求医也是一种缘,只要得了病,自己还有亲属朋友的耳朵就都支棱起来了,听到一点消息就奔来了,有万分之一的希望也绝不放弃。

最芳先挑选自己看着新鲜的包裹拆:"这些包裹里不会有炸弹吧? 嘣!"

武桂兰的心情也不坏,被小女儿逗笑了:"死丫头,是不是美国电影看多了?"

求医者寄来的每一封信,还有钱、汇款单和包裹,最婵都要分门别类地详细登记下来。焦起周和武桂兰则根据来信者叙述的病情和寄来的片子开出药,第二天给寄出去。这工作量太大了,每天不干到凌晨一两点钟睡不了觉。

焦起周说:"要是这样熬上个一年半载的,我们非得把自己累散了架不可。"

武桂兰举着一张胸片在灯底下反复地看着:"那怎么办呢? 没有病人犯愁,病人太多了也愁。"

"我想给黄鹿野写封信,看他能不能过来给咱帮帮忙?"

"人家是城关镇卫生院的院长,一个月少说也得挣三四百吧? 你给人家开少了不合适,开多了你拿得出吗?"

"我这儿没问题,先听听他的意见再定。"这些事焦起周显然已经考虑不是一天两天了。他又问武桂兰:"你娘家还有顶事的人吗?"

武桂兰瞥了他一眼:"我娘家还有谁你不清楚?"她轻叹一口气,"自打父母一死,不是亲的热的就越走越远了!"

焦起周先问武桂兰的娘家,目的是为了引出他想从自己老家往这里调人的话题:"我想从老家叫两个人过来帮忙,一个是老三斌丹,名字里就有药,为人牢靠,在小队当过会计,来了可以帮着把账管起来。还有里里外外的杂事,像到邮局里取款啦,给病人寄药啦,登记信件啦等等,就都可以交给他干。还有大哥的闺女最霞,泼泼辣辣,能说能干,从小喜欢医药,我回乡看病,都是她给提着药箱子打下手。"

武桂兰笑而未答。

最芳倒插嘴说:"把奶奶也接来吧!"

大人在说正事的时候连最婵都不敢多插嘴,小女儿最芳可不管这一套,想说什么就说什么。母亲问她:"想奶奶了?"

"嗯,奶奶最疼我了。"

"这么说我们就不疼你了?"

"不一样,各有各的疼法儿,各种各样的疼我都要。"

"看美得你!"焦起周痛痛快快地答应了,"行,这么多年来老人家一直为咱们担惊受怕,现在房子宽敞了,就接老太太来多住些日子。"

武桂兰忽然想起一件事:"上回奶奶说要在老家给安国找个牢靠的姑娘,好像是同村霍家的老闺女,你能记得是什么样儿吗? 也可以带来先看看。"

焦起周没有听进去,他的脑子里还在打别的主意:"如果医院干顺了,光靠我们无论如何都胡噜不过来,还得把安国从矿上叫回来。"

最芳又插嘴:"我去顶替哥哥吧。"

武桂兰用手指一点她的脑门儿:"退休才可以顶替,等你哥到该退休的时候你还不老吗?"

大家在谈论医院里是多么缺少人手的时候,都极力回避提到眼前现摆着的一个大活人——郝武长,免得让最婵和大家都感到难堪。

好像这个人就从来没有存在过。

在这个家里,郝武长是城市化最快最彻底的一个,不知怎么就结交上几个运城人,学着城里人的打扮,城里人的做派,每天晚上一摞下碗筷人就没有影儿了。就是在白天大家最忙的时候,也常常找不到他。他是焦家门里的姑爷,说重了不好,说浅了不顶用,无奈,能不说就不说。

最芳忽然举着一封信嚷了起来:"你们快看,这是一个日本人的信——尊敬的焦起周医生及夫人武桂兰医生,我叫小野田益枝,住在日本大阪市,患结核性胸膜炎,在日本用西药化疗引起抗药中毒,久治不愈。托友人向中国的中医求助,经北京结核病防治中心的尚德堂主任推荐,说贤伉俪……"这里有两个字我不认识,反正是说你们两人能治。"现将病历和 X 光片寄去,同时还汇去五万日元作为药资,如果不够,接到药后再补寄。——哎呀,日元是什么样的?咱还没见过哪!五万日元是多少啊?"

她放下信,在信件堆里寻找那五万日元的汇票。最婵告诉她,汇票得晚两天才会到。

武桂兰将小野的病历和胸片拿过去看。

焦起周看看桌子上的信件处理得差不多了,就起身到另外的房子里去熬药和摊膏药,他还必须得把明天要用的药准备好。

焦起周觉得自己刚刚睡着,就听到一阵砸门声,外面的天还黑咕隆咚的。他心疼桂兰:"你再睡一会儿吧,我去处理就行了!"

从永济县送来一个大吐血的晚期肺结核病人。

武桂兰是那种见了病眼睛发红的人,她睡觉原本就惊醒,已经被吵醒了,再躺下去也睡不着,何况还知道有条人命在等着抢救。她急忙爬起来帮着焦起周检查病人,下止血药,采用紧急止血按摩。

这时候病人命悬一丝,他们夫妇深知其中利害,不要说处理失当,就是抢救措施完全正确,力气稍微用得大了一点或小了一点,药用得多了一点或少了一点,都会葬送病人的性命。所幸已积累了相当丰富的对付大出血的临床经验,他们清楚哪儿是陷阱,哪儿有麻烦,小心翼翼地躲避着危险,一点一点地稳住了病情,忙活到天大亮才算暂时抢回来一条性命。

武桂兰要留在急救室再观察一会儿,焦起周一个人出来想回自己的住处,看见黄福根在清扫住院部的院子,便想起病人们对他的反映。这个小伙子的病好得很快,老觉得自己又捡回来一条命,对医院感恩戴德,眼里看到哪儿有活儿就插手干。住院部的厨房里目前就是一个人,连买带做,黄福根就经常到厨房帮忙。病人们嫌他是稀屎痨,他摸过的饭菜人家吃着恶心,于是就一次又一次地跟他和武桂兰提意见。可黄福根也是一片好心好意,武桂兰不知该怎么跟他说……

焦起周可不能老装着看不见,就走过去打招呼:"福根,谢谢你呀!"

黄福根不好意思:"焦院长,我还不知道怎么谢你们哪,您这是说到哪里去啦?"

"你是个勤快人,眼里看得见活儿。等你的身体彻底好喽,如果你愿意,可以考虑留在我这儿打工。"

黄福根一惊喜:"真的?"

"到时候再商量,你也看得出来我这儿缺人手。不过,眼下你还没有完全好利索,干活儿要悠着点,不能累着,更不能进厨房。你身上还有菌,摸了饭菜对自己对别人都不好,明白吗?"

"明白,院长您就放心吧。"黄福根欢天喜地地答应下来。

焦起周来到前面,最婵已经把早饭做好,最芳先吃了去上学。他也让最婵先吃,吃完了好替桂兰回来吃。最婵一听这话,哪还能自己先吃呢?就跑过去让母亲回来先吃。

焦起周认真地洗了手,然后漱口洗脸,他刚坐到饭桌前,武桂兰母女就一块儿都回来了。武桂兰跟他解释:"病人没事,挺稳当的,已经睡着了。"她看看饭桌又问了一句,"武长还没起呀?"

"我早就喊他啦。"最婵说完又要回屋再去叫,焦起周的脸黑了下来,拦住女儿,"不用喊他,找个女婿好像请来神了,莫非还要弄个牌位供起来?"

最婵夹在父母和不争气的丈夫之间,这份罪可真不好受,便坐下默默地先吃起来。

他们匆匆吃着早饭,八点钟门诊病人就都来了,焦起周得准时顶门诊,武桂兰还要先去查房,给病人换药,处理完住院病人以后再赶过来帮着看门诊。焦起周下了决心,必须尽快再请一个大夫来,找不到正式的大夫就得让儿子回来,医院里怎么也得有两个男人轮流值夜班,顶急诊。从今天晚上起,自己先睡到值班室里来,不能来个急诊就搅得一家子都睡不了觉。

焦起周三下五除二地把早饭扒拉到嘴里,看看离上班还有一点时间,就抄起了门边的大扫帚。昨天人来人往地糟践了一天,到处扔着纸屑、塑料袋子、饮料盒子,不扫干净等会儿让病人看见,这哪像个医院!

这本该是郝武长的事,难道他懒得连这点事也想赖掉?

焦起周扫到郝武长的窗户跟前大声吆喝道:"懒虫,还不起呀!睁眼看看都啥时辰了,还要等人往你嘴里喂饭哪?"

郝武长没有吱声,仿佛岳父吆喝的不是他。杂草最容易蔓延,随着时间一长,他了解了焦家人,他在焦家的地位又让他想起过去的自卑,而自卑最容易产生嫉恨,身上的老毛病又冒头了。

他又闭了一会儿眼,才慢腾腾地抬起上半个身子,懒洋洋打了个十分响亮的哈欠,像是故意让焦起周听到。

武桂兰不愿意惹事,走出来小声劝丈夫:"不要老嚷他,说多了就皮了。好歹也是女婿,撕破脸皮往后就更不好办,再说,我们也犯不着为他生这么大的气。他又不是小孩子,怎么做人得靠他自己。"

焦起周又何尝愿意惹事:"咳,天下哪有老丈人愿意说姑爷的?他年轻瞌睡多,也不是不能理解,可要大面上过得去。咱们正处在创业时期,非过一段艰苦的日子不可。像他这种好吃懒做的东西,刚结婚

238

还没有几个月就是这副样子,时间长了还得了? 这里又不是养老院,不乐意待就滚回去嘛!"

他有意提高嗓门,让屋里的郝武长也能听到。

武桂兰皱皱眉,仍旧压着嗓子:"那婵儿怎么办? 总不能让女儿跟着一块儿去吧? 大老远的,我们怎么能放心? 唉,既然已经结到一条蔓子上了,就好歹将就着算啦!"

焦起周想想也是,何必跟郝武长这样的人一般见识呢? 顶不济自己多干点,还是少惹闲气为好。

想不到已经吃透了焦起周和武桂兰脾性的郝武长,这时候走出了房门,又伸一个懒腰,一副气死人不偿命的无赖相:"哎呀,大早晨的,谁家的池塘干啦?"

焦起周一时没听懂他的意思,但知道郝武长的嘴里不会有好话,就接上火叮问:"你说啥?"

"我是说谁家的池子里没水了,憋得蛤蟆乱嚷乱叫。"

"你……你这个忘恩负义的东西!"焦起周气得脸色煞白,却说不出更赶劲的话。

吵架骂街是郝武长的强项,他不生气只气人:"你还说我,你自己才是周扒皮,压迫长工,半夜鸡叫,搅得人不得安宁。"

焦起周的肚子要被气爆了,可他没有办法压住郝武长的气焰,只会讲些此时已经显得软弱无力的大道理:"你睁开眼看看,现在是半夜吗? 你不愿意在这儿待就滚吧!"

"走? 哪有这么便宜的!"郝武长歪着脑袋,反倒摆出了不依不饶的架势,"先前你赶我走倒挺容易,现在我长下根了,你越想让我走,本人就偏不走。不是不走,不到时候,到走的时候你想拦都拦不住!"

焦起周被噎得浑身打战,却没有招儿可使,愣愣地真恨不得自己一头撞死。

郝武长见焦起周说不出话来了,嘿嘿一笑,扭身又进了自己的房间,"啪"的一声用力关上门。

一直忍气吞声的最婵,像疯了一样冲进自己屋子,指着郝武长想狠狠地骂他几句:"郝武长,你怎么敢对我父亲这样?真是没良心!"

"好好好,老蛤蟆不行了母蛤蟆上,快替你爹出出气。"郝武长又怎么会把最婵的恼怒当一回事?一副嬉皮笑脸的样子:"别忘了,打是疼,骂是爱,挨老婆骂可是一种美事,特别是你的骂。自打结婚以来还没见你骂过街,原来你也会生气呀!"

最婵满身的怒气转化成悲凉,她什么也不想说了,开始收拾自己的东西。

郝武长有点不摸门:"你想干啥?"

最婵不答理他。

郝武长扑过来抓住她的胳膊:"快说!"

"跟你这种人还有什么可说的,从今后你过你的,我过我的。"

"你想得倒美,你是我老婆,是我的人,我不点头你甭想走出这间屋子!"恶狠狠的郝武长,蓦地又冷森森地笑了,"我倒有个主意,可以让你的爸妈过上安生日子——你把'回生灵'、'回生膏'的秘方交给我,咱另立门户去挣大钱。"

最婵的脊背一阵发冷。她感到不安和持续的恶心。她这时才明白,郝武长并不是个简单的浑蛋,他还极其危险。她强忍着恶心,想出了搪塞的话:"看不出你还在转这个脑筋,按祖传下来的规矩,秘方传男不传女。从我结婚之日起就是郝家的人了,父母能将秘方传给我?"

郝武长嘿嘿一笑:"你拿这话哄别人行,能哄得了我?你好几次关着屋门跟你父母密谈,我一进去就转题儿。若说你没有得到'回生灵'的真传秘方,连鬼都不信。"

"你爱信不信,我就是知道秘方也不会给你。"

一种令人毛发直立的狞笑在郝武长的面部逐渐散开,神情陡然一变:"告诉你,不交出秘方,我就让你们焦家鸡犬不宁!"

他说完用力一推,最婵摔倒在屋门口,右额角磕在门框上,登时一片青紫。

武桂兰听到动静冲进来,先扶起女儿,而后对郝武长说:"你这个下流坏子,竟敢动手打我女儿了！告诉你,最婵长这么大,连我们都没有动过她一指头,看来我们收留你真是瞎了眼。可你也要记住,我们能让女儿跟你结婚,也能让她跟你离婚!"

武桂兰没有喊叫,这番话的分量却把郝武长给镇住了。他立刻拉出一副哭丧脸,连声调也随即改变了:"好妈哩,我下次再不敢了……"

武桂兰和最婵头也不回地摔门而去。

膏　药
——尚德堂随笔之六

　　既然已经成了"老家伙"，就不可避免地屡屡被拉去参加各式各样的药品鉴定会。这样的会一开就成"盛会"，住最好的宾馆，吃最好的饭食，享受最高规格的待承，还要发给你价值不菲的纪念品、鉴定费、车马费、材料费、审读费……名目之多，名目之新，让能熟记成百上千种草药且搭配起来变幻莫测、得心应手的中医大夫们自愧弗如。

　　因之，"老家伙"们便一个个神采焕发，俨然权威。其实是吃人家嘴软，拿人家手短，一手接了人家的钱，就得一手给人家签字盖章说同意，交出自己的牌子。有爱激动之徒，还要说上一大堆好话。当然，药品本身首先要过得去，让"老家伙"们觉得钱拿得堂而皇之，而不是扪心有愧。

　　现代世界六大赚钱的行业中就有制药业，开发好了一味药一年就可以卖到几亿乃至十几亿元！所以，近年来药品鉴定会越开规格越高，主办单位似乎是比上了。

　　唯焦起周、武桂兰二位大夫研制的"回生灵"、"回生膏"的鉴定会，可算是个例外了。鉴定会选在山西省城太原举行，由省药品管理局代为操办。几乎把目前国内抗结核病方面的重头人物都请到了，还有他们省内的一些结核病专家。他们夫妇俩却只有焦起周一个人来参加会，据说武桂兰要留在医院照料病人。

　　好啊，在她眼里，病人比通过自己的科研成果还重要！

　　真傻呀！但傻得可爱，傻得难得。以往的鉴定会上，不要说主要研制人员,就是稍微沾点边儿的人都绝不会落空,既要广为交结,扎根串联,借机建起自己的关系网络,还要发表体会,大出风头,跟领导和权威人物合影留念,将来评职称、要津贴、出版著作、出国讲学,都是可以认真炫耀一番的资本。对于功利心过重的现代人来说,这可是比洞房花烛还要重要的时刻。

而武桂兰竟然不露面。

焦起周又是一副什么心态呢?看得出他很紧张,却没有任何缓解自己紧张的手段。比如,他没有钱给专家们发放这费那费,也没有任何纪念品。他好像不是很明白这里边的套路,没有动太多的脑子,只是老老实实地把自己摆在了等待裁决的位置上。而以往的这种鉴定会,都是主办者自己当法官,鉴定专家们不过是掌握在法官手里的陪审团。还有一批能言善辩的律师帮着法官说话,鉴定结果早就不再构成悬念,实际上只要把下边的工作做充分,科研以外的工夫做足,很少会出意外。谁花钱给谁办事——这已经是商品社会一条不成文的规则了。

但我并不为焦起周捏着汗,我知道"回生灵"的价值,丝毫不为鉴定会的结果担心。只是感到很好玩儿,这回要看戏了——从某种意义上讲,这不但是考察焦起周、武桂兰的药,也是对这些所谓专家、权威的考察。这是一次没有任何附加条件的药品鉴定会,且看这些"老家伙"们如何"鉴定"。

首先是"回生膏",要不是这些人还沉得住气,定会引起大哗。连小孩子都知道,膏药主要是用来治疮疖,消肿痛,焦起周的膏药怎么就能治结核呢?不论结核长在哪里,肺里、胸膜、淋巴乃至骨头上,一贴膏药就好了?专家嘛,就要有专家的深沉,即使心里疑窦丛生,嘴上也不会露出少见多怪的肤浅相,顶多有那么一点被吓了一跳的样子。

先就外敷药治疗结核病进行国际连机检索,结果为零。这就是说,世界上从来没用中药外敷治疗结核病的先例。

下面就要分析"回生膏"的疗效了。如果真有效,那就神了,堪称奇药,用俗话说叫"填补了国际空白"！是专家就有其执着的一面,当他们看到了真正的好东西时,就表现出应有的识见和品格。

——这一点让我感动。

我以前看见他们拿到红包和纪念品时的高兴样儿,以为他们的识见和品格是可以打折扣的,甚至是可以被收买的。现在看,我自己才是地道的老古董,太偏激了,这次老同行们的表现改变了我的看法。这是一个没有任何心理负担的鉴定会,最后的鉴定结论是这样写的:

我国结核病发病率近年呈上升趋势,常规治疗方法的耐药性及毒副作用则是抗痨工作中的巨大障碍。因此,采用"回生灵"、"回生膏"治疗结核病所取得的突破性成果,富有重大的实际意义,且国际联机检索未见同样报道。

本项目继承祖国医学遗产,用中药外敷配合辨证施治。治疗结核病六百八十例,有效率达到百分之九十六点七,临床治愈率为百分之七十一点三,对肺结核空洞的闭合,效果尤为显著。在肺结核空洞非创伤性治疗方法上,具有国内领先水平。

该项研究,技术资料符合要求,达到了任务规定的例数。所采用的治疗方法,既符合中医理论,又具独创性,疗效可靠,简便易行,未见副作用。此成果有实用意义,有推广价值,对进一步开拓中药用药途径,提出了发人深省的新思想。

这鉴定书上的最后一句,是应我的提议加上的。在会上,我见到一个工作人员的水杯里泡着一把枸杞子,原来他是用枸杞子当茶喝,还向我大讲枸杞子的好处。我告诉他,枸杞子从发芽到成熟,一般会发生十七种病虫害,很多药农都是反复喷洒农药,以灭虫除病。而摘下枸杞子以后,简单地包装一下就上市。你拿过来直接就进口,与其说是在吃补药,还不如说是喝毒药更贴切。

其他草药也差不多,种植很不规范,采割后的加工处理也极粗糙,可以说后患无穷。而制成外敷的膏药,如"回生膏",药力通过皮肤渗透进入血液,不必经过消化系统和肝脏,是一条很好的给药途径。所以,"回生灵"、"回生膏"通过鉴定,固然应该祝贺焦起周、武桂兰伉俪,但更值得为之庆幸的,却应是结核病患者。

14. 笑奶奶保婚

自郝武长跟焦起周闹了那一场之后,焦最婵就不再回自己的房间,晚上跟小妹最芳住在一间屋里,好像重新获得了那种久违了的轻松感。

女人如果不长大不结婚该有多好!

亲近的人都这样劝过她:时间一长,跟郝武长待习惯就好了。可她,越是跟郝武长处的时间长了,对这个人知道得越多,也就越是不喜欢他,渐渐地还生出一种不安和恐惧。她们一家治好了他肺上的空洞,他的心里又生出一个空洞,且已无药可医。他举止没有廉耻,过着一种不仁不义、病态般的日子、浑身就没有一点叫人喜欢的地方,那张邪恶的脸就是他全部信仰的表白。

这桩婚姻本来是父母替她选的,现在她却夹在男人和父母中间无能为力。她受的是什么样的委屈,郝武长在没有外人的时候是怎么对待她的,没有人知道,她也不敢告诉父母。可在父母面前,她又有一种莫名的负罪感,好像嫁了这样一个倒霉男人常惹得父母生气,倒是她的不对。如果根本就没有她的存在,哪还会有这桩婚姻呢? 她为自己的存在而感到对不起父母。

每天一睁开眼,她从住院部到门诊室,来回蹿个不停,既给父亲打下手,又得给母亲当助手,还要把护士的活儿全得兜起来,到了钟点还要想着给全家人做饭,总不能再让父母下厨吧。可想而知,她的事情有多杂、多乱。一个人如果心里定得住,身外的事再多也不会乱。问题是,她的心里跟外边一样的又忙又杂又乱!

她的阵发性呕吐越来越剧烈,再想瞒着父母已经不行了。母亲把脉,证实了她的担心,确实怀孕了。

焦最婵最初的反应是打掉这个孩子,她非常厌恶自己的肚子里怀上了郝武长的孩子。她还曾为自己是郝武长的老婆一阵阵地厌恶过自己,这甚至改变了她的生活态度——在护理病人的过程中,无论遇上多么严重的或多么脏的,她都不嫌弃,甚至不怕被染上结核。说来也怪了,这么多年她天天跟结核病人打交道,结核却从未沾过她的边儿。一个女人最大的悲哀可能就是对自己的婚姻没有信心。跟郝武长的关系将来会怎样,她的心里一点数都没有。那天连母亲都气得说出了"离婚"这两个字,那么留着这个孩子,将来不是麻烦吗?

想归想,焦最婵却根本就没有付诸行动的勇气。在她的性格里有一种根深蒂固的怯懦,从小到大,在重要的事情上她还从来没有为自己真正拿过主意。堕胎的事也就今天推明天,这周推下周……特别是看到父母并未因她怀上郝武长的孩子而表现出嫌弃,她就又变得犹豫不定,便一天天地拖延下来。

只有郝武长还不知道自己的老婆已经怀孕。因为他又过上了两年前在陕西洛南县小山村里的那种日子,在屋子里憋屈了许多天了。

现在,他可以整夜整夜地在外边胡混,也可以没黑没白地在自己的屋里睡懒觉,再也没有人催他起床、喊他吃饭,焦家上下就像没有他这个人一样。刚开始的时候他并不在乎,心里说看谁熬得过谁。他现在不是光棍儿一条了,男人有了老婆就有了资本,有了优越感,就能强硬起来。因为这个老婆不是别人,是你们焦家的大闺女。我占了你们的闺女,就是跟你们焦家有了关系,你们想就合我也得就合,不想就合我也得就合。那天,堂堂的院长老丈人被气得直翻白眼,最后又能怎么样?还不是找个没人的地方去偷偷地给自己顺气!你们这一家人,早就叫我给看透了,全都是泥捏的,甭想跟我玩儿邪的!

特别是焦最婵,竟然还敢搬出去住,看你能在外边躲多久!哪天老子想好事了一把就能把你再拉进来,看我怎么折腾你!在新婚之夜,郝武长就自认为彻底弄懂了焦最婵,别看她在病人眼里是菩萨心肠,是救命恩人,一开始他也把她看得高不可攀。那天他是借着酒劲儿现了原形,一上来就把她的窗户纸捅破了,原来她跟别的女人一个样,嫁给了他就成了他的人。无论他怎样对她,她都不会反抗。她已经完完全全地属于他了,而且永远属于他。他随时可以支使她,她就是他对付焦家的武器!

武桂兰还用离婚吓唬人,把我当小孩子哪?你说离就能离呀?老子死活都不同意,拖死你。即便真的到了那一天,我也会把你们讹死!哼,离婚,哪有那么便宜的事……

郝武长铁嘴钢牙,给自己打足了气。但扛了一段时间就有点挺不住了,他已经不是两年多以前的郝武长了。他尝到了家庭的温暖,也知道了被人关怀被人尊敬的滋味,忽然一下子又全都丢失了,重新变成一条没有人管理的狗,叫他怎么受得了?先说吃,人是铁饭是钢,你本事再大,饿上两天就一点火性都没了。来到运城以后,焦起周每月给他开工资,平时他在家里吃饭不花钱,工资光用来抽烟和到外边找乐子,就显得挺排场。有时还能在城里新交的几个哥们儿面前装装样子,不忘记提醒他们自己是一家医院院长的女婿。自从跟焦起周吵架以后,他就靠上个月还剩下的那点工资天天到街上买饭吃,这还能维持得长久吗?花光了口袋里的最后一分钱,就只好回到自己的屋里躺着。唯一可以自我安慰的就是还有间屋子藏身——其实连这间屋子也不是他的。如果他是焦起周,就不会让闺女搬出去,而是把他撵走,那他如果不想走,就只有跪地求饶。

焦起周啊焦起周,你个老杂毛,跟我做下仇就会有你倒大霉的一天,到时候看我怎么收拾你!

恨归恨,骂归骂,眼下怎么办呢?要是能瞅个机会把焦最婵拉到屋里来就好了,可以打她干她往死里折腾她,也可以哄她求她,对自己的老婆怎么都好说。哎呀,老婆,老婆,那才是男人的天堂。一个连老婆都说不上的男人没有人会拿你当人,这两年我活得有了底气,全是因为娶上了老婆。有一个温热柔软的身体天天晚上在伺候着你,你什么时候想抱就抱,想在上边撒气就撒气,这种日子不能再丢了!焦起周、武桂兰,你们煽动你女儿离开我,这是夺妻之恨。俗话说,宁拆十座庙都不拆一桩婚。我一定要报这个仇！

郝武长几次想接近焦最婵，可焦最婵很少走单儿。白天常在病房里，晚上跟家人在一块儿，真撕扯起来他怕占不到便宜。他不怕焦家的人，却不能不提防病人。医院里已经有了十来个男病人，正恨不得把焦起周两口子当成神仙供起来呢，一旦动起手来，他们肯定会向着焦家的人！要不就在下半夜的时候把他们的房子给点着，能烧死几个算几个，烧不死算他们命大。房子没有了，看他怎么开医院，怎么向卫生局交代。细想想这一招儿也够馇，这样的旧房子，人在里面感到热了，一脚就把窗户门给踹开了，不可能被烧死。他们必然会报案，警察也一定会到洛南抓我，那不就完了？

不行，这么快就把自己搭进去太不划算。焦起周刚刚在运城站住脚，还没有赚下多少钱，现在还不能跟他们闹崩了，我还没有好好地享受过哪……他闭上眼能想出千条路，睁开眼仍旧走投无路。在肚子饿得还能扛得住的时候，他发狠、骂街、起誓，主意也一个个地想了不少。此后又饿了几天，虽然这几天他也时不时地到外面找到一点吃的，但感觉却跟前些天大不一样了，杀七个宰八个的气焰越来越弱，最后还是给自己找到了一个老台阶，好汉不吃眼前亏，大丈夫能屈能伸。

要想吃饭，就得重新回到焦家的饭桌上去，那就得管人家叫好听的，爸呀妈呀……反正也不是第一次叫了，郝武长对管别人叫好听的也不怎么当一回事。光叫好听的还不行，人家可以照旧不答理你，还得干活。一个医院的杂活得有多少？他除去不管看病，别的事都管，连烧开水，打扫卫生，维持秩序，有重病人来帮着搬搬抬抬，都是他的事。

郝武长骨子里有种无赖性，也正是这股无赖性一次次地帮了他。他找了个哥们儿帮忙，先给焦起周、武桂兰写了一封检讨书。天下的事就这么怪，一个狗屁不通的浑球，却偏偏喜欢用舞文弄墨来卖弄自己的小聪明——

亲爱的爸爸、妈妈：

我知道自己犯了错误，不可饶恕的大错误。我把爸爸气得够饿,我从来没见爸爸发过这么大的火。爸爸是世界上第一大好人,谁如果与他合不来,那么这个人的问题就大得很了。我真浑,缺少教养,不懂礼貌,不知道尊敬老人,在医院病人中造成极坏的影响。现在我已经认识了个人的错误是严重的,今后再不敢了。如有重犯,请爸爸妈妈严惩,武长绝无半点怨言。请二老原谅我!

不孝婿　郝武长

他选了一个让焦起周和武桂兰没有办法再跟他红脸,不得不接受他道歉的日子重新出现在医院里,一本正经,人模狗样,就像什么事情都没有发生过,或者即便发生了一些事情也已经烟消云散,雨过天晴。这一天黄鹿野来了,郝武长断定焦起周绝对不会把跟女婿吵架的事告诉这位老朋友,他们好面子,怕丢人,因此当着这个黄鹿野的面,他喊他们一声好听的,不就都过去了吗?

他猜测那两个人一定都在办公室里陪着黄鹿野,就推门先进了焦起周和武桂兰的住房,屋里却只有上午没课的最芳一个人。他把检讨书放在连三桌子上,对最芳嘻嘻一笑:"这是我的认罪报告,你看看有没有错别字,有就替我改过来。"

然后他来到办公室,因为外面冷,有十来个病人都挤在屋里等着。焦起周一边给病人看病,一边和坐在对面的黄鹿野说话,他跟前还站着三四个人。黄鹿野最先看到了郝武长,他是证婚人,自然也不会忘记这个当时的新郎官儿,就冲着他微微一笑。郝武长忙不迭地说:"您好,黄院长!"然后走过去给黄鹿野的茶杯里斟满热水,回手又拿走焦起周的水杯。由于焦起周没有工夫喝,杯里的水都凉了。郝武长到外面倒掉里面的凉水,重新沏上热茶,又端到焦起周眼前:"爸,您喝点水。"

焦起周抬起头,一股怒气攻心,把他的面容都扭歪了,可当着黄鹿野和这么多病人无法发作。本想不答理他,又怕让不知情的老朋友和病人误认为是自己不通人情,只得用鼻子"哼"了一声。

"哼"这一声也算是出声了,就等于跟郝武长过了话,僵局已经打

250

破。郝武长非常得意地又来到住院部，俨然一副检查卫生的派头，让这个人把窗台收拾干净，让那个人把堆在地上的东西清理出去……武桂兰还没看见他这个人，就先听到了他的声音。他在住院部晃荡了一圈，才走到武桂兰身边，小声说："妈，这边的一些杂事就交给我吧，前边来看门诊的人可是挤了一屋子，爸还得陪黄院长，忙得够呛，您老得过去看看。"

武桂兰非常诧异地看看他，这是怎么回事？这是个什么人？愣了愣神儿才说："这里哪有杂事？你能处理得了？你要真想学，就得塌下心来，从基础打起。"

郝武长答应得非常干脆，就坡下驴地给武桂兰打起了下手。

等武桂兰忙完住院部的事到门诊那边去了，郝武长就把焦最婵从病房拉出来，赔着笑脸说："婵啊，千错万错都是我的错，一日夫妻百日恩，你不能真这么狠心就离开我，你要再不回去，我就当着病人给你下跪！"

焦最婵一阵恶心，扭头跑进了厕所。

郝武长嘴角一咧，行啦，没用一个小时就把焦家的人都扒拉顺了！

中午，焦起周请黄鹿野吃饭，郝武长目前是焦家唯一的姑爷，能不让他参加吗？最婵自己鼓捣了几样菜，又到外面饭馆买了两个荤菜，在桌子上一摆开还是蛮丰盛的。郝武长虽然饿得肚子里只剩下一点绿水儿了，却不敢甩开腮帮子大吃，心里还有点顾忌——刚跟老丈人说了话，别再因为当着外人贪嘴又惹他不高兴。再说他从小经常挨饿，在这方面有经验，饿个三天两天的，见了饭可以猛塞；饿了七天以上，见了饭可千万不能多吃，吃多了必定玩儿完！他正好装得斯斯文文，不停地给老人们斟酒让菜，老老实实地听老人们谈话。他们谈到了医院今后的发展，这也正是他所感兴趣的。

酒过三巡，黄鹿野的话多起来了，他一开讲，别人就只有听着的份儿了。

他赤头涨脸，连眼睛都有点发红，讲起话来嗓门高手势大，长发抖动，感情充沛："起周啊，我不是当面恭维你们两口子，你们这股韧劲儿真叫我服了。你知道'文化大革命'给我的教训是什么吗？要时时刻刻地防备着自己的大脑。人的大脑皮层的左半部是专管生产哲学的，就是想点子、出想法。我当时记住了一条，这年头最数想法不值钱，天天都有新观点，天天都有新口号，就像蘑菇一样每时每刻地都会从脑袋里长出来。想法多是很露脸的，可也很危险，闹不好就是毒蘑菇，很像毒瘤。所以我不断地请病假、请长假，经常待在城关镇的小卫生院里，就是想混了、玩儿了。可你们呢？不断地被割资本主义尾巴，被当成毒蘑菇拔掉，仍然不停地有新想法，点子不断，现在倒折腾到大地方来了。来，为你们干杯！"

焦起周趁大家都还清醒，赶紧把话题拉到正事上："上午你也看到了，我和桂兰都忙得两脚朝天了，还是胡噜不过来。求你的事你怎么想？"

黄鹿野一下子变得很严肃："你们为护住自己的秘方受了多大的罪，我心里很清楚，既然这么不拿我当外人，我又岂能不够朋友？但眼下我还丢不下自己那个小卫生院，再说让我放着国家的工资不要到这儿来拿朋友的钱，心里也不自在，觉得还不够牢靠。我们是朋友，给朋友帮忙可以，你叫我把朋友当成自己的老板，一时还不习惯。所以我想了个主意，每周到你们这儿来三天，自己的卫生院还照顾着，你们的忙我是一定要帮，但不要你们的钱，只给我出来回的路费就行。顶多再有两年，等我把卫生院交出去，就一门心思到你们这儿来补差。"

焦起周举起酒杯："一言为定，鹿野真君子也！"

吃过饭，焦起周看黄鹿野的样子，想留他睡一觉再走。黄鹿野哈哈大笑："我要是睡下来，就得明天上午才能醒喽，还是到汽车上去睡吧！"

他抄起酒瓶子，把剩下的一点酒倒进嘴里，将空瓶子递给最婵："大闺女，给我灌一瓶子凉白开带着，在车上睡醒了觉肯定会口渴。"

连武桂兰都笑了："看你像醉了，原来清醒得很，还想着睡醒了要喝的水。"

一家人高高兴兴地送走了黄鹿野。不管是冲着谁，好歹也算见到了两位老人的笑模样，郝武长便产生了错觉，以为雨过天晴真的没事了，他又能跟全家人在一起吃饭了。但到了晚上，就不是这么回事了，虽然他还是一口一个好听地喊着，主动找话说，主动赔笑。武桂兰心软面善,为了不使他太难堪,该说话的时候也跟他搭讪几句。但焦起周始终不拿眼睛看他,更不跟他过话,即便郝武长一口一个好听地喊着,他也不应声。

还有一股怒气在焦起周的心里蹿动,这种沉默就像一道伤口摊在那儿。

晚上吃过饭以后就没有郝武长的什么事了,他脸皮再厚也有点磨磨唧唧,赶快溜出去找能让自己轻松的地方。等他走了以后,武桂兰当着两个女儿的面,劝解一直黑着一盘脸的丈夫:"他能认个错就算了,他若死不认错你又能把他怎么样?"

焦起周实在是怒气难消:"我倒宁愿他不认错,他这样翻三倒四像什么东西? 太卑劣了!"

"咳,不是冤家不聚头,这都是命中注定的。只要他跟婵儿还能过下去,咱俩受点委屈就认了吧!"

焦起周不想再说什么,心里却极不舒服,即便只是提起"郝武长"这三个字,都让他有气。好一阵子,大家谁都不开腔,好好一个家庭竟让这么一个人搅得不得安宁。

小女儿最芳想逗父母开心:"你们行医的人不是叫白衣天使吗? 没有魔鬼,天使的威力就显不出来了。有天使在,魔鬼也不能少,它是陪衬天使的嘛!"

哟! 武桂兰果然露出笑意:"看我老闺女出息得多快,这话连咱们都说不出来。"

最芳眯着眼,翘着下巴颏儿,一副率真得意状。

焦起周也忍不住用食指在她的鼻子上刮了一下。

快到晌午头的时候,太阳正暖和,焦起周的三弟焦斌丹领着老娘和侄女焦最霞走下火车。最芳眼尖,高声喊着奶奶就扑了上去。真是跟谁长大的见了谁亲,最芳从两岁就被送到老家去了,由奶奶给带到上学才又回到父母身边,上学后年年寒暑假也都要回家去看奶奶,这份感情跟一般城里女孩见到农村的奶奶可不一样。老太太自然也格外疼爱这个最小的孙女,咧着嘴,笑得不可收拾,一脸的皱纹全被欢喜扯开了,像金针舒展的菊花瓣儿。

就在这一老一小一扑一抱的过程中,老人咯咯笑着,将一把炒花生仁儿塞进孙女的手心里。老太太在火车上就剥好了,攥在手心里,只等着见到孙女的这一刻拿出来,上了岁数的人不应该空着手见晚辈人。

当然,这得说见谁。到车站来接她老人家的都是晚辈人,她手心里可就攥着一把花生仁儿。最芳立刻拿一颗花生仁儿放进嘴里,嚼得咯嘣脆响:"嗯,好香!"焦起周和最婵也迎上来,最芳给他们每个人的嘴里都塞了一颗花生仁儿。喊妈的,叫奶奶的,众星捧月般地簇拥着老人走出车站广场——好不威风。

老人已经七十六岁,背有点驼,走路却还噔噔的。噔噔的也得有人搀着,要的是这样的气氛、这样的架势。最婵和最芳一边一个扶着奶奶上了公共汽车,三站路就到了医院。留在医院守摊儿的武桂兰,听到动静赶紧从办公室跑出来迎个正着。郝武长也不知从哪儿钻出来了,大家热热闹闹地把老太太引进儿子和媳妇的房间。这间屋里本来堆放的东西就多,焦斌丹和最霞再把带来的东西放到床上,就显得更乱了。武桂兰让老太太进了里间,晚上就跟最芳睡在一块儿。最婵已经搬回自己的房子,原来的两张单人床并成一张大床,按农村的习惯,让老人脱鞋坐到床里头。武桂兰说:"这一早晨可够累的,先好好歇歇脚吧,等一会儿就吃饭。"

老太太兴奋,嘴里老说不累不累,看见儿子真的开起了医院,而且还在运城这样的大地方,那大牌子、大院子……老太太累也不累了,嘴角笑得先咧着,而且无缘无故的该笑不该笑的,都敞开嗓子笑,这让她那张老人的脸变得灿烂动人了。老人一边笑着,眼睛还一个劲儿地四外踅摸。最霞凑近了问:"找谁哪?是不是想看看最婵的女婿?"

最婵结婚的时候老人没有来,今天应是第一次见孙女女婿,但儿子、媳妇以及孙女最婵都没有给老人介绍郝武长。还是最霞眼观六路地不落空,把郝武长拉到前面,他也趁机喊了一声"奶奶"。老人打量郝武长,不知是在老家听到什么闲话了,还是不喜欢郝武长的模样,没有拍手打掌,问这问那地表现出奶奶见到孙女婿应该有的欢喜,倒好像愣了一下,不愿意跟郝武长的目光对视,赶忙别过脸问武桂兰:"小安子呢?"

你看,眼前站着孙女婿不跟人家说话,却一下子打听起孙子来了,这不是偏向是什么?郝武长的脸上还堆着笑,却心里恨恨地闪到后面去。焦家人都是一个德性——护犊子,排外。自己的孩子再坏也好,别人家的孩子再好也坏。

最霞也装得气不忿儿:"奶奶心里就光有这个孙子!"

焦起周解释说:"已经写信告诉安国了,明天他歇班,估计今天晚上就会跟最红一块儿回来……"

郝武长躲在后面偷眼盯着焦最霞,在他结婚的时候见过这位大姑姐,却没有留下很深的印象。当时他是新郎官儿,忙活得顾不得多看别人,全部注意力都下在焦最婵的身上了。现在看,她可比焦最婵强多了。看人家的打扮,黑色包腿裤骚得让人牙根发酸,还穿着大红的羽绒衣;那神色,那姿态,走在运城的大街上都够洋的。她那长长的头发干净利落地往脑袋后面一绾,带着一股野性子,薄嘴唇,通鼻梁,两眼冒精气儿……要是跟这样的人有点事,那得是什么滋味!看来她对我的印象还挺不错,要不也不会替我说话。她如果在医院待下来,以她的处境正好可以跟我结成同盟……

屋子里叽叽嘎嘎、热热乎乎。焦起周记不得有多少年没有享受过这种快乐了。

人家都说老人是儿女的挡风墙,无论年纪多么大的儿女,在父母跟前总会觉得自己还小,离死还远着呢,似乎就有了一种安全感。一旦父母这堵墙倒了,下一个就轮上你了,你又成了自己儿女的墙。所以老娘一到,焦起周又找回来一种久违了的轻松和满足。

老娘就是宝。别看加上老娘就来了这么三个人,却给医院增加了一种平衡感——原来焦起周总感到自己的医院一头沉,病人多,医护人员少,有点压不住。现在就不同了,他这个院长手下有将有兵,于是便有了热气,形成了气候。

离吃饭还有点时间,焦起周提出要带着三弟和侄女先看看医院,把他们的工作交代下去。到下午,能插手的就得先干起来了。焦最霞已经跃跃欲试:"没说的,到这儿来就是干活儿的。"焦斌丹不爱说话,来了这半天还没有听到他吭过声,到了非要有所表示不可的时候,也就是点点头或笑一笑。

郝武长从后面也跟了出来。

他们先来到办公室,焦起周对斌丹讲:"这两间大屋子要改成治疗室,你下午跟武长在后面再收拾出一间房子来做办公室,你在里边办公,负责挂号、收费、记账,把医院的钱和物都替我管起来。还要收发信件,给病人寄药……事多了,我一时也想不全。明年我想再找个有经验的退休老会计来管账,还要负责对外打交道,什么税务局呀、工商局呀……"斌丹脱掉深色夹克衫拿在手上,只穿一件灰色的厚毛衣,在一副农村人忠厚的外表下又掩藏着几分儒雅、几分精明。他不住地点着头,神情凝重。他看上去还不到五十岁,留着短平头,方脸高额,棱角分明,细心人很容易就看出跟焦起周一脉相承的地方,只是显得更朴实。

没等听完焦起周的布置郝武长就退出来了。人家都说一个女婿半个儿,这个老东西,把医院的财权宁交给弟弟也不交给我,看来在他心里是不拿我当女婿了!你拿我当不当一棵菜是你的事,我是你闺女的男人这谁也更改不了。你再能耐也总有个老的时候、死的时候,到时候就得把这个医院交给你女儿,不可能交给你兄弟。我熬得过你,咱们走着瞧吧!

郝武长跟进来又气哼哼地出去,都没能瞒过最霞的眼睛。她小声问焦起周:"二叔,大妹夫在医院里管什么?"

焦起周未曾开口先晃晃脑袋:"是我跟你二婶看走了眼,这个人没有长性,他若是靠得住,我还用大老远地让你们抛家舍业地来帮忙吗?你们有什么杂事可以支使他去干。"斌丹和最霞都没有再吭声,支使他?且不说他有院长姑爷的这层身份,就单看他那个样子,是好支使的吗？看来哪种社会哪个时代都出这种事，只要有几个钱，日子过大了，家里就会出游手好闲之辈。

焦起周看着最霞说："目前医院里还没有一个专职护士，你就给我把病人都管起来。依你的性格，将来会是个挺好的护士长。"

最霞感到紧张："哎呀二叔，我就会那么三脚猫似的两下子，在村上胆大敢下手，可没进过正式的医院啊！"

焦起周看看斌丹，笑了："想不到我们最霞也有怯阵的时候。咱这是中医专科医院，主要就是内服中药，外贴膏药，没有大的手术，也不需要太复杂的技术护理，顶多就是打针输液，来了重病人帮着做些紧急处理，这些你不是都干过吗？"

就在此时，从后面传来一声女子的尖叫。他停住话头，急忙跑出去。

只见黄福根以比他更快的速度从住院部跑过来，焦起周暗暗叫好，这小子倒挺机灵的，他的耳朵像贴在杨希的身上，这边一有动静，他眨眼工夫就能到。

杨希蹲在自己的屋门口，双手抱在胸前，脸色焦黄。"怎么啦？怎么啦？"黄福根一面问着一面扶起姑娘，其他住院病人也端着饭盆过来了。黄福根看看杨希惊恐的眼神，又往她的屋里看了一眼，然后挡在门口高声嚷嚷着："谁也不许进，得保护现场！"

"嚯，出了什么事啦？我看看你的现场。"焦起周走过来，黄福根就不能不闪开了。但焦起周并未贸然进屋，而是站在门口向里面瞧。屋里确实有些怪异，地上零零落落撒满垃圾，姑娘的床上趴着两只死耗子，到处都是被咬烂的鞋、毛巾、女孩子的卫生用品以及耗子屎等。这算什么现场？焦起周问杨希："你怎么会住在这里？你的病不是好得差不多了吗？完全可以回家去慢慢地调养了！"

黄福根替杨希讲了一下事情的经过："在她治病的过程中，由对医生的感激和崇敬渐渐衍变成对中医的兴趣，不敢说要学医，只请求武大夫能让她留下帮忙。武大夫考虑到医院也正缺人手，就答应了。"

焦起周一拍脑门："哎呀对不起，武大夫跟我说过，这些天太忙，忘得死死的了。可,你不是住在后面吗?"

杨希已经定住了神儿,开始自己叙述事情的经过:"因为不断地有新病人来,没有地方睡,我就让出自己的床,在第二排收拾出这间小屋,把东西搬过来了。昨天发现有耗子,让黄福根帮着给治了一下。今天上午武大夫特别忙,只有我一个人给她打下手,到中午想拿饭盆去买饭,就看见床上有好几只大耗子在蹦来蹦去,可把我给吓死了!"

焦最霞隔窗看看旁边的两间房子,里面堆满乱七八糟的东西,不知有多少年没有动过了。她走近杨希说:"你打死了老鼠,肯定就扔在了西墙根底下。这是老鼠报仇,趁你不在把死老鼠又叼回来,把你的东西能咬的都给你咬坏了。别怕,先吃饭,下午我帮你把这一排房子全打扫出来,晚上我跟你睡一间屋。"

——新护士长上任了。

大家都感到新奇,老鼠还会报仇?

"是生命就有感觉,有感觉就有好恶,小到马蜂,大到老虎、大象,都知道报仇,为什么老鼠不会?"焦最霞侃侃而谈,反倒显出农村人见多识广。

焦起周趁机把最霞和斌丹介绍给住院部的病人:"对了,我还忘记给大家介绍了,这位动物专家是我的侄女焦最霞,医院新来的专职护士。这位短平头是我的弟弟焦斌丹,文武齐备的斌,灵丹妙药的丹,是咱们医院的会计……"

天擦黑儿的时候,安国和最红回来了,当然是先得去看奶奶。

一进屋就有种过年的感觉。外间屋支起一张大圆桌子,上面摆着七个碟子八个碗,人多,饭热,菜香,好像就等着他们俩回来入席呢。里间屋的床上还放着一张小炕桌,那是专门给奶奶用的,省得她老人家下地了。

每个人都挂着一张笑脸,无论想笑或不想笑、值得笑或不值得笑的,都极容易就笑起来。人要活到多大岁数才能有这样的号召力?像老寿星一样被全家人供着敬着哄着捧着,正好让奶奶的笑病派上了用场。老人是真心高兴,笑得就真实,看上去无时无刻不在笑,即便是坐着打盹儿或一个人静静出神的时候都像抿着嘴在笑,何况又看到了好长时间没见面的孙子! 她手向前伸着,嘴唇嗫嚅着:"哟,一眨眼的工夫可壮实多了,真是个大人样子了!"

老人把自己的床铺又变成农村的大炕了,从褥子底下抓出炒熟的花生和脆枣,塞到孙子和孙女的手里,还是热乎的。

马上就要吃饭了,见面也得先吃奶奶给的东西。安国好似迫不及待地挑了一个脆枣送进嘴里,一边嚼着一边耍贫嘴:"看看,刚说完我有大人样儿了,可还是拿我当小孩儿。奶奶,您到底是愿意我长大,还是喜欢我老是小孩儿?"

"傻小子,你长得再大,在你奶奶眼里也是小孩儿!"老人耳朵不背,能跟儿孙交流,思维就不会迟钝,说话还保留着一种风趣。

安国继续逗老人:"奶奶,您的褥子底下还有什么宝贝?"

"还有件最好的宝贝,等会儿才能给你看。"老人把最红拉到自己身边上瞧瞧下看看,"我红丫头说话也是大姑娘了,你老往家里跑,王家不会不乐意吧?"

最红跟奶奶在一块儿的时间不长,也就不像其他孙女们跟奶奶那么亲。老人提的这个问题也很容易让她多想,是嫌她回来得多呢,还是不想让她经常回来? 她不知该怎么回答,于是就不吭声——如果说这间屋子里还有不向奶奶赔笑脸的,也就是最红了。

武桂兰赶紧替女儿打圆盘:"王家挺好的,不会对最红回家不高兴的。"

焦起周趁机吆喝了一声:"吃饭吧,大家动手。"

安国和最芳在里间的小炕桌上陪着奶奶一块儿吃,其他人都在外间屋的大桌上,连最红也出去坐到了母亲的身边。

屋子里热气弥漫,响起了筷子碰碗、勺儿碰碟子的声音,并伴以牙齿的咀嚼声、喝汤声和说话声。这就叫家,就叫生活的滋味儿。老奶奶吃得很少,她总看着孩子们吃,似乎比食物进入自己的口腹更愉快。一个男人的志向不就是能养家糊口,活得像个人样儿吗? 焦起周做到了,看他终于露出了笑模样儿！他从小就心大,在兄弟几个中数他最不让大人省心,遭受的磨难也最多,这是没有办法的事。你心大,老想干大事儿,就像你家的屋顶大了,必然就有更多的雨点和雪花往上面落是一样的……

这天晚上焦起周的话也格外多。在任何饭桌上,话都是最好的菜,大家能不能吃好,就看一家之主或一桌之主的话是不是说得好。如果焦起周只顾自己闷头吃,别人还能吃出好兴致来吗？焦起周先夸赞了侄女能干,带着几个轻病号,一下午就让住院部换了个样子,还除掉了两窝耗子。最霞则说,她已经看出来,黄福根跟杨希正在谈恋爱。武桂兰却认为不大可能,他们认识这才多长时间,两个人又都有病,怎么可能呢？

最霞笑着说:"这时候的年轻人,跟你那个年代的人可不一样,过去谈个三两年也不准能办到的事,现在有三两个小时就都解决问题了！"

老太太在里屋插了一句:"就是霞丫头的眼毒。"

焦起周也嘲笑武桂兰:"你呀你,只看到病看不到人。如果有年轻人在我们这儿既治好了病,又谈成了恋爱,也未尝不是一段佳话。"

老太太又向安国问了一些矿上的情况,安国也只拣些轻松有趣的讲。

吃过饭,焦起周和斌丹到办公室商量医院分账立账的事。郝武长一放下筷子就没影儿了。焦安国也想借机跟父亲和三叔一块儿了解一下医院的账目情况,却被母亲的眼光制止住:"你要陪着奶奶说会儿话。"最霞在他耳边小声说:"你现在是大观园里的贾宝玉,必须要扎在女人堆里陪着老祖宗。"老太太听不到却看到了,高声问:"安子,最霞又跟你嘀咕什么啦？"

焦安国迟疑一下,便顺嘴胡编:"霞姐不让我老赖在您身边,害怕您累着。"

老太太摆摆手:"别听她瞎说,吃完晌午饭我睡了一大觉,这会儿一点都不累。你不是还要看我给你带来的宝贝吗？"

　　老太太又把手伸到裤子底下,掏出一个纸包,打开来是一张照片,递到孙子眼前。安国接过来一看是个姑娘,短发团脸,喜眉笑眼,倒是挺讨人喜欢。最霞快嘴快舌地问他:"你觉着怎么样?"

　　安国有种不妙的感觉,便装傻充愣:"什么怎么样?"

　　这是奶奶在老家给你定的亲,咱们村南头表姨家的闺女,去年高中毕业了……

　　什么? 安国的脸一红,脑袋立刻就大了:"是定了亲,还是刚进入看照片的阶段?"

　　"农村里哪有那么多阶段? 老太太一句话这亲事就算定了。"

　　"定亲怎么也不跟我商量?"

　　最霞冲着安国又努嘴又挤眼:"这不就在跟你商量吗,要不干吗还给你带照片来?"

　　如果是父母干这手活儿,他可以断然拒绝,可以摔还照片拂袖而去。可,这是奶奶在管这件事,麻烦就大了! 因为在焦家,没有人敢惹奶奶生气。爷爷死得早,祸不单行,大伯伯有了女儿最霞不久也去世了,这个家完全是靠奶奶撑持下来的,老人家向来是一言九鼎。

　　武桂兰走近了把照片接过去:"呀,奶奶可真有意思,还一直瞒着我们,安儿不回来就不亮照片。"

　　最婵、最红、最芳也都一窝蜂地过来抢照片看,这个说挺漂亮的,那个说一看就是农村姑娘,最芳的小嘴最刻薄:"整个儿一个傻妞!"

　　最霞打断她们的话:"你们说的都不算,得看安国喜欢不喜欢。"

　　武桂兰含笑看着儿子,她好像是相中了。最芳催促:"哥,你说呀,你到底同意还是不同意?"

　　安国勉强在脸上挤出笑来,趴到老人跟前:"奶奶,您都这么大年纪了,还操这份儿心干吗? 累不累呀?"

　　"这是高兴的事,又不是下地挖河拔麦子,累什么累!"老人颇为得意地抬手胡噜胡噜自己的头发,"再说我要不管,你们又得找个外乡人,不知根不摸底,谁知道娶回家里是个什么样儿? 这丫头是我看着长大的,老实本分,村上给她提亲的可不少,身体也好,她的哥哥姐姐们生的都是儿子。"

安国强挤出的笑变成了苦笑:"我的好奶奶,你敢情不是给我找媳妇,是给我找儿子!"

最霞插嘴:"没错儿,焦家到了咱们这一辈儿女多男少,老太太有点慌了。这个霍家的闺女腰粗屁股大,一看就是个能生孩子的坯子。"

最芳叫起来:"哎呀丑死了,肥腰大屁股那不成猪了吗?"

最霞还想说什么,被老太太喝住了:"霞丫头你给我闭嘴! 你一胎生了一对儿小子,你的腰粗吗? 你的屁股大吗? 安子,别听你霞姐瞎嘞嘞,她这是得便宜卖乖。就因为她生了双胞胎儿子,公公婆婆都把她当成功臣敬着。你们看她手上戴的、身上穿的,连城里的媳妇都比不上。她要干什么就干什么,这不说来运城,把一对儿刚三岁的儿子扔给公公婆婆,自己就来了吗? 你们是没见到她那一对儿大胖小子,可爱煞人了,虎头虎脑,长得一模一样,睡着了连霞丫头自己也分不清谁是老大谁是小二……"

最芳又感到了新鲜:"真的吗,霞姐?"

奶奶的一番话勾起了焦最霞对儿子的想念,脸上的线条立刻变得柔和了,显出一种做了母亲的自豪:"他们一睁眼我就能分得出来,究竟为什么我也说不清。还有喂奶的时候也能分得出来,老大老实,老二坏。"

这下连安国也感到神了:"这么小就能分得出谁老实谁坏?"

"是啊,从小看大嘛! 吃不饱的时候老大很少咬奶头,就是咬也不发狠。老二要是吃不饱,就撒着狠儿地咬我。"

最芳神往了:"霞姐你怎么不把他们带来?"

"带来你给我看着?"

"行啊!"

"哼,连半天也用不了你就烦了,你知道那俩小子有多淘哇!"最霞的口气里充满骄傲。

焦安国忽然有了主意,用一副玩世不恭的口吻说:"好,我有主意了,就让这个姑娘立下保证,结婚后必须生下双胞胎儿子,否则便自动解除婚约。如果不同意这一条,就学习国外的办法先试婚,先到咱家干几年活儿,等生下两个儿子以后再正式结婚。"

武桂兰在旁边打了他一下:"别胡说,净惹奶奶生气!"

老奶奶可不糊涂,却想歪了:"安子以前可不是这样,是长大了,该说媳妇了,脸皮也厚了,过去一听说要给他找媳妇就臊得早跑了。桂兰哪,定下来就快点给他们办了吧!"

啊!焦安国一听就急了:"奶奶,您可千万别再操心了……"他看见母亲着急地直向他使眼色,就尽量把话说得婉转些,还得绕着弯子绝了奶奶甚至包括父母为他找对象的念头。他吭吭哧哧地寻找着合适的词句:"奶奶,我在矿上还没有立住脚跟儿,现在可不能结婚……可也不能老耽误人家姑娘,将来我一定按奶奶的意思找个知根知底的,这总行了吧?"

最霞似乎看出了眉目,但不知道她是想帮安国,还是拿这个亲叔伯弟弟找乐儿:"奶奶,人家安国看不上乡下丫头,要在城里自己找,要追求'爱情',你就别再多管闲事啦!"

笑奶奶这回不笑了:"娶个城里的姑娘中看不中用,你们驾驭得了吗?'爱情'这才有了几年,老一辈子没有这个词儿还不照样生儿育女。没有爱情孩子是怎么生下来的? 过去村子里净是光棍儿,就都没有爱情? 皇帝三宫六院七十二嫔妃,爱情就那么多?"

老太太将丢在床上的照片捡起来,默默地又用纸包好。

武桂兰向儿子努努嘴,安国装看不见,她只好自己上前从婆婆手里拿过照片:"奶奶还真往心里去了? 安儿是跟您闹着玩儿的。我看这个闺女就挺好,等我跟起周商量好了,再答复人家。"

15. 在切切的盼望中

焦安国回到矿上,先把最红送回家,就错过了矿工食堂的开饭时间。幸好卓欣运已经替他买出来了,两个馒头,饭盒里一半是炒猪肝,一半是烧茄子,还放在宿舍的暖气上温着。

屋里聚着四五个人在打牌,一见他回来就忍不住要说两句俏皮话:"还是有对象好啊,知疼着热,你小子是哪辈子修来的艳福?"

焦安国既没有食欲,也没有心情跟同伴斗嘴,没吭声就往床上一躺,用被头蒙住了脸。同屋的人知道他晚上十点钟还要上夜班,就故意哄他:"别睡了,睡一会儿起来更难受,干脆跟我们一块儿玩儿一会儿,等接班后到车间去睡。"

焦安国仍旧没有搭腔。

住在同一个宿舍里的人,说亲近也亲近,说疏远也疏远。谁若真出了问题,比如发急病、出事故,同宿舍的人会像兄弟一样帮你救你。但大家毕竟不是兄弟,当你心里不痛快,生闷气的时候,对不起,那就活该了! 你会强烈地感到人心隔肚皮,平时很熟悉的人其实很陌生,宿舍里很热闹你却很孤独。就说眼下,人家问了两句你不出声,就再也不理你了,该玩儿的玩儿,该闹的闹,嘻嘻哈哈,满嘴胡呲,争牌斗气,吵吵嚷嚷,就像旁边的床上没有躺着人一样,全不管焦安国是否能睡得着,心里又是什么滋味。

过了一会儿,有人轻轻敲门,屋里的人急忙高声喊叫:"进来!"矿上的男工宿舍很少遇到先敲门的来客,猛地有人敲门就知道准是稀客,很容易给光棍儿汉们带来一阵兴奋。随着喊叫声推门进来的是卓欣运,她估计焦安国该回来了。

还是姑娘辟邪,房子里的吵闹声立刻压低了许多,牌虽然还在打着,但耳朵、眼角都转向了姑娘。有人主动搭讪:"安子一回来就睡了。"

卓欣运看看暖气上的饭菜,一点没动,以为安国哪儿有不舒服的地方,轻轻撩开一点被子,刚要用手去摸他的额头,安国睁开了眼睛,随即就抬身子坐起来。

姑娘问:"你怎么啦?"

安国晃晃头:"没怎么。"

"那怎么不吃饭?"

"不想吃。"

两个人都不说话了。屋里非常安静,连打牌的人也都支起耳朵,想听清他们两人的对话。两个人说话有那么多人旁听,还能说些什么呢?

什么都不说姑娘也看出来,焦安国心里有事。以往他从家里回来总要先去看她,即使她在班上也会找到车间,而且总有一些话要说,有一些家里的事情要告诉她。谈恋爱谈恋爱,恋爱需要谈;不谈无法恋爱,那叫话不投机半句多。无论平时是多么木讷内向的人,跟别人可以无话可说,跟对象在一起却不可以徐庶进曹营的。卓欣运在焦安国的床上坐了一会儿,觉得没趣,就说了句你接着睡吧,便起身向外走。

焦安国在后面送了出来。夜色黯黑,在矿区的喧嚣声中,四周的景物也显得恍恍惚惚地在浮动。两个人默默地走着,谁也没有开口,都感受到了双方关系中的不自然。卓欣运猜测着焦安国在家里到底出了什么事,他既然不想说出来就是不想让她知道,自己再问多了就显得没有意思。焦安国也在犯难,不知该怎么跟卓欣运讲。他不想瞒她,又不愿意说得太愣了让她误解奶奶和自己的家庭……

就快到卓欣运的宿舍了,焦安国站住脚,先喊了声"欣运",后面又吞吞吐吐了……卓欣运也不催他,侧过脸来定定地看着他。焦安国似乎下了决心,今天晚上不讲出来,就证明自己心里有鬼,明天就更不好说了："欣运,我要告诉你一件事,你听了可别着急。"

有这么严重? 姑娘还真没有想到焦安国的家里会发生能让自己着急的事。

"家里给我定了一门亲……"

姑娘心里咯噔一下,在黑暗中瞳仁闪闪烁烁,逼视着焦安国:"这有什么新鲜的? 我也订过婚,你不早就知道了吗?"

焦安国一阵慌乱,却立即又为自己的失态感到生气,这显得他真像做了什么对不住欣运的事,可他又是问心无愧的:"这事麻烦就麻烦在是我奶奶在大包大揽,奶奶快八十岁了,爷爷和我大伯都去得早,心里太苦,时间长了就得了一种怪病,心里的忧思悲恐惊反映到脸上却都是笑,有时笑得吓人,比哭还难看。可能是精神上的毛病,也可能是面部神经出了问题,更要命的是她不认为这是病,不看大夫不吃药。平时大家也回避谈这件事,都哄着她老人家,谁也不敢惹她生气。你知道我是家里唯一的男孩儿,不能因这件事把老人气出个好呀歹的……"

卓欣运越听越不是滋味儿。你焦安国绕了半天就是想说明你奶奶给定的亲是推不掉的,那我爸爸也替我答应过亲事,我怎么就能推掉呢? 现在全矿上的人都知道我们在谈恋爱,你忽然又说自己已经定了亲,这不是拿我耍笑着玩儿吗? 姑娘气呼呼地打断了焦安国的话:"行了,你不用再说啦,你是你奶奶的孝顺孙子,既然不想让你奶奶生气,结婚就是了,跟我还解释这么多干什么?"说完,转身跑进了自己的宿舍。

焦安国呆住了,他知道卓欣运误会了。

这种事原本就够微妙的,连自己都说不清楚,又怎么能不让人家误会呢? 他去敲卓欣运宿舍的门,姑娘打开门只露出半截身子,强压住火气轻声说:"有上夜班的在睡觉,你有什么话以后再说吧。我可提醒你,从现在起你要离我远一点!"说完又轻轻地将门关上了。

看来只有到明天再跟她解释了。

别说是明天,就是后天、大后天都不行了,卓欣运真的不再搭理他了。

一个星期后,卓欣运倒过来上早班。在她下班的时候,焦安国照样骑着车去接她,她却跟别人一块儿走,说说笑笑地连看都不看他一眼。别人倒是用异样的神情对他瞥一下或斜睨一下,也许她们正在取笑他。

他的脸有点挂不住了,骑车想追上去。斜刺里猛然蹿出三辆摩托车,打头的一辆向前突奔拦住卓欣运,另外两辆挡在他面前。

焦安国正在气头上,不禁暴喝一声:"你们要干什么?"

其中一个撩开塑料面罩,露出骇人的邪恶,却又带有某种表演的成分:"小子,别再缠着卓小姐了,她讨厌你!"

"你们是谁?"

"来给你送信的,卓欣运是孙军的,你只是癞蛤蟆想吃天鹅肉!"

冲到前面拦住卓欣运的大概就是孙副矿长的公子孙军了。焦安国不再吭声,想听听孙军说什么,看看卓欣运怎么对待这个孙少爷。

孙军说话有一点腔嗓儿:"卓小姐,请上来坐在我后面,这可比焦安国的永久牌儿强多了。"

"谢谢,我想散步。"

"来吧,我带你到一个好玩儿的地方去散心。"

"对不起,我没有兴趣。"

"行了,用不着再耍小性子。焦安国根本配不上你。我是个宽宏大量的人,既往不咎,今天也算给你的面子够大了,快借着这个台阶跟我走吧。"

卓欣运把脸一绷:"请你让开!"

"你真不给面子?"孙军的两只眼放肆地盯着姑娘。

卓欣运自虐般地沉默着。

孙军忽然笑了:"臭货,你以为我还真想收你这个破烂儿?"

他放下面罩,脚踏油门,摩托车卷起一阵尘土呼啸而去,险些没把卓欣运带倒。另外两辆摩托车也追随而去……

焦安国没有马上去打扰卓欣运,到晚上来到她的宿舍门外。卓欣运却不露面,让同屋的其他姑娘打发他走。他上来了拧劲儿,不见卓欣运出来就不走。

你爱走不走,不走就在门口站着吧!

他站了一个多小时也没有人理他,就想不管不顾地要硬往里闯:"对不起呀,我要进去了,有不礼貌的地方请你们原谅,我只想跟我的女朋友谈一谈。"

他的意思是让姑娘们有个准备,不要让他看到不该看的场面。他发表完这一声明正要采取行动,真有一个姑娘出来了,却不是卓欣运。那姑娘把他拉到一边,悄声说:"焦安国你可真是个浑蛋! 你这么死缠活赖,大嚷大叫,还嫌知道的人不多啊? 全矿上的人都知道她退婚得罪了孙矿长,就是为了跟你好,现在你又把她给甩了,叫她还怎么有脸在矿上待? 她白天又说又笑,夜里一个人蒙着被子哭,她不想声张,谁丢得起这个人? 你可倒好,还厚着脸皮天天瞎闹腾,是逼她死,还是想逼她辞职回家?"

焦安国的脑袋轰地一下,想不到欣运的性子竟如此刚硬,他心疼,且不由得升起一股敬重之情:"可事情根本不是她想象的那样……"

"那你还要她怎么想象呢?"

他渐渐从懵懂中省悟过来,相比之下,自己太不成熟,简直就不是男人! 欣运在跟他恋爱的这件事情上,应该说承受的压力比他眼前遇到的麻烦大得多,人家一个姑娘不声不响地就解决了。都这个年代了,你为什么就不能承担起责任,一个人悄悄地处理好自己的问题? 为什么在没有想好办法的情况下非要这么急不可耐地告诉她? 自己是不是真的有点犹豫,还是想借此要跟她表白点什么?

优柔多情即是无情,焉知欣运无情不是多情? 被她这样一闹一比,焦安国真正意识到了事情的严重性,也闹明白了什么是自己想要的,什么才是对自己最宝贵的……

生活就是做出决定。

做出决定就会轻松许多。焦安国不再不管不顾地、不分场合地要急于向卓欣运解释明白了,那么死乞白赖也是一种心虚的表现。他给家里写了封信,先感谢奶奶的好意,然后郑重地讲明自己的态度——

婚姻问题自己解决,事实上他已经在矿上找好对象了,她叫什么名字,做什么工作,有什么优点,当然也没忘了说一些非她不娶的话,因此就绝不能再接受老家的那门亲事。他请霞姐赶快给人家写信退婚,免得影响那位姑娘的终身大事。信写好以后他又重抄了一份,有机会好给卓欣运看。

他对卓欣运不再穷追不舍,但不等于放弃追求。由明的改为暗的,只要卓欣运走单儿了,他就会出现,每次的开场白也大体差不多:"欣运,我能跟你谈谈吗?"无论卓欣运明言拒绝或不予理睬,他都掉头就走,但要加上一句话:"你是我的未婚妻,这一辈子都甭想甩掉我,火气再大也应该给我一个说话的机会。"

一次,两次,三次……一僵就是两个多月。

以往焦安国每月都要回家二三次,这两个多月来,包括中间还赶上一个阳历年,他都没有回去。真可谓儿大不由爷,家里怎么能不惦记、不想他? 特别是老奶奶,更是后悔不迭,一封封地来信催他回去。知道他又犯了怄脾气,告诉他老家的亲事已经退掉,奶奶并没有生他的气等等,他却既不回信也不回家。

最红也来找过他几趟,因为她放寒假了,想去运城玩儿。而收养她的王妈妈有一条规矩,运城不同于下古林,最红不跟着哥哥不能回去。焦安国心疼这个妹妹,不管肚子里有多大的火气也从不跟她发。每次最红来找他回家,他就瞎编一套工作忙的鬼话来应付,然后领着妹妹到矿区百货店买点她喜欢的东西送给她。

最红无奈,只好找到卓欣运,求她劝劝自己的哥哥回家。欣运可着实没有想到,这样一个小姑娘怎么知道自己跟她哥哥的关系? 开始还以为是焦安国指使的,就慢慢拿话套她:"你怎么知道你哥哥会听我的劝?"

"他一定会听你的,他为了跟你好都不要家了,不听你的还听谁的?"

"你又怎么知道他跟我好?"

"全矿上的人都知道,王大伯和九哥也老谈这件事。"

"王大伯是谁呀?"

"收养我的父亲。"

"你不管他叫爸爸?"

"当面叫背后不叫。"

卓欣运惊诧:"为什么要这样? 既然当面能叫为什么背后倒不叫了?"

"我心里并不感激他们,如果不是他们想要我,我爸爸妈妈也不会把我送给他们。虽然我假装对他们好,可心里一点也亲不上来。"

"你还是想自己的亲生父母,是吧?"

最红点点头,嘴里却说:"我也恨他们,当初他们既然把我送了人,自己就该走得远远的,别再让我知道,别再让我看见。现在对我多好都是假的,我倒盼着你跟我哥哥在矿上成家,我就可以经常来了。"

卓欣运一阵难受,不知哪儿来的一股感动,抱住了这个可怜的女孩儿,把自己的脸贴在她的额角上,轻轻摇动着身子说:"谢谢你小红,谢谢你信任我,如果我有了家,那就是你的家。"

最红哭了。

这个孩子的痛苦深深刺痛了卓欣运:"小红,你心里的这些苦处跟你的爸爸妈妈讲过吗?"

最红摇晃着脑袋:"我不讲,在王家不讲,到焦家也不讲,不让他们笑话我,特别是焦最芳,我最恨的就是她了,没有她,兴许我早就被爸爸妈妈又要回去了。"

卓欣运神色迷惘,感到周身发冷。天哪,这种事为什么要轮到一个这么小的姑娘头上?

最红又说:"如果我是小子,他们就不会把我送人。"

"你也恨你哥哥吗?"

"不恨,我哥哥是有本事的人,对我也是真好,当初他就不愿意把我送人。"

"你哥有什么本事?"

"他不怕矿长,敢跟你好,还能让你跟他好,这还不算有本事吗?

王大伯和九哥也说他有能耐。他是我们家里唯一敢顶撞爸爸,惹老人生气的,我就盼着他不要那个老家的傻妞……可我又真的好想让他带我回家。"

卓欣运将最红抱得更紧了,胸前却觉得冰凉。

此刻,这个世界上也许没有人能把这个小姑娘温暖过来。她把嘴凑到最红耳边轻轻地问:"咱们俩是朋友吗?"最红点头。卓欣运说:"好,你以后有了难事,心里有话,就来告诉我,可不兴埋在心里,时间长了那会得病的,你能向我保证吗?"

最红说:"能,我也有个要求,你能答应吗?"

"你说吧,没问题。"

"别把我跟你说的话告诉我哥。他要知道了,就不会再对我好了!"

"好,我答应你。"

即使最红不来找她,卓欣运也打算跟焦安国好好谈一次了。杀人不过头点地,事实证明焦安国也并非对她变了心,还要怎么样呢?两年多的恋爱关系,哪能这么轻易地说断就断了?有了这么长时间的感情,真要断了,将来后悔的还不是自己?既然断不了,再继续怄气,那受伤的又是谁呢?

几天后她下了早班,看见焦安国又推着自行车在车间门口等着,两人眼光一接上火,没有说话,她抬脚就坐到了后车架上。焦安国骗腿儿上车,在矿区消失了几个月的自行车上的恋人景观又出现了。

毕竟是几个月没有坐"二等"了,两人的关系又刚刚解冻,卓欣运的两只手不知该往哪儿扶,而坐"二等",除去骑车人的后背就再也没有可扶可抓的东西了,她只好轻轻抓住焦安国的羽绒服。可是羽绒服太滑太厚,根本抓不上劲,矿区的路又起伏不平,自行车一颠,她就有可能被摔下来。没办法,焦安国只好放慢车速,用右手紧紧扶住车把,左手绕到后面抓着欣运的一只手,并引导这只手从羽绒服底下伸进去,搂在他的腰上。

　　热乎乎,有种麻麻酥酥的感觉传过来,欣运把发烫的脸颊往安国后背上一贴,举起另一只还有些难为情的手也插进羽绒服的里面,用力抱住了安国的腰。于是,两人连为一个整体,形成了真正的"二等"——"两个等于一个"。

　　刹那间,两人的误会,残存在心里的怨气,全部化为乌有。

　　这时候,身体的接触更胜过千言万语,身体想接触的欲望表达了喜欢一个人的程度。焦安国如同充足了电,力气大增,自行车蹬得像要飞起来。他要尽量延长这得来不易的美妙时刻,想找一个能够谈话的好地方。矿区在夏天是恋人的天堂,隐蔽幽静的地方很多。到冬天可就惨了,露天太冷,回宿舍不得说话,因为大冷的天,同宿舍的人即便想给你让地方,人家也无处可去呀!

　　人在热恋中脑瓜就转得快,焦安国蹬着车冲出了矿区大门,顺着公路直奔原田县城。卓欣运不管也不问,只管在后面享受着两人重新和好后的甜蜜。焦安国一气蹬下去二十多里路,在县城找了一家干净的小饭馆,停好车,两人走了进去。时间还早,饭馆里很清静,他们找了一个角上的位子坐下,先要了一壶茶,又点了两个小菜和两样热菜。

　　怀疑出信任。两人都觉得比以前更亲更近了,相互有了饥渴般的需要。姑娘的眼波滔滔流过,像是一种抚摩。焦安国也想用眼睛把对方吃掉……什么都无须再说了,但也不能就这么你看我我看你地傻坐着,在饭馆里既不能动手动脚,那就还得要说点什么。

　　还是安国先开了腔:"对不起,这几个月让你受委屈了。我也再不会忘记这个教训了!"

　　欣运笑得有点烫人:"什么教训?"

　　安国忍受着姑娘笑语的灼烫,说得严肃而诚恳:"一个男人,心里要存得住事,要存得住话,该自己处理的事就要自己处理,不该说的话无论对多么亲近的人都不能乱说。"

　　卓欣运的眼睛里又露出受伤的神情:"这就是你的教训? 以后就什么话都不跟我说了?"

　　"那怎么可能? 该说的不说还行?"

"那什么是不该说的呢？"

"比如，奶奶给我定亲的这件事，干什么那么沉不住气，回来就急于要告诉你呀？是求助你的智慧，想听听你的主意，还是没话找话，想在对象面前显摆自己的忠诚？如果我能不声不响地拒绝了这桩亲事，以后也永不向你提起这件事，那才是一个成熟的男人。"

焦安国竟从这样一个角度吸取所谓的教训，让卓欣运惊讶不已："城府这么深的人，不是有点可怕吗？一个女人恐怕都希望自己的对象跟她无话不说，哪怕有时候会管不住嘴，过激，消沉，逞能，耍贱，这才是人嘛！如果一个人过分理智，凡事都要中规中矩，三思而后行，话到嘴边留半句，从来不抛一片心，那是多么的无聊和乏味呀！"

"谁说要变成那个样子了……"焦安国笑着借给卓欣运夹菜的机会把交谈转到轻松的话题上。他回避争论，害怕再引起不快，脑子里却在琢磨着人与人关系中的微妙。一个人永远也不可能真正了解另一个人，动用身体语言可以很容易地使两个人的关系非常亲密，而一旦想深入到对方的思想深处，立刻就感到隔膜和疏远。人跟人的交流永远都不可能透彻和明白无误，灵魂永远都无法一致。他们两人是这么亲近，刚才他自以为把话说得非常明白了，欣运却还是有根有据地理解成了另外一种意思。

由此，焦安国讲起了自己的家庭："我的父母都是大夫，在治疗结核病上应该说是卓有成效，他们的药在太原鉴定会上评价很高，正好对目前连国际上都无办法的抗药性结核病有惊人的疗效。他们从私人行医开始，一次次地被取缔、被批斗，在矿区干不成就到下古林办起了医疗站，然后又是被查抄，可谓命运多舛，现在竟又跑到运城开起了医院……这样的轨迹事先谁能料想得到呢？说起来还算是有点眼光或者说是有点超前意识吧！可有时又表现出很浓厚的农民意识，而且是闭塞落后地区的农民意识。你能帮着分析一下这是为什么吗？"

卓欣运很想听："比如——"

"把医院当成生产队来管。有一些病人在治疗过程中对行医发生兴趣，病治好了就留在医院学医或打工；从老家叫来我三叔管账，三叔确实就是生产队的会计。我不是说三叔不好,他是村上的秀才,爱唱蒲剧,写一笔好字,每到过年,半个村子的春联都是他写的。我是说我父母的思维方式令人不解,不是靠严密的制度管理医院,而是靠家族亲情的力量。女婿靠不住了就叫弟弟、侄女来,倘若弟弟、侄女再靠不住了呢?"

"你说的这个女婿是不是你姐夫?"

"是啊。他原本是陕西洛南山区的一个农民,得了严重的空洞性肺结核,刚来的时候跟个死人差不多。病好后表现不错,就被招为女婿,理由是焦家救了他一命,他对焦家一定错不了,就好像靠抚摩能把一只豺狼变成一只小猫一样。你说这像一对医生的思维逻辑吗?"

这不是可笑的事,欣运却被逗笑了:"你呢? 你怎么不劝阻?"

"我在矿上,没有人还想着要跟我商量或听听我的意见。因为我是晚辈,这就是我们家的规矩。结婚后才发现这个女婿很不是东西,竟然发展到敢骂我的父亲,可他们没有从正面吸取教训,只归结于是对他不知根摸底。于是就要大包大揽地给我找一个知根摸底的媳妇,用的办法却是重复在姐姐身上犯的错误。"

"喔,原来是这么回事啊……听你这么说我还想起一件事,你好像跟我说过,王永红是你亲妹妹?"

"是的,小名叫最红。"

"这也很难理解,这不是旧社会,也没有大饥荒,你们家遇到了什么过不去的灾祸,就值当把亲生女儿送人? 这也许会改变最红的一生……"卓欣运想起了对最红的承诺,就没有把话说得更明白。

焦安国低下头,脸憋得有些发红,好像有一块硬东西卡在了喉部:"没有什么特别的理由,说出来你可能都不会相信,主要是看王师傅一家为人不错,他们想要个女儿;我父母孩子多,当时他们又忙于研制自己的药,对孩子照顾不过来,可以说是稀里糊涂地就把最红给了人。我想他们早就后悔了。"

"你们家要后悔的事还真不少啊!"

"所以,我不想干让自己后悔一辈子的事。"

"你又是从哪儿来的勇气呢？我还没有见过一个当儿子的竟能这么冷静地,甚至是冷酷地分析自己的父母。"

"因为我离开了家,有些东西离得越近越看不清楚,拉开了距离反而能看得更真切。我不接受家里的安排,原以为老人们会跟我大闹一通,谁想他们这么容易就认头了。早知这样,就不该把这个问题带到矿上来,闹得我们两个还差点出了事,当时给顶回去就算了。最可怜的还是我姐姐,太老实了,典型的古典式的逆来顺受型的性格;当初如果也像我这样顶一下,何至于现在受这份儿罪!"

欣运想起了最红的嘱托:"既然事情已经过去了,你为什么老不回家呢？"

"这取决于你。"

"我？"姑娘有些夸张地瞪大了眼,巧笑嫣然。

焦安国盯着她的眼睛,不让她躲闪或推托:"我绝不一个人回去,除非你跟我一齐走。"

姑娘脸上突然泛起红潮:"这又是为什么？"

"家里已经接受了你,他们知道不接受你就会失去儿子。我还想让你接受我的家庭。今天我跟你谈的全是我父母的缺点,就是为了让你能全面了解我的家庭,好决定我们未来的生活。"

"我们的生活跟你的家庭有这么大的关系吗？如果你的家人不喜欢我,或者我不喜欢你的家人,就会影响我们两个人未来的生活？"

焦安国赶紧摆手:"不是这个意思。我刚才跟你说得很多了,我父母骨子里有一种属于农民的东西和旧中医大夫的意识。夫妻双双行医十几年,无论在矿上还是在下古林,过的都是最穷的日子,原因是舍医舍药。家里非常富裕的人,向他们一哭穷就不收钱了。他们有缺陷,却又很善良,有时甚至善良到愚蠢的地步。到了运城,才开始过上正常的生活,因为他们的药由物价局定价,要跟市场上其他的药品价格平衡,不能自己随心所欲地乱减价。医院也要交税,要承担各种各样的社会责任和义务,就必须一步步走上正轨。父亲感到力不从心,越来越多地流露出想要我为他分点心的意思。所以我希望你能跟我回去,了解我的家庭,接触我的父母,看看那个医院。如果你不能忍受,将来我们的家就建在矿上,过我们自己的日子,我会利用节假日尽自己的所能去帮助他们;假如你认为那个医院大有可为,值得我们做出某些牺牲,那就得考虑用另一种形式安排我们将来的生活。"

卓欣运被焦安国的坦诚感动,也非常赞赏他对将来生活的种种考虑,悄悄伸出手,在桌子下面抓住了他的手,面孔也如鲜花般轻柔柔地向他靠过来……

16. "年"就是"关"

转眼到了年根儿底下,绝大部分病人都陆陆续续回家了,医院里只剩下了几个重病号。从明天起门诊部也开始放假,一直到正月初六,这期间只接收急危病人。焦最霞把住院部的治疗室收拾干净,将药品、器械整理好,把出院病人的病历分门别类地锁进柜子,最后脱下自己的白大褂和帽子,洗干净晾在绳上。明天一早,她就要跟三叔焦斌丹一块儿,回平陆县自己的家去过年,等过了正月十五再回来。此刻她的脑子里都是自己的家和两个捣蛋儿子……

郝武长闪身溜了进来。

焦最霞正在梳理自己的头发,只穿着件鲜亮的粉色毛衣,衬得整个人都容光焕发。她好像对郝武长不敲门就闯进来一点都不感到惊奇,只淡淡地问:"有事吗?"

郝武长眨眨眼:"没事就不能来? 你明天就要走了,还能不进来看看。"

他油腔滑调,还嘶嘶地抽着鼻子,直冲着走近焦最霞。

她刚洗过的头发披散着,散发出淡淡的似乎是天然的香味。郝武长的鼻子快凑到她的头发上了:"太香了,真好闻,你一点都不像最婵,她的身上老是带着一股药味儿。"

焦最霞没有躲闪,也没搭腔,就那么不动声色地看着他。

郝武长吃不透焦最霞的眼神,短时间里有那么一点发窘。但他很快就摆出了一副横竖都不在乎的样子:"你看,我比你大,是叫你霞妹呢,还是随着最婵叫你霞姐?"

焦最霞沉静自若,白眼珠冷得像山巅的积雪:"不管你多大,我跟你都论不着。看在最婵的分儿上,就算你是个妹夫吧,当然要管我叫大姐!"

凭郝武长的经验,在一间屋里就只有男女两个人的情况下,这个女人不仅不怕这个男人,而且还敢跟他叮叮当当,这个女人十有八九是骚货,要不就是对那个男人有意思。

一种迫切的、加速的欲望电流在他身上鼓荡:"你洗得这么干净,看样子是想家想得够饿了。"

"那当然了,家里有两个宝贝儿子,有老人,有丈夫,怎么能不想呢! 你是没有人可想,还是从来就不知道想人?"

"我只想眼前。"郝武长的身体又往前靠了一下,"你既是那么想家,就是说这几个月守空房熬得太难受了?"

焦最霞感觉到了郝武长那肮脏的身体给她的压迫感,但她坚持着挺住不动弹。她知道只要自己一退,他就会顺势扑上来。也多亏她嘴里应变迅疾:"如果日夜守着个畜生,还不如守空房更好些!"

"你敢绕着弯子骂人? 不过我一挨女人骂就上劲儿,说明她要勾搭我,我向来喜欢辣的……"郝武长的右手抓住了焦最霞的肩,"大姐也好小姐也好,现在我就让你见识见识畜生的好处吧。脱了裤子没有一个女人是不喜欢畜生的……"

焦最霞猛地起身打掉他的手:"别用你的脏爪子碰我,快亮你的家伙吧,先让我看看你这个畜生的本钱。"

呀? 郝武长反而不知道该不该解裤子了。

焦最霞的右手从身后的桌子上抄起一把剪子:"快脱裤子啊,干我们这一行的什么鸟玩意儿没见过,还在乎你这个臭不要脸的东西!"

一向天不怕地不怕的郝武长还真的被镇住了,既不敢解裤子,又不敢跟她动硬的。他自己也许都没有想到,藏在这样一个高大弯曲的体腔里的,竟是一个极其卑怯的灵魂——他并不像自己以为的那样天不怕地不怕。

焦最霞微微一笑:"我告诉你郝武长,凭你能娶上我妹妹最婵,是臭要饭的捡了个大元宝。你不但不知足,还想变着法儿地欺负她,小心我老焦家的人揭了你的皮!"

郝武长的最后一招儿是耍赖:"哎,你别认真呀,我这不是跟你闹着玩儿吗?我最烦一本正经了,一本正经的女人就不算是女人。"

焦最霞走过去推开门:"滚吧!"

从一进运城,卓欣运的两条腿就越走越沉,到了中医结核病医院的大门口,就说什么也不想进去了。她后悔自己考虑不周,被安国和最红这兄妹俩拿好话一哄就上道儿了。人家相亲都是男的先到女方家里被"相看",只有女方相中了男的,姑娘才能到男方的家里去。哪有自己一个姑娘家先主动送上门来被他们这么一大家子人瞧的?

特别是焦安国为她跟家里闹过不痛快,焦家人必然会怪罪到她身上,还没见面就已经对她有了成见,还会对她好得了吗?自己这不是上赶着来触霉头吗?虽然焦安国信誓旦旦地表白过,如果她不喜欢他的家里人,实际也就包括他的家里人不喜欢她,他们可以在矿上单立门户过日子……可卓欣运怕的正是这一点,她不愿意让焦安国为了她跟家里闹翻。如果真到了那一步,也许倒是她该先考虑退出来……千不该万不该,不该在他跟家里叫了这么长时间的板之后,自己还稀里糊涂地跟着他到运城来。应该先让他自己回来看看,等他跟家里的关系恢复正常了,自己再跟着回来也不迟——卓欣运在给自己的停步不前寻找着各种各样的理由……其实,她是胆怯了。但她不愿意承认,将来传出去说她走到婆婆家门口吓得不敢进去了,那有多难听啊!

她忽然对自己没有信心了。

可她以往并不是这么没有主见和见不得世面的,是什么原因使自己今天失常呢?她在找歪词儿,甚至归罪于衣服没有穿好。都是因为听了同宿舍女伴的话,说相亲必须要穿大红的。而自己这件大红的羽绒服太扎眼了,也略微厚了一点,显得臃肿。

她脱掉羽绒服拿在手里,里面是黑色大环领羊毛衫,她平时喜欢穿深色的衣服。而同伴们说这件羊毛衫太素了,她的下身就穿了件暗紫色萝卜裤,脚上是纯黑的鹿皮鞋,手上戴着黑色羊皮手套。这身衣服本来搭配得非常好,稳重大气,凹凸有致地衬出了她年轻美好的身材,既不花哨,又很抢眼。可她怀疑这一身是不是太洋气了。听焦安国讲,他的奶奶和父母都还保留着农村人的习惯和思维方式,如果根据这身打扮把她当成了妖精怎么办?或者给他们一个爱打扮和不会过日子的印象怎么办?

于是,卓欣运就越想越觉得不自在,索性停下脚步想打退堂鼓了。好在从运城去临汾的火车很多,她想先逃回自己的家再说。而焦安国是回自己的家,显得无比轻松,喜气洋洋,对卓欣运情绪的变化毫无觉察,见她不走了才问:"怎么啦?"

卓欣运的脸色很不好看:"我不想进去了。"

焦安国感到诧异:"出了什么事?"

最红也抓住卓欣运的胳膊,眼睛紧盯着她。

卓欣运脸憋得通红,可她又不能不对安国说实话:"我害怕。"

焦安国一愣,先是咯咯咯地窃笑,继而忍不住大笑起来:"你把我们家当成老虎窝啦?刚才我倒是被你吓了一跳,以为又出什么事了!好啦,都到门口了怎么还能不进去?"

卓欣运还是不动步,脑门上有了细汗。焦安国知道她是真的太紧张了,忙收住自己的笑,对最红说:"你先进去,告诉家里人我们回来了,等一会儿就来。"

最红提着东西一个人跑进去了。

欣运悄声问安国:"我这身打扮会不会惹得老人反感?"

焦安国安慰她:"怎么会呢?这身衣服棒极了,刚才穿过运城市中心的时候,你没见有多少人在盯着你看?我走在你旁边都有一种扬眉吐气的满足感,实话说真想亲亲你……"

欣运斜他一眼:"你就会拿话哄我!"

焦安国还想再给她打点气,最红领着最婵和最芳跑出来了。最婵穿着白大褂,清丽温婉,脸上一团善意,见面就亲热地抓住卓欣运的胳膊,立即化去了她心中不少的戒备。最芳扶住卓欣运的另一只胳膊,歪着头,黑晶晶一对大眼像长了钩子,左一眼右一眼,上一眼下一眼,冲着卓欣运就打量个没完了,还小声问:"我是叫你姐,还是叫你嫂?"

最婵说先叫姐。

小丫头紧跟着就脆生生地喊了一声"运姐!"然后夸赞说你可真漂亮!

卓欣运不知说什么好,此时再说什么也没有用了,被焦家姐妹架着就进了医院的大门,直接奔奶奶的房子。

老太太在床上正仰脖儿等着哪,见卓欣运进来眼前一亮,还没等姑娘叫奶奶,自己先笑了,慈眉善目,一副菩萨模样,绝无焦安国说的那么可怕。

卓欣运脸上的红潮一阵涨一阵退,提着身子挨坐在床沿上。最红紧挨着她站着,做出一副坚定的同盟军的样子。

老太太伸出手拉住卓欣运:"好个闺女,累坏了吧? 快上炕歇着。"她还是按照农村的习惯说。

一声"好个闺女",立刻缓解了卓欣运心里的紧张和不安。她急忙摘下手套,拉住奶奶的手。老人的脸又笑成了一朵菊花,仔仔细细地端详着她……

最芳从床上拿起卓欣运的羊皮手套,左看右看,然后戴在自己手上:"哎呀,真软和!"老奶奶又把手伸到褥子底下掏出了花生、脆枣往欣运手里塞,一个劲儿地让她吃。最芳凑到欣运耳边说:"你过关了,奶奶验收合格!"

奶奶伸出食指想戳最芳的脑门,却让她闪开了:"你个死丫头,就怕别人把你当哑巴卖了。"

最芳也逗弄老人:"奶奶,运姐比您给挑的那个傻妞儿强吧?"

小丫头把横在大家心里最尴尬的话一捅出来,反而不再尴尬了。连老人也随声附和地说:"强,强,我孙子的眼光还能错得了!"

欣运打开包,拿出一条银色的拉毛围巾,给奶奶围上,毛茸茸,热乎乎。

最芳快嘴快舌地问:"奶奶,暖和吗?"

"暖和暖和,你说还给我花这个钱干什么呢?"

安国替自己的未婚妻帮腔:"第一次见面,哪能空着手来?"

欣运给最婵拿出一件海蓝色的风衣,给最芳拿出一顶通红的绒帽,看她戴着那副羊皮手套不想摘下来的样子,就问:"你喜欢这手套?"

最芳毫不掩饰:"太好了,整个运城再没有第二个人有。"

"那就给你吧,是新的,我今天也是第一次戴。"

"真的?"

"说给你就给你,还能是假的!"

安国又问姐姐:"咱爸咱妈呢?"

奶奶在床上接过话茬儿说:"忙死了,这哪是过年,就跟咱老家的麦收差不多,抢麦子,抢场,抢时间,抢好天气……你们回来了正好可以帮帮他们。"

回家老半天还没有见到父母,心里总觉得不踏实,安国便领着欣运出了奶奶的房子。

春节前的最后一个工作日,医院里反而异乎寻常地热闹,有病的人趁着医院还没有放假,多拿点药准备节日里用。已经治好了病的,赶在过年前来表示感谢,有大包小包地提着东西来的,有往医院的大墙上贴感谢信的,有抬着锦旗来的,还有跟医院有联系的机关单位,成帮结伙来拜年的……

由于过了奶奶这一关,尤其是未来的大姑子、小姑子都很不错,卓欣运已不像刚进门的时候那么紧张了。脑子能够自由活动,也有心情开始观察这个医院,观察这个崭新的环境和一张张崭新的面孔,这一切又让她焕发勇气使自己振作。

他们来到办公室门外,看见不断有人进进出出,办公室的门也就只好那么大敞四开。最醒目的是挂在迎面墙上的那一堆各种形状的锦旗,上面锈的字句也五花八门:"著手成春"、"起死回生"、"治病救人 心正药真",还有的在锦旗上连缀了一串中药名:"独活灵芝草 当归何首乌。"

武桂兰坐在背对门口的椅子上,没有看到安国和欣运。

在她的对面和两侧,稳稳当当地坐着半屋子人。不管有多少人出出进进地来找武桂兰,那些人都表现出一副雷打不动的神色,看样子要一直这样坐下去了,还哼哼哈哈的有一搭没一搭地跟武桂兰说着话,或者提出一些不咸不淡的可答可不答的问题。那些人都高出武桂兰一头,对她构成了一种威压的态势。卓欣运已经猜到这个被包围着的瘦小羸弱的身躯是谁了。也多亏有她这样一个漂亮姑娘站在门口,屋里人的眼神不停地向她这边瞟,才惹得武桂兰转过身子,稍一愣怔便从僵硬中露出笑容:"哟,是你们来啦。"

她站起身向屋里的人表示歉意:"对不起,各位领导先坐一会儿。"

武桂兰走出来,并顺手关上了办公室的门,眼睛却一直没有从儿子旁边的姑娘身上挪开。听到人家叫伯母,她才轻轻答应了一声:"你就是欣运吧？忙得都顾不上照顾你。"

"不用。"卓欣运难免羞涩,自古来儿媳妇第一次见婆婆,是最令女人们憷头的事。

"见过奶奶了吗？"武桂兰也先想着自己的婆婆这一关。

卓欣运一边回答着婆婆的问话,一边顾不上羞涩地望着婆婆的脸。

这张脸给她的印象太强烈了,猛一看比她想象的要苍老,细端详又很年轻,皮肤还很细腻,薄得似乎一碰就破。人很瘦,却又神完气足,精力饱满……她对婆婆的好奇取代了某些拘谨。

安国问母亲:"屋里的这些人是干什么的？"

"卫生局来拜年的。你爸爸不在,他们又不走,你说可怎么办呢？"

"爸爸干什么去了？"

"出去给关系户送礼拜年去了。"

武桂兰在未来的儿媳妇面前毫不掩饰自己犯难无助的样子,让卓欣运生出同情和好感。焦安国也疑疑惑惑:"他们是想吃一顿儿,还是想拿点什么东西？"卓欣运猜测说:"他们大概不是想留下吃顿饭,大年根儿底下谁不想早点回家？如果医院早点准备下纪念品就好了,人家来拜年,你不能让人家空着手回去,尤其对这些不能得罪的人,一人一件就打发了。"

"还是你们脑瓜灵,我哪知道城里人过年还这么厉害!"武桂兰似乎对卓欣运是满意的,便让儿子带着她去各处看看,见一见该认识的人。

待母亲又走回办公室,焦安国小声对卓欣运说:"你看怎么样,老娘对你很欣赏,要不就不会让我带着你到亲戚朋友面前去炫耀一番了。"

"去你的!"卓欣运举手做出要打的样子,几分妩媚,几分娇嗔,愈显得柔情四溢。

焦安国摆手躬身:"那就请吧。"

"你给我头前带路!"卓欣运的精神松弛下来,便也悄悄跟未婚夫逗了一句。原来相亲并不像想象的那么可怕,只要心存善意,第一次见面谁还没有点客气劲儿?

他们来到门诊部,看到病人还有不少,黄鹿野正在问病开方。他头发灰白,面色紫红,一副老专家的派头。在他旁边还坐着一个穿白大褂的男人,焦安国却也不认识。焦最婵在房子的另一端负责给病人治疗。

焦安国领着卓欣运走到黄鹿野跟前,小声向姑娘介绍说:"这位是黄叔叔。"黄鹿野一抬头,嗓门立即高上去几度地叫起来:"小安子!"他声音浑厚,整个门诊部的人都往这边看。可他当医生当惯了,天天被病人包围着,也就学会了完全无视病人的存在,该说什么就说什么,想说多久就说多久。不等焦安国给他介绍,他的两只大眼珠子就转向了卓欣运:"甭问,你就是老卓师傅的千金了? 嗯,小安子的眼力不错!"

不管黄鹿野多么的随便,焦安国作为晚辈却不能不客气一下:"黄叔叔辛苦了。"

"是啊,你这小子要美人不要江山,逼得你父亲就只好把老朋友拉来当牛使!"黄鹿野的风流习性似乎一丝未改,兴趣仍旧在姑娘身上,他把眼睛又转向卓欣运,"关于你们两个人的故事听得我耳朵都起膙子了,你们是对的。人活一世,特别是夫妻间,就得要有故事,有戏剧性,生活才有味儿,情感丰富又牢固,到老了也有可回忆的东西。一个真正的女人是能够改变世界和创造世界的,一个真正的男人就是为了一个女人而存在。只可惜,大多数女人不知道自己的价值,大多数男人碰不上值得为之献身的女人……"

"黄先生真是感受深刻,你的生活里想必充满了戏剧性?"坐在他旁边的生脸男人半似调侃半似凑趣地说了一句。

"你说得不错,我一生都是戏。"黄鹿野这才想起把他介绍给焦安国,"他是江华,'文革'前的最后一届大学生,毕业于山西大学经济系,现在又想改行当大夫,春节后要到太原中医学院的进修班去学两年。"

焦安国心里一动:"怎样才能参加这个进修班呢?"

江华摇头:"得赶机会,这次是有点特殊的原因才办了这么一个进修班。"

焦安国颇为羡慕:"我读了一年多的函授大学,因为没有医科,只好学经济管理。想不到你学完了经济又改学医。"

黄鹿野说:"学经济是为了治国,学医是为了救人,治国应先救人。"

"我可没有那样的雄心壮志,当初学经济是国家分配的,现在学医才是自己的兴趣。"江华笑得很谦虚,且有一股清正之气。

焦安国不好意思老让病人等着,听到从后排院子里传来三叔焦斌丹说话的声音,就借机告辞出来。焦斌丹站在第二排房子的前边正跟郝武长说话,他刚刚说了一句,郝武长就有十句在等着他:"明天就过年了,就是长工今天也该放假了吧?你明天就回家了,还操这个心干啥嘛!"

"过年总得有个过年的样子吧。"焦斌丹声音粗嘎,蔫人上来脾气就更犟劲,"就因为明天我要走,才把该干的活儿今天干完,要不明天谁跟你干?"

"他儿子媳妇不是回来了吗?在外边闲了一年了,回来还不好好卖卖力气!我在家干了一年了,过年就该歇一歇了。"郝武长用话甩打完焦斌丹,气哼哼转身要回自己的屋子,迎面正撞上焦安国和卓欣运。

他打个愣,多少有点尴尬,搭讪道:"回来啦。"

焦安国却侧脸对卓欣运说:"这是姐夫。"

卓欣运看到了郝武长那阴冷冷的眼光,以及那一头油腻的长发。他上身穿着印有暗花的绿毛衣,让人一眼就能看得出这是个想追赶城里时髦的"老帽儿",结果却追成一种不伦不类。

郝武长没有停脚,一对眼神就算打了招呼,便擦肩而过,回自己的房子待着去了。他喜欢所有女人,漂亮的女人就更不用说,唯独不喜欢卓欣运。因为她是焦安国的人,是这个女人帮着焦安国征服了焦家,他们回家过年成了这个家庭里的一件大喜事,嚷嚷得无人不知、无人不晓,甚至连焦最婵那个傻娘儿们也跟着一块儿高兴。这让郝武长非常失望,他本来是盼着焦安国跟家里闹崩,以后永不再回这个家的。

焦安国来到焦斌丹跟前,叫卓欣运喊了"三叔",而后才问:"还有什么活儿没干,就值当跟他生气?"

"咳,怎么找了这么个王八羔子!"焦斌丹摇晃着短平头,一肚子怨气,"其实也没有多少活儿,我一个人干不了,就叫他给搭把手。今年是医院成立的头一年,又是在运城,必须要弄得热热闹闹鲜鲜活活的,一是图个吉利,二是不能让别人瞧不起,觉得我们医院过年都黑灯瞎火的是怎么回事!彩旗彩灯我都买来了,要在院子里拉起来;大门口也得装扮一下,挑起灯笼,贴上对联;门诊部和办公室的玻璃还没擦……"焦斌丹嘴里说没剩下多少活儿了,可他一口气就报出了一大堆必须要干的事情。

卓欣运眼睛发亮,随即来了兴头:"安国,姐夫说得对,我们该卖卖力气了。"

两个人脱去外衣,焦斌丹给他们找来两件白大褂穿上,先收拾大门口,那是医院的脸面。焦斌丹用大扫把先将门前清扫干净,安国搬来梯子,欣运提来一桶水,给大门过水,擦洗干净后,再把两个直径一米高的大红灯笼挂在大门两边。挂彩灯是焦安国的强项,用五颜六色的灯光勾出医院大门的轮廓。最后贴对联,大门正中是四个斗大的字:"欢度春节。"

286

两边的对联是学尚德堂老先生的题字,也用药名串成:

生地种砂仁千里香飘结玉果
防风连海带万年青翠保良疆

大门口一装扮起来,立刻就有了过年的气氛。他们又在院子里扯起彩旗,挂上彩灯。卓欣运则去擦办公室的玻璃,最红和最芳也过来帮忙。他们这一折腾,办公室里的客人也坐不住了,便纷纷告辞:"我们就不再等焦院长了,请转告院长我们提前拜年啦!"

武桂兰一直把他们送到大门以外。

病人都处理完了,黄鹿野要乘最后一班车赶回原田,和江华一起也向焦家人辞行。武桂兰从屋子里提出一大兜子早就准备好的年货交给安国,让他送黄鹿野到车站。趁着医院里清静下来,焦斌丹把整个院子又清扫了一遍。武桂兰领着姑娘们去做饭。

焦安国从车站回来天就有点暗了,他将所有的彩灯都打开,医院立刻变得一片灿烂。人们都走出屋子,来到门口看灯。最芳欢叫着把奶奶也给拖了出来,老人脖子上围着欣运送的拉毛大围巾。过年的全部意义就是小的要逗得老的乐,老的要哄着小的乐。

老人说:"这城里过年就是比咱老家花哨。"

斌丹说:"城里过年讲究亮,农村过年要黑,讲究黑灯瞎火的。"

最芳不懂:"为什么?"

斌丹解释:"大年三十的晚上,众神下界,所有的鬼也都要出来,不黑不行。"

"真的? 那我们放挂鞭吧,把鬼赶跑。"

武桂兰制止:"你三叔刚扫干净,明天晚上再放。"

大家正说着话,焦起周回来了,被医院大门楼上的彩灯所吸引,老远就仰着脖子,瞪着眼睛:"嗬,还不错嘛!"

最芳扑上去,对老爸的评价感到不满足,就质问道:"只是个不错?"

焦起周似有些心不在焉："是不错呀，真是不错！"

武桂兰问："你下午转得怎么样？"

"唉！"焦起周长出一口气，"该拜的都拜了，该打点的也打点完了。"

武桂兰的脑筋还有点跟不上："你大包小包地提着登门送礼，人家就敢收下？"

"现在哪还有不敢收礼的人哪？你送什么人家都敢要。你没听到顺口溜是怎么说的吗——谁干多干少不清楚，该提拔谁心里清楚；收入多少不清楚，家里有多少存款心里清楚；收了多少礼不清楚，谁没有来送礼心里清楚……"

大门口掀起一阵笑声。

焦安国觉得父亲今天有点怪怪的，便走近了去打招呼。焦起周对儿子几个月没回家的事似乎已经忘记了，丝毫没有要责怪的意思："我一看彩灯亮了，就知道是你回来了，你三叔不敢摸电。"

焦安国闻到了从父亲嘴里喷出的酒气："爸，你去送礼怎么还喝酒了？"

"在王专员的家里喝了几杯……其实有个真正帮过我们大忙的人，却始终还没有感谢过人家。"

"谁呀？"

"尚德堂尚老先生。"焦起周这一下午不知都经历了什么事儿，似染上了一种怀旧的感伤："中国人过年就是还账啊！安国你记住了，无论到什么时候，有两个人你不能忘记，他们是咱焦家的贵人，一个就是尚老，另一个是现在的副专员王尔品。"

"我明天给尚老写封拜年信，等有机会再专程去北京感谢。"焦安国把卓欣运喊过来，让她正式认识自己未来的公公。

焦起周不好意思老盯着未来的儿媳妇看，就眼睛看着儿子，却冲着欣运说话："很高兴你陪着安国一块儿回来了，他从小就是个犟眼子，没有人能扭得过他，只有找到一个能降得住他的人，两人才能过好日子。可你们的事老让我觉得对不住孙良贵，以前他可是帮过我……"

这是什么话？大过年的,真是哪壶不开提哪壶!武桂兰赶紧打断丈夫的话:"行啦行啦,有话到屋里去说,该吃饭啦!"

也只有武桂兰,在丈夫滔滔不绝的废话和大呼小叫的兴奋之中,看出了他的疲惫和无奈。来到运城后,焦起周有意戒酒,平时没有特别的原因是不敢放开量喝的。今天家里这么忙,他怎么竟敢跑到专员家里端酒杯?武桂兰原想等晚上没有人的时候再问他,可今天晚上她没有跟丈夫在一起独处的机会了。她要让欣运跟自己睡一个屋,想好好跟这个未来的儿媳妇谈谈。让起周、安国和斌丹去睡一个屋。再说她不问明白了,这个年就会过不好,一会儿吃饭的时候也怕他说话走板惹得奶奶和全家人不痛快,特别是卓欣运还在这儿……

武桂兰让孩子们扶着奶奶先回屋摆桌子,她有意落在了后边。斌丹心细,也想知道哥哥在外边到底出了什么事。武桂兰拉住焦起周悄悄地问:"你下午出去拜年,是不是碰到麻烦啦?"

"唉,难哪。看我们医院办好了,都认为我们挣了大钱,上上下下左左右右的人眼睛就都红了,麻烦事自然也就都找上门来。卫生局说,医院周围的单位到局里告我们的状,说结核病是有传染性的,应该搬离市中心。卫生局也趁机提出明年要提高我们的租金,其实就想挤对我们搬走……"

斌丹问:"他们想提高到多少?"

"三万。"

几个人都一惊:"这么多啊!"

焦起周恨恨的:"与其这样挨宰,真不如买块地,我们自己盖个小医院。王副专员给我推荐了一块地方,在城东双桥路,有那么三四亩地大,等过完年我们去看看再说……"

钱对药的验证

——尚德堂随笔之七

焦起周医生：

近好。随信奉上我最近发表的一篇短文，目的有二：一、注意
"回生灵"、"回生膏"原料的质量，有好方子不一定就能制出好药；
二、注重制药，世界上的结核病人靠您一家医院是治不过来的。
然而，您的制药业如果发展大了，得不到您亲自治疗的结核病人，
却有可能吃上您的药，同样也会获益，岂不幸甚。

问候武大夫，并祝

俪安

尚德堂

1986年3月5日

中药者，中国之药。

可是，我们今天还敢说，中国是中药大国吗？

每年在国际市场上，中成药的贸易额高达一百五十亿美元，中国
却仅占其中的百分之三。就在这百分之三中，还有百分之七十以上是
药材，而不是成药。日本倒在中成药的国际市场上占了百分之九十的
份额，连韩国的中成药出口量都超过了中国。

日本从中国大量进口中药材，用生物、化学及物理等先进的科技
手段提取有效成分，进行定性、定量的科学分析，而后制成口服液、片
剂、针剂、胶囊，轻而易举地打开了传统中成药长期未能打开的国际市
场。以中国家喻户晓的"六神丸"为例，日本人利用科技优势对其配方

加以分析，改进传统的制作方法，还加入丹参、沉香等制成所谓畅销国际市场的"心脏灵药"。每年中国进入国际市场的中成药贸易总额，都赶不上日本这一种药的销售额！

难怪日本人扬言，二十一世纪，中医中药将改名为"东方医药"。而日本，就是"东方医药"的霸主。

我国每年的药业总产值约为一千二百五十亿元，只相当于英国一家葛兰素制药集团的年销售额。这也不能全归罪于中药的落后，我们的化学药品中，百分之九十七是外国药的仿制品。

目前，还没有一种中国药在国外获得专利。

新中国成立四十多年了，而德国、日本从第二次世界大战的废墟上重新强盛起来又用了多少年？我们的制药业还如此落后，实在是说不过去了！中药的落后，就更是匪夷所思了……自神农尝百草、黄帝著《内经》开始，中医中药历经数千年，成为中华民族的文化瑰宝，今天怎么会失去了应有的光彩呢？

科学技术落后固然是一个原因，我们国内对中药材缺乏管理、质量退化、材质变异才是更重要的原因。我们不自重，越是急功近利，就越是赚不到钱。比如，全球约有百分之七十的中药材产自中国，为什么中成药的销售收入却只占全球该项销售总额的百分之三呢？滥使低级农药，残留污染严重，这样的药材很难直接进入国际主流市场，只能低价卖给外国收购商，他们重新加工后再卖，其价格高于在中国收购价的十几倍。"肉头"都叫外国商人赚走了，最后是外国的制药厂家赚大头，我们辛辛苦苦跟着瞎忙活！

世界中药材的市场明明在我们手里，长期以来却不知道爱护，不懂得扶植自己的名牌，树立产品威信，滥采乱种，你争我夺，以至于砸了自己的牌子。如地道的黄芪在内蒙古，偏偏内蒙古的黄芪越来越少；地道的地黄在河北，河北的地黄却出不了口……自古中药就有著名的六大产地："关药（东北）、冀药（华北）、淮药、浙药、川药、云药。我们真的连老祖宗给创出的牌子也保不住了吗？

17. 告别中条山

　　武桂兰晚上本来睡得就迟,当她觉着已经睡醒一觉了,发现屋子里的灯仍旧亮着,焦起周披着棉大衣还在埋头写着什么……她看看窗户,外面还一片漆黑,便趴过身子,用手将身体两边的被角掖紧,下巴颏儿垫在枕头上,轻轻地说:"怎么还不睡?"

　　"马上就完。"焦起周连头也没抬。他的身体遮住了灯光,多半间屋子都陷在一种不稳定的黑影里。武桂兰心疼:"世上的活儿是干不完的,我们的岁数都不小了,哪能这么拼哪!"

　　"完啦完啦……"焦起周放下笔,站起身子。屋子猛然亮堂了,刚才被挡在黑影里的武桂兰,被光亮刺激得眯起了眼睛。焦起周搓着两只手,边搓边放到嘴边哈着气,眼睛却还盯着桌子上刚刚写好的东西,神情甚是得意。

　　武桂兰催促他:"快睡吧!"

　　焦起周侧脸看看武桂兰,白天绾在脑后的发髻披散下来,睡眼惺忪,慵懒而绵软。他弯下腰,用两只冷手捧住她的脸。武桂兰激灵一下子睁开眼睛,盹儿也醒了,小声嗔道:"老没正形!"

　　焦起周嘻嘻笑着,把一张大纸拿到床边,飞快地脱光衣服钻进被窝,抖抖索索地抱住武桂兰温热的身子。武桂兰提醒他还没有关灯呢。他说再等一会儿,便将身子也趴转过来,左手搂着武桂兰的后背,右手伸出被窝拿过那张大纸:"你看,我把咱的新医院设计出来了。"

　　四开的道林纸上画着一片房子,有楼房,有平房。焦起周给妻子讲解:"正面这是门诊楼,你看样式如何?不错吧?先盖两层,地基要

292

打得能够承受住五层的,将来儿女把医院干大了,可以再往上加高。穿过门诊楼进入院子,左边是住院部,一拉溜十四间平房。右边是职工住宅区。后面又是一栋两层小楼,是我们自己的住房。二楼是卧室,一楼是车库、药库、厨房……请你审核。"

武桂兰的眼睛并没有看图纸,却歪转脸盯着丈夫:"你什么时候又学会设计房子了?"焦起周颇为自得:"逼的,人被逼急了没有不会的。我们打算花多少钱,想盖个什么样的医院,只有我们自己最清楚。画出这么一个大概其的样子,明天交给工程局的设计队,花点钱就给你绘出标准的施工图来了……"

他讲得兴致勃勃,却忽然发觉武桂兰并没有认真听,看着他的眼神闪烁出一种渴念,一种诱人的风情。他的心也飘忽起来,身体开始发热,泛起一种饥渴,一种需要。双手把桂兰的身子扳到自己怀里,轻轻地亲着她的眼睛、她的鼻子、她的耳朵,嘴里还喃喃地胡数六数:"老头子正在干活儿,你却用一副睡美人儿的伎俩撩拨得他心猿意马……"

桂兰心里也痒痒酥酥,十分惬意,声音像夜一样温柔:"我是美人儿的妈了。"

"要不美人儿的爸怎会这么喜欢你呢!"

"你还没有关灯哪!"

"不关,我要看着你。结婚几十年,都是黑灯瞎火地干好事,对不起我的小美人儿……的妈!"

"你忙了一天,夜里又没睡,不要命啦?"

"你就是我的命,这时候有你我就有命……"

"怎么越老越馋,越老越厉害了?"

"这要怪你,谁叫你越老越有味儿,越勾人家的魂儿!"

"大坏蛋……"武桂兰的嘴被一团灼热的东西堵住,身体被丈夫的两条臂膀拼命往他的身体上拉,恨不得将自己的身子揉进他的体内。呼一下如烈火添油,她的身子随即也燃烧起来,在扭动中她被压住了,极其自然,又异乎寻常地疯狂猛烈……

焦起周很快就睡着了。武桂兰仍旧没有关灯,她细细地端详着丈夫的睡容,脸上还挂着笑,显得很满足,很自豪……这张脸她非常熟悉,此时却有点陌生。

她在枕席之上是良妻,行这种夫妇间的好事本是轻车熟路,奇怪的是她感觉越来越好,或者说是起周让她越来感觉越好……自从来运城后,起周渐渐强大而自信了。以前家里的大事小情,她都得拿一多半的主意,起周习惯于依赖她。现在就不同了,她只管给人看病,他才是院长,对内对外他说了算,有了威严,有了力量。就说要建新医院这么大的事,也没有用她操太多的心。越是这样,他对她倒越好了,她是他夜晚最安全舒适的停靠站,又能不断挑起他的欲望。

她是那种细腻敏感型的人,身体格外要受精神的支配,精神差一点身体都有反应。随着起周的变化,她精神上的压力轻多了,精神放松,身体也就越来越充实……这样的感觉真好。看来女人的福气就是自己的男人能扛得起家,而男人的兴奋剂则是权力和事业。

这一段时间焦起周就像中了魔一样,他心里想着的事就非得办成不可,不办成就跟心里有块病似的。他认定要自己建个医院,就怎么想怎么都觉得划算。现在的这个医院,虽然条件也不错,但终究不是自己的,要受制于人。人家乐意租给你你就可以用着,人家想赶你走你就得乖乖地搬家。特别是主管单位的头头经常换,换一个头头一套章法,说了不算,算的不说,谁能受得了?花钱租房子还得看人家的脸子,接长不短地得去走动走动,烧烧香上上供,又何苦来呢?趁着眼下地皮便宜,到处都有找不到活儿干的工程队,花不了多少钱就能把小医院盖起来。它将永远属于自己,可以传辈,一劳永逸地再不为房子问题看别人脸色受别人气了!

他拉上三弟斌丹,看地,买地,找工程队商量价格,选建筑材料,找银行贷款……眼下的银行可真叫"人民"银行,贷款太简单了,你只要提出项目——有的人不想贷款银行还上赶着贷——贷多贷少全凭你自己一句话。何况焦起周还拿着一张副专员王尔品批的字条,自然就更省事了。但他和斌丹都是本分人,不敢多贷,用多少贷多少……每次焦起周从外边回来,都像讲故事一样说给她听。

　　她渐渐地学会了分享男人的智慧和快乐。当然,有时也难免会有些挫折和焦虑……焦起周睡得很沉,还忽高忽低地打起了小呼噜。

　　武桂兰笑了,越老越不添好毛病,年轻的时候睡觉死,倒不打呼,到老了睡觉轻了,却想起来就呼噜那么几声。她用手指轻轻地抚摩着起周的下巴、脸颊、眉毛……自己的眼皮也越来越沉,她伸出手关了灯,将身体扎进丈夫的怀里,感受着他呼吸的节奏,一会儿也跟着沉沉睡去。

　　人还觉得很冷呢,可树梢全都绿了,干工程就得狠狠地抓住短脖子春天。

　　新医院已经破土动工,焦起周不可能经常盯在工地上,只能一早一晚或有事的时候到工地上看一看。因此他需要一个靠得住的人经常守在工地上,紧紧地盯住工程进度和质量,要不他哪能放心?医院里谁能干得了这件事呢?他想到了郝武长,不敢说他多么靠得住,至少还算个自己人,而且是医院里唯一的一个大闲人,于是就让他专门负责督促新医院的施工。

　　"负责督促"这四个字格外对郝武长的胃口,他早就盼着要"负责"点什么,要"督促"点什么了。许久以来他肚子里就憋着气,要干一件惊天动地的事给焦家的人看看,建新医院恰巧提供了这样一个机会。焦起周干不了这种活儿,武桂兰也不行,他那些弟弟、侄女们更甭提,只有他郝武长才能把新医院建起来。要想能镇唬得住藏污纳垢的包工队,就只有他这样的人才行。他嘴损,多难听的话也说得出口,多脏的话也骂得出口,说翻脸就翻脸,说返工就得返工,他敢要混混拼命,别人行吗?

　　可是,开工好多天了,工程全都铺拉开了,医院却还没有给施工单位拨款。施工队队长几次三番地找到焦起周,他就让郝武长找斌丹,按合同把工程款划拨过去。

　　郝武长大模大样地摆摆手:"别着急,啥时候给钱,一次给多少,都得听我的。"

焦起周更关心的是医院的工程质量:"咱跟人家是订了合同的,你不给钱人家能给你好好干活儿吗?"

"正相反,现在的人心太坏,拿到钱就不好好干活儿了,工程出了问题你也治不了他了!"郝武长居然说出了一通相反的理由,且显得胸有成竹,"就是喂狗,不还得要会喂嘛,要在它正饿的时候喂,它就会感激你、听你的。"

这家伙,真是狗嘴吐不出象牙。

但他说的似乎也有那么一点道理,既然让他负责这件事,那就先按他的意见试试。郝武长对施工队长竟敢越过他直接去找焦起周,心里窝着火。好啊,放着眼前的真佛不拜去拜假佛!他必须得找茬儿树立一下自己的权威,也好让施工队知道马王爷是三只眼。要想对现在的施工质量找漏洞那还不容易吗?他选择了一个刚刚上班,人马最齐备的时候,站在地基沟的边上嚷开了:"停下,都给我停下!你们干的这是人活儿吗?"

"你是谁呀?工地上这么乱,施工的人还真没拿他当棵菜。"

"我看谁还敢不停下?你们干了多少最后都得给我拆了!"郝武长抢着铁锨跳到地基沟里,工人们想停也得停,不想停也得停了:"我是甲方的全权代表,快把你们队长找来!"

队长慢腾腾侧歪着肩膀,迈着方步过来了,矮个子,小骨胎,脑袋溜尖,一看就不是个善类。不然像他这样一副身板怎么能降得住一个鱼龙混杂的包工队!

工人们都停下手里的活儿瞪着郝武长,有的拿着瓦刀,有的扶着铁锨,有的手里攥着半截钢筋……横的,恶的,蔫的,坏的,神头鬼脸,歪瓜裂枣,全都不怀好意地往郝武长这边凑合。

施工队长一副满不在乎、处变不惊的样子,故意不看郝武长,尖着嗓子问:"是谁让停工啊?"

"我!"郝武长跳上沟沿,弓着腰低着头盯视着队长。

"怎么啦?"

"你自己看。"

"我看不出有什么毛病啊?"

"哦,那就是你有毛病啦!"

"你这是怎么说话哪?"

"这样说话还是好的哪! 你不会干人活儿,还想听人话吗?"郝武长声音瘆人,话也来得赶劲,把工程队长给噎住了,也许是他那阴毒的眼光让对方有所顾忌,不敢硬顶。其实毛病出在哪儿队长心里跟明镜似的,是他下的令,他能不清楚吗? 郝武长也知道他装蒜,却就是不挑破,非逼他自己承认不可。

僵持了好一阵子,队长还想装傻:"是不是防潮层短了一点?"

"一点? 三十公分! 人长矮了三十公分就是残废,何况这是医院!"郝武长故意用眼睛上上下下地打量工程队长的身材,"将来让病人住在潮房子里,你们可是缺了八辈子大德了,绝不会有好儿!"

"你们的资金不到位,我垫不起这么多钱。"

"那就偷工减料? 你们干的活儿这么臭,我能给你们钱吗?"郝武长拍拍自己的胸口,"钱就在我手里,黄不了你的,不信到老医院去看看,看病的排长队,每天少说也得收个几十张买药的汇款单,不光是国内的,还有美元、日元。再不够还有银行顶着,王专员的批条压在那儿,银行上赶着要贷给我款。"

"既然这样,那就先给我们打过来一部分。"

"不行,我信不过你们。我后边还有三个工程队盯着这活儿呢,他们的条件都是先垫付一半的工程款,等房子盖得有眉目了,甲方满意了再付款。"

工程队长知道碰上硬碴子了,开始缓和口气:"别呀,我们跟焦院长是订了合同的。"

"合同里有你们弄虚作假欺骗主家这一条吗? 凭这一条我就可以废了合同,让你们这些天的人力物力全白费!"

"别别别,"队长惶遽,马上赔笑,然后吆喝他的工人,"全部返工,今后谁要再玩儿花活给我惹祸,我就叫谁滚蛋!"

队长掏出香烟递到郝武长眼前,郝武长阴沉着脸没有接。队长又觍着脸问:"您老贵姓?"

"免贵姓郝,焦院长是我岳父,我在医院专门负责基建,所有修修建建的项目都在我手里。"

队长按常规推理:"哦,您老是基建科的郝科长,失敬,失敬。"

郝武长未作更正,只是用别的话岔开了:"我岳父找你们的时候我正好外出没在医院,你们是不是欺负他老人家是知识分子,好糊弄?告诉你,我可是干包工队出身。你们这套花活我早就不愿意玩儿啦,现在是甲方市场,活儿少,干工程的人多,你光想糊弄人家,人家就再去找别人。你说是不是这个理儿呀?"

"哎呀,老前辈啦!"队长再次敬烟,郝武长就没有拒绝。一看有门儿,那队长又紧跟着说:"郝科长,你看快到中午了,咱们一起吃顿便饭,请你务必不要推辞!"

刚才郝武长也是出了一身冷汗,如果实在镇唬不住,今天还真得出点血。有时在生活中掀起点血腥是很管用的,对自己这种死眉塌眼的日子也才能有所刺激。这个耗子模样的队长既然已经服软了,他也就借坡下驴,故意皱着眉心拿捏着说:"我知道你的意思,这饭不是好吃的,先套住点感情,然后就要钱,这是羊毛出在羊身上,最后还不是得从我的口袋里出。那就不要太破费,在附近找个小馆儿就行。"

"哪能呢!"施工队长打岔,又喊上了几个工头、班长式的骨干人物,多几个人跟郝武长套上关系,将来在施工中也会方便些。有个工头凑到队长身边说:"苏队,一会儿你不得回家看看吗?"

队长阴沉着脸没有吱声。郝武长不高兴地问:"你有事啊?有事干啥还非要拉我呢?"队长赶忙解释:"郝科长,你别误会……咳,我也不瞒你,我的大闺女昨天离家出走了,他们是想让我回去看看有什么消息没有。"

"哦,还有这事……"郝武长看见两个工人抬着一根木头走过来,他灵机一动高声说道:"你不用去找了,你女儿两天内必定会回来。"

队长疑惑:"你怎么知道?"

郝武长卖个关子:"你抬头往前边看,看见了什么?"

"不就是两个人正在抬木头嘛！"

"这就行啦，一会儿到饭馆里告诉你。"

这群人走进马路边上的馆子，落座之后，施工队的人就急不可耐地要叫郝武长说出队长女儿必定会回来的根据，如果他说不出道理，就证明是个大白话蛋。

郝武长用手指蘸着茶水在饭桌上写了繁体的"来"字："你们知道这个繁体的'來'字是什么意思吗？中间一个木字，一边一个人，两个人抬一木是什么？是'来'。不早不晚，偏巧就在我们正谈苏队闺女的时候，这两个人正抬着木头过来，不是告诉我他的闺女要回来吗？两天内你的闺女要是回不来，我去给你找回来！"

"哎哟，郝科长真有学问！"

"你是高人，我先得谢谢你啦！"

这顿饭本来就是以郝武长为中心，施工队的人都捧着他说，他也就毫不客气地抡起来大侃特侃："去年春节前，我去看望一个当官儿的朋友，给他送礼的人不少，送不起重礼的就送鱼。我看到一个人手里提着两条活鱼，后面跟着一条小哈巴狗，就吓了一大跳，赶紧告诉他注意老婆的安全，过年期间千万不要叫他老婆外出。他不听，大年初二他老婆回娘家，走在半道儿就被汽车撞死了。"

其他人自然又是一番惊讶。

郝武长又用茶水在桌子上写了个"哭"字。然后解释说："两条鱼张着口，下面一条狗，狗就是犬，上面两个口，下面一个犬，不是'哭'是什么？你们也许会问，我为什么不断定我那个朋友死，而是说他老婆死呢？因为还有好多人给他送鱼，众鱼，就是鳏寡孤独的'鳏'，说明是他要死老婆当鳏夫……"

不知真假，饭桌上的人都做出一副被蒙住的样子，纷纷向他敬酒。

他越发地得意了："名字就是命运，盖了宣武门宣统皇帝完蛋，有了崇文门崇祯皇上死。'文化大革命'中最有名的一句话就是'打倒刘邓陶'——知道这是什么意思吗？只留下邓小平逃活命，刘少奇和陶铸都死了。'荣毅仁'这个名字起得更好，那时候别的资本家都完蛋了,就容下了他一个……"

——这是什么乱七八糟的,包工队的人却好像被唬住了。

其实,他哪里有这么大学问,全是到运城之后,整天泡在小酒馆里东一耳朵西一耳朵听来的。他小子还真聪明,就有这本事,过耳不忘。

有人又问:"郝科长,你这个名字有什么讲头?"

郝武长晃悠着脑袋:"我只要好武就能长寿,武运长久。所以我从小就练武术,眼下在大街上要是碰上三个五个的小流氓不够我打的。焦院长的大女儿,要医术有医术,要人品有人品,一看见我这个武人一下子就爱上了,谁能说这不是命!"

饭桌上都有了几分酒意的男人们发出一片叫好声:"郝科长,你真是好命呀!"

"来,咱们敬郝头儿三杯!"

郝武长喝得眼睛有点红了,越发地口无遮拦:"刚才净给你们讲文的了,你们不一定听得懂,现在给你们说点荤的,出几个谜语让你们猜。男人腿长——打一样食品。"

别说这还不像是谜语,即便是正规的谜语,这帮人也不像是能猜谜语的人,就都说猜不着,让郝武长快点说出谜底。

他得意洋洋:"男人腿长——蛋糕(高)啊!"

饭馆里引起一阵哄堂大笑。

他又说:"男人的裤头——打一种外国饮料:雀巢。女人的乳罩——打一道菜:扣肉!"

酒喝到最后,郝武长已经和那个施工队长称兄道弟了。是施工队的人把他扶出了餐馆,他走路虽已脚底下发飘,头脑却还是清醒的,指着队长说:"你小子够鬼的,这就对了,狗急着要去的地方是它吃饱过的地方。你不给别人好处,还指望别人会对你好吗?"

施工队的人一愣,这是什么话!谁是狗?他是狗,还是骂我们是狗?请他又吃又喝最后还得挨他的骂!

从此,郝武长抽烟要由施工队供给,还要三天两头地要请他到饭馆撮上一顿。酒,不必是太好的,菜也用不着太讲究,郝武长本身就不是讲究人,也没见过太大的场面。但他喜欢这种架势,大家都哄着他、抬着他,无论心里想笑不想笑,都得向他赔着点笑。

郝武长成了医院常驻工地的真正代表。

原来他狗屁不是还能凭空使出三五分权力,现在真的有了三五分权力便使足了十分,在工地上吆五喝六,如鱼得水,俨然一个"大拿"。干出的活儿没有他点头不算合格,不追着屁股讨他的好就拿不到钱,施工队的人都知道他是顺毛驴,很少敢得罪他。

尽管如此,郝武长仍然在工地拿捏得住,因为他觉得自己抽的也好,喝的吃的也好,都是施工队从医院的工程上赚的钱,他并不认为亏欠了施工队什么,在要求施工质量上还真没有打马虎眼。

地基打好后大墙一露地面,就一天一个样,焦起周看着也高兴,翁婿关系进入一个黄金时期。

初夏,中条山里不冷不热,万木葱茏。这绿色宝库也是恋人的天堂。

焦安国利用歇班的日子又拉上欣运上山采药,他显得有些伤感,净向欣运提一些古怪的问题:"这大山里多好哇,如果我们两个人就在这山里终其一生,你乐意吗?"

"住在哪儿? 吃什么?"欣运笑里含情,"你一进山就浪漫起来了,是不是想当野人?"

焦安国忽然叹了口气:"咳,咱哪儿有浪漫的本钱哟!"

欣运略感诧异:"浪漫只是一个人的感觉,还要什么本钱? 连最完美的幸福也纯粹都是自己的感觉。"

"怕就怕感觉错了。"

姑娘睐了他一眼,心里暗自嗟叹。

接近中午的时候,他们来到一座荒弃的小庙跟前。焦安国不胜惊奇:"我还以为中条山已经被我爬遍了呢,想不到这儿还藏着一座庙!"

他估计在"文革"之前这庙里可能还有香火,庙前有一株能够几个人合抱的大树,铁骨青枝,安稳如铸。小庙极其破败,庙顶上有个大窟窿,庙堂里长着野草,神像已不知去向。只有庙门还相对显得稍微囫

图一点,尚能依稀辨认出两旁柱子上的字:

见了便做做了便放下了了有何不了
慧生于觉觉生于自在生生还是无生

欣运问:"这是什么意思?"

"不很明白……"安国犹豫着,"佛家的禅机我们凡夫俗子怎么能参得透?"

"这字是佛写的还是凡人写的?"

"可以肯定地说这字是人刻上去的,却有不凡的智慧和气度。"

"神的存在真是不可思议。"

"如果没有神的存在就更不可思议。"焦安国放下肩上的药筐,"好啦,我们就在这儿歇一会儿,然后吃午饭,也来个见了便坐,坐下便吃。"

他们在大树底下的石头上坐下。

山间空阔宁静,灵气盘结,清新的空气饱含水分,庙后似有水流淙淙之声传来。焦安国从背囊里拿出毛巾,对欣运说:"你在这儿等着,附近有山泉,我去找一找。"

他转到庙后,见到的又是另一番景色,千崖万壑,林涛吼响。他上攀不到五十米,便找到了一股清流,漱了口,洗了脸,顿时一阵清爽。最后又把毛巾蘸饱了水,双手捧回来,一点点拧到欣运的脸上。欣运一边用手撩着泉水拍打着自己的脸,一边嚷嚷着:"好凉,好凉,真舒服!"

不想,安国把毛巾里的最后一点凉水突然全拧到她的后脖领子里了。姑娘刺棱一下子站起来,夺过毛巾骂道:"你个缺德鬼!"

安国忘情地盯着姑娘那迷人的面庞问道:"美吧?"

"真美。"

两个人相互使了个逗人的眼色。安国说:"这也许是我们最后一次上中条山采药了!"说完便观察欣运的神色,她却没有丝毫的不安或惊讶,就好像她早就知道了这个消息一样,静静地等待安国自己说下去。他尽力想读懂她目光中所传递出的信息的确切含意,没有再继续说什么,从口袋里掏出父母的来信递过去。

卓欣运读完信仰起脸,眼睛里依然流露着平静的笑意:"你可真沉得住气,这信来了有一个多星期啦!"

"因为我还没有拿准主意,自己还没有想好,讲出来不是白给你添烦吗? 最难的就是做出选择呀!"

"现在已经做出来了吗?"姑娘的眼睛里闪烁出惊人的聪慧。

"就在刚才,我忽然觉得一阵轻松,我想是做出了决定。"两个人相互凝眸许久,还是焦安国感到好奇:"你好像一点都不感到意外,也不紧张不犯难。"

"做决定的是你又不是我,我有什么好嘀咕的?"

"啊?"焦安国大惑,"最难的应该是你呀,你好不容易顶替父亲在矿上有了一个铁饭碗,现在又要辞掉它跟着我去运城,跟你母亲怎么说呀? 跟你的两个弟弟怎么说呀? 要早知这样,就不如让你的一个弟弟来顶替了! 还有矿上的人,会怎么议论我们俩? 人家都是削尖了脑袋想挤到矿上来,我们却要辞职,人家说我傻,那是没有办法的事,父母之命不能违。让人家都说你傻,我可受不了。"

"傻人有傻福,人活着能落个傻名声可不容易。也只有在许多人都认为你是傻子的时候,你才有可能是最聪明的。"

"你真的就一点顾虑都没有? 我可是要对你的一生负责呀!"

卓欣运的目光霍地一闪:"你不必对我负责,你只要对自己负责好,就是对我负责了。"

"你这是什么意思?"

"呆子,我只做过一个决定,那就是跟着你。其他的事就不用我操心了,你去哪儿我去哪儿,你好我跟着好,你坏我跟着坏。"

"你不用回临汾跟家里人商量商量吗?"

欣运摆摆头:"既然你受佛的指点拿定了主意,我现在也告诉你一句带点佛性的话,'十世修来同船渡,百世修来共枕眠'。我跟你有百世修行的缘分,还犯什么愁啊?"

卓欣运两眼幽黑,温情脉脉。

焦安国兴奋得有点透不过气来,伸出一只臂膀把姑娘揽进怀里,在她耳边悄悄说:"我还真有点舍不得中条山,是这座山培育了我们两个人的情感。真想现在就跟你拜堂成亲,成全了我们的好事。如果你能在青山绿林中怀孕,将来一定能生个非常漂亮又有灵气的孩子。"

"嘿嘿,你就不怕亵渎了大自然,还有这不可思议的无处不在的神灵?"

欣运这样说着,身体却在他的抚摩下变得灵动起来,火烫的双唇也开始回应着他的热吻……

18. 萧墙埋祸

　　家里又来信催,说新医院已经建成,正在进行内部装修,等着他们回去搬家。

　　既然自己的医院建好了,就应该赶快搬进去。从老医院里早搬出去一天,就少缴一天的房租。焦安国和卓欣运商量了辞职的日期,然后各自收拾自己的东西,向朋友们告别。中国人本来就爱管闲事,越是朋友就越觉得有责任管你的事,对你的事管得越多才越证明是好朋友。矿上的哪一个朋友,似乎都比他们自己对这件事情想得更周全,翻过来掉过去地给他们陈明利害。他们一次又一次地解释,说到最后嘴皮子都快磨破了,闹得车间的人都知道了,在矿上也成了新闻,可焦安国还没去办辞职手续。

　　卓欣运每催一次,他都说就去就去,可"就去"却不去。卓欣运再催,他还是说就去就去,最终却还是没去。催了四次都没有效,卓欣运知道这里边有故事了。倒好像是她非要逼着他辞职回家一样……姑娘有那么几天没有再答理焦安国。

　　焦安国却磨磨唧唧地来找她来了,卓欣运跟没事人似的见面就问:"手续都办好啦?"

　　"啊……就去就去。"

　　姑娘忍不住了:"你是不是听别人的闲话听得太多,想打退堂鼓了?"

　　"哪能呢?"焦安国嘴上还挺硬,可声音中带着难以掩饰的苦涩。

　　卓欣运不解:"那是出了什么事?"

"什么事也没有,就是我自己发怵,怕见那些干部。他们什么都问,特别是最后要到厂部去盖章,如果他们借机刁难,万一再碰上孙矿长,哎呀⋯⋯"焦安国喝着牙花子抓着头皮。

卓欣运忍俊不禁:"真的就是这个原因?"

"你说还能有什么原因? 这事是不能变的啦!"

"那好吧,我去替你办手续。"

"不行,你去办这样的事别人的闲话会更多,这是我的事。"

"什么你的我的!"姑娘用手指戳了一下他的脑门,"连你这个人都是我的,你发怵的事可不就得由我去办呗!"

焦安国面有愧色,心里却美得连骨头都有点发酥。

卓欣运继续调侃他:"你母亲说你是犟头,从小脾气就格外拧,我还以为没有能让你怯阵的事了呢!"

"行啦行啦,打人别打脸,说话别揭短,我找你来是还有件更头痛的事要商量⋯⋯"卓欣运收敛笑容,凝神看着他。

安国说:"最红怎么办? 她知道咱们要走了,好几天了光哭不说话。"

"那是啊,咱们一走她在矿上就更孤单了。"

"可眼下她正是最较劲的时候,要复习功课准备考高中,不可能跟我们一块儿走。"

"可我们也不可能不管她。"卓欣运性情机敏,开始以一个好嫂子的身份在想这件事,"这样吧,我先去办手续,你到山脚把晾干的药捆起来,下午我们到最红的养父家里去看看,你也先别着急,到时候会有办法的。"

卓欣运真是每临大事有静气,这让焦安国心里像吹过一阵清凉的夏风,无比舒坦。其实,从他们相识的那一天起,几件最让人挠头的事情,哪一件不是人家姑娘自己不声不响地就决断了⋯⋯

焦安国很乐意遵照卓欣运的分派,骑车去了他的晒药场。路过矿区北门的时候他停下来,想跟守门的老崔头告个别,感谢他这些年来关照自己的晒药场。推开传达室的门,却见里面坐着一位生脸的,他问:"崔师傅上什么班哪?"

"他坏了,上不了啦。"

"坏了是什么意思?"

"脑栓塞,人算废了,不定什么时候就会蹬腿儿了!"

"哟,我上个星期还看见他了!"

"就是前天的事。"

焦安国低着头退了出来,脑子里轰然又冒出了在庙里看到的那两句让他似懂非懂的话:"了了有何不了,生生还是无生。"——崔干臣,瞧这个名字就不是当老百姓的主儿,当年也确实耀武扬威过,最终却还是一个再普通不过的看门人,还不到六十岁,就要油干灯灭了⋯⋯

他心不在焉地出了北门,来到自己的药场,将晒干的和尚未晒干的草药分门别类地收集起来,只取下有用的部分,再用刀切碎,装进他带来的尼龙袋子里,一袋袋地驮回宿舍。

卓欣运属于多血质类型,善于感知别人的情绪反应,有很强的社会协调能力,所以不怕见人,事情逼到头上也不慌阵。焦安国磨蹭了好多天不愿意去办的辞职手续,人家姑娘只用了半天时间,从车间到矿区总部,全部手续都拿到手了,然后来找焦安国一块儿去看最红。

焦安国按捺不住好奇心,很想知道辞职都有哪些手续,愣把自己难了这么多天。他打开一个大纸袋子,里面有一沓子各种各样的介绍信,每样都是两份:"户口迁移证明、粮食证明、工资证明⋯⋯最底下还有结婚证明。

卓欣运的脸腾一下红了,眼里含羞,娇妍无比,为不让安国乱想乱猜,又不能不解释:"在厂部转户口关系的时候人家告诉我,如果我们两个没有结婚,到了运城我就上不了户口,因为无法证明我跟你们焦家的关系。"

焦安国发出赞叹:"哦,想得太周到了!"

卓欣运渐渐恢复了自然:"他们是为我好,怕你一到运城就把我给甩了。有了这一纸证明,你再想不要我可要费点事了,还得到法院里费一番口舌。"

焦安国一脸严肃,上前扶住卓欣运的双肩,让她站好,而后自己后退三步,冲着自己的姑娘(哦,现在应该叫妻子了)深深地鞠了三个躬。

欣运大叫:"你出什么洋相?"

"谢谢你!"

"谢我什么?"

"没有你,这些手续我绝对拿不到手。我不懂,厂部的人也不会提醒我。更重要的是感谢你的大智大勇,当机立断,愿意跟我结婚。"

欣运也不再笑,变得严肃了:"但我有个条件你得答应,这个证明只作为回运城上户口用,用完之后就放在我手里存个纪念,绝不可让父母知道这件事。万一你真的变心了,我也绝不会拿这张纸要挟你。"

焦安国像宣誓一样举起右手:"苍天在上,神灵在上,我焦安国和卓欣运自由恋爱,自愿结婚,我发誓要跟她双栖双飞,白头偕老。倘若我对她不忠,愿天打五雷轰……"

开始卓欣运以为他在开玩笑,听他真的在起誓,脸一下子白了,赶紧拿掉他的手:"誓可不能乱发呀!"

"谁说我是乱发?"

"好啦好啦,我们快去看最红吧!"卓欣运把全部证明放回纸袋,装进自己的包里,纵身先坐到永久牌自行车的后架子上。焦安国没有马上骗腿儿上车,而是推着车走,卓欣运用一只手扶着他的肩膀。这样两个人说话更方便些。

他问:"你去办手续的时候他们没有刁难你?"

"刁难倒谈不上,就是提的问题太多,你不听他们把话说完,就甭想拿到你要的证明信。"

"都是什么问题?"

"想好了没有,将来后悔不后悔,后悔可也回不来啦……全是这类的话,多着哪!"

"有没有说你傻的?"

"谁好意思当面说你傻呀? 他们都说我胆子大,不知深浅就敢跟着人家往下跳。"

"你怎么说?"

"我给他们上了一课,我说世间万物无时无刻不在变,中条山一年大变四次,小变天天有。人也一样,身上的细胞每分每秒都在生生死死,活着就是变化,万物都是通过变化才能存在,只有变才是永远不变的。我如果待在矿上,看看我父亲就知道我自己这一辈子是什么样了。不知深浅地跟上一个坏小子跑到运城去,会发生什么事,打死我也想不出来。变化就是要有点风险,不冒险就会不敢动。天下并不只有一种生活方式,大家的标准也不一样。我自己喜欢冒险,你们干吗替我害怕呀?"

"太精彩了,他们还说什么?"

"他们都一个劲儿地叹气,为我惋惜。"卓欣运忽然放粗嗓子,学着男人的腔调说:"坏啦坏啦,一个挺好的丫头叫焦安国那小子给带坏啦!"

她说完自己先笑起来,用手掌一拍安国的后肩:"快骑上吧,太晚了到人家,要正赶上饭口可怪不好意思的。"

"从现在起我就算得了气管炎(妻管严)啦!"焦安国说是说,左脚踩着车镫子,推起车子快走几步,身子一纵,右脚往怀里一掏,越过大梁落到另一只车镫子上,自行车居然不摇不晃地就提高了速度。他用一只手扶把,另一只手弯到后面拍拍欣运的腰,这是提醒她他有话要说:"最近我发现你有一个了不起的优点,正好是我和爸妈身上所缺少的。"

欣运的两手在抱着他的腰,只好用头磕磕他的背:"别走神儿,好好骑车。"

"我说的是真的。"焦安国还不想被打断,"焦家的医术分两块,一块是临床诊断,一块是制药。我们回去后,父母想让我偏重学临床治病,让你掌握制药。有机会我会向父母建议,你的特长是外交,是跟人打交道,应该多参与医院的管理。"

"别想那么多了,还是想想眼前怎么跟最红谈吧。"

他们来到矿上的宿舍区,在最先盖起的一片平房里找到了王恩奎的家。正式的房子只有一间,将对面的小厨房改大变成一间小南房,在南房的窗户根底下用石棉瓦搭了个小棚子放炉子,权当厨房。王妈正做饭,见了他们一打招呼,王妈的大儿子从小南屋里走出来。焦安国自小的时候就叫他九哥,九哥便将他们让进大屋子。王恩奎在床上躺着,看上去身体很虚弱,也急坐了起来。最红正趴在一张小炕桌上写作业。

屋子里光线灰暗,还有一种带着主人饮食习惯的味道。好像平时来串门的客人不多,主人现找凳子,现刷茶杯,这些都被焦安国止住了:"我们坐不住,千万别忙乎。"

他们两个挤着坐在床沿上。

王师傅和他的儿子都不怎么说话,话都叫王妈一个人说了。老人性格开通,上来先夸赞了一通焦安国和卓欣运,说他们多么般配,看着多么叫人眼馋……话题由焦家的人多么有本事一下子又转到命运对王家的不公正,又抱怨房子太旧太潮,害得两个老人的全身关节都不好。老的退了,小的又没有大本事,也甭指望矿上再给调换好一点的房子了。可没有好房子,九儿又怎么能谈得上恋爱呢?一环咬一环,一步赶一步,一步没赶上就会步步赶不上……

焦安国抓到一个插嘴的空儿赶紧顺势安慰说:"别着急,九哥还年轻,找对象是没有问题的。"

"还年轻啊?他比你婵姐还大两岁呢!"

"没关系,现在提倡晚婚晚育。"焦安国说完忽然又觉得不够真诚,赶忙再补上几句自嘲的话:"王妈不能光看我们俩,我们俩是早婚早恋,违反了政策。"

话虽这样说,可他心里也明白,在矿上像九哥这么大的人还没有对象的可数不出几个来了,会成为邻里以及同事们背后议论、取笑的对象。九哥模样长得不算难看,是他不找呢,还是找不上?为了不让他难堪,焦安国不敢在九哥的问题上再乱搭腔,就找个机会向王妈说明了来意:"我们两个要辞职回家了,我父亲母亲嘱咐一定要告诉您二老一声,向你们辞行。"

"辞职? 放着这么好的工作真的不要了?"

焦安国原来以为他们多少会听到一点消息了,可从王师傅和王妈的神态上来看,他们真的是什么都还不知道。这个年头,敢双双辞职不干可是件大事,自建矿以来他们也许还是头一份儿。王九哥就在矿里上班,怎么可能会听不到一点风声呢? 至少最红也会告诉他们……这真是个奇怪的家庭,难道他们一家人聚在一块儿会相互不说话?

王妈一个劲儿地惋惜:"真不知你爸妈是怎么想的,有能耐的人就跟咱想的不一样,老也不安分……"

王师傅打断了老伴的话:"行啦,又不是叫你辞职,唠叨个啥呀!"

焦安国也不想多解释,赶忙把话引入正题:"我父亲让我征求一下您二老的意见,当初我父亲曾经向最红许过愿,让她到运城上中学,前两年她太小,您二老不放心没有让她去。我想问问她今年考高中能不能考到运城去,全部费用都由我们家出。"

一直没有吭声的王九哥突然把话头接过去:"我妹妹叫王永红,怎么能让你们家供她上高中呢? 我们再穷,供她在原田县城上完中学还是没有问题的。"

焦安国知道自己刚才说话不得体,赶紧更正:"对不起,我不是这个意思……"

王妈抓住最红的手:"小红是我从小拉扯大的,我一直把她当成亲闺女,现在老了,一会儿见不到她就想得慌,可舍不得让她离开我。"

焦安国明白了。当初并不是王家抢了焦家的闺女,而是你焦家生活困难,养不了自己的亲生闺女主动要送给人家。现在人家把你的闺女养大了,也相依为命有了感情,你的条件好了又想把闺女要回去,这不是有点欺负人吗?

焦安国站起身:"我知道你们的意思了,最红永远都是你们王家的女儿,我父亲母亲也一直感谢您二老在我家最困难的时候对我们的照顾。明天我们就要走了,能不能让最红去帮着我收拾收拾东西?"

王师傅在床上抢着说:"快去吧,要不要让九儿也跟着去搭把手?"

"不用了,您二老多保重,得空的时候我们还会来看你们。"焦安国一边说着一边向外走,卓欣运拉着最红紧随其后。

王师傅没有下床,只说了声:"我就不送啦。"

王妈却一直送出了老远。焦安国直到走出平房区才深深地吐了一口气,他看到卓欣运一只胳膊搂着最红的肩膀,另一只胳膊也甩动着做扩胸的运动,就取笑道:"我刚夸完你遇事不慌头,有公关才能,在王家为什么一言不发?"

欣运笑了:"这种场合我哪有资格插话?"

"你是最红的嫂子,怎么又没有资格了?"

欣运不再笑了:"好吧,我就以嫂子的身份给最红一个保证,将来我在哪儿生活,就给最红在哪儿找工作。现在可以不让她到运城上高中,以后上大学呢? 即使不上大学也要参加工作呀,总不能老叫她守在这个家里吧? 这个家里倒都是好人,但太压抑了,难怪最红小小年纪性格却那么孤僻⋯⋯"

焦安国深有同感,却跟欣运交换了一下眼色,制止住她的话头。她也就没有再往深里说,只是把最红搂得更紧了。人就是这么奇怪,当初焦家觉得王恩奎两口子为人好,才敢把闺女送给他们,王家觉得焦家的人也不错,才愿意要焦家的女儿,现在闺女长成大姑娘了,再若叫这两家人像以前那么要好,恐怕是不可能了。你防备着我,我怀疑你,最红夹在这中间精神怎么能好得了? 焦最红又是王永红,王永红又是焦最红,真难为了这个小丫头! 最可怕的还是那个九哥老找不上媳妇,他跟最红又没有一点血缘关系,在小说和电影里,这样的兄妹被强往一块儿拉的故事可太多了⋯⋯

焦安国推着自行车在矿区饭店的门口停下来,向里面张望。走在后面的最红问欣运:"哥不是让我帮收拾行李吗?"

欣运说:"傻丫头,他有什么行李还用得着你帮着收拾? 就想拉你出来吃顿饭,说说话⋯⋯"

不知从哪里传出一股风,说焦起周新建的医院风水好。因为是坐落在一个十字路口的金角(十字路口的东南角称金角,西南角为银角,东北角是铜角,西北角叫铁角),医院门诊楼坐西朝东,正好把住了运城一条东西走向的交通要道。东西皆水,南北皆火,水是生命之源,火乃兴旺态势,大门向东开,图的就是东西畅通、南来北往,才好财源茂盛。如果冲南边再开个旁门就更好了,为的是让东家有解难(南)之处……

医院上上下下似乎都听到这种传说了,医院的风水好大家就都跟着沾光,医院职工自不必说,就是病人不也会好得快嘛! 所以搬家的时候大家劲头儿格外高,喜气洋洋,笑语喧哗。

郝武长的高兴劲儿似乎还要再加上一个"更"字,俨然一副迁院总指挥的架势,叫这个干这个,让那个干那个,指指点点,比比画画,包括对刚回来的院长的儿子及其对象,都绷着脸毫不客气地给指派任务。他理直气壮,认为这个新医院是他给建起来的,风水越好,他的功劳就越大。

搬家的人将焦家的私人物品暂时都放到医院后面的那栋两层小楼里,于是,人们嘻嘻哈哈地就把那栋小楼称为"焦家楼"。焦家有了自己的楼,焦家人也觉得挺受用,便欣然接受了这个名字。

"焦家楼"的名称随着搬家人的嘴立刻传开了。

当焦起周宣布了房子分配方案后,郝武长当即泄气了,他和焦最婵在职工区里有一间属于他们的房子,"焦家楼"里却没有他的份儿!

他立刻摔耙子不干了,骂骂咧咧地走出了小楼:"好啊,这是拿我当傻小子要呀,白给费劲盖起了'焦家楼',焦起周却还是不把我当焦家人! 那你闺女姓不姓焦? 连那个就回来待几天帮着搬家的卓欣运,都可以住在'焦家楼'里,我这个卖了大命的女婿怎么就这么不是人?"这时候他还不知道卓欣运这次回来就不走了,如果知道了还会更气。

他越想越气,走到院子里才发现自己怀里还抱着一个装药液的大玻璃瓶子。这样的大瓶子得要百十块钱才能买一个,他抓住瓶口,抢起来就向着水泥路面摔下去。留在医院帮工的杨希托着一大摞病历碰巧赶上,嘭的一声,一块碎玻璃片崩伤了她的腿,身子一侧歪,病历撒了一地。姑娘哎哟一声,随口说了一句:"你要死啊!"

郝武长的邪火立即冲着姑娘来了:"哟嗬,你自己不长眼这能怪谁呀?你算什么玩意儿,也敢张口就骂人!你以为穿上大褂就是护士了?会给武桂兰舔眼子溜沟子就能留在医院里啦?"

黄福根一边喊着一边跑过来:"姓郝的,你欺负人家女的算什么能耐?"

"行啊,来了充大尾巴鹰的啦,那我就先让你再去拉稀!"郝武长捏着拳头迎了上去,他正好要借打架骂街把一肚子怨恨输出给别人。

幸好院子里来来往往的人很多,一齐帮着把他们拉开了。

郝武长不再管医院搬迁的事,也不去看分给自己的那间房子,径自走出医院,到附近那个熟悉的小馆子喝酒去了。直到过午,他才装着一肚子闷酒回到医院,没进"焦家楼",直接到自己的屋子。门上却挂着锁。医院就这么大的一点地方,找到焦最婵不过是几步路的事,但他懒得去找,捡起块砖头愣敲愣砸地把锁头给弄开了,进屋看见床已经铺好,倒头便睡。

不知过了多久,焦最婵腆着大肚子回来才把他喊醒。盖医院的这些日子郝武长表现不错,焦最婵跟他的话也就多了。要在过去,随他睡到什么时候她都不会管的。她说:"这是什么日子,医院搬家这么忙,你怎么好意思躺在屋里睡懒觉?"

"活该,医院有我的啥?我为你们家出了这么大的力气,你爸妈又是怎么对待我的?连'焦家楼'都不让咱进,我看连你都不被当成是焦家的人啦!"

"我当然不是焦家的人啦,嫁给了你郝武长就是郝家的人嘛!"焦最婵对住不住"焦家楼"好似全不在意,"再说安国不也没有住'焦家楼'吗?"

"那不一样,他才在家待几天?这是做戏给我看哪,你以为我像小孩子那么好糊弄?"

"这对你不是更好吗?我的父母家教严,跟他们住在一块儿你受得了吗?"

"谁还愿意跟他们住一块儿？我争的是这个理,不吃馒头要蒸(争)口气。"

"你还讲理呀？刚才奶奶和三叔走,你为什么都不去送一送？"

"他们走了？"

"老家该麦收了,奶奶要回去给看家,三叔等收完麦子再回来。"

郝武长的眼睛里似乎闪过一丝亮光:"那钱和账交给谁管？"

"临时先叫安国管起来。"

"他不回矿上了？"

"他跟对象都辞职了。"

郝武长勃然变色:"这么大的事都瞒着我？"

"呀,他们回来跟你有什么关系,你用得着生这么大的气吗？"焦最婵深知丈夫的狗性,说翻脸就翻脸,赶忙息事宁人,"谁瞒你了？前天晚上他们两个回来的时候你不在家,第二天大家就都操持医院搬迁的事,谁还顾得上说这件事？现在你知道了还算晚吗？"

郝武长眼睛通红,气得在屋子里转磨磨:"这俩老不死的成心想把我晾起来,放着现成的女婿不用,把儿子媳妇从矿上叫回来接班。他们什么力都没出,却要来夺现成的,想得倒美！"

"你不是自称基建科长吗？爸说还让你管基建,房子哪儿出了毛病,管子漏水了,修修补补的,往后事也少不了。"焦最婵本来想给郝武长泄火,谁想反倒更激怒了他。他朝着焦最婵回手就是一巴掌:"臭娘儿们,你也敢挖苦我？"

焦最婵一个趔趄摔到床上,苍白的左脸颊上出现了一个暗红的手掌印。

她没有抚摩自己发烫的脸颊,却下意识地用双手护住肚子,满眼哀怨,苦涩涩的一颗心往下沉落,声音木木地说:"打得好,你有种就把我打死,那就一了百了啦！"

"看美得你呀,你死了我怎么跟你爹妈算账？"郝武长的嘴角含讽带刺,眼睛盯着最婵高高隆起的肚子,突然喉头发紧,下体刺痒,使他产生了一种压倒一切的破坏欲。

男人对女人的破坏就是占有,最大的破坏就是最大的占有! 他向最婵俯下了脏兮兮的身子,汗渍斑斑的的确良衬衫混合着他呼吸中那股烟酒从肠胃里挥发出来的臭气,让她又一次闻到了一种灾难般的味道。

她冷冷地说:"我快到日子了,肚子里可是你的孩子,你就不想还留点德吗?"

"德? 男人的全部德性都在鸡巴上了!"他邪里邪气地笑着,但挺起了身子,怀孕女人的大肚子妨碍了他。他直起腰,不慌不忙地扒掉了最婵的衣服,连屋门都不锁,自己站在床边架起了妻子的两条腿……

一个被仇恨鼓荡起来的家伙,无论在什么情况下都不会顾惜他所憎恨的对象。

焦最婵不求他,也不再吭声,她知道越是那样他就越上劲。不管遇到什么威胁,她唯一的防线就是沉默。她也不用打闹表示自己的反抗,越跟他争斗他就越发来兴。对付郝武长还算有点效的办法就是淡着他,别拿他当人。今天自己就是太大意了,看他这几个月确实出了力气就又拿他当人了,跟他说话一多,他紧跟着就蹬鼻子上脸……

她闭上眼,浑身死死的:"你不就是要身子吗? 给你就是啦!"

郝武长的情欲变成了一种罪孽。无论他生气,他高兴,他憎恨,都要拿焦最婵的身子发泄,一边干还要一边数落:"你还承认是我郝武长的人就行,我啥时候想干就得干,我干的是焦起周的大闺女,干死你看看哪个狗日的心疼!"

他身下的肉体像一块没有知觉的木头,他就必须不停地跟自己说话,以刺激自己的兴奋点。他随着下身冲撞的节律拍打着妻子的肚皮:"嗨,儿子,你妈说快到你出来的日子了,就先让我喂喂你吧,这可是你爸爸的精华,比你妈妈的奶还有营养。等你出来以后可要跟爸爸一条心,共同对付焦家的人!"

肉体是难以形容的,更何况是燃烧着被邪恶和报复所灼热所鼓荡起来的情欲的肉体。郝武长的胡说八道又引爆了他自己的歇斯底里,身体疯狂得失去了控制。焦最婵的下体开始出血,他却以为是女人有了反应,仰着脸越发地不要命了……

焦最婵起初是强忍着痛楚,以麻木表达自己的厌恶和蔑视,心里那股莫名其妙的混乱却越来越强烈,后来真的没有痛苦,没有任何感觉了,脑海里像冒出许多气泡,她实实在在地失去了知觉……

经过一番抢救,三天后焦最婵在医院里生下一个女儿,母女竟还都活了下来。

当她看到自己女儿的时候没有笑,却抑制不住地哭了,泪水毫无准备地突然倾泻出来。旁边的医护人员都以为她是因高兴而哭,可高兴的眼泪不会有这么多,她脸上一片模糊,脸下一片模糊,身体剧烈抽搐。她越想止住就哭得越凶,她不愿意张扬得让别人看见,就哭得更痛,且痛在心里。

几天来她命如游丝,在她清醒地能感知到自己的痛苦和危险的时候,都没有掉过一滴泪,甚至没有过呻吟或喊叫,那张被善良和懦弱蛀坏了的面孔,显得呆板、迟钝,失去了生气。负责抢救的医生相信她是下了求死的心,而不想求生。

在抱着自己的女儿大哭过一通之后,她才算真正活转过来。她不再一个人孤苦地面对自己的命运,今后要和女儿相依为命了,女儿将成为她的依靠和希望。在她对郝武长最绝望的时候,曾几次想打掉这个孩子,自己对未来的生活都没有信心,怎么能再牵累肚子里无辜的孩子?要不是她软弱、犹豫和拖沓的性格,也许早就付诸行动了。现在她见到了自己的女儿,立刻便爱上了她,焦最婵身上的母性苏醒了,她很庆幸当初没有打掉孩子。

她当即给女儿取名"姣静"。

她的父亲焦起周对给孩子起名字是非常讲究的。按平陆县老家的风俗,小孩的名字一般都请隔辈人给起,比如祖父祖母、外祖父外祖母。最婵却根本没有征求自己父母的意见,郝武长更不值得答理,她也不向任何人解释自己给女儿起这个名字的理由。

她长这么大,也许是第一次独立决断一件并非无足轻重的事。这是不是预示着她今后在许多事情上要自己替自己拿主意了？

由于是在刚搬迁到新医院的喜庆气氛中，郝武长的恶行被忽略了，反而把添丁进口当做是新医院风水好的见证。郝武长恰好是忘性大记性小，他无论做了什么坏事都绝不会有真正的自责或内疚。以前他喜欢写检讨书，并不是为了改过，而是为了能够再犯。等焦最婵从医院一回到家，他就哪儿疼往哪儿戳："等小丫头一过满月，就把她送人算啦！"

焦最婵知道他嘴里没有人话，懒得答理他。

郝武长却像逮住了理一样："你听到了没有？把丫头送了人才好要第二胎，我得要个能继承郝家香火的儿子！"

自回得家来，焦最婵还没拿正眼看过他，便仍旧待理不理地说："郝家的香火有什么可值得继承的？即使有个儿子，你又能让他继承什么？"

郝武长被噎得一瞪眼，但他很快就又歪了一个词儿："这也是跟你爸爸学的，你们焦家就是重男轻女。如果你能给我生个儿子，兴许你爸爸也能对我们好一点。"

焦最婵心里暗想，无赖，我就是生个儿子也不会让他姓郝，即便焦家真是重男轻女，也犯不上去看重别人的儿子！再说，你本身不也是男的吗？爸爸为什么不喜欢你？焦家人不喜欢你，还指望会喜欢你的儿子吗？自己也知道不是东西了，又寄希望生个儿子……要说郝武长也够可怜的。

别看郝武长表面上像要杀七个宰八个的，对谁也不在乎，心里却藏着一种深深的自卑。只要有焦家的人来看望焦最婵，他能躲就一准躲出去，尽量回避跟焦家人在一个屋里待着。就是武桂兰下死命令让焦家子女必须上的课，他也一次没有去过。自医院搬到新址之后，大家心气都很高，武桂兰定下制度，每天晚上八点到十点，在"焦家楼"下面的一间大屋子里上课。由武桂兰主讲，有些科目也请焦起周和黄鹿野讲。焦安国、卓欣运、最婵、最霞不听课是绝对不行的，甚至连一心想当护士的外姓人杨希，也每天晚上都去凑热闹。唯有他郝武长，一次没去过,但也没有人找他。这就是说,人家根本就没有打他的牌,有他五八,没他四十。

他在医院的地位就变得有些尴尬了。人家真要把他跟焦家子女一样要求,他受不了;人家不拿他当棵菜,他又有失落感,觉得自己被蔑视、被排斥……

郝武长最气的还是焦安国和卓欣运。焦安国不回来,这个医院将来就是焦最婵的,他耐着性子等下去还有希望。焦安国这一回来,可真是冲了他的肺管子。更别提卓欣运,她跟他一样同是外姓人,且对医院寸功未建,哪像他这样为焦家出过力、卖过命!可焦起周和武桂兰显然是另眼看待那个臭丫头,晚上跟武桂兰睡在一个床上,这不明明是给卓欣运吃小灶吗? 还让她白天在药库里参与配药、制药,无疑是要将焦家的制药秘方传给她呀! 更让郝武长感到不是滋味的,是他帮着焦起周在这块风水宝地上建起这个新医院,果真就好事不断,而这些好事却没有他的份儿! 他暗憋暗气,一忍再忍。直到有一天,一个北京人受国家抗痨中心主任尚德堂所托,给焦起周捎来一个日本患者的感谢信和六十万日元的现金,郝武长终于忍不住了……他并不知道六十万日元折合成人民币是多少钱,只是觉得六十万不是个小数目。

如果他在别处负责建一个像医院这样的工程,光是包工队给他的好处费就不会是小数,即使他不拿回扣,工程完成后单位也会奖励给他一笔钱。这可倒好,焦起周对他连个屁都没有放,乌漆麻黑地就过去了。这个老财迷,得了六十万的外快,也不说论功行赏给下边人分一分,竟是吃独份儿的,让他儿子全都存进了银行。看来这个世道上没有公平可讲,强人强马吃抢草,社会上的钱财为强者所霸占,为强者所享受,也可以被强者剥夺。

一阵急火攻心,郝武长闯进了焦起周的办公室,正是上午病人最多的时候。他知道焦起周好面子,有坏事也想捂着盖着,要闹就往大里闹,丢他的大丑,逼得他没有办法,想不想答应都得答应他! 他进屋后先点上了一支烟,主要是让脸和手都有点事可做,就像时下许多蹩脚的演员一样,不会演戏就抽烟,以缓解心里的紧张。然后他走到焦起周的桌子跟前,相当克制地说:"爸,我想跟你商量点事。"

焦起周把脸扭过来:"什么事?"

"医院工资太低,我不想在这儿干了,想跟你说点以后的打算。"

当着这么多病人,这家伙倒是单刀直入。而且不知从什么时候开始,郝武长称呼焦起周和武桂兰不再用"您老"啦。无论是当人对众,还是私下里,要么就什么都不称呼,"哎哎"地乱喊,要么就是"你你"地像跟平辈人说话一样。眼下这些鸡毛蒜皮已经计较不过来了,难得他自己想离开医院,也不失为一件好事。焦起周站起身子,说:"来,到里间屋谈。"

里间屋也摆着两张桌子,桌子上堆着当天收到的信件。焦安国看完每一个来信者叙述的病情之后,写出处理意见,让父亲或母亲审查过后再给患者回信并寄药。郝武长一见焦安国和他的工作,心里的火又撞上脑门子了。

焦安国举着一个漂亮的大纸袋子在端详,上面印着英文,纸袋子非常结实,好像是防雨防潮的。他用裁纸刀割开,从里面掏出病历和肺部片子。

焦起周在儿子对面坐下来,语调很和气:"武长你说吧。"

郝武长也尽量想说得心平气和:"我们一家三口离开医院之前,你得答应我一个条件。"

焦起周感到了郝武长的来意不善,却还是和颜悦色:"什么条件?"

郝武长吊下了长脸不再含糊:"我这个汉子没有啥大本事,但我一家三口也得活命不是吗? 要么你将'回生灵'秘方交给我,要么将家产分一半儿给我!"

连焦安国都从对面抬起了头。

焦起周仍压着性子:"为什么?"

"为什么? 就为我是你闺女的爷们儿,就为这个医院是我盖起来的,至少有我一半儿!"

焦起周气得两眼发黑,在不由自主地反射中爆发了:"你这个忘恩负义的东西,真不是人生父母养的。你一次次地保证,一回回地发誓,可就是狗改不了吃屎!"

郝武长也全无顾及了,一拳砸到桌子上:"焦起周,我姓郝的也告诉你,只要你不答应我的条件,就没有你焦家的好果子吃!"

焦安国蓦地站起来暴喝:"郝武长,你还是人不是人? 一个晚辈怎么这样跟爸说话?"

"哟嗬,谁的裤裆破了露出个你?"郝武长一把抓起桌上的裁纸刀,向焦安国逼过去,"我看先灭了你这个焦家的独苗儿,以后就省事啦!"

焦安国急忙后退,弯腰抄起墙角立着的扫把,挡住了郝武长劈过来的刀子。焦起周打开屋门大喊:"快来人!"

黄鹿野和几个病人家属冲进来,但郝武长手里有刀子,仍旧乱砍乱捅地往前蹿,谁也不敢靠得太近。还是黄鹿野可着嗓子大喝一声,让郝武长胆怯了:"你再不放下刀子我要给派出所打电话了,你光天化日持刀行凶,至少拘留你半个月!"

这么多人一进来,郝武长就知道伤不着焦安国了。正在他迟疑着想找台阶下的时候,被刚刚冲进来的黄福根从后面抱住了腰。焦安国上前夺下他手里的刀子,把刀刃架到他的脖子上:"郝武长,大家都看见你持刀杀人,我现在就是杀了你,或者把你弄残废,也叫'正当防卫'。还有一个办法,就是把你捆起来送到公安局去!"

焦起周却不想把事情闹大,这毕竟不是光彩的事,传扬出去对医院的声誉也会有损害,于是对焦安国说:"放开他,让他走吧。郝武长,从现在起你离开医院远远的,别再让我看见你!"

焦起周又转身对屋里屋外的人说:"谢谢大家,没事了,都散了吧。"

19. 爱的自然本性

最难的还是焦最婵,刚生完孩子不到半个月,按农村的习惯还不能下床呢,听到了丈夫跟父亲和兄弟打架的事,就不能不找到"焦家楼"劝慰父亲和兄弟。安国不在,父亲和母亲似乎也正在商量她和郝武长的事,面色阴沉……

她因大出血和早产,身体还十分虚弱,脸色苍白,神色哀怨。

焦起周看着也心疼。最婵是无辜的,可要治郝武长却又不能不伤害到她。事情是怎么一错再错地弄到了今天这一步呢? 一不该收留他——收留他还可以赶走他;二不该把女儿嫁给他——嫁给他还可以离开他;三不该跟他有了孩子——有了孩子再离婚就难了,那会在这场错误中又多了一个受害者……但郝武长已发展成焦家医院里的一个大毒瘤了,不下断臂疗毒的狠心,就难以医好这已然入髓的沉疴。

焦起周沉吟良久,狠狠心抑制住自己内心的愧疚,以当断则断的口吻对女儿说话了:"婵儿,新医院开张后事情这么多,我真对付不了郝武长这个杂种了。今天要不是正赶上有人拉架,咱们家就得出血祸,我和你弟弟准有一个会伤在他手里。这个人心黑手辣,野心又大,张口就要咱一半儿的医院,还想着咱焦家的秘方。他对咱焦家人和医院的威胁太大了! 你看怎么办呢? 能想个法子带着他离开医院吗?"

焦最婵一时没有明白父亲话里的意思,实际上她站在焦家和郝武长之间已经无能为力了。刹那间心灵空寂,现出一种幽幽的落寞——真正的苦痛就是说不出的这种。

看到女儿的样子,武桂兰眼圈红了。女儿嫁个好男人,当父母的就多了一个儿子;女儿嫁错了人,他们等于失去了女儿。她拉过女儿的手,心里充满内疚:"把你嫁给这样一个恶棍,是我跟你爸的责任。刚才你爸说的是没有办法的办法,并不是在气头上冒出来的主意。我们想了好长时间了,要不怎么办呢? 叫你离婚吧,他毕竟是你孩子的父亲,难道真的就让孩子一生下来没有爹? 我们也怕逼急了这个畜生狗急跳墙,对你们母子下狠手。不离婚吧,咱们医院再兴旺也经不住他这个败家子搅啊! 想来想去就只有让他先离开医院,你带着他离开以后自己再慢慢地回来⋯⋯"

焦最婵心里的滋味没法提了,既然父母也承认选择了郝武长并不是她的错,为什么还要让她一个人承担全部后果呢? 可她生来就不是一个会埋怨父母的女儿,她现在唯一能埋怨的就只有自己,当初为什么不抗婚呢? 弟弟最初在婚姻问题上受到的压力比自己还要大,为什么就能顶住呢? 千错万错是自己的错,这种事情上的错误,无论责任在谁,倒霉的只能是自己,谁也代替不了。在她的婚姻里,好像饱和着一个女人全部的和最后的不幸。

此刻她心里苦得如毒蛇咬心,却当即就答应父母,会很快搬出医院去单过。

答应父母很容易,可搬到哪里去呢? 在运城那么容易就能找得到房子吗?

她回到自己的屋子。女儿正在哭,她一边给女儿喂奶,一边打量屋里的东西。哪些是属于自己的? 哪些能够带走? 打量了半天才发觉,并没有多少东西可带,她不禁悲从中来。就要离开娘家自己单立门户过日子了,可她有过自己的家吗? 哪里又将是她的家呢?

没有,她根本没有家。这许多年来,她和焦家的人都是把医院当家的,现在要离开医院了,她也就什么都没有了,只有一个孩子。因为有了孩子,看起来似乎有个家了,她也不得不尽力装得像有个家的样子。

下午,郝武长回来了,进门就嚷:"快收拾东西,车在外面等着啦。既然你爸卸磨杀驴要赶咱们走,咱也就不必再赖在这里了。"

在他们眼里还算能值点钱的东西,就是床上铺的盖的和几件衣服,由于天气暖和了,太厚的东西用不着带,先放在医院里应该是没有问题的,父亲要赶他们走,却未必会绝情到连他们的东西也一块儿给扔出去。于是,焦最婵就只把眼下用得着的零七八碎的东西敛吧敛吧,装进一个大提包里;把褥子、几件换洗的衣服和孩子的尿布捆成一个铺盖卷,让郝武长先拿着走了。

丈夫一离开房子,焦最婵就哭了。她心里有说不出的难受和委屈,自己何罪之有,却沦落到今天这步田地?她有一种被父母抛弃和驱逐的感觉,没有人来送行,也没有人来挽留,更没有人问问她打算去哪里,今后以何为生。也许医院里没有人知道她会这么快就离开,更不会相信郝武长没有达到目的就能这么轻易地离开医院。连焦最婵也没有想到郝武长居然还有这份囊气,说走就走,这又让她暗自庆幸。如果他跟父亲犟上了劲,你叫我走我就偏不走,跟你赖上了,不答应我的条件就搅得你鸡犬不宁,谁又能把他怎样?所以,焦最婵也不向任何人打招呼,既然自己已经被遗弃了,就像个被遗弃的样子,灰溜溜地悄悄地离开就算了……

这有点逃难的意思,最可怜的还是婴儿,刚出世十几天就尝受颠沛流离之苦。她把孩子包裹得很严实,也把自己的脸用纱巾遮盖起来,不是怕受风,而是怕让别人看见自己哭……她怕碰见人,又希望能碰见人,让人能对她的处境有所理解,能说上几句公正的或知疼知热的挽留话,让她离开得不要这么孤单,这么凄惨。她失望了,亲的热的没有看见她,看见了她的没有格外注意她。她很轻易地就出了医院的大门,上了郝武长找来的出租车。

这是她父母开的医院,她也在医院里为许多人看过病,护理过他们。现在轮上她需要同情的时候,竟没有一个人愿意认真地看看她,想认出她。人在热闹的时候似乎觉得有许多亲人和朋友,其实只是一种错觉。到你真正需要关怀的时候才会发现,你谁也靠不上,只有孤身一人在世上行走。

出租车开到运城的郊区,停在离一条土路不远的一排小房子前,郝武长下车拿着东西,让最婵付了车费。他打开了其中一间小屋的门,带头先钻了进去,然后招呼最婵:"进来吧,你别看它破,总也比王宝钏的寒窑强多了。王宝钏在寒窑里一住十八年才熬出头,你也在这里边慢慢地熬着吧!"

焦最婵抱着孩子走进屋子,黑糊糊有一股呛鼻子的霉味儿,她反身推开了小窗户,才看清迎面是一铺土炕。炕上却没有席子,炕下面放着一条板凳,一张一溜歪斜的旧桌子。焦最婵真正有了落难的感觉,小时候跟父母在矿上住过的菜棚子都比这个强。

经过这样一番折腾,她浑身疼痛,一点力气都没有了。可这样的屋子不收拾一下又怎么能住人呢?她只好把孩子交给郝武长,自己先打开铺盖卷,把裹在外面的塑料布垫在炕上,然后再在上面铺褥子……将炕收拾好就可以上去歇一会儿了。

她浑身酸疼,接过孩子就上了炕,然后问郝武长:"这里有水吗?"

"有,别看在运城的边儿上,还是自来水哪。做饭在对过那间小屋子里,里面有煤炉子。"郝武长对自己能在这么短的时间里找到房子似乎很是得意,"你可别小瞧这个地方,来这儿租房住的什么人都有,有结婚没有房的,有私奔的、同居的,有钱的学生谈恋爱没地方去,也在这儿租间房子,有在城里干活儿的外地人,还有打野食、开窑子的……你一个人在家的时候可不能乱开门,别让哪个野男人钻进来占了你的便宜……"

焦最婵听得恶心:"你怎么找了个这种地方?"

"你想住啥地方?以咱的经济条件,租得起城里的好房子吗?"郝武长斜睨着眼睛歪撇着嘴角,"我找这个地方还有一个打算,等时机成熟了,就要在这儿开个展览会,或者是记者招待会,把以前跟你爸做过对的人都请来,让全运城的人都来看一看,你爸妈开医院发了财,却把给自己盖医院的女婿,在医院当大夫的亲女儿赶到这种地方来住。耳听为虚,眼见为实,我不把你焦家搞臭了就不是人!让你爸开不成医院,也当不成正人君子。除非他来求咱搬回去,嘿嘿,到那个时候,我就不会像现在这么好说话了……"

焦最婵毛骨悚然,如见鬼魅。眼前站着的郝武长,眼神邪恶,性情歹毒,他根本就不是人。所以他从小就不懂得爱别人,也不怕别人,肚子里装着的都是恨! 而恨,永远都比爱强烈,感觉更深。

其实,郝武长租这儿的房子还有一层打算,焦最婵不可能忍受得了这样的条件,时间一长她自会去跟她的父母理论。只要她跟父母闹翻了,他的机会也就来了。他相信焦最婵行医这么多年,既吃过猪肉也见过猪跑,焦家的秘方肯定也知道。只要她肯单立门户跟她老子对着干,照样能发财,至少也可以逼得她父母让步……

只凭刚才一番话,不就把她吓得不敢吭声了? 她肯定也会把这番话转告给她父母的。郝武长把一只手伸到焦最婵眼前:“拿来。”

最婵一愣:“什么?”

“钱哪! 还能是啥?”

“什么钱? 我哪儿来的钱?”

“甭蒙我,我们离开医院,你爸妈再没有良心也不能不给你点钱!”

“你没看见,我们走的时候家里人都不知道啊!”

“那还有我呢,为你们家干了这么多年,就是一个小工儿不干了,也得给辞职费呀!”

“你算什么辞职? 你是被开除!”

郝武长突然扑过来,一把揪住了她的脖领子,生生地把她从炕上揪了起来:“告诉你,从今往后跟我说话要客气点,再在我面前替你那该死的爸妈说话,说一句我就打一顿。在这个地方就是打死你也不会有人知道,前后都是菜地,挖个坑儿就把你给埋了,人不知鬼不晓!”

他说完用力往前一推,焦最婵狠狠地摔在炕上,险些没有砸到孩子。

她经历这样的打骂已经习以为常了,既不挣扎反抗,也不对他的暴虐和残忍表示出特别的惧怕,甚至连痛苦的感觉都麻木了。

郝武长又叮了一句:“你拿不拿?”

“你要钱干什么?”

“谋生啊,我要去学开汽车,将来跑运输,能挣大钱!”

焦最婵这时候才撩起眼皮看看丈夫："是真的？"

"不是真的我们一家三口往后吃什么？"

焦最婵多么愿意相信这是真的，一家三口住到这样一个鬼地方，叫天不应，呼地不灵，作为一个女人，不靠丈夫还能靠谁呢？不管他多么不是东西，只要今后一家三口能相依为命地过上安生日子，也算是烧高香了。她问："你要多少？"

"报名费七百。"

焦最婵从口袋里掏出一沓百元一张的票子，数出三张留给自己，其余的都给了郝武长。他立刻面露喜色，数了数装进口袋："这才是我的好老婆！"

说着，便俯下身子，鼓弄着嘴唇向最婵的脸凑过来。她赶紧转过身，用后背对着他，伸手抱紧孩子。郝武长的手却从后面伸到她的胸前："你有了孩子，最大的好处就是这两个奶子更撩人了，来，让我吃口奶吧！"

孩子哭了，最婵把奶头送进孩子的嘴里。

"好好，不让吃就不吃，谁叫我今天高兴呢！"郝武长说着就往门口走，"我去报名了。"

焦最婵真想问一句他什么时候回来，嘱咐他早点回来，刚住到这样一个地方，她害怕，特别是怕晚上就剩下她和孩子。但她还是忍住了，什么也没有说，她不想让郝武长知道她需要他，有求于他。待他走后，她下炕从里面锁好了门和窗户，心里塞着满心满腹的忧愁睡着了。

一觉醒来，天已经黑了。她不想吃饭，更不想做饭，可为了能让孩子有奶吃，又不能不强迫自己吃点东西。最婵就起来点着炉子烧了一壶开水，给自己冲了一碗奶粉喝下去，然后又关好窗户和门，忍受着房子里的潮湿和闷热，上到炕里躺着。白天的时候她胆子大些，还能睡得着，真到了夜晚，她神经紧张，睡意全无，听着窗外的动静。

树叶吟风，夏虫泣露，自己的心也如荒弃的村落，哪里能找得到属于自己的一个洁净牢靠的窝呢？真还不如外面的一只小虫子。不知怎么她竟想起了小时候常哼的一首歌谣，眼泪哗哗地流了下来——

三月里风摆杨柳梢

女儿出门似杨柳摇

杨柳摇,摇杨柳

村外摇来了大花轿

里边哭,外边笑

从此再不见女儿的杨柳腰

……

郝武长到天快亮的时候才回来,然后就一觉睡到日头偏西,起来后让最婵给做点吃的,划拉完抹抹嘴就又走了。

以后他几乎是天天如此。焦最婵也不问他学驾驶学得怎么样,因为一招惹他就准没有好。

几天后家里人终于找到了最婵住的地方,就常来看她,给她捎来吃的用的。等她出了满月,身体能撑得住了,就让她带着孩子回医院上班,晚上不想回来还可以住在医院里。郝武长找到医院闹过几次。只要他去闹,最婵就跟着他回来,要打要骂要上床随他折腾,反正他就是这几招儿。何况他并没有去学开汽车,而是染上了赌瘾,需要焦最婵在医院上班挣钱,好供给着他去赌……

而她呢,太弱了,也太老实了,随他怎么摆布都行。你打总有累的时候吧,你骂总有让自己也觉得没趣的时候吧,你喜怒无常像头种猪一样爱炫耀自己的性能力,但你总有泄的时候吧,一泄还不立刻就完蛋了,强又能强在哪里去,硬又能又硬多久!

焦最婵渐渐变成一种没有思想和感情的物体,因此也就减少了痛苦和遗憾。也许不这样,她就不可能跟郝武长这样一个人还能凑合到今天。她能凑合下来,就证明她才是更强大的。她的弱就是她的强,她的软正是她的硬。当初父母说服她嫁给郝武长的理由之一,是女人应该找个跟自己肩膀头一般高的,不用眼睛老往上瞅。现在她根本就用不着瞅他,大多数时候是抹搭着眼皮,或索性把眼睛闭上。

郝武长也觉出来了,焦最婵从来就没有需要过他,包括他甚为得意的身体。一个男人如果不被自己的女人所需要,那也是一种致命的损伤,甚至比单纯地戴顶绿帽子还要难受。而郝武长清楚地知道,焦最婵的心里就从未真正接纳过他。他越来越感到自己根本不能摧毁焦最婵内心深处的某种东西,也恰恰正是这种东西保护了她,成为他永远不可逾越的障碍。他时刻都能感觉到她的服从和忍让不过是一种蔑视、一种仇恨,绵里藏针。他也越来越强烈地意识到,自己虽然娶了一个女大夫,却仍然是原来的那个无赖和可怜虫,并没有真正获得过什么,也没有破坏了人家什么⋯⋯

郝武长意识到了这一点,可真让他丧气!

也就是说,把焦最婵母女给弄出来,并没有达到他原来想要达到的目的。他还动过要办展览或召开记者招待会的脑筋,那些大话吓唬吓唬焦最婵还可以,真要实行起来可太难了。哪个记者会买他的账?他身份太低还不是关键,关键是他拿什么给人家记者。城里人都是无利不起早,人家记者凭什么要相信他,要帮他的忙?

郝武长确实不是笨人,他又想出了一条道儿,就对最婵说:"我从电视上看到有人包荒山也致富了,我老家撂荒的沟沟坡坡有的是,我拿准主意咱们也回老家包块荒山。就凭我这身力气,不信离开你焦家就发不了财!"

这之前,对于焦最婵来说,只要你郝武长是求上进,她就没有不答应的。而今听了这话,却半天没有吭声——她对郝武长的任何话都不能相信了。

郝武长表现得特别友善:"不着急,你先想一想,回家也跟你父母商量一下,明天给我个准信儿,我一个人先做着准备。"

有什么可准备的?他什么也不用做,只是盘算一下这回能从焦起周那里敲出多少钱就行了。他们两口子不可能让自己的女儿跟着他们不信任的穷小子回洛南的穷山沟,焦最婵也不可能放着大城市里的大夫不当,跟着他回家当农民。要是这样,他们干吗还从平陆老家出来?何况平陆还比洛南强得多。既然老婆不愿意去,老丈人和丈母娘不让去,那么就拿钱来,我回家包荒山是得用钱去承包呀!他们正恨不得我离开,应该是愿意破财免灾的。他正考虑该要多少,开价五万呢,还是两万?

焦最婵开口了:"这没有什么好考虑的,难得你想干正事,我正求之不得,你说什么时候走都行。"

郝武长愕然,显得有些发急:"不跟你爸妈商量一下?"

"这是咱们的事,跟他们商量什么?"

"哎,你是他们的亲闺女,要是心疼舍不得你走呢?"

"嫁出的闺女泼出去的水,心疼又怎样?"

"我老家可苦啊!"

"再苦还能有这儿苦吗?"焦最婵说的是真心话,住在这样一个城市不城市农村不农村的狗窝里,自己挣钱却养着丈夫成天去耍钱,一个女人还能有比这更苦的日子吗?到了郝武长的老家,理所当然就得以他为主了,生活再苦,自己的精神上也可以放松一点了。再说郝武长的存在一直是焦家医院一种潜在的危险,能借这个机会把这个祸害引回他老家,也算是去了父母的一大块心病。以前几次想赶他走,他偏不走,现在趁着他好不容易自己提出来要走,还不赶快成全他!

郝武长又想起了一个理由:"你能舍得不当大夫了?"

"既然嫁给了你,就得跟你走,别的事舍得舍不得都得舍。"焦最婵确曾喜欢过医院里的工作,现在则心灰意冷,一切都变得无所谓了。她反问郝武长:"你到底是真想回家包荒山,还是又玩儿什么花活?为什么我答应了,你倒又推三阻四的?"

郝武长被噎得无话可说,只好认头:"好,明天一早我们就动身,打道回府。你去跟家里人告别,我再最后看一眼运城,好好玩儿一把,赢了钱正好当包荒山的本儿。"

他嬉皮笑脸地又向焦最婵伸出了手。

焦最婵问:"要是输了呢?"

"那就少下一点注,最后一个晚上了,怎么也得跟我那些朋友们打声招呼。"

焦最婵把口袋里仅有的四十块钱摔给了他。

郝武长一走,她也抱着孩子回到医院,对父母说了这件事。

焦起周的第一反应是不同意:"不行,那样你不是掉进狼窝里了吗? 离我们又那么远,出了事也够不着啊!"

焦最婵却异乎寻常地冷静:"我自从嫁给郝武长,就算掉进狼嘴里了,还在乎狼窝吗?"

焦起周竟没有接上话,愣愣地看着女儿。从小就习惯于依赖父母,对父母百依百顺的女儿,让他感到了陌生和某种不安。

武桂兰哭了,如果说最婵嫁错了人仅仅是毁了她的感情生活,那么跟着一个恶棍钻进秦岭腹地的洛南山区,就是毁了她的事业和一生! 在这样的关头,独自做出这么重大的决定,最婵的态度让她感到震惊和害怕,只有下了某种狠心的人才会有这样的镇定和从容。事情到了如此地步,她都从未向父母说过一句抱怨的话……越是这样,武桂兰的心就越疼,哭了好一阵子才能说得出话来:"婵儿,妈知道你心里苦啊,走这一步也是万般无奈,可妈怎么放得下心?"

焦起周也哽咽着说:"你太善良,到陕南远离父母,没了靠山,千万别让郝武长几句好话就哄去了秘方。这不全是钱的事,好人得秘方会救人,坏人得秘方会祸害人!"

焦起周忽然从最婵的眼睛里看到了一种深深的幽怨,他立即后悔了。他不该再给满腹委屈的女儿施加压力,都到了这个时候,他关心的竟然还是他的秘方,而不是女儿的死活!

焦最婵没有埋怨他们,反而扑通一声跪下了:"请爸爸放心,'回生灵'的秘方已经在女儿的心里烂了,我就是叫他逼死,也不会说出秘方。请爸妈多保重,也许今后再也见不到你们了,我就先磕头谢罪,恕我不能在跟前尽孝了!"

武桂兰吓得慌忙拉起女儿:"你这是说的什么话? 你要这样说,我就不让你跟他走!"

焦最婵站起身,不愿意再见其他人,抱起女儿就离开了医院。

武桂兰拿了一沓钱追出来,把钱塞进女儿的口袋,又千叮咛万嘱咐:"不管遇到什么事都别往绝处想,活着就有出路,要常给家里写信来,若实在过不下去就快点回来!"

话好说,真看到女儿抱着孩子消失在黑暗里,武桂兰突然被一种不祥的恐惧和揪心撕肺的不安攫住了,她怀疑今后还能不能再见到最婵了。母亲的心本质上是孤独的,除了孩子之外没有别的东西能够支撑她,她挣了多半辈子图个啥?已经丢了个最红,难道再眼看着把最婵也丢了?她急奔回医院,冲着丈夫就喊了起来:"不能让最婵跟着那姓郝的走!"

焦起周呆呆的,一语不发。武桂兰更急了:"快呀,你得去把她拦回来!"

焦起周说话了:"我刚才一直在想这件事,来得有点突然和蹊跷,你说郝武长真的会离开运城?当初他赖着不走是为什么?后来把最婵骗到手又是为什么?他要的是咱这个医院,想讹一笔大钱,他目的没有达到,怎么会乖乖地自己提出来回去呢?没准儿这又是个花招儿,就等着咱们不让最婵走,他好提条件。"

武桂兰觉得焦起周说的不是没有道理,立刻冷静了许多,但心里总是不踏实,就叫来安国和欣运,向他们大致讲了一下事情的经过,要他们陪着去看看最婵,当面向郝武长问个明白。

他们都去过最婵落脚的小屋,很快就找到了那里,屋里亮着灯,却静悄悄地没有一点动静。安国轻轻推开门,他们看见最婵一个人坐在炕上抱着孩子愣神儿,屋里没做任何准备,根本不像明天就要远行的样子。武桂兰暗暗松了一口气,顺口问最婵:"武长干什么去了?"

最婵说:"他还能干什么?去要钱呗!"

武桂兰坐到炕边上:"这就好,如果他真想明天回洛南,今儿个晚上就不可能还有心思去玩儿钱,看这屋里一点动静都没有,明天怎么走得了呢?刚才可真把我吓坏了,还以为你真要跟他走了哪!"

最婵心里苦涩,倒好像是自己在吓唬母亲,便淡淡地说:"我把车票都买好了,明天是一准得走了。"

母亲急了:"为什么?你还什么都没有准备?"

"我们走还有什么要准备的？"

"咳，真要到那个穷地方去，不多准备点吃的用的还行！"

最婵苦笑着不想再说什么。安国反应激烈："姐，你绝不能跟他走！"

最婵却异常平静："郝武长就盼着你们不让我走哪，那他就有话说了，就可以要条件。"

"他要什么条件都答应，但咱也有条件，他得同意离婚！"安国忽然顿了一下，"姐，这话不该我说，可我在心里憋了好几年了，我就你这么一个姐，不能叫这小子给毁了一辈子！"

最婵缓缓地说出了自己的忧虑："如果能离我还会等到这时候吗？你们不知道这个人有多歹毒，如果我硬要提出离婚，他不闹出人命也会把咱爸妈的医院搅散，他的条件是咱答应不了的……"

安国不服："我就不信治不了这样一个无赖，顶不济还有公安局、法院管着嘛！"

"不出事，人家公安局、法院管不着，真出了事又晚了！一出乱子，至少是闹得爸妈脸上无光，也会影响医院的声誉。"最婵一边说着一边起身下炕，让弟弟和欣运赶快陪着母亲回家，万一让郝武长回来看见，他就更长脸了。

武桂兰抓着最婵的手眼泪就又掉了下来，直到最婵答应明天先不走，她才离开女儿的小屋。

第二天最婵没有到医院里来，武桂兰叫安国去看，小屋子已经空了，她的心立刻又揪到了嗓子眼。派人去追已经晚了，到洛南去找也不现实，最婵在运城的时候都没有拦住，到洛南还能再把她劝回来吗？直至收到最婵从洛南寄来的平安信，才算定住了神。

人要烦一个人，就如同被鬼魅纠缠一样，即使在一段时间里没有被纠缠，他的心也不能彻底地放松。直到郝武长真的离开了运城，焦起周的心才实实在在地放下来，他自己也才意识到郝武长的存在不单是让他厌恶，而且令他恐惧。

　　这恐惧的解除却未免代价太大了,搭上了自己的一个女儿。由于对最婵的惦念,焦起周和武桂兰的生活中感到了一种冷清,这冷清中还包含着无法说出来的自责。所以,医院里的人不约而同地在他们面前都回避提到焦最婵和郝武长,这种回避更加重了他们心里的冷清和自责。

　　唯一让他们感到欣慰的是医院办得顺风顺水,不夸张地说,在运城已经稳稳地站住了脚跟。焦起周跟妻子商量,借这个机会把安国和欣运的喜事给办了。焦家需要添人进口,也需要热闹一下,填补因最婵离开所造成的冷清。武桂兰提醒丈夫,再不要大包大揽了,婚事到底怎么办,得跟两个当事人商量一下。

　　卓欣运脸红红的,低着头不吭声,一切听凭家里的安排。这种事让一个没过门实际又早已进了焦家门的姑娘能说什么呢?

　　她心里想说的很多,却不能说。这几个月来她过的是什么日子呢? 类似预备党员转正前的考验期,又像是在上医学研究生班……按中国的老习惯,婆婆和儿媳妇是一对“天敌”,何况她还是未来的儿媳妇,竟让她跟婆婆睡在一个床上。单单是跟婆婆在一个床上睡觉还不是最可怕的,可怕的是武桂兰不知什么时候会冷不丁向她提出什么问题。那可不是一些家长里短的问题,不是可答可不答或马马虎虎能够应付一下的问题,而是医学上的问题,是有意要考她的问题,她是必须得回答的! 因此,她的神经无时无刻不处在高度紧张的状态,生吞活剥地强记硬背医书中那些玄妙的章句。如:《黄帝内经》《验方新编》、《中药学》《难经》《伤寒论》《金匮要略》……有时做着饭都在背书,于是便闹出了一个小小的“面条事件”。

　　焦起周和武桂兰都爱吃手擀的面条,有了儿媳妇,武桂兰自然就不用自己下手了。可卓欣运一边擀着面条一边背书,那面条时常擀得宽窄不等厚薄不匀。焦起周第一次吃卓欣运擀的面条时,挑起来一看,有粗有细,有硬有软,一根一个样,一碗里不带重样的。他禁不住哈哈笑了,刚想问这面条是谁擀的,武桂兰急忙在下边用筷子捅他,这番动作和眉眼却让焦家的人都看到了。

　　私下里武桂兰问丈夫:"你是想要个会擀面条的儿媳妇,还是想要个懂医懂药又有事业心的儿媳妇?"

　　焦起周在吃上不是个挑剔的人,却不同意媳妇的观点:"你懂医懂药,事业心也不赖,可面条擀得也不错嘛!"

　　武桂兰却很知足:"行啦行啦,你就凑合着吃吧,现在的年轻人,能像欣运这样就很难得了!"

　　卓欣运自来到了焦家,反而没有跟焦安国说话的机会了。工作时间,焦安国顶治疗,在门诊部和住院部间来回跑,而她则在焦起周指导下负责验药、碎药、配药、熬药。焦起周常常要应付全院的事情,制药的事基本就压在她的肩上。最婵离开医院后,焦家的三顿饭也要以她为主来做,武桂兰变成打下手的;她打着下手还最爱向欣运发问,搞得欣运脑子不敢全放在做饭上,手里忙活着脑子里却想着怎样回答婆婆的问题。她每天只有吃饭和晚上上课的时候才能看到焦安国,为了不让人说闲话,两个人也不能相互多看几眼或多说几句话,只能目语传情。武桂兰有令,每天晚上不到十点半不得休息,休息也是和婆婆睡在一块儿。想想吧,这一天二十四小时中,什么时候才是这一对恋人独处的时间呢? 他们再也没有矿上的那种自由了,回到自己家里,他们的恋情反倒转入了地下。

　　但偶尔说上几句悄悄话的机会还是有的。发生"面条事件"的那天晚上,在上课前安国小声对欣运说:"你擀面条的时候能不能专心点?"

　　欣运咧咧嘴:"谁不想把面条擀好,可那么多书,不下死工夫哪背得下来呀!"

　　没错,焦安国知道这个滋味,就笑着安慰说:"有点兴趣了没有?"

　　实话说,要不是婆婆当导师,她肯定会耍滑偷懒,而被婆婆这样一逼,读得下去得读,读不下去也得读。她还真的读出了点兴趣,即便对医书中那些生僻的专用名词很难理解,但开始认识到一个奇妙的世界,特别是《内经》中对人体内脏功能的叙述,对病因病理的分析,《验方新编》中分门别类地记载下那么多闻所未闻的千奇百怪的疾病,真是大开眼界……

第二天中午,焦安国抓空上了趟街,转了好几家商店,终于买到了家庭用的手摇轧面机。这下可帮了欣运的大忙,又省时间又省力,轧出的面条要粗有粗要细有细,薄厚均匀,长短一致。

安国还在欣运耳朵边吹大话:"我不会见死不救的,一定要帮你进行一场厨房革命,慢慢地再给你买台微波炉、洗碗机、消毒柜,一点一点地把你从做饭的水深火热之中解救出来。"

一个年轻轻的城里姑娘,业务上的压力已经是那么大了,每天还要为这么一大家子人做饭,卓欣运总算挺过来了。她没有被累得中途跑回娘家去,全靠她在娘家自小就管家打下的底子。

她对业务也越来越熟悉了,一熟悉就不感到那么累了。公公婆婆又提出让她和安国结婚,结婚后跟丈夫住在一起,至少在精神上不会像跟婆婆睡一张床那么紧张,遇到什么事情也好跟丈夫商量,两个人的日子肯定会轻松些。

焦安国在自己的父母前不像欣运那么拘谨,就先问父母有什么打算。

焦起周先讲出自己的想法:"前两年给你姐姐办喜事的时候,正赶上咱们家倒霉,再加上郝武长也不是个能摆得出去的人,就没有心思大办,凑凑合合地就算是举行了个婚礼。现在咱家有这个条件了,我想把你们的婚礼办得体面些。这是你们一辈子的大事,人家欣运为到咱焦家来,辞掉了矿上的铁饭碗,咱得对得起欣运。把亲家母和亲戚们也都请来,临汾离这儿也不远,趁这个机会大家见个面,好好热闹一下。"

焦起周说完自己的打算,又转头征求武桂兰的意见:"你说呢?"

武桂兰不吭声,眼睛只管看着欣运。

卓欣运一脸窘迫,不知该如何表态,抑或该不该表态。

焦安国为她解围:"欣运,听爸的口气,之所以要大操大办咱俩的婚礼,主要是让你的脸面好看。按一般的习俗,女人的虚荣心就体现在婚礼上,婚礼越排场,自己在面子上就越光彩。所以,你得表个态,趁着爸妈都在这儿,有什么要求尽管提出来。"

欣运抬起眼睛,觉得安国的话里有股怪味儿,知道他心里一定另有主意。她可不想叫人觉得是为了自己的脸面好看而让公婆大肆铺张,就说:"我无所谓,为这件事太破费了可不值得,最好能怎么省事就怎么办。"

"有你这个话就好办了。"焦安国接着她的话音做自己的文章,"爸,这种事办到多大算体面?你觉着自己够热闹的了,人家真正有钱有势的一弄几十辆汽车,几百人的宴席,光是贺礼就收个十几万,排场是够大了,挨骂也挨大了!咱要真折腾起来,也会有不少的人给送红包,可何必要欠那个人情?欠了人家的情是要还的。办喜事到底是图自己心里舒服,还是为了让别人看着热闹?"

武桂兰低头抿着嘴笑,焦起周却不耐烦:"你就别绕脖子了,痛痛快快地说你的打算吧!"

"我的打算,就是不想在自己结婚大喜的日子让闹房的人当猴子耍,唯一能逃避这种花钱找罪受的办法就是旅行结婚。"焦安国眼睛看着卓欣运,"国外叫度蜜月,从教堂一出来两个人就走了,客人们谁想吃饭自己回家吃去,谁想看热闹到别处看去。"

武桂兰笑出了声:"你这个小子,总是要跟别人不一样,你想好了要去哪儿呢?"

"北京,顺便看望一下尚德堂老先生,了解一下像北京这样的大城市里结核病医院的情况。从北京回来的时候在临汾下车,把欣运的母亲、弟弟和亲戚们接到运城来,再把最亲近的朋友们请来,一起吃顿饭,给大家发点喜糖,又省事又省钱,皆大欢喜。也许有的亲友会埋怨,为什么没有提前给个信儿,也好表示表示——那是得便宜卖乖,不必当真的。"

焦起周沉思不语。

武桂兰的笑容已经表明她的态度了,但她还是要把欣运的态度问凿实了:"你别光图自己省事,还要跟欣运好好商议一下,办得这么简单是不是太委屈欣运了?欣运给家里打个电话或写封信,征求一下你母亲的意见。"

"不用了,不用了,安国的主意挺好的!"卓欣运赶忙表明自己的态度。

她听焦安国一讲就明白了,两个人都被憋闷了这么长时间,借着旅行结婚这样一个机会,到外边散散心,好好放松一下,何其快哉,安有不同意之理!

十月秋熟,是北京一年中最舒服的季节。

焦安国带着新婚的妻子卓欣运,清晨在北京站下了火车。两个人商量,应该先找个住的地方安顿下来,放下带着的东西,然后再去逛街。北京能住的地方很多,豪华宾馆他们住不起,低档旅店又对不起他们的蜜月,能有个既干净舒适又让他们负担得起的地方最好了,那就得转悠着自己去寻找。

北京这么大,从哪儿转起呢?

当然是王府井啦! 不到王府井就不能算到了北京,买东西方便,参观北京的景点也方便。可焦安国却提出要奔北京的大西北角,听说那一带有条电子一条街很出名。只要是丈夫提出来,卓欣运就没有不同意的。于是,两个人乘地铁,换汽车,辗转找到了中关村。

这个地方叫村,实际也到北京的边上了,给人的感觉却似乎更洋、更杂。大街上涌动着的人流中以年轻人居多,外国人也不少,什么长相什么肤色什么装扮的都有。在他们的前面有个黑人青年,穿着一件雪白的文化衫,后心印着赤红的一物,像半截活蛇,又似一条灵动的鳝鱼。卓欣运看得心里一悸,悄悄捅捅安国:"咋驮着这么个东西?"

"你是搞药的,还不认识这玩意儿?"焦安国一副见怪不怪的样子,"有的民族喜欢猪,他们认为猪鞭的穿透力最强,没有东西比得了。所以男人要在胸前文上一条猪鞭,显示自己雄性的威猛,还可以当护身符。"

"真的? 你可别蒙我!"

焦安国将嘴凑到欣运的耳朵上:"谁蒙你就是一根猪鞭!"

　　欣运笑得百媚俱生，在丈夫的胳膊上掐了一下。

　　此时他们正巧路过一个帽子商店，橱窗里各式各样的女式帽子吸引了焦安国，他端详端详妻子，再看看帽子，然后拉着她走进去，选了一顶具有欧洲风格的宽边淑女帽，给欣运戴上，然后把她推到镜子跟前，让她自己感觉一下。

　　连常给领导写材料的人都知道"穿鞋戴帽"的重要性，只要帽子戴好了，脚底下跟帽子呼应好，中间的内容差一点也能糊弄得过去。女人一旦被帽子遮住一部分脸，立刻就会魅力大增，显得高贵而神秘，或者娇媚而俏皮。欣运的眼睛里露出惊奇，想不到一顶帽子居然能这么快、这么大幅度地改变了自己的容貌。

　　焦安国问："怎么样？"

　　欣运点点头，显出孩子般纯洁迷茫的神情。

　　焦安国干脆利落地付了款，不要盒子，不要包装，就让妻子戴着帽子出了商店，果然吸引了许多街上人都回头看她。欣运有点不好意思，焦安国却颇为得意，用快乐灵动的眼神看着欣运小声说："我觉得，帽檐儿的宽窄能体现一个女人的精神风度；帽檐儿很宽，这位女士就显得雍容大度，一准懂得疼丈夫。"

　　欣运乜斜他一眼："看美的你！"

　　更美的还在后面。他们进入了电子一条街，焦安国不再想着找旅馆的事，却拉着妻子钻进了一家电脑商店。倏忽间他变得异常兴奋而贪婪，这里有他真正钟情的世界。他似乎很明白自己确实已经有所追求，然而事实上，他在医院里的追求不过是父母希望他追求的东西，而电子，却是他自己从小就喜欢的东西。他的脚上像生了钉子，凡是看到他以前没见过的新鲜玩意儿，不问个底儿掉，自信自己真正弄明白了就不离开。在商品的汪洋大海中，现代人的个性、创造力以及人的独立价值，无不体现在对物质产品的敏感和对其品质的判断上。

　　卓欣运对那些神秘古怪的电脑产品不懂，也没有兴趣，唯一能吸引她留在电脑商店里的是她的丈夫。焦安国专心地看电脑，她则看着焦安国。只要两心相悦，就能处处关情。她完全没有注意商店里进进出出川流不息的人群,心里只有自己的丈夫,带着许多美好的幻想望着他,一刻也不愿意离开他。

人在爱着的时候总是富于幻想。他既不高大,也不威猛,在别人的眼里是再普通不过了。只有她才知道他的优势在哪儿,那是骨子里的一种诙谐和多智,她就喜欢他身上那种隐蔽的顽强的男性魅力。

焦安国充分利用了新娘子的耐性,或者说干脆忽略了妻子的存在。他对电子产品一种一种地看过,一家一家地比较,把电子一条街逛下来已经是下午四点多钟了。他们还是昨天下午上火车前在家里吃的饭,怕火车上的饭不够卫生,说下了火车再吃早饭,可下车后急于找宾馆就把吃早饭的事给忘了,一到中关村干脆把午饭也给忘了,他就是这样带着新娘子度蜜月的。人家都说男人怕跟着女人出来逛商店,女人若跟着焦安国这样的男人逛商店就更够呛!

卓欣运却始终笑眯眯地跟着他、看着他,为他拿着随身带来的东西,只要他高兴,她就高兴。她甚至还被丈夫所感动,想不到一个男人对自己喜欢的东西竟会如此专注。

焦安国终于走出了最后一家商店,欣运心疼地问:"你饿不饿呀?"

"不饿。"安国又停下了脚,盯着妻子的眼睛里跳动着火花,"欣运,咱俩结婚你是不是得送给我点礼物?"

欣运抿着嘴角:"我是要送的,看这意思你已经等不及了,想张口跟我要?"

"嘿嘿,有点这个意思。"

"想要台电脑?"

"哎呀,真是我的好老婆,猜到我心里去了!"焦安国在这个国际村里也变得胆子大了,抽冷子在欣运腮边吻了一下,"目前咱也用不着太好的,只买台286,不要品牌机,我按着自己的意思让他们当场组装,再要一台打印机,有五千七百块就足够了。"

"这么贵呀?"卓欣运这回可不是装的了,"花这么多钱,爸妈能答应吗?"

"钱给了你就是你的了,跟爸妈有什么关系?再说我买电脑可不是只为了自己玩儿，以后医院里所有的表格、材料、病历档案之类的，就不用再到外边花钱了，全由咱自己出。"

还能说什么？那就买吧。

买完电脑和打印机，他们的手上又增加了两个大纸箱子，即使再想转悠也转悠不动了。欣运掏出手绢递给安国，他一边擦着脑门儿上的汗，一边伸手拦了一辆面包出租车。上车后安国向司机提出了自己的住宿条件，司机答应着只穿过了两条街，就把他们拉到一家叫"航天宾馆"的地方。

焦安国喜欢这个名字，给人以尖端而牢靠的感觉。

在服务台登记的时候，女服务员老盯着卓欣运看，不知是欣赏她这个人，还是喜欢她的帽子。焦安国出示了结婚证，女服务员主动建议他们住单人间。

安国不解："我们两个是一起的，为什么要住单人间呢？"

服务员笑着解释："双人间里只有两张单人床，单人间里反而有一张大的双人床，应该更适合你们。"

卓欣运在一旁听得脸都红了。

在服务员的帮助下，他们把大箱小包的东西搬进了自己房间。屋子确实是小了一点，但那张双人床太好了，洞房花烛夜，关键就要有一张能折腾得开的大床。等服务员一走，焦安国反身就抱起了欣运："哈哈，从现在起你就是我的啦！"

欣运假意挣扎着，双手撩拨般地捶打着他的前胸："先得去洗一洗，身上都和泥了。"焦安国说："好的，我就去给你放水。"他像听到命令一样跑进卫生间，把淋浴器的水温调好，再出来扶着欣运稳稳地站到浴盆里。

两个人相互打着肥皂，你抚摩我我揉搓你，你为我冲洗我给你撩水，越洗越洗不够，越摸他们带电的身体就越相互吸引。焦安国眼睛烧得通红，两只手也越来越不老实，下面则越贴越紧。他不再讲什么修养，也不再克制，在水龙头下竟满身洋溢着野性气息。两个人吻着扭着，他下身挺着的硬东西突然顶到了欣运的下体，让她全身倏地一麻,双手紧紧搂住了他的脖子,闭着眼睛,嘴里含混不清地喃喃着:"看急的你,就不能再等一会儿……"

"我是想等,可有个家伙等不及了……"安国断断续续地说着浑话,声音里带着一种肉感。他的吻像扑了油的火,掠过她的眉、眼、精致的鼻梁、肉润润的耳郭……随即点燃了她的身子,两具年轻的躯体在相互燃烧,彼此熔解。她激动得喘不过气来,心里陡然生出一种强烈的欲念,就是要把自己整个身体都给了他,渴望他粗暴地碾轧,把她揉碎。她也想把他吞掉,揉进自己的体内,那样两个人就永远不再分开!

他急不可耐,又毛手毛脚,不顾一切地冲进来了。她下身一阵刺痛,狠命搂紧安国才没让自己瘫倒在浴盆里,欲望却越发地汹涌澎湃。下面胀胀疼疼,颤得不能自已,突然嗡的一声,脑袋像被轰出了一个洞,精神大爽,全身由重变轻,压抑皆无,整个身体都瘫在对方的身上。焦安国也欢叫一声,下身用上死力,想把整个身子都揉搓进她的体内,嘴里似哭似叫:"啊呀,我的好欣欣,我爱死你了……"

他的吻带着水带着汗,也许还有眼泪,湿漉漉整片地向她的脸泼洒下来。

安国这种急风暴雨式的爱,像花朵开放,像闪电、彩虹,有一种能使她熔化般的炽热。此时她真想化作水化作泥,化作烟化作气,和他完全融在一起。底下还有一股股热浪般的涌流,火烧火燎。她用手抚摩着丈夫的头和背,轻轻地在他耳边说着:"亲爱的,我也爱你。"

安国在一点点地平息下来,一手搂抱着她,一手又为她冲洗身体。然后给她披上大毛巾,半扶半抱地把她送到床上,自己又跑进卫生间再洗一遍。待他擦干身子出来,房间里弥漫着面霜抑或是发乳的香气,似云烟氤氲。

欣运舒舒服服地躺在被窝里,漆黑柔亮的头发披散在枕头上,面色红润娇妍,眼睛里闪烁着神秘的光彩。他禁不住又凑上去亲了她一下,心里洋溢着无限的柔情:"怎么又躺下了,不是说好去吃饭吗?"

欣运睁开眼,一双眸子无比温柔而幽深,轻柔地娇嗔道:"太累了,我要睡觉……"

"那好,我到下面去买点吃的上来,你先别睡呀!"

安国匆匆走了。

欣运觉得从内到外通身上下无比惬意,两个人的世界真好。愿意吃饭就吃饭,不愿意吃就不吃,想什么时候睡觉就睡,愿意想什么心事就想什么心事,想笑想闹想干自己想干的事,都不会引起别人的注意,也没有人会说你、管你。这才是自由,真正地享受自己——这就是结婚,结婚真美!

她心里笑悠悠地睡着了。

等到她睡了一觉醒来,听到一种奇怪的极其轻微的嗒嗒嗒的声音,身上一激灵,睡意顿消,立即想起自己是在什么地方,伸出胳膊到旁边一摸,安国不在。她睁开眼,房子里漆黑,旁边的写字台上却闪烁着一点蓝光。

是安国在摆弄电脑。

她扭开床头的灯,安国转过脸来:"你醒啦?"

"几点啦?"

"两点。"

"天哪,你不要命啦!"

欣运翻身下床,从后面搂住丈夫的脖子:"回到家慢慢地玩儿呗,明天不是还要去看望尚先生吗,你就不累呀?"

"我的好太太,今天是什么日子呀还累? 是你我的新婚大喜!"

焦安国关了电脑,打开房间的大灯。把电脑搬到地上,腾出写字台,摆上蛋糕,点着蜡烛,还有火腿、香肠和几样小菜。他怕欣运光吃甜的嫌腻,又用开水泡了两碗方便面,开了一瓶红葡萄酒:"来吧,我亲爱的新娘子,让我们好好地庆祝一番!"

欣运欢叫一声,扑上来两个人抱在一起……

《子宫在哪里?》

——尚德堂随笔之八

这是从最近一期的《文摘周报》上抄下来的题目,讲的是一位妇产科的医生做流产手术时,找不到该流掉的孩子,误把子宫当孩子给拽下来了。

还有吉林一位盖姓男子,在做B超检查时竟被查出体内有"子宫",且"大小如常,回声均匀"。沈阳一家医院给已经死了数天的"病人"照常打针吃药……

在《人命关天》一书中披露了这样一些数字:"有百分之二十至百分之三十的结核病人,在来到结核病医院之前都有被其他医院误诊的经历。为什么这些过去连乡村郎中都能诊断的常见疾病,在现代医院的高级别医生手里反而诊断不出来了呢?

原因有二:一、过于依赖现代检验和监测技术,使自己的诊断水平和观察能力下降,即所谓现代化程度越高,医生的技术水平则越低了。二、医生缺少人文精神,也就是通常所说的缺乏对生命的责任感,因之发生了失衡状态。用美国的生理学及医学诺贝尔奖得主卢里亚的话说,"原本是人与人之间的医学故事,变成人与金钱的故事和人与机器的故事",焉有不出事故之理?

医学包含着两块内容:一块是技术科学,一块是人文关怀。中国医学向来属于"仁术",仁爱、生生、恻隐之心与遣方用药同样重要。医生也跟其他人一样,都要经历生老病死的过程,都有体验病人角色的机会。不了解和不关心病人痛苦的医生,怎么可能成为好医生?

可惜,重技术轻病人的医生却越来越多。

为此,历史已经深刻地教训了人类。现代科学技术的发展已经达到匪夷所思的地步,人类的麻烦和痛苦可曾相应地减少?

事实是不仅没有减少似乎倒增多了。战争、饥饿、高温干旱、洪水泛滥等人为的和自然的灾害姑且不论,单讲人的病痛,不也是更多了吗?一个肺痨就历经了几个世纪都降服不住,还有癌症、艾滋病等许许多多五花八门的怪病,似乎在证明着一个老掉牙的辩证关系:道高一尺,魔高一丈。

现在,该说到这篇短文的正题了。目前全球有三千一百万人感染艾滋病病毒,其中三分之一合并有结核病,三分之一的艾滋病病人死于结核病。

这可真是祸不单行啊!

印度的艾滋病病毒感染者中,三分之二合并有结核病。

中国的情况也不容乐观。我们有庞大的结核菌感染者,眼下艾滋病病毒感染者也已达到三十万至四十万人,预计到二〇〇〇年将达到一百万人。一旦艾滋病病毒感染者合并结核病,将对我国结核病控制造成极大的威胁!

唯愿医疗界能将误诊率减少到最低限度,提高对结核病合并艾滋病的诊断,及时地进行隔离和治疗。

则国家幸甚,百姓幸甚!

20. 阴 阳 界

　　洛南的晚秋,草木摇落,阴气飓飓,已经隐约可以感受得到冬天的气息了。

　　焦最婵刚来的时候,手里有钱,冷得实在受不住了可以买点柴火烧烧炕。那时庄上人对她怀有一股强烈的好奇心,常来看她,都想知道她身上的故事,顺便也就给了她一定的照应。

　　像她这样一个城里的大夫,性格温顺娴静,体态苗条动人,怎么会嫁给郝武长呢?这里面肯定充满了故事。郝武长回庄后也到处瞎吹,好好地显摆了一阵子。

　　时间一长,人们就都失望了,从焦最婵的嘴里没有听到任何故事,她含蓄,耐人寻味,神情总是漠然无光。她不讲出自己的故事人们就给她编故事——既然不敢讲出自己的事,就说明她心里有鬼,并不是一个好女人,能跟郝武长凑到一块儿的还会好得了吗?于是,农村人对于外乡坏女人的想象力就都用到她身上了。而她的现实生活中也并没有奇迹发生,郝武长还是过去那个老样子,人们又恢复了对他的厌恶,便不再到他的窑洞里来了。

　　焦最婵大部分时间就待在自己的窑洞里,实在太闷了就到窑洞外面站一会儿。她极少上街,也不愿意见人,更惧怕庄上人那赤裸裸探询和鄙视的目光。

　　幸好有孩子,填补了她苍白、漫长而阴郁的日子。

　　窑洞口堆放着一垛还没有剥皮的苞谷,由于天潮都发霉了。这是他们今冬明春的口粮,烂掉以后吃什么呢?焦最婵懒得操心,也不愿意想那么远。她表面上还活着,其实早就把自己当做一具僵尸了。

　　至于郝武长,自回到老家后就再也没有提起过去承包荒山的事,好像压根儿就没有说过这码事。对他来说,没有一句诺言是可以束缚他的。他依旧到处去要钱,输光了就找焦最婵要,而且仍旧理直气壮:你们焦家欠我的,你爹妈不给,你就得给!

　　他知道,焦最婵临来的时候她的父母不可能不给钱。如果焦最婵不给,他就打。而且下狠手,下死劲,因为他心里绾了个毒蛇般的结子。焦最婵跟他回到穷山村,他不感谢她反而恨她,当初他之所以用尽心机要追到她,就是想靠她过另外一种生活,并不是让她跟着自己回来过他不想过的日子!

　　他的感情历来是没有丝毫分量的,他一点都不珍惜她。

　　焦最婵能够感受得到郝武长的这种仇恨,每次不等他打到第二下的时候就把钱给他。到昨天,她身上已经是一分钱也没有了。当郝武长又找她要钱的时候,她把菜刀递给了他,心里不再紧张,反而有些轻松。

　　她对他说:"我终于熬到头儿了,你想想父母能给我多少钱? 自从回到洛南后你从我这里拿走了多少钱? 我又没有印票子机器,怎么能长期供给你糟蹋? 这事该了结了,你也不用再费那么大的力气拳打脚踢,用刀一下把我劈死算了,然后把闺女送到你姐姐家去。"

　　焦最婵说完就闭上眼,坐在只有半张破炕席的炕边上等着。

　　郝武长愣了一会儿,一把将她推倒,然后就开始在窑洞里翻。把窑洞翻遍了,把焦最婵从运城带的所有东西都翻遍了,最后连焦最婵和孩子的身上也都翻过了,一无所获。其实,在郝武长发疯般地翻找之前他就知道焦最婵身上没有钱了,之所以还这么乱翻一通,不过是给自己一个台阶下,或者是他控制不住自己非要这么折腾一番不可。没有钱他就出不去了,这样,从昨天下午他就开睡,现在早已过了晌午,又算是后半晌了,他还在炕上赖着哪!

　　郝武长还有个快五十岁的姐姐,就嫁给了本庄上的人,在郝武长所有的亲人中,是唯一能够隔一段时间还想着来看看他的人。一见洞口的苞谷都霉了,叹口气,搬块砖头垫到屁股底下就帮着收拾。焦最婵也只好抱着女儿坐在旁边陪着。

郝武长的姐姐一边剥苞谷，嘴里一边抱怨："你说对武长可怎么办呢？成天不干正事，你弄着孩子又干不了活儿，往后你们一家大小吃什么呀？"

这话不知怎么就捅到了郝武长的肺管子上，他从窑洞里蹿出来，弯腰捡起一个大苞谷就向姐姐的头上砸去："你要干就干，不干就滚，嘟囔个啥？"

姐姐被打得身子一侧歪，捂着脑袋半天说不出话来。

焦最婵也没有吭声，她若一张嘴郝武长也会趁势打她。他没有钱出去赌，这会儿邪火正大。等郝武长走了，她才站起身，掰开姐姐的手，看到她的头上鼓起一个核桃大的青包，还好，肉皮没有破。

最婵苦笑着安慰姐姐："真想不到，他对你这么大年纪的人也是想打就打。"

"这个畜类，从小就心狠手毒，才十来岁的时候为了争一根木头棒子就打断过别人的胳膊，要不庄上的人都说他是狼投胎呢！"

"狼投胎？"最婵不解。

"生他的前一天晚上，庄上有人办喜事，闹喜的人闹得邪乎，折腾到半夜把新郎给关在了门外，不让他跟新娘同房。这时候恰好有一只狼饿坏了，到庄上来找吃的，就把新郎给咬死了。就在它咬着新郎往庄外拉的时候，被听到动静的人用猎枪打死了。狼一死，娘就把武长呱呱地给生了下来。后来看他性子狠毒，人们就说他是那只饿狼转世。"

焦最婵听得身上起粟，下意识地将怀里的孩子抱紧了。沉了好一会儿，她忽然愣怔怔地对姐姐说："有一天我被狼咬死了，您能不能给帮着照看静儿？"

姐姐也一愣："你这是说的哪家子傻话？"

"我说的是真的！"

"别胡思乱想，没娘的孩子，谁照管也比不上亲娘疼！"

最婵听得一惊。

一连三天，郝武长都没有回到窑洞里来。

第四天下午他回来了,神色有些怪异,眼睛通红,以好久没有过的正经态度站到了最婵的跟前。最婵已经习惯了他那副暴躁的无赖相,而今见他突然这么人模狗样起来,反而感到陌生和紧张。

他用一种很严肃的口吻开腔了:"这几天我的运气坏到家了,在洛南县城输红了眼,越想翻本儿就越输,最后输了一万多……"

他停下来,观察最婵的反应。

她无动于衷,像是在听一个与自己毫无干系的故事。

他接着说下去:"没有办法,我想卖掉咱闺女还账,你们焦家不就爱把亲生闺女送给旁人吗? 我能卖点钱比白送给人又强多了。可丫头片子不像小子值钱,顶不了我欠的账。人家又提出一个条件,叫你去给当一年保姆顶账……"

他又停了下来。

最婵平静地鼓励他:"还有呢? 一块儿都说出来。"

"如果你不愿意去当保姆,还有个好办法,洛南是穷地方,得结核病的人特别多,人家知道你是运城焦家的传人,你只管按着秘方给人治病,别的事都由他们管,赚的钱对半儿分。怎么样? 这两条道儿由你挑。"

窑洞里的静默令人窒息。

现在,紧张的似乎是郝武长而不是焦最婵。

她甚至还淡淡地笑了一笑:"行,两个方案都不错,当一年保姆就顶一万多元的账,值。第二条道儿也可以,我又可以到城里当大夫了。让我想一想,明天早晨答复你。"

"真的?"郝武长满腹狐疑。看来男人和女人真是完全不同的两种动物,从来不能相互理解。

最婵似乎有些悻悻:"怎么,你还不信?"

"保姆可不是那么容易当的,那家伙相中的是你的身子,他就想玩儿个有名的女大夫,你会乐意?"

"我又不是金枝玉叶,身子早就破了,谁用不是用? 再说是你把我卖的,你既然不怕当王八,我还在乎什么?"

郝武长仍不放心:"你愿意拿出你们焦家的秘方了?"

"如果连命都保不住了,留着秘方又有什么用呢?"最婵用凌厉的目光盯着他,难得郝武长竟显出一丝惊怵。她说:"放心吧,在这个小山沟里,我飞不了也跑不了,不管走哪条道儿,反正明天一准跟你进城。"

"好!"郝武长高兴了,"经过了这么多事,你终于是我的好老婆啦!"

山村黑得早,他主动帮着看孩子,让最婵做饭。

他们的饭太简单了,吃过饭,收拾利索,家里既无电视机,又无收音机,哄孩子睡了觉还干什么呢? 所以焦最婵从来都不企图阻止郝武长出去要钱。

今天他不可能再出去了,便甜言蜜语地向最婵套近乎:"我的好婵妹呀,今天晚上是咱们在这个破窑洞里的最后一夜,以后再想干你还不知道方便不方便,咱怎么也得留个纪念,好好地乐和乐和……"

最婵当然知道他要领她往哪儿去,就顺从地满足了他。之后他很快就像死猪一样睡过去了,不到明天晌午他是不会醒的了。

最婵起来穿好衣服,打开手电,用手遮挡着强光照照孩子的脸。女儿睡得有点热,一只小手伸了出来,脸蛋娇嫩润红,小嘴抿得很紧,幸好母亲的灾难还没有在她身上留下印迹。最婵抓住女儿伸出的那只小手想掖回到被子里去,眼泪却禁不住像雨滴一样扑簌簌落在女儿的手臂上和被头上……她将自己的脸贴上去,伤感而潮湿。

人生这么认真又这般辛苦,它的目标却就是一个死。

尽管她的生命一直如飞絮随风而行,但总觉得自己很年轻,死亡是遥远的,前面还有希望在等待着她……今天晚上这一切就要结束了! 这一刻,她顺理成章地滑入自己人性中最晦暗的一面。女人本来就像大地、像死亡,一切也都可以在大地和死亡中找到归宿。她下了决心,将沉落负重的心抖搂一轻,有了一种解脱感,情绪随即也平静下来。

她擦干眼泪,走出窑洞,用一把破铁锨在墙脚下挖出一个小塑料包,抖搂干净上面的泥土,里面包着二百块钱。她又回到窑洞,用手电照着写了一张纸条——

大姐：

　　　您肯收养我的孩子就是我和孩子的大恩人，我在阴曹地府也感念大姐的恩德，保佑大姐一生平安。这二百块钱是我这一生最后的积蓄，作为我对大姐的感谢。

　　　　　　　　　　　　　　　　　一个将要去死的不幸的女人
　　　　　　　　　　　　　　　　　一九八九年十月二十七日夜

　　焦最婵用塑料布重新将钱和纸条包好，拆开女儿小棉袄的前襟，把塑料包缝在里边。一切都收拾好以后，她静默了一会儿，便俯下身子亲了亲女儿，而后决然走出窑洞。

　　一股凛冽的罡风，吹得她打了个冷战。

　　她用手电照着路直奔庄西的剑山。山风猎猎，寒气透人，由于没有星星，四野一片漆黑，整个大山里仿佛就只有她的手电发出的这一点亮光。正是这一点亮光，把山里的枯寂给搅乱了，随着她手上光柱的摇动，路边的草丛里、荆棘中，有夜鸟惊飞，野物奔逃，扑扑棱棱，吱吱咯咯，原本静得出奇的夜随着她的脚步躁动起来。焦最婵自幼就胆小怕黑，被惊得一阵阵头皮发紧，毛发直立。但她没有畏惧，镇定地攀上了一个被当地人叫做"阴阳界"的地方。

　　这实际就是一块断崖，前面有万丈深涧。过去庄上有权势的人想处死犯了庄规的人，就逼迫他从这崖上跳下去。也曾有人因打架怄气主动来跳崖的。凡从这崖上跳下去的人，还没有一个能活着上来。断魂崖上，阴风荡荡，前进一步是阴间，后退一步为阳界。

　　焦最婵在断崖边上站住了，她已经不是很着急了。可以喘口气，歇上一会儿，最后再看一眼这个世界，想想这个世界。她并不慌乱，镇静而坚决，一场孽缘就要结束了，她甚至还有几分轻松和报复的快感。

　　她闭上了眼睛，几乎想喊出声："爸爸、妈妈，我就要回来了……

　　她正要抬脚，蓦地从身后传来小孩的哭声：呜哇——呜哇——

一阵恐怖倏然袭来,令她心头抖颤,她慢慢转过身来。呜哇,呜哇的,有一只幼兽朝她爬过来。实际上是被她手电的光亮吸引过来的,也许是饿了,闻到了她身上的某种气味。她蹲下身子,伸出手凑近小兽,小兽并不躲避。她把它抱了起来,毛茸茸,软乎乎,两只眼睛亮闪闪地盯着她,身子却一个劲儿地往她的怀里偎。

当地人管这种东西叫野猫子,状似小老虎,却比老虎小得多。焦最婵抱着它,如同抱着自己的生命,所有的善良都涌到两只手上。她轻轻地抚摩着这只可怜的小兽,可惜自己身上没有可吃的东西,也不可能老是这样抱着它,或许应该检查一下它身上是不是受了什么伤。这时从山坡上传来更为粗哑凄厉的呼叫:呜哇——呜哇——

焦最婵怀里的小兽开始仰起头呼应。

眨眼间,便有两条大如狼狗的野猫子蹿到断崖上,四只眼睛像小灯笼一样对着焦最婵,嘴里发出"呜哇,呜哇"的警告声。她放下怀里的小野猫子,它们"嗖"地扑到一起,转瞬便消失在沉沉的黑暗之中。

焦最婵猛然站起身子,稍一愣怔,拔腿就往山下跑。

静儿睡醒一觉或要起来尿尿,见不到妈妈会怎么办? 她定会大哭,郝武长被哭醒后的第一个反应就是打女儿。天亮后他发现我不在了,怎么能保证他会把静儿抱给他姐姐抚养呢? 以他的脾性,很可能是带到洛南城里仨瓜俩枣地就把女儿给卖了……焦最婵心急火燎,加快了脚步,磕磕绊绊……

都怪自己,从一来到洛南就只想到了一个死,脑子没有再拐弯儿。事情走到这一步能怪自己吗? 既然不怪自己,为什么要由自己和自己的女儿承担后果呢? 即使非要死一个的话,死的也应该是他,而不是我。我下不了手杀他,是因为我杀不了他,这并不就等于我非得死。生命的承诺如此不公,我就应该活下去,自己去寻求公道,也给女儿一个公道,等待着有一天让生活本身给我一个交代。

她回到窑洞,给女儿穿暖和了,抱起来就走。为防备郝武长万一醒了追赶,她没有走去县城的路,而是朝相反的方向走,二十里地以外有个大镇子,到那儿再搭头班车去潼关……

几天后,焦最婵回到了运城,只是挑挑拣拣地向家里人轻描淡写地讲了一些在洛南的经历——完全不讲也糊弄不过去。但,她谈着命运的诡谲难测时已经能够不杂一丝火气了。她顺便还告诉父母,自己拿准了主意,死活要跟郝武长离婚了。

人们忽然想到当初她给女儿取名"姣静",离婚后改姓她的姓,顺理成章地就成了"焦静",可见她有此心已经很长时间了……

她又回到父母的医院里上班,还住在原来的房子里。旁边住着弟弟焦安国两口子,卓欣运腆着大肚子,看样子就要临产了。再隔一个门是刚结婚的黄福根和杨希的新房。她让弟弟和黄福根把她的房子也彻底粉刷了一下,换上了新家具,清除了所有跟郝武长有关的东西,生活重新安定下来。

可是,焦家人的心还都悬着,没有人相信郝武长会就此善罢甘休。

消停了两个多月,农历刚出正月,有天早晨七点多钟,郝武长混在看病的人流里进了医院。焦最婵还没有上班,在屋子里被堵个正着。

焦最婵没有丝毫的惊讶,似乎早就在等着他来。孩子则害怕地把头扎到了母亲的怀里。

郝武长从来不懂得怎样当儿子、当丈夫,因此也就不懂得怎样当父亲。他没有特别地看看自己的女儿,却站在屋子当中东瞅瞅西看看:"呀嗬,这屋子收拾得跟新房似的,是不是就等着我回来呢?"

焦最婵态度冰冷:

"是啊,咱们俩还有一笔账没有了断,我知道你会来的。"

"什么账?"

"在离婚书上签字。"

"离婚?"郝武长勃然变色。

焦最婵拉开抽屉,拿出一份早就写好的离婚协议书递给他:"你在上面签个名就行了。"

郝武长啪的一声将协议书打掉在地上:"没门儿,我不同意!"

"这可由不得你了,你不是已经把我给卖了吗?我早就不是你的老婆了。你不签字我们就去法院,我到运城法院打听过了,就凭这些年你对我的态度,人家说不治你的罪就算便宜了你!"焦最婵用手一指地上的那张纸,淡淡地说:"你最好把它捡起来,这是你的那一份儿,我还有。"

"哟,几个月没见长本事啦? 你以为我是破鞋烂袜子,想穿就穿,不想穿一扔就拉倒了?"怒火把郝武长的脸烧成了青紫色,"反正我这条命是白捡的,多活这些年已经赚了,顶不济再把它还给你焦家。你就不想想,你们不让我好活,我能让你们活好吗? 我就是死,也要拉上几个垫背的,你可想好喽!"

焦最婵面带嘲讽地看着他:"行啦,跟你过了这么多年,我还不知道你的能耐吗? 成天价地杀七个宰八个,公安局正等着你呢,到时候也省得我跟你费话了。"

郝武长颈筋鼓暴,神情阴冷得可怕,看看最婵,又看看孩子⋯⋯慢慢地弯腰拾起那张离婚协议书,看完后叠起来放进自己的口袋。他竟看着焦最婵笑了:"你不怕我啦?"

"郝武长,我从来就没有怕过你,以前只是懒得答理你,是老对你还存着一线希望。现在卖也被你卖过了,死也算死过了,我们两个已经恩断义绝,两清了,还怕你什么?"

"你要早这样,敢怒敢骂,能降得住我,我们俩也许还闹不到今天这一步。"

郝武长走近最婵,想摸她的手,被她甩开了。

欲望又烧红了他的脸颊,他神态淫荡地说:"你还是这么漂亮,说实话我忒待见你现在的这股劲儿。即便依着你离婚,这会儿我们还是两口子,再让我跟你亲热亲热吧。"

焦最婵往床边一靠,手里多了把明晃晃的刀子,腕子一抖护住自己的前胸。

郝武长没有防备,吓了一跳,慌忙躲避:"你这是干什么?"

"你现在还敢动我,我就告你强奸。"焦最婵一脸怒气,"我只要一吆喝,医院的人就会把你押走,让你到局子里去待着。"

"你看你看,这是干啥?"郝武长转眼间又变得正经起来,"好吧,不跟你闹了,说真格的,我就知道你不会再跟我过下去了,这次来找你是有事的。你知道我大姐对你和静儿好,你们走了以后她特别想这个孩子,跟中了病似的,叫我来接她去洛南住几天。再说咱们要离婚了,也让孩子跟我单独待几天,尽尽当爸爸的责任,过几天就给你送回来。”

他说得合情合理,焦最婵没有理由拒绝,却总是不敢全信:“你又在转什么肠子? 不会是把闺女骗到洛南去卖了还你的赌债吧?”

“那样做我还算个人吗? 再说女孩儿家也没有人要哇!”

最婵考虑了一下:“我信不过你,你得给我写个字据,保证在一个月之内把女儿给送回来。不送回来我就报警,你就犯了拐卖罪!”

郝武长不服:“天下哪有这样的事? 爹见闺女还得立字据!”

“你不立字据就别碰我闺女!”

“好,好,我写。”

最婵拿出纸和笔,等郝武长趴在桌子上吭吭哧哧地写好了字据,她又提出了新要求:“光这样还不行,你得在离婚书上签了字,再带孩子走。”

郝武长有点恼:“焦最婵,你别得寸进尺,我一签字就等于离婚了,还要孩子干啥? 我就是想趁着还没有离婚,好歹还有点感情,跟孩子亲近亲近。男子汉大丈夫,老婆不想跟你了还能赖着不成? 我送孩子回来的时候,就给你签字画押,正式离婚!”

话已至此,焦最婵也只能答应:“好吧,我就再信你一次,记住了,就一个月!”

两个大人谈好了,孩子却哭着不跟郝武长走。

焦最婵把女儿吃的用的东西都给带上,抱着她一直送到汽车站,又在售货亭买了一大包零食,最后总算哄着她跟郝武长上了汽车。

焦家人全都松了一口长气。武桂兰帮着快临盆的卓欣运轧了十斤面条,没有明说,实际上是为最婵吃了顿喜面,没想到郝武长能这么容易就答应离婚。

　　大家东猜西猜,七言八语,最后似乎都倾向于武桂兰说出的理由:人心都是肉长的,他好歹也跟最婵夫妻一场,再说这些年也没少从最婵身上刮擦钱,什么事情都该有个头儿,老拖下去对他又有什么好处?

　　只有焦最婵心里仍在打鼓,她太了解郝武长了,总觉得这件事有什么不对劲的地方……自从女儿被郝武长带走以后,她老做噩梦,梦的内容是一样的:静儿被卖给人贩子了!

　　人想人是天底下最苦的事了,何况是母亲想孩子!她几次冲动起来都想去洛南把女儿接回来,又怕中了郝武长的圈套,去得了回不来了。没有办法,她给郝武长的大姐发了一封加急电报,回电证实静儿确在大姑妈家里,她才算放下一颗心。

　　好像郝武长是焦家的丧门星,跟他的关系一了断,焦家的喜事就一桩接一桩地来了。刚刚开春,卓欣运就生了个大胖小子,真让焦起周夫妇乐坏了。一有了孙子,他们就是爷爷、奶奶,人长了一辈儿,生命更趋圆满。这可是焦家非同一般的大事,不仅仅是吃喜面,还要发喜糖,热热闹闹地过满月,给老家的太奶奶报喜讯,如今焦家是四世同堂了。可惜老太太冬天着了一次凉,身体一直没有缓过来,不然就接她老人家到运城来亲眼看看自己的重孙子。

　　孙子的出世,使焦起周雄心大振。既然医院已经走上正轨,他就不能不为将来设想,决定让子女们一个个都去接受正规的系统教育,便通过各种关系跟大学联系。运城市卫生局给争取到一名山西中医学院的进修指标,但安国暂时还离不开,他就决定先让最婵去上学,取得大专文凭后再继续往上读。

　　焦最婵听到这一消息后自然是喜不自胜,到暑期跟郝武长的离婚手续肯定会办妥,静儿也能脱得开身了,她再无后顾之忧,可以专心致志地去实现自己上大学的梦想,眼下就得开始抓紧一切可以利用的时间准备功课。

　　一九九〇年四月二十九日,天空浑浊,不阴不晴。

　　说来也怪,快到中午的时候,最红突然从原田跑回运城来了,说是学校放春假。实际上,是她想看看欣运给她生的小侄子。她跟这位嫂子格外近乎,对她的孩子也就有一种特殊的情感和好奇心,进家后跟父母打了声招呼,就一头扎到欣运的屋子里。

由于昨天晚上饭菜吃得干净,这天上午武桂兰早早地就把病人交给儿子处理,自己下厨炒了几个菜,焖了一锅米饭,做了一盆黄瓜鸡蛋汤。由于最红也来了,焦起周就答应小女儿最芳,下午带她和最红去看关帝庙。

十二点钟,饭菜都摆上了桌子,焦家人按惯例应该都回到"焦家楼"来吃饭。焦斌丹先来了,坐在焦起周的旁边。

焦安国刚要走出门诊办公室回家吃饭,就被黄鹿野喊住了:"小安子,快来看看,我的电子表坏了,你给修一修。"焦安国仍旧像在矿上一样以手巧出名,谁的什么东西坏了都来找他。

焦最霞早提出来跟医院的职工一块儿吃饭,她实话实说,在老家做饭做怕了,来到城里可不想再做饭。如果在"焦家楼"跟家里人一块儿吃饭,以她的辈分不做饭怎么行呢? 眼前焦最婵的兴奋点是上学,利用中午休息的这点时间先跑回房子去抄材料,耽误了吃饭的钟点。

卓欣运和焦最红在叽叽嘎嘎地逗孩子,忘了时间……

郝武长经过多次踩道儿,算准了在中午十二点至十二点半之间,焦家的大部人马都会集中在"焦家楼"里。更何况这一天正是星期天,至少他最痛恨的人会都在,那就是焦起周两口子和焦安国两口子。

他们是有钱人,是正人君子,从来就不知道什么是真正的仇恨。这回就让他们见识一下! 郝武长活着还剩下唯一能做的事,就是痛恨一切。他憎恨所有的人,也包括他自己。

因此,他选择了在中午十二点一刻的时候,压低帽檐儿,身披风衣走近了"焦家楼"。一进屋,他抖掉风衣,露出了腰间捆绑着的炸药,一手捏着炸药包的芯子,一手举着打火机,眼睛血红,激动得有点神经质,进门就嘶哑着嗓子喊叫上了:"焦起周,你的末日到了! 我用一条命换你一家子,值了! 还有你的宝贝医院,你的狗屁'焦家楼',都要完蛋啦!"

喀嚓一声,他打着了打火机,做出要点燃炸药的样子。

屋里的人全都一惊,小女儿最芳吓得扑到了父亲身上。

焦起周镇定了一下情绪,眼睛盯着郝武长手里的打火机:"你有话好好说,别做傻事!"

郝武长咆哮着:"好好说,好好说你听吗?"

武桂兰大着胆说:"武长,不管怎么说我们救过你的命,现在还是你的长辈,你炸了我们自己也活不成,图的是什么?"

"我图的是解气!"这一刻,郝武长脑袋大了眼睛蒙了,他又何尝愿意死呢? 此时他甚至后悔听了自己那几个哥们儿的话,这炸药绑在身上倒是真的吓住了焦家的人,可他自己似乎更害怕,感到腰里的炸药像魔鬼一样缠住了他,再想解下来是不可能了,想不点着它也不行,他拿着打火机的手哆哆嗦嗦地老往芯子上碰,简直就不是他在使用炸药,而是炸药在使用他。看来进了"焦家楼",再想囫囵个儿地走出去可就难了。但他发现焦家最重要的第二代人都不在……他浑身抖动,说话的腔调都不是人音儿了:"快,给我拿十万块钱来,我就饶你们不死!"

焦起周似乎也看出了他的胆怯,说话的声调镇定多了:"十万块钱没有问题,可手底下没有这么多,得叫你三叔到银行去取。你先把打火机放下,让他们都出去,把我压在这儿不就行了吗?"

"不行,谁也不许出去,快把你儿子媳妇也都给我叫进来……快!"他抡着手臂气急败坏地比画着,在紧张中不知怎么就点着了炸药包的芯子……

还是欣运提醒最红该去吃饭了,最红却想去拿点东西回来在嫂子的小屋里守着孩子一块儿吃。她刚跑出欣运的房子,觉得脚下一晃,随即一阵惊天动地的轰隆声,猛烈的气浪把她推得噔噔后退了好几步,烟尘铺天盖地地压过来,打着旋儿地把她包裹住……

"哗啦啦——"医院门窗上的玻璃全部震碎,谁也不知道发生了什么事。

待烟尘消散,才发现后院一片空旷,两层高的焦家楼消失了,变为一堆瓦砾。

焦安国冲到瓦砾堆边,两眼呆滞,不哭不喊。他愣了一会儿,忽然扑下身子,发疯般地用两手挖刨着瓦砾堆。很快,他的指甲掀掉,两手鲜红……

最霞、最婵以及欣运也都从不同的方向跑过来了,她们抑制不住地哭喊起来,边哭边扒那些砖头瓦块。现场的气氛立刻变了,由惊讶变为悲戚,围观的人都开始帮着扒瓦砾。黄鹿野组织医院的人维持秩序,看好医院的东西……

焦最婵猛地站起身,两眼赤红,神情疯癫地四下里寻找,声音变了调地呼喊着:"安国,安国……"当她看见了弟弟焦安国还活着,就扑过去抱住他:"安国,你没事吧?你没事吧?"

警察赶来了,开始了有组织的救援。

但,挖出来的都是死尸。焦起周、武桂兰、焦斌丹、焦最芳,四具尸体尚完整,但血肉模糊,惨不忍睹,焦最婵哭得背过气去。卓欣运和焦最霞用清水一点点洗净死者的面孔,一边擦一边喊叫着:"最芳,好妹妹,你是咱焦家最漂亮的女孩儿,也年纪最小,你不是还要上大学吗?……"

她们擦洗一个,就这样把跟死者想说的话和满腹的哀伤、悲愤都倾诉出来,又哭又说,说得自己泪水滂沱,说得旁边的人也跟着一块儿掉泪……

黄鹿野在旁边大声提醒着:"先别哭,可不能让眼泪掉在死人的身上!"他自己却老泪纵横,满脸泪花。

焦安国抓着三叔焦斌丹的一只断手,木木地站着,不哭,也没有一滴眼泪。

卓欣运惊恐地摇晃着丈夫的胳膊,不知如何是好。焦最婵拍打着弟弟的脸颊:"安国,你说话呀?安国你怎么啦?"

她又抱着弟弟大哭起来:"安国呀,咱们家可就剩下你了,你可千万不能再有事,那我们可就没法儿活啦……"

黄鹿野摇动着焦安国的膀子,带着哭音叫喊着:"安子,哭哇,快哭出声来！这样会坐下病的……"

焦安国脸色蜡黄,眼睛通红,仍旧不说话,也不哭。

罪犯郝武长的尸体也被挖出来了,已经炸成了几块……

21. 生命的完全燃烧是死

出了这样的大祸,医院自然也乱套了。还不光是乱套,似乎已经完了!

众口铄金,没有一个人,没有一个角落不在议论焦家和郝武长的恩怨……什么故事都能编得出来,什么猜测都有。爆炸不只是炸死了几个人,这种七嘴八舌的胡猜乱想,最能把医院的心气搞散。

大家同情院长一家的不幸,但更关心自己的命运。医院的职工在盘算到哪儿去找新工作,是马上就走呢,还是再等两天?院长刚死抬脚就走,似乎显着太不仗义了。可不走,医院还能办得下去吗?病人心目中两个治瘫的权威医生都死了,即使有人还想把医院办下去,由谁来挑头呢?这是私立医院,院长死了理应由他的儿子接任,可你看焦安国那个样子,显然是受刺激过重变傻了。两天来他不吃不喝也不睡,就守着那堆像坟头似的"焦家楼"的废墟,不哼不哈不哭不闹,今后很有可能就是个废人啦……

黄鹿野挓挲着长发,像个疯子一样对医院的所有人都重复着相同的话:"你们要还有一点人味儿的话,就先别散,等给焦院长他们开完追悼会,我当着大家的面向焦安国问明白,他要说医院不办了,咱们再散伙也不迟!"

废墟前摆满了花圈、花篮,焦安国披麻戴孝守在旁边,有吊唁的人来了,他会磕头谢礼,没有人来他就呆呆地坐着发愣。谁拉也拉不走,谁劝也劝不动。

追悼会的前一天下午,尚德堂赶来了。爆炸的当天他就接到了运城新当选的专员王尔品的电话,第二天一早便乘飞机到太原,又由太原转乘火车赶到运城,下车就直奔医院。他带来一副长长的白色挽联,展开了放在废墟上——

起恨无常以怨报德摧丹桂
周天有情济世救人谢椒兰

老先生向废墟鞠躬,焦安国向他磕孝子头。卓欣运跟着丈夫到尚德堂家里去过,认识老先生,怕焦安国现在的样子慢待了老人,就请他到屋里坐。尚德堂摇摇头,从旁边拉过一个小凳子,坐在了焦安国的旁边。

卓欣运把最婵、最霞以及黄鹿野介绍给尚德堂,大家也只好都坐到跟前来,这样有什么话可以分着说,好能替安国遮掩一下。

尚德堂似有意无意地瞥了一眼始终没有出声的焦安国,只见他整个人带着满身劫后的荒芜,眼神狂乱,面孔透出一种野性的执拗。老先生心有所动,将目光转向废墟,神色恍惚,轻轻自语,就好像是焦起周坐在他跟前——

"起周兄,二十多年前我们在中条山巧遇,我要被揪回北京批斗,当时你送我走的眼神儿,像是在送一个有去无归的人。我也没有想到我们还能重逢,今天倒是你不辞而别了! 系哀思而不忘,诉真情之茫茫,世事不可知啊! 你救了后来成为你女婿的人,也不能不说是一种缘分,可你忽略缘分旁边的陷阱啦! 人的所有错误尽可归结为一条:愚昧和邪恶。'长恨人心不如水,等闲平地起波澜'啊! 仇恨也是社会历史进程的一个因素,近半个世纪来,我们社会的某些做法,不就是用仇恨来培养和教育青年人的吗? 改造,批判,反右派,斗批改,阶级斗争,'文化大革命'……伤口可以由时间愈合,而仇恨则不能。现在我们要自食其果了……"

在尚德堂刚说了几句的时候,焦最婵就开始抽抽搭搭,终于忍不住跪在废墟前放声大恸:"爸呀,妈呀,都是我害了你们呀! 要不是我提出离婚,他也不至于下这样的毒手啊!我原以为他顶多就是想杀死我,哪承想害了你们啊……在洛南的时候,我为什么就不死啊? 如果我早死了,哪还会有今天这样的事啊……"

在场的人眼睛又都潮了。

卓欣运用力想把她扶起来:"姐,你别说傻话了,你死了他就会甘心吗? 照样还会做这样的事,也许还会提前哪!"

这种时候,无论想用什么话来安慰,都是徒劳的。无论什么样的安慰也都是无力的、空洞的和短暂的。

尚德堂趁乱观察焦安国,他喉头跳动,面无血色,显得病态、痛苦、又极其神经质,但就是不哭不开口,也不去劝解他的姐姐。

尚德堂瘦削、冷峻的面颊上多了一层哀伤和不安,对卓欣运说:"让她哭吧,只有彻底感受了痛苦,才能解除痛苦。但是,不要被死的观念所欺骗,忘掉生存的意义。人们对死的想象力加重了自己的不幸,对死的恐惧似乎超过了死本身。现在你们只知道哭,只知道恨、后悔、发傻。可杀人者也付出了自己的性命,这件事情已经了结了! 死亡结束了美德,也结束了罪恶! 可知因你们父母的死,有可能带来的真正可怕的后果是什么吗?"

女人们的哭声渐渐弱下来了,大家的理智并没有垮,都想知道尚德堂所看到的最可怕的事情是什么。

黄鹿野有些急不可耐:"尚老,您请讲。"

"身体的死亡无所谓,对死者来说不过是感觉的休息,肉体的解放。死是生的空,生是死的色。与死相比,承受痛苦更需要勇气。真正的死是生的完全燃烧。现在对焦、武二位大夫来说,真正可怕的是灵魂的死亡。焦院长和他的夫人,身体已经死了,他们的灵魂死不死可就看他们后人的了。他们的灵魂是什么? 是最能体现他们精神的'回生灵'和医院,也就是他们创下的事业。他们是被杀害的,死亡就应该是有用的,因为有人怕他们活着,证实了他们死的价值。被迫而死,却能永远活着。你们在悲痛之余是不是也该考虑一下,要不要让你们的父母精神不死? 怎样才能让他们的精神永远活着?"

天要黑了,人们劝尚德堂进屋休息。

尚德堂转身,用双手同时抓过焦安国的两只腕子,搭了一会儿脉,然后从口袋掏出纸和笔,开了一个小药方交给卓欣运,又低声跟她交代了几句,随即起身告辞:"明天上午追悼会上再见。"

黄鹿野用右拳击打自己的左手心,似蓦然憬悟——大家都是医生,怎么就忘了给安国吃点小药调理一下?天降大祸,突然大悲大怒,气血猛升,清窍闭塞……多简单的道理。这位尚老爷子,真是高人!

第二天上午,乌乌涂涂了好些时日的天空终于聚集起足够的阴云,黑如锅底,却仍在憋闷着。没有电闪雷鸣,也不想痛痛快快地下场大雨,努力隐忍着的空气湿得几乎能攥出水来。

追悼会在运城烈士陵园的礼堂里举行,人多得礼堂里站不下,一直排到大门外面,隆重而悲怆。

运城人许多年没有见过这样的追悼会了,一次竟悼念四个亡灵!

何况焦起周夫妇又都是行医多年,结交的人更多,得到过他们救助的人更多,碰上了这样的事,哪有不主动来为他们送行的?还有许多没事干的人,从报纸上读到了关于这一惨案的新闻,怀着一种同情和好奇心也来了。

运城市政府和卫生系统的头面人物站在最前面,从平陆县焦家老家也来了几十口子人,顺着礼堂的墙边站着,一直排到大门口,一个个披麻戴孝,阵势浩大,哭声凄切,极富感染力。大部分参加追悼会的人眼圈都是红红的。

追悼会后,领导人物和一般来送行的人都散了,亲戚朋友以及医院的职工和病人都留下来等待遗体火化。

黄鹿野邀请尚德堂再到医院坐一会儿:"等一会儿焦安国可能要对医院今后的前途拿出个主意,有您老在场,也许会有利于他做出积极的决定。"

"是这样吗?"尚德堂看看手表,尚在犹豫。

专员王尔品也在旁边怂恿:"这样也好,送佛送到西天,帮忙还要帮到底。把我的车留下,十二点钟我在宾馆等你。"

还有什么说的？尚德堂无法拒绝。

火化工把四个人的骨灰送出来了，又是一阵号啕的高潮，又是一番死去活来。将骨灰捡到骨灰盒以后，焦安国抱着父亲的，焦最婵抱着母亲的，卓欣运抱着小妹最芳的，单是这种场面就足以令在场的人鼻酸！

大家先到陵园的骨灰堂，将这三个骨灰盒存放好。

焦斌丹的骨灰则由老家来的人抱着上了汽车，大哭着回平陆去了，一路从汽车上抛撒着白色纸钱……

焦安国蓦地冲着汽车驶去的方向跪倒，大叫着："三叔，对不起了，你要走好！三婶，对不起你呀……"

他一边哭喊着一边拼命地往地上磕头。待到他被拉起来的时候，脑门儿上全是鲜血……

参加追悼会的人回到医院的时候，看到"焦家楼"的那堆废墟不见了，院子已经清扫干净，还有几个工人在为门窗更换新玻璃，无不感到惊疑。这是谁让干的？焦安国这种时候还顾得了这个吗？莫非医院已经易主，新主人要急切地驱除这院子里的丧气？这也未免太急了一点吧……

人们都聚集在门诊办公室门前，小声嘀咕着，等待着，似乎都猜到了有什么事情将要发生。

安国被欣运搀扶着走到大家跟前。

黄鹿野嗓子哑了，却尽量让大家都能听得到："安国呀，我算是这个医院的托孤老臣了，不能不当着大伙儿的面问你一句话，今后你打算怎么办？"

焦安国额头挂血，眼泡红肿。众人心里一动，他是从什么时候能哭出来的呢？竟哭成了这样！焦安国没有说话，眼睛在寻找姐姐最婵。这是对的，父母不在了，应该先听听大姐的意思。

众人的目光又转向了焦最婵。

黄鹿野催促："你是大姐，先讲讲你的意见也好。"

焦最婵面色哀伤而苍白，未曾开口眼泪又哗哗地下来了。她的嗓子已经哭哑,使大劲强努着说出自己的意思:"黄叔叔,我的爸妈不在了,就只剩下这么一个弟弟,他可不能再出事了,爸妈留下了一点钱,能让他们过上平安日子。我爸妈行医治病一辈子,积德行善的事做了无数,却落得这样一个结果!祸根就是我们家的药方,这是好心没好报啊!我是已经看透人情冷透心了,等过几天把该料理的事情料理完,我要出家了,先奔五台山试试,不收留我再去别处,总之是不会再回到这个地方来了。唯一未了的心事,就是静儿,若是郝家能养她到大再好不过了;如果她大姑不要她,把她又送回来了,只有请弟弟和欣运把她带大,将来给她找个工作或找个人家嫁出去,我在地下会感激你们的……"

这番话显然不是现想出来的,她语气决绝,看来是打定了主意,说着说着就控制不住自己的情绪了,转身就走。焦安国一把抱住了姐姐。

他吃力地仰起头,对黄鹿野说:"我姐有主意就听我姐的,她没有主意就听我的。你放心,我不可能让她出家的,那怎么向我爸妈交代?我宁可自己死,也不会让姐离开。我想让她负责门诊部,霞姐主管住院部,欣运负责制药。目前我最需要一个业务副院长,黄叔叔,你既然是托孤老臣,能不能委屈一下就当我的副院长?"

黄鹿野抹一把眼泪:"好,我平时都是倚老卖老地喊你小安子,从今天起,你就是我们的焦院长。我带头先叫你一声——焦院长!"

然后他又对大伙儿说:"大家一块儿叫一声我们的新院长!"

"焦院长!"院子里响起一阵回声——焦院长!

"谢谢大家。"焦安国显得敏感而坚毅,"还有一件事,市卫生局找过我们几次了,要我们医院改名字。人家认为我们现在叫的这个运城中医结核病防治院的牌子太大,容易让人误解是运城市政府开办的国家医院,必须按规定在运城下面加上一个具体的医院名字。"

尚德堂站在人群后面开腔了:"这很容易,就叫运城市安国中医结核病医院——安国者,民安国安,身安神安。"

黄鹿野带头叫好:"好,这也等于是国家结核病防治中心的尚主任给我们赐名,有不同一般的意义。"

安国一直搂着自己姐姐的肩膀,这时松开了,看着最婵的眼睛问:"姐,你说这个名字行吗?"

最婵点点头:"行,挺好的!"

卓欣运忽然尖叫起来:"哎呀,最红呢?"

是啊,自从出事后就再没见到焦最红。一开始大家都被震蒙了,后来又忙着办丧事,怎么就把最红给忘了呢?

焦安国的脑子轰的一声,立即疼痛如裂!

人们做着各种各样的猜测,有人说最红可能被那天的变故吓坏了,独自跑回矿上去了。了解自己妹妹性格的焦安国和卓欣运却都认为不大可能,但还是立即给矿上的同事打了电话,请他们赶快到最红的养母家里去问一问。

又有人猜,追悼会结束以后,她会不会跟着老家人回平陆了?

这就更不可能了。为了祛除疑心,焦安国又给平陆打电话去询问。

他心里越抽越紧,已隐约感到了强烈的不祥——焦家在这场灾祸中丧失的可能不止是四条人命! 但他不能说破。开始往坏里想的还有其他人,但谁都不愿意再发生什么雪上加霜的事了……

尚德堂悄悄问黄鹿野:"贵州的那个小姑娘朱二艳的情况如何?"

黄鹿野说:"差不多算好啦,已经开始上学了。"

"哦? 上什么学?"

"起周给联系的,可能是运城卫生学校。"黄鹿野的眼睛在人堆里趸摸着,从焦最霞的身后找到了朱二艳,把她拉到尚德堂跟前。

小姑娘眼睛红肿,神色惶恐。

尚德堂安慰她:"没关系,老焦院长不在了,新焦院长会继续照顾你的。你还有什么难处吗?"

小姑娘不说话,只是摇头。老人趁其他人不注意,把手里的一卷钱塞进二艳的口袋。然后他跟大家告别,众人一直把他送到门外,看他上了汽车。

尽管焦安国看到姐姐神思恍惚,他还是把最婵、欣运以及黄鹿野和焦最霞召集到一块儿:"寻找最红的事就由我来办,拜托大家从现在起要把全副精力都用到医院的工作上,各想自己负责的那一摊事,明天早晨我们开院务会。"

不一会儿,最红的养母就打电话来,她知道焦家出了事,也知道死的四个人中没有最红,可一听说最红不见了,登时对着电话就大哭起来。她说最红的脑子有毛病,是在八九岁的时候因煤气中毒造成的,怕她受不住刺激再出别的事……老人开始千不该万不该地埋怨起自己来了,说不该让最红一个人来运城,还说她明天就到运城来,不找到女儿决不算完。焦安国在电话里又劝了半天,说运城由他负责,只要最红还在运城他就一定能找得到她,叫老人在家里等着,也许最红随时都可能回去。他还建议说,如果有可能,再请人到原田和下古林去找一找……

到晚上,平陆也回电话了,说没有见到最红。

焦安国让妻子找出两张最红的照片,骑上自行车走了。

他先奔运城日报社,找到当班的负责人,交了连登三天寻人启事的费用,拟好了启事的内容,留下照片;然后又赶到运城电视台,如法炮制。办完这两件事,他心里又稍稍地升起一线希望,只要最红还活着,就一定要找到她,不能让焦家再白白搭上一条无辜的性命!

他揣摩最红被吓疯的可能性比较大,疯了傻了也不要紧,只求她还活着。出事才这么几天的工夫,无论疯了傻了她都可能还在运城……

隐忍了许久的天空终于撒开了泼,雨点砸了下来,急急如箭,须臾便成滂沱大势,马路上的水晕圈层层叠叠,满地愁波涟漪。焦安国身上的衣服很快就被浇得透湿,冻得他抖抖索索,嘴唇发青牙齿打战。他心里却反而觉得好过一些了,仿佛受的罪越大才越能对得起最红,此时倘若被雷电击中,岂不一了百了!

大雨把马路上的人驱赶得四散奔逃,他却像对雨没有感觉似的慢慢地在大街上骑着车子,仔细地查看着大街两旁的人流。他一条街一条街地搜寻,竖的走完了,再一条条挨着走横的。最红不管是疯是傻,躲在房子里的可能性不大,十有八九会在大街上游荡,特别是汽车站、火车站、河运码头。焦安国两脚蹬着自行车,两只眼睛却不放过每一个墙角旮旯,每一个可能会藏住人的暗处。每到车站、码头,他就存好自行车,查遍每一间候车室。

偌大一个运城市,要把每一条主要街道都看过来谈何容易! 夜已经很深了,大街上已经难得再见到人,雨也停了。安国身上浇湿的衣服又被身体焐干,心里落寞而悲伤。最红的模样和神态老在他眼前晃动,他忍不住在夜深人静的大街上喊出了声:最红,最红!

当他大声喊叫的时候,最红的影像反而消失了。在已经睡死了的城市里,只有他自己听得到自己的喊声,这更刺激了他的悲痛,心里发堵,嗓子哽咽。

如果不是阴天,东边可能都见亮了。他两条腿像灌了铅一样沉。回到医院时黄福根还在为他等着门,见他只有一个人回来便怯怯地问:"有消息吗?"

焦安国摇摇头:"你快睡吧,明天也许要派你出趟差。"

他走到自己的屋门口,看见隔壁姐姐的房子里还亮着灯,迟疑一下便推开了房门。最婵还穿着白天参加追悼会的那身重孝,连鞋也没脱,斜靠在床帮上,眼睛直勾勾地发愣,对有人走进屋来竟浑然不觉。安国心里疼极了,走到近前轻轻叫了一声姐。

最婵吓了一跳,恍然应道:"最红找到了?"

"最红会找到的,我现在最担心的是你呀!"

安国拿起暖壶往脸盆里倒了点热水,投了把热毛巾,给姐姐擦了脸,然后为她摘掉头上的孝,脱去身上的孝衣和外套,又帮她脱了鞋。正要扶她上床,最婵猛地抱住弟弟,将脸贴在他的胸前:"安国,姐对不起咱焦家呀!"

安国捧起姐姐的泪脸,口气坚定而明确:"姐,看着我,记住我的话,即便是父母之爱,也有丑恶的一面。不是你对不起焦家,是父母对不起你! 郝武长不是你自己挑选的,是父母强加给你的。说白了,这

369

是命,我们焦家该有此劫,那个姓郝的没有人能看得上他,父母偏偏就把他留下了!说到这儿顺便想征求一下你的意见,我叫人也买了个骨灰盒把郝武长的骨灰收好了,放在火化场里。我想找个人明天把他的骨灰盒送到洛南去,咱们也算对他郝家有个交代,顺便把静儿接回来,姐这时候需要身边有静儿……"

焦最婵哭得更凶了。女人的眼泪是一股活水,只要伤了情就会流不断。这次却不全是由于悲酸,还有欣慰和感动。她知道眼下弟弟身上有多大的压力,医院上下和家里家外,大小事情都等着他拿主意,他仍然能想着去接静儿的事。亲姐弟用不着说感激的话,但她的心里却好受多了。

她只比焦安国大两岁,从小无论是吃的还是玩儿的都让着弟弟,父母天天忙于给别人看病,她跟弟弟在一起的时间比跟父母在一起的时间还长。今天看来真没白疼这个弟弟,不要说焦家人,连外人一提起郝武长都咬牙切齿,安国竟能这样处理他的后事……她忽然生出一种安全感,看来弟弟是可以依托的了……

大家都住在医院里,碰头很方便,吃过早饭离上班还有半小时,焦安国要召开这个医院自创立以来的第一次院务会。

所有人,包括他的妻子卓欣运,都感到新奇,这是私立专科医院,你院长想怎么干发话就是了,难道还要像国营企业那样统一思想?目前大家还无法从巨大的阴影里摆脱出来,应该说数焦安国最甚,他这么急切地要开这个会,是想说点什么呢?

经历了这场灾祸,他看上去仿佛一下子就老了十岁,面色焦黄,毫无血色,眼睛里布满红丝,神情阴郁。但他换了一身干净的西装,头发也梳理得较为整齐,嗓音沙哑地先开场:"首先感谢黄叔叔帮着我们处理了这场塌天大祸。那一声爆炸,倒塌的不仅仅是一栋两层小楼,还有医院的信心、荣誉,实际上,我爸妈创建的这家医院,现在只剩下半个空壳了……"

人们心头一震,都知道确实是这么严重,只是经他的嘴说出来,分量似乎更为沉重。黄鹿野点点头，焦安国对自己的处境估计得很清醒，看来心灵在不幸中发育得快，他真的在一瞬间成熟了十年。

焦安国等了一会儿，见没有人说话自己便又继续下去："渡过眼前的难关，或者说继续发展壮大我们的医院，我想不外乎三个方面。第一，医院是窗口，是招牌，我们无论如何要保住医院。第二，权威是灵魂，以前许多病人是冲着我爸妈来的，他们不在了我们也必须重新树立起这个医院的权威，这就是我们。不是我狂妄乱吹，不论多大的权威，看结核病却看不过我们，我们对结核病的规律认识深刻，把握得好。尚老应该算是全国中医界的大权威了吧，从他对咱们医院的尊重和信任，可以看出咱们医院在结核病治疗方面的地位。所以，我想请黄叔叔干一件事，到北京跟尚老商量一下，利用国家抗痨中心的号召力，由我们做东，今年秋天把全国各地的结核病专家请到运城来开个研讨会。这样一来，就逼着我们得拿出高质量的论文，同时把我们的药推向全国……"

"好小子！"——黄鹿野听得兴奋起来，忽然又觉自己失口，赶紧在自己的嘴上拍了一巴掌，郑重道歉："对不起，焦院长！"

焦最霞捂着嘴笑。这是一个多星期以来焦家人第一次有了笑容，大概也是受了焦安国刚才这番话的鼓舞。焦安国却有些难堪："黄叔叔这又何必？像以前那样叫我小安子，不是显得更亲近挺自然吗？"

黄鹿野神色庄重："我又何尝不愿意充这个长辈，在医院里小安子长小安子短地呼来唤去？可眼下医院里人心惶惶，病人疑虑重重，职工背地里嘀嘀咕咕，都认为你会压不住阵，在为你担忧，还有人等着看你的笑话；周围的关系单位很有可能也会来捣蛋凑热闹，上边在等着你干不下去的时候来收拾残局，将医院收编到卫生局……我得先做出服从的榜样，要表现得对你有信心。刚才听了你的前两条我真的有点底了。去北京找尚老，请各地专家来，还要准备论文，我可以拍胸脯。但有一个问题，由我们做东开这样的会，可是要花不少的钱！"

"钱你不用愁，我父母给我们留下了三十万元，这个钱做儿女的一分都不能动，全部用到医院的发展上。昨天晚上我已经跟姐姐商量过了,不够还可以找银行贷款。"

在场的人心被震动了。在此之前,谁也不知道焦起周到底存了多少钱,但知道焦、武二人会留下一笔钱,准备给儿女和自己养老用。如果焦安国和他姐姐把这笔钱分掉也是应该的,合情合理,省着点用够吃多半辈子的,往后就可以过一种无忧无虑的日子。医院将来还不知道会是个什么样子。焦安国是基于一种什么信念要全部投到医院里来呢? 他对医院的未来就这么有信心?

黄鹿野又提出一个问题:"我们写论文,不可避免地会涉及'回生灵'中的一些成分,你不怕泄密?"

"不怕,专利在我们手上,我们不宣传'回生灵',又怎么把它推向全国呢? 我爸妈在他们的能力和所处的条件下已经干到了极限,不能再对他们要求更高了。他们坚持的是传统中医,我们得闯出一条现代中医的路子,把医和药结合起来。他们最早是把秘方当做吃饭养家的宝贝,我们得把它视为救人的宝贝、发展的宝贝。他们倾向于保,我倾向于放。我想也许只有这样做,才能让他们的事业继续下去。如果我采取保守的办法,很可能既守不住父母的事业,也保不住父母的精神。你们说呢?"

这样干的风险可太大了,因此谁也没有马上表态。

焦最霞问:"一开始你说从三个方面发展医院,刚才只说了两项,那第三项呢?"

"制药是我们的支柱,我见过尚老写给父亲的一封信,他讲到现在世界上六大赚钱的行业中就有制药业。我从矿上回来快两年了,这两年来,我们医院的绝大部分收入是来自卖药。亲自到我们医院来的病人是少数,写信来买药的病人是多数。所以,我打算立即在原来焦家楼的地址上建制药车间,购买新设备,当我们有了充足的药以后,就一个省一个省、一个地区一个地区地建立我们的医疗点,先给药,治好了病再给钱,治不好病不要钱。"

焦安国从一个随身带来的大纸袋子里抽出一大沓资料,摊在桌子上:"这是适合我们的制药设备的样本,我经过比较选出了几种,你们看看行不行？尤其是欣运,这一块将来归你管,要由你拿出决定性意见。"

大家翻看着制药设备的资料,心里却不能不惊讶,他的这些主意是这几天才想出来的吗？至少这些资料在这两天是找不来的……

"哎哟,你的胆子可够大的!"焦最霞不知是赞叹还是忧虑。

焦最婵和卓欣运显然是全听安国的,对他是百分之二百地信任。

于是,黄鹿野就成了关键的人物。其实他也知道,基于对焦安国性格的了解,即便他不同意,焦安国也会照干不误。他在心里粗粗一算,焦起周两口子留下的那不算少的一笔钱恐怕都搭进去还不够,便缓缓地说:"在这方面,我对你父亲也没有像对你这样佩服过。在怎么办医院上,看来你比我们这一辈人出手要高得多,我老头子今后又多了一项工作,就是得想办法怎么能跟上你……"

焦最霞调侃他:"您又倚老卖老?"

"哦,该打……"黄鹿野看见过去的学生江华走进来,便把后半截话咽了下去。

江华先问候黄鹿野,然后才将目光转向焦家的人:"对不起,正赶上忙于毕业,没有来得及参加追悼会,十分抱歉!"

焦安国客气地起身让座。

江华问:"我是不是打搅你们开会了?"

"开完了。"焦安国又对大家说,"以后每星期一上午是院务会,今天先开到这儿,大家都去忙吧。"

卓欣运和两位姐姐先走了。

黄鹿野也站起来,顺嘴向江华问了一句:"听说你要留在省中心医院?"

"那是我父亲的想法,也确实为我联系好了,可我本人还没有答应,想先来问问,这儿要不要我?"江华眼睛看着焦安国。

"你放着省城的大医院不去,为什么愿意到我们这个小地方来?"

"我对这儿有感情不假,是焦、武两位大夫治好了我的病,有知恩图报的因素。但这不是主要的,主要的原因是这儿适合我,在这儿很可能会干成点事。"

焦安国说:"谢谢你能这样看,眼下正缺人手,但条件还比较差,你对报酬有什么要求?"

江华正色道:"没有要求,跟杨希、黄福根他们留院的人一样就行。"

黄鹿野一边点着头一边向外走:"好!"

22. 痛苦的女人才外出

记忆,是人类折磨自己的一种本能。

每天一看见那块空地,总觉得医院缺了一块,空落落就如同焦起周和武桂兰留下的无法填补的真空。看着那块空地,就会想起原来在那个地方竖立着的"焦家楼",想起"焦家楼",就必然会想起它的主人以及那场变故……想起来就有感慨,就要说,说得越多记忆也越深。那恐怖的场景不仅经常在焦家儿女的梦里定格,似乎也永远印在全院人员的心上了。

消磨记忆的办法就是摧毁象征物,改变环境。

焦安国请规划设计研究院的施工队用尽可能快的速度在原"焦家楼"的位置上修建制药车间。刚出了那么大的祸事就又大兴土木,热气腾腾的,一下子就把医院从楼塌人亡的晦气中拉了出来,也随之改变了医院的面貌和结构。

这一切都在表明,这座医院正从毁灭的打击中慢慢恢复生机……

卓欣运刚给孩子喂上奶就有人来喊她,说有送药的来了。她心里一急,想从孩子嘴里把奶头拔出来。孩子有了感觉,对奶头咬得更紧,吸吮得也更有力,她一阵疼痛。

特意从临汾过来伺候女儿月子的卓母,用手按住了女儿:"再忙也得让孩子吃饱,你生了这么个儿子是多大的福气,不饿了不知道哭,晚上吃饱了一觉睡到天亮,你还不知足哇?不歇产假就够可以的了,连给孩子喂奶还不想喂饱了?"

母亲心疼闺女。欣运自打生完孩子还没有着实地歇过,幸好老人家有先见之明,主动赶过来了。女婿和女儿一个是焦家的长子,一个是长房长媳,要撑起焦家塌了的天,操办丧事,打理医院……哪还顾得上管自己的孩子,也就大撒把扔给了老人……

老人自言自语:"可话又说回来了,自己开的医院,自己不忙谁忙?"

欣运接茬儿:"安国说了,等医院正规了,就到外面买房子,要住得好一点。"

"那还不知要等到什么年月呢!"

"快了一两年,慢了不过五年。"欣运语气肯定。孩子终于吃饱了,她抽出奶头,在儿子脸上狠狠地亲了几口,才交到母亲手里,脸上洋溢着做了母亲的骄傲和满足:"阳阳这么知道疼我,是妈带孩子的方法好。妈不是说我小时候也是这个样子吗?"

母亲接过外孙子,又摇又晃,满脸放光,嘴里念念有词:"阳阳是姥姥的好孙子,姥姥的乖孙子……"

卓欣运面孔白皙,略带产后的虚弱,一走出自己的屋门就看到了正在建设中的制药车间,几乎是一天一个样,她的精神随即为之一振。她喜欢自己眼下的工作,分担了丈夫肩上的压力;也正是她,为医院制药这一大摊子建立起了规则和秩序,这里成为一个放置她所有梦想和追求的地方。

药库门口停着一辆河南的卡车,卡车上码着几十麻袋草药。两个男人蹲在旁边的地上抽烟,一见卓欣运打量麻袋的眼神,其中一个便站了起来。这人四十岁上下的年纪,留着短平头,貌甚质朴,却又带着一种见过世面的精明和自信,一开口说话像唱豫剧一样好听:"你就是卓小姐?"

卓欣运接过货单看着,随口问了一句:"你们又换人啦?"

"对,跑这一片儿的老刘病了,我姓胡。"

卓欣运让工人把麻袋都搬下车,打开口儿,她一包一包地检查。有的看一眼就让工人搬到了一边,有的还要用手摸,或抓起一把草药放到鼻子跟前闻一闻。

　　河南胡用纳罕的目光盯着她:"卓小姐,你还挨着个儿地都检查?是信不过我老胡啊?"

　　"这是我们医院的规矩,老刘没有告诉你吗?"卓欣运微微一笑,露出雪白而整齐的牙齿,显得从里到外都很清纯,办事却一板一眼,不慌不慬。最后她只挑出不到三分之一的药是可用的,让工人搬到药库去过秤。

　　河南胡有点着急了:"剩下的这些怎么不要哇?"

　　卓欣运漫应道:"太潮了。其实你心里也很清楚。"

　　"这还算潮? 打开包一过风就干啦!"河南胡露出狡狯的神色,"要不少算点分量,或者我从别的方面给你点补偿……"

　　卓欣运面色微变:"这不是分量的问题,包口儿上的药都这么潮,包底下的药很可能已经发霉了,药性就会大打折扣,甚至还会产生毒副作用。"

　　"那这包山药又怎么了?"

　　"这山药是坏的,你没看见心儿都变黑了吗?"

　　河南胡态度软了下来:"卓小姐,我从河南大老远地拉来,你不要可叫我怎么办呢?"

　　"你愿意拉就再拉回去,不愿意拉回去可以就地倒掉。"

　　"倒掉?"河南胡一脸错愕。

　　"还要请你记住,下次你们的药如果还是这种质量,就不必再往我们这儿送了。"

　　卓欣运把检验合格的药过完秤以后,把收据交给河南胡,道了再见,便回身走进临时搭起来的制药车间。在整个验药收药的过程中,卡车司机就一直笑模悠悠地蹲在旁边看哈哈,等欣运走了才直起身凑过来:"怎么样,知道锅是铁打的了吧?"

　　河南胡不甘心,跺着脚说:"这个小娘儿们可真不好说话! 咱的车回去还要装别的东西,甩下的这些药可怎么办呢?"

　　司机却有点幸灾乐祸:"我早跟你说了,谁叫你非要愣充能耐梗啊?我们跟这儿打交道有好几年了,她可比过去那个老院长还难对付。"

"我就不信她真会舍得把那些发潮的药倒掉!"河南胡让司机把卡车开到一个地方等着,他假装看病丛在门诊部里看着这堆麻袋。一直又等了一个多小时,才看见卓欣运身穿白大褂从车间走出来,又看见了那堆药,回头跟一个工人交代了几句,就向住院部那边去了。

河南胡一阵兴奋,只要工人把麻袋往车间里一搬,他就过去要收据。

不一会儿,有两个工人推着小排子车出来了,他们把麻袋放到排子车上,推到医院后面的垃圾堆旁,把卓欣运不要的药全部倒在了垃圾堆上。

嘿,他们还真敢扔啊! 河南胡心疼而无奈,怏怏地离开了医院。

焦最婵要去上学了,吃过晚饭最霞来看她。

静儿到隔壁欣运的房子里去玩儿了,屋里只有焦最婵自己,像一团浓厚的忧愁堆在床上。最霞惊疑:"呀,明天一早不就得走吗? 东西都收拾好了?"

最婵欠起身:"哪有什么好收拾的?"

"怎这么没精打采的,这不是你盼了多少年的好事吗?"

"咳,此一时彼一时。"

焦最婵总觉得自己眼下只是假装在活着,每当夜深人静难以入眠的时候,就计算自己的生命中还剩下多少时日,哪还有心思去上学呢? 就是拿到大学文凭又怎么样? 再说医院里正忙,学费又那么高……可安国非逼她去不可,他说凡是爸妈定下的事必须得办。当然,这也是他心疼姐姐,想借这个机会让她调整一下心境。

但只有她心里最清楚,自己现在真正需要的不是去上大学,而是走出痛苦的阴影,跟生活和解。

最霞脱鞋坐到床上,身子靠着床帮,一只胳膊伸出来搂住亲叔伯妹妹的肩膀,最婵也就顺势将脑袋放到她的肩上。兄弟和弟媳妇再好,有些话也是不能讲的,唯有最霞,既是姐姐,又不是自己家里这个小圈子的人,倒可以无话不说。

最霞摇动着她的肩头:"婵,你是不是还经常想起郝武长?"

"不是想啊,是恨。这个鬼呀,死了还缠着我!"

真是怪,她已经永远而彻底地结束了跟郝武长那种令人厌恶和头晕目眩的关系,但噩梦并未结束,郝武长似乎还没有真正离开过她。在深夜,在早晨,甚至白天正在给人看病的时候,他也会突然闯进她的意识里,搅得她浑身一激灵。如果是在夜里被他吓醒,然后就甭想再睡了。她对他没有爱,只有恨,为什么还会是这个样子呢? 这可把她折磨得够呛,却又羞于说出口。

"他是人也好是鬼也好,总得再纠缠你好一阵儿。人和人之间,好就是坏,坏也是好;恨就是爱,爱也是恨。"最霞笑着说。

"你在哪儿趸来这么多新名词儿?"

"没事了就看闲书呗,在这儿又没有家务事好干。"

"那你想不想我姐夫?"

"想啊,正是如狼似虎的年纪,怎么能不想呢?"

"想了怎么办?"

"叫他来啊! 再说我也得牵着他点,不能让他饿得去打野食。"

"他来过吗?"

"来过好多趟了,你从不注意罢了,住两天就打发走了。"

"好哇你呀……"

最婵笑着扭过脸来,想仔细地端详最霞。只见她两颊涌起淡淡的红晕,眯缝着一双细长眼睛,精心修饰过的眉毛舒展地伸向两鬓。最婵在心里轻轻叹息一声,同是姐妹,最霞就活得这般自由而惬意。而她自己,即使是刚刚笑过之后,也并不就是朗朗晴空,很快又习惯性地蹙起了眉头。

最霞说:"婵,你要想彻底从过去的那种日子里走出来,就应该再找个男人。"

"去你的吧,我一想到再把自己跟哪一个男人拴在一块儿,就浑身紧张。"

"可屋里没有个男人,你的日子就永远正常不起来。"焦最霞眨巴着迷人的眼睛,半真半假地卖弄着自己的理论,"你别看郝武长是个浑蛋,可浑蛋都有他厉害的一面。你被这样的浑蛋开发了好几年,一个人的日子就更不好过了。人家说,最贞洁的寡妇,往往是身子最馋的人……"

"你还有正经的没有?"最婵真的不高兴了,举手要打最霞。

最霞躲闪着,嘴却并不闲着:"没有比这个再真格的了,你在人前可以装得无所谓,你现在的处境别人也能理解,可在没人的时候就控制不了自己,孤独难挨,谁也帮不上你。别看男女间的那点事,倒有一股邪乎劲,一下子就让你把什么都忘了。身边有个男人,就当个狗啊猫啊地养活着,你寂寞的时候多少总能解点闷儿……"

最婵不再搭腔,侧歪着身子静静地发呆。

最霞推推她:"你怎么了?"

"前两天还真有个人向我求婚。"

"真的? 是谁呀?"

"这个人你过去也可能见过,是最红的哥哥,小的时候我们都叫他九哥,倒可以算是知根知底的。优点是人老实,但没有大的本事,不会像郝武长那样跟安国争啊闹的。"

"哼,每一种情感都有它自己的条件。"最霞抽抽鼻子,"越是知根知底的,越有可能是冲着你的钱来的;只有不了解你底细的人,才有可能是冲着你这个人来的。有些人本来只是个小狗小猫,一见了有钱的女人可能就变成狼啦!"

最婵心里一惊,焦最霞今天晚上变得像个巫婆。这使她的神色也因此又黯淡下来:"我哪儿有什么钱哪?"

"人家并不知道,只知道你是院长的亲姐姐,焦家秘方的传人,即使眼下没有大钱,将来也不会缺钱用……哎,你是怎么答复他的?"

"我说我的心已经死了,自己觉着连骨头都干了,没有一点油性了。"

"瞎说,看看你这模样,依然好看,这是你想丢也丢不掉的。还有这身条,跟没生过孩子一样,细溜儿,优雅……"最霞说着说着起身下床,顺手也把最婵拉了起来,"我带你去个地方,看看你的心死了没死。"

“看你疯魔颠倒的,去哪儿呀?”

“别问,到地方就知道了。”

“我得去告诉静儿一声。”最婵到隔壁打了招呼,然后跟着最霞走了差不多有两站路的光景,来到玫瑰园歌舞厅门口。最霞熟门熟路地掏出十元钱买了两张门票,拉着最婵大大方方地走了进去。

玫瑰色的旋转灯光,轻快而铿锵的旋律,一对对忘情的旁若无人的舞客,让最婵感到紧张和新奇,脑子里那些踉踉跄跄的回忆也因之而暂时中断。最霞带着她找一个人少的角落坐下。

最婵感到稀罕:“你常到这种地方来?”

最霞神秘地笑笑:“痛苦的女人才外出。有一种寂寞是任何人都帮不上忙的,就得靠自己救自己。而我外出不是到这种地方来,就是去逛商店——买东西也是一种逃避,是能让女人兴奋的行为,在溜得腰酸腿疼和讨价还价的过程中,痛苦和烦恼就不知不觉地溜走了。”

“一个人,还是有伴儿?”

“有时候跟杨希,有时候跟医院的其他女人。”最霞伸手把她拉起来,“别提这么多问题了,先跳一曲再说。”

最婵有点怯阵:“我不会呀!”

“现在都是两步,跟走道儿一样,没有什么会不会的。”

最霞不容分说,一手搂着最婵的腰,让她的一只手搭在自己肩上,再用手抓住她的另一只手就下了场子。最婵几乎已经忘记该怎样享受自由和自己的生命了,在最霞的带领下随着音乐声越走越自然。在这里无论她跟最霞说什么,甚至大声嚷嚷,都不会有人偷听,无论她们做出怎样的动作也不会引人注意。她感到了一种刺激,并因此对最霞也生出一种新鲜的亲近感。

最霞星眸晶亮,直看得最婵有点不好意思,便主动说话:“你是不是一想姐夫了就到这个地方来?”

“那可不行,心里饥渴到这种地方来容易出事。”

“现在医院正缺人手,我跟安国说一声,把姐夫也调来吧!”

“不行,我还没有想好,城里能挣钱,对男人可并不是个好地方。

这种地方咱们来没有事,男人来多了准出事。你看周围的人,有几对儿像真正的两口子? 还是打野食的多。"

"嗨,许你来不许男的来,想不到你还是个女光棍儿!"

"有那么一点。"最霞并不否认,"我喜欢我们那口子的强壮、听话,有男人味儿,又把我当娘娘似的供着。可他一到城里来肯定会变。城里的男人长得像奶油,声音像奶油,又白又细又软又腻,真受不了!"

她说着话,手上加了力量,把最婵搂得更紧了。

最婵也默默体验着有对方做伴的滋味。这种感觉真好,安全,温馨,不必担心别人的眼光和闲话,且没有一丝危险。

她脑子里一片祥和、静谧,宛如消失了自我。

由于焦安国上任后的头几脚踢得不错,医院的规模扩大,而各种各样的麻烦随着也增多了。有公开下绊的,有躲在暗处写密信告黑状的,还有很多人想来拿一点、吃一点,刮擦他一点……他是渐渐才明白的,发展医院最难的并不是像他所说的是什么医药结合呀,确立权威呀等等。你想确立权威吗? 可知谁是你的权威呢?

他被逼得渐渐养成了一个习惯,经常要在夜里"静坐"。他的所谓"静坐",不同于佛门中人的打坐,要讲究什么"单盘"、"双盘",剔除心中杂念,气守丹田等等。他的"静坐",有时是在电脑前或沙发上一溜歪斜地坐着,有时也在床上躺着,但什么事都不干,准确地说叫"静思"。因为他一到夜里思维就格外活跃,到该睡觉的时候却睡不着,就静静地整理这一天的感悟。听到了一句什么有意思的话或一个有意思的想法,有什么值得重视的信息或值得记取的教训,自己冒出了什么有意思的念头……都记下来,直到把所有事情都想透了再睡觉。他身上的压力太大了,不在晚上多用点功,到白天说话办事就会心里没有底。即使是这样,他也常有想不透,连续几天睡不了好觉的时候。

世界上的事物这么奇怪,这么复杂,以他一个人的小脑袋瓜儿怎么能全想得透呢? 想不透就过不去,过不去就像块病似的老在心里堵着,他需要借助外力把它捅开。这外力就是谈话,跟外人不方便就跟妻子谈,借助妻子的识见和智慧打通自己的思路。用卓欣运的话说,人是惯什么毛病就会有什么毛病,夜里"静思"和"长谈",就成了焦安国的一种毛病。每隔一段时间,他就得跟卓欣运畅谈一通——这不是随随便便地聊天,不是在吃饭的时候说几句闲话,也不是在哄着孩子或干着其他事情的时候有一搭没一搭地说上几句,而是郑重其事地谈话,面对面,什么事也不干,在夜深人静的时候,屋子里除去他们俩没有别的人,孩子和姥姥睡在另一间房子里。

他们的床头柜上、地上堆满了书,不管多脏多乱也不许别人动,焦安国说别人一动他想找什么书就找不到了。这些书中有医书、小说、各种杂志、报纸,还有一些莫名其妙的闲书以及管理方面的工具书,如《疯话集成》、《现代饭店》、《现代管理制度程序方法范例全集》、《医院管理实务全书》……他们或相对而坐,或相拥而谈,或讨论,或逗趣,有说笑,有争辩,当然也有拥抱接吻。他们传阅各自读过的书中的精彩章节,相互了解对方的思考和烦恼,将一个人想不透的事情期望通过两个人的交流能谈透它,两人分享和谐与默契的快乐。

最令焦安国头疼的是处理跟外界的关系。他常常表现得焦躁不安,有一天为医院无端被罚了一笔款发了大火,竟气得一天没吃饭,连续一个礼拜不愿意见外人,耷拉着脸子跟谁也不讲话。按理说,一个名气不算小的医院院长怎么会如此脆弱呢?他也并不缺少作为院长应该具备的那种强韧的素质啊,为什么常常为一些别人都可以忍受的小事动真气呢?

老岳母悄悄地对自己女儿说:"快,给他上一课!"

夜里,卓欣运东拉西扯地想先逗笑:"有这样一则寓言,强盗问鬼,难道就没有你害怕的东西?鬼说我怕人,是人制造了我。那些人再怎么阴损霸道,终究不过是鬼;我们是堂堂正正的人,是我们制造了它,还值得为它生气吗?"

安国看着妻子,欣运的身体已经恢复,且比从前胖了一点,白白净净,更增加了一种成熟女人的妩媚。她主管制药,进药出药跟外界打交道很多,遇到的麻烦一点都不少,可很少听到她抱怨。她胖乎乎的笑脸露着一排非常好看的小白牙,完全用自己的本真与人和万物相处,仿佛跟外部世界有了一种天生的通融感。

他问:"你是怎么跟鬼打交道的?"

"自身强壮邪不能侵,自己有怕鬼的地方才会被鬼抓住,心里没鬼就不怕鬼。大街上卖冰棍的老太太,被抽查一根冰棍要缴纳九十块钱的检查费,她一天才能卖多少钱哪?何况那冰棍又不是老太太自己制造的,叫人家到哪儿说理去?这个世界上可并不是只有咱才是最冤的!"欣运递过一本打开的杂志,上面用红笔标出了一段话:"'生活是平庸的和至高无上的,是灰色的和光明的,是无用的和必须的……'要说待人处事,咱们医院可有位高人,值得我们好好观察,能学得一二就够用。"

"谁?"

"黄鹿野黄叔叔。"欣运眼睛明亮,充满俏皮的笑意,"无论跟任何人,他都善于一见面就找到共同的、随和的和让人信任的语言。而且他懂得见机行事,跟小姑娘们在一起能够打情骂俏,嘴比小伙子还溜乎;跟专家学者在一起也一点不输分,一副地道的专家气度。"

焦安国终于笑了:"大家都说他年轻的时候很花哨,其实未必,当时的院长老提防着他,他干脆就装傻充愣地成天在女人堆里混,不过女人们都喜欢他倒是真格的。欣运你跟我说实话,女人是喜欢花心的男人,还是不喜欢太花的男人?"

欣运未假思索就脱口道:"哪有喜欢花的!"

"成了自己的丈夫当然就不希望他花了,对丈夫以外的自己又有好感的男人就希望他花一点,不花怎么勾搭得上呢?所以在社会上有一种非常普遍的现象,越花的男人就越讨女人喜欢。"

欣运稍一愣怔:"你别瞎打岔,我在跟你谈黄鹿野的为人之道,你怎么跑到花心不花心的问题上去了?"

"善于跟女人打交道的人,一定也善于跟社会相处。"

欣运不再跟他纠缠男人女人的事情,而是继续自己的话题:"你想想,现在的黄叔叔是不是有很大的变化?自他把全国的结核病专家请到运城,成功地操办了全国第一届结核病研讨会以后,自己也开始跻身于知名结核病专家的行列,论文屡屡在全国重要的医学杂志上发表。有一回最霞姐跟他逗,说他现在好歹也是个权威了,成天在专家堆里泡,在全国跑来跑去,为了跟现在的身份相称,是不是也得注意一下自己的仪表啊?你看看你那一口典型的山西黄牙,已经损害到咱安国医院的形象了,就不想法子拾掇拾掇?"

安国苦笑:"也只有霞姐敢这样说他。"

"你注意没有,自那以后,黄叔叔真的开始修饰自己的外表了,花了一千块,把满口黄牙改成一嘴漂亮的白牙。而且开始天天打领带,只是由于成天忙得颠三倒四,那领带看上去永远都是松松垮垮,该长的那一头短,该短的那一头却长。说起忙,黄鹿野现在是每三个月必穿烂一双新皮鞋,什么时候你看他都停不住,坐不住,站不住,老有一堆事情等着他去办,老有一堆电话要打、要接,电话一响,只要他没在跟前,就会小跑着去接,一般不会让电话铃响到第三声的时候就能说上话。连说话他也着急,吐字快,夹杂着口水,嘟嘟嘟地如子弹般向外喷射……"

安国似乎心有所动:"黄叔叔是太辛苦了,让他把老伴儿接来吧。现在有条件在运城安家了,也省得他每周要来回跑。"

"我跟他提过了,他说舍不得原田那处宅子。有个挺大的院子,院子里有一棵香椿树,两棵甜石榴,还可以种点蔬菜。他每隔十天半月地回去一趟,进门咳嗽一声,老伴儿和闺女、女婿就都迎了出来,像对待老太爷一样供着他。不管年轻的时候是真花还是假花,如今他在家里是彻底恢复了名誉,享受一家子的尊敬。"

安国想起了自己的父母,真是吃苦受累的命,没等享受到老年人应该享受的东西就走了。而他嘴上却说:"黄叔叔也曾跟我发过感慨,他说想不到退休后倒进入了事业的巅峰状态,这是他一生中最风光的时候。"

欣运接着他的话说:"他还说过,如果我们的父母还活着,就轮不上他成为全国著名的结核病专家,他也不会有现在的这种感觉了。其实,不光是他,也包括我们,在父母去世之前过的是一种生活,之后又是一种生活了。所以死亡有时候也是一种积极的力量,极度的痛苦又是精神的最大解放,它强迫你大彻大悟。"

安国露出一丝惊愕,这话听着有点不顺耳,细想想却不无道理。

现在他也能平静地回忆当时的感觉了:"火化那天,当我抱起父亲骨灰盒的时候,没有想到会那么重。我原以为人烧成了灰还能有分量吗?那么大点一个小盒子,抱在怀里竟沉甸甸的。奇怪的是,我当时对死亡和悲痛的感觉很淡,倒忽然有了一种生命的冲击感,一种对自己的发觉和塑造。我好像出生过两次,第一次是由母亲把我生下来,第二次是因父母的死让我重新获得了生命的意义。"

"可你知道这次罚款风波为什么会让你生这么大的气吗?"

"为什么?"

"因为你老觉得自己是在为父母而干,不能忍受丢了父母的面子。"

"不错,父母永远是我心里最大的财富。"

"正因为你有了这笔财富,所以你想要的东西就更多了。而恰恰是对一切都不满足的人,才会拥有得更多。"

安国笑了,反问:"你呢?"

欣运目光明亮灼人:"你为父母而干,我是为丈夫而干。女人的最高职业是当女人,在她所嫁的人身上能寄托自己的一切理想时,就变得能包容了。我并不渴望,可我该有的已经有了,暂时没有的以后还会有。"

"真的?"安国产生了一种发自内心的快乐,显得本真而动人,"你为我而干,干得愉快吗?"

"有愉快的时候,比如,你把制药这么大的一摊子交给我,进进出出动辄几万、十几万,全由我自己定,你从不过问,更不怕我把钱折腾到娘家去。你越是这么信任我,我就越得把账弄得明明白白,一分一毛对你都得有个交代。"

"不愉快的是什么?"

"跟你干太累,主要是心累,跟不上你。你夜里不睡觉,第二天不知又想出了什么鬼点子,我就得在后面跟着去落实。而真正的创意是难以揣测难以模仿的,你一个主意我就得忙乎好些日子。男人的特点确实应该是攻击、冲刺,每一分钟都不是空耗的,特别是思想,老是要超前一些。而女人的特点是保存、安宁。你逼得我也天天去攻、去冲,你说我能不累吗?"

"可只有你干我才放心哪,我想把全院的财务权也交给你,提你当副院长。"

"你坏不坏呀? 我一个劲儿地跟你说太累了,你还往我身上加码,就不怕把你孩子的妈给累趴下?"

"能者多劳嘛!"安国挤咕着眼睛,"我还想把那位转业的空军上校招聘为行政副院长,他底气足,敢决敢断,不怕邪的,却又不是硬碰硬撞。因为他是飞行员出身,知道飞机在空中飞行的时候要高度集中精神,小心翼翼。让他负责医院的日常事务,应付那些不速之客是再合适不过了,这样我就可以腾出时间干我想干的事……"

欣运接上嘴挖苦说:"你就可以夜里不睡早晨不起!"

"我夜里不睡是在工作,想搞一套医院管理程序,到明年给每个医生配备一台电脑,联系病人,储存病历,利用电脑诊断、开药,有问题也好检查好纠正。你以为如何?"

欣运没有马上回答,她已经可以想象得出今后焦安国要怎样当这个院长了。他让一个大兵管理别人,自己却要实行机动上班制,重要决策将在家里完成。他是院长,反而是最自由的,按照自己的兴趣办医院,把医院办得符合自己的兴趣。他管别人容易,别人想改变他则难。杂事由别人顶着,他只干自己认为值得干的事,他想找谁一找一个准儿,别人想找他却没有门儿。医院在明处,他这个院长却在暗处,他该知道的事你想瞒也瞒不住,他想抓的事你不让抓也不行。

这样当院长有多美呀!

然而,不是人人都能这样潇洒得起来的……

焦安国催促着:"嗨嗨,想什么哪? 快说话呀。"

"说得不少了,今天好像光是听我说了。"

"这就对了,刀在石上磨,男人要经女人磨。"

"你看,刚不发火了就又要贫嘴。"欣运用手指点点安国的鼻头说,"你就只管按着自己的心意干吧,我在后边给你守家护业。"

焦安国抱着卓欣运的肩,有渴望和冲动的火在身上冲撞。他慢慢体验着对妻子的感觉:记得当初你第一次来我家的时候爸爸说过,女人跟男人就得配套,不配套一辈子都好不了,他们俩就配套。这种配套,仅仅有生物学上的关系还不够,还要在精神上能找到一种深刻的共鸣,那样就会产生一种更牢靠和更令人神往的关系。

正是这种夫妻关系,使他们的精神系统处于一种润滑的流畅之中,滋养和释放了他的灵感。

夜间的空气温馨而惬意……

23. 漆黑宁静的夜间

每当焦起周和武桂兰的忌日,焦安国总要带着姐姐、妻子和两家的孩子来到陵园,把父母和小妹的骨灰盒搬出来,放到祭拜堂里,焚香点蜡,摆上供品……营造出一种生者与死者能够沟通的气氛。之后,焦安国便开始向父母汇报上一年来医院和家庭的变化。别的人也可以说,谁想说什么都行,最好是讲出声——至少他的"汇报"要说出声来,让活着的人都能听得到。

这种形式既是告慰先人,也是检验活着的人。

中国人有个传统,敬畏死者。对活人可以糊弄,对死者却不可说假话。另一方面,不能对活人讲的话,却可以对死人讲。把要告诉先人的话讲出了声,至于先人能不能听到不得而知,旁边的人是一定听到了。借着祭奠死者的这种氛围,可以向生者表达许多平时不好表达的信息。

焦起周、武桂兰和他们的小女儿去世四周年的时候,正好也是一个星期天。焦安国从外地赶回运城已经是傍晚了,好在周六、周日陵园里的祭奠活动可以延长到夜里十二点钟。他草草吃了点东西,就开车装上祭品,再拉上姐姐和她的女儿以及自己一家人来到陵园。

陵园存放骨灰的地方是一个大院子,铁门敞开,焦安国到院门旁边的小屋里办理了祭奠手续,然后领着姐姐和妻子进院去搬骨灰盒。

院子四周是清一色的红砖瓦房,每间房门也都是铁的,房内的铁架上码满了一个个的骨灰盒。他们拿着像活人身份证一样的卡片,找到了父母亡灵安息的房间,搬出三个骨灰盒,来到祭奠堂,找了一个清净的地方放好，点着了香烛，摆上父母及小妹生前喜欢吃的东西，烧纸，磕头……一切祭拜仪式都进行完毕以后，焦安国在三个骨灰盒的前面坐下来，眼睛望着父母的照片，要开始他的"汇报"了。

他要挑选那些自认为是重要的或父母最想知道的事情先讲：

"爸爸、妈妈，还有最芳，去年夏天奶奶也过世了，你们是不是也知道啦？ 自从你们走了以后她老人家就一病不起，笑了好几年忽然就再也不笑了，勉强又凑合活了两年多。有件事情我拿不准主意，请二老将你们的心意昭示给我，这就是你们的骨灰是继续放在这里呢，还是运回老家，跟爷爷、奶奶葬在一起？ 陵园这个大院子里太拥挤了，也没有老家的空气好、水土好。再说让你们能魂归故里，认祖归宗也是一件好事。我当初把你们留在运城，是为了离我们近一点，除去忌日，每到清明、过年，我们也都可以来看看你们，什么时候想你们了就可以来看看你们。另外还考虑到你们也不放心自己的儿女，不放心医院，留在运城好看着医院，保佑我们。今年我又买了三十二亩地，准备投资一千三百万，重建一个更大的医院，是找副市长批的——运城已经改成市了，王尔品也调到省里当了财政厅厅长。我花了五十万请北京轻工部设计院给设计出了新医院的图纸，共有三大本，很现代，又非常漂亮。今天下午我刚拿回来，也带来请你们二老看一看。如果你们没有意见，等新医院建成以后，你们也真正对我们、对咱的医院放心了，就把你们送回老家安葬。过去你们二老的心愿正在一步步地实现——今年年初'回生灵'获得了省级科技发明一等奖，由咱们医院主办的全国结核病研讨会已经开过四届了，基本上是每年开一次，今年的会改在四川的九寨沟举行，秋天是那里最好的季节。咱们医院在全国有了四百五十个治疗点，全国各省、各中等以上的城市和结核病多发地区，都有了咱们的点，总算是实现了你们的遗愿，把'回生灵'推向全国了。

"还有，我一直没有找到最红，各种办法都用过了，还委托我们在全国各地的医疗点在当地帮着寻找，在新闻媒体上刊登寻人启事，都没有消息。最红的养母王妈也快急疯了，她把整个山西省差不多都跑遍了。王恩奎师傅已经去世，王妈她老人家的下半生肯定就陷在寻找中了。爸爸、妈妈，你们一定知道最红的消息，如果她现在没有跟你们在一起，就证明她还活着，你们怎么想办法给我一点启示，找不到最红，我们一辈子都不会安生……"

四周一片漆黑，唯有蜡烛的火苗，燃烧得格外美丽、温暖、宁静，森然映出三个骨灰盒的孤凄。

听着焦安国对父母的诉说，就仿佛父母真的坐在他们面前。大家都被这亦真亦幻、无边无际的虚拟世界包裹着，淹没了……

焦最婵擦擦眼泪，哽咽着说："爸，妈，芳妹，安国干得很好，你们泉下有知应该为他骄傲，他已经拿到了经济学硕士的学位，目前还是运城商会的副会长、市政协的常委……去年夏天我毕业回来就又结婚了，这个人你们很熟。记得爸曾经说过，当年爸向王师傅暗示过愿意跟他结成儿女亲家，却被拒绝了，现在他的儿子倒过来三番五次地向我求婚，我考虑再三，最后还是答应了他。我无法摆脱第一次婚姻给我造成的自卑心理，我只需要一个老实的对家庭负责的男人，能对焦静好，没有野心，不会跟我的弟弟捣乱……安国花了十几万给我买了一套不错的房子，我的屋里需要有这么一个人。婚后跟他到东北待了几个月，离开你们太远；离开了弟弟，我什么事也干不成，今年年初就又回来了。正好听说可以花钱买户口，欣运就花了九千三百块钱，为我和孩子买了城市户口。你们放心吧，你们的女儿和外孙女现在终于有了城市户口！我们家所有不幸的根源之一就是没有城市户口，如果妈不是走那么早，今天也可以堂堂正正地享有城里户口指标了。还要请你们原谅我的丈夫，他没有跟我们一块儿来祭拜你们。他可能是有些发憷，担心你们不太满意他，在我面前他也经常会流露出掩藏不住的谦卑，也正是这一点才让我有安全感，所以才选择了他……"

祭奠堂里的人越来越少，陵园的工作人员开始催赶祭祀者："到点了，到点了！"

焦安国开始收拾祭品，只把带来给父亲喝的白酒，全部洒在骨灰盒前面的地上，其余的东西又都放进篮子里带回。

他们抱着三个骨灰盒送回原来的房子，觉得心里轻松了许多，该哭的哭了,该说的说了,既告慰了亡灵,也宽慰了自己。

他们走出房门,听见看守骨灰大院的老人把所有存放骨灰的房门都打开了,然后用木棍敲击着大院的铁门,高声叫喊着:"行啦,到点啦,该见面的都见着了,想听的话也都听到了,没有见着面的是活着的人太忙,没赶上,下次再说。该回屋喽! 回屋喽,都回屋喽!"

他敲击一顿铁门,再叫喊一遍:"回屋喽!"

焦安国以往都是白天来,没有见到过这一幕,便走过去向老人打问:"您老在跟谁说话?"

"这儿能有谁呀,还不是吆喝这些死鬼回屋。"

焦安国觉得浑身的毛发都竖了起来:"他们能听得到?"

"听得到。他们也跟活人一样,有贪玩儿的,有耳朵背的,有跟家人恋恋不舍的。你不多吆喝几遍,等我把房门锁好了,有进不去屋的就会砸门,闹得你一夜就甭想睡了。你也不知道他是哪个屋的,只好再把所有的房门都打开,重新吆喝。我可有过这方面的教训……"

听老人的口气,就像是在管理一个幼儿园。

焦安国毛骨悚然的感觉消失了,有了一种酸痛般的眷恋和感动。在浮朦朦的月色下,他忽然感受到了春意的明朗和温和。

2000年冬修定

后　记

此生让我付出心血和精力最多的，就是建构了属于自己的"文学家族"。感谢人民文学出版社提供机会，能将这个"家族"召集起来，编成队列。

——这就是整理《蒋子龙文集》。

整理文集确实像召开家族大会。将我亲手创作的各色人物，聚集到一起，大大小小，林林总总，他们的风貌、灵魂、故事（即便是散文随笔中也有人物、事件和思想）……一下子勾起我许多回忆，感慨万端。

有的令我欣慰，有的曾给我惹过大麻烦。如今竟都让我感到了一种"亲情"，不仅不后悔，甚至庆幸当初创造了他们。

将他们收拾停当，排出先后次序，送到人民文学出版社这个"大广场"上，像所有等待检阅的人一样，有兴奋，有期待，还有紧张。

首先将检阅我这个"家族方阵"的是责任编辑包兰英，然后是出版社的老总。他们是我写作上的贵人。而人民文学出版社则是我的文学福地。

"文革"结束后，我头一次住在出版社的招待所里改稿子，就是在人民文学出版社。

我在文学讲习所读书时，导师是人民文学出版社的秦兆阳先生，他看了我的《赤橙黄绿青蓝紫》后，给我写过一封长信，那是我收藏中的珍品。

我的第一部长篇小说《蛇神》在人民文学出版社《当代》杂志上发表；我下功夫最大也是自己最看重的长篇小说《农民帝国》，也是在人民文学出版社出版。

　　写了大半生,能在人民文学出版社出版文集,我视为是一种"终身成就奖"。

　　由衷地感谢包兰英先生的举荐,感谢人民文学出版社的厚意。

蒋子龙

2012年12月31日于天津